U0083757

古典詩歌研究彙刊

第十六輯

龔鵬程 主編

第 8 冊

晚唐皮陸詩派研究

王永波 著

國家圖書館出版品預行編目資料

晚唐皮陸詩派研究／王永波 著 -- 初版 -- 新北市：花木蘭文化出版社，2014〔民 103〕

目 2+276 面；17×24 公分

(古典詩歌研究彙刊 第十六輯；第 8 冊)

ISBN 978-986-322-826-4（精裝）

1.（唐）皮日休 2.（唐）陸龜蒙 3.唐詩 4.詩評

820.91　103013517

古典詩歌研究彙刊

第十六輯　第八冊　ISBN：978-986-322-826-4

晚唐皮陸詩派研究

作　　者　王永波

主　　編　龔鵬程

總 編 輯　杜潔祥

副總編輯　楊嘉樂

編　　輯　許郁翎

出　　版　花木蘭文化出版社

社　　長　高小娟

聯絡地址　235 新北市中和區中安街七二號十三樓

電話：02-2923-1455／傳真：02-2923-1452

網　　址　http://www.huamulan.tw 信箱 hml 810518@gmail.com

印　　刷　普羅文化出版廣告事業

初　　版　2014 年 9 月

定　　價　第十六輯 21 冊（精裝）新台幣 32,000 元

晚唐皮陸詩派研究

王永波 著

作者簡介

王永波（1972～），男，湖北天門人。四川大學文學博士、南京師範大學博士後，四川省社會科學院文學研究所副研究員。主要研究唐詩學、目錄版本學。主持國家社會科學基金項目《唐代郎官與文學研究》（13BZW061），發表學術論文四十餘篇，著有《陳子昂集校注》、《梨雲樓目錄版本論集》等。

提　要

皮陸詩派是晚唐詩壇上一個重要的創作群體，與以李商隱、杜牧、溫庭筠爲主的綺艷詩派相比，他們在詩歌題材、體裁、風格等方面都有很大的差異，代表了晚唐詩歌的另一種創作風貌。皮陸詩派的成員主要有皮日休、陸龜蒙、羅隱、杜荀鶴、聶夷中等人，雖然他們大多數人是唐代的進士，但幾乎都沒有踏入仕途，屬於寒士詩人群體。長期在外漂泊與干謁，接觸到廣泛的唐代社會階層，對晚唐時期的政治、社會、市民生活有了較爲充足的瞭解，使得他們的創作敢於面對社會現實，接近下層民眾。詩歌內容充實，藝術風格多樣，繼承了漢魏六朝詩歌的優良傳統，本書即以皮陸詩派作爲研究對象，借鑒學界已有成果，對他們的文學創作進行了全方位的觀照。本書分爲六章，對皮陸詩派的生平、文學思想、詩歌創作、散文創作、後世接受與影響等予以了審視，尤其重視作品研究。通過全面考察皮陸詩派的全部作品，指出這個詩派的成員雖在政治上不得志，然而他們在文學創作方面，進行了積極地探索。在題材、體裁、藝術技巧等方面都有創獲，在晚唐詩壇具有重要影響。皮陸詩派的創作，既是晚唐詩歌的餘音，也爲宋詩高潮的到來做了準備，具有承上啓下的作用，這是他們對詩歌史的重要貢獻。

目次

第一章　皮陸詩派與晚唐詩壇

在中國詩歌發展史上，首個以詩派相標榜的文學流派一致公認爲是宋代的江西詩派。呂本中在《江西宗派圖》中首先提出「江西詩派」這個名稱，尊黃庭堅爲詩派之祖，並開列了陳師道等二十五人的詩派名單，以後這個名單又不斷地在擴大，成爲宋代很有影響的文學流派。但是，在江西詩派之前，以相似詩風構成趣味相投的詩人群體，文學史上卻可以舉出很多。例如鍾嶸《詩品》把古今詩人分爲上、中、下三品，在具體的詩人品列中，他特別重視相同風格的詩人群體品評。卷中並列郭泰機、顧愷之、謝世基、顧邁、戴凱，並云:「觀此五子，文雖不多，氣調警拔」〔註 1〕。卷下列王濟、杜預、孫綽、許詢，評曰:「世稱孫許，彌善美恬淡之詞」，〔註 2〕鍾嶸明顯地抓住了這些詩人相似的群體風貌及其共同的審美特徵，雖然只是片言隻語的點評，然也彌足珍貴。這種詩人群體是一種文學史上獨特的現象，它的產生有著多方面的因素，它的形成與演變也是有多種形態的。可以這麼說，詩人群體的出現始終伴隨著詩歌史的發展，對研究詩歌史具有重要的作用。

詩人群體的產生可以上溯到漢代,但是唐代的詩人群體卻尤爲突

〔註 1〕曹旭《詩品集注》，上海古籍出版社，1996 年，第 255 頁。
〔註 2〕曹旭《詩品集注》，上海古籍出版社，1996 年，第 385 頁。

出。宋人嚴羽《滄浪詩話・詩體》列述歷代詩體，「以時而論，則有建安體、黃初體、正始體、太康體、元嘉體、永明體、齊梁體、南北朝體、唐初體、盛唐體、大曆體、元和體、晚唐體、本朝體、元祐體、江西宗派體」〔註3〕，唐代佔有五體。「以人而論，則有：蘇李體、曹劉體、陶體、謝體、徐庾體、沈宋體、陳拾遺體、王楊盧駱體、張曲江體、少陵體、太白體、高達夫體、孟浩然體、岑嘉州體、王右丞體、韋蘇州體、韓昌黎體、柳子厚體、韋柳體、李長吉體、李商隱體、盧仝體、白樂天體、元白體、杜牧之體、張籍王建體、賈浪仙體、孟東野體、杜荀鶴體、東坡體、山谷體、後山體、王荊公體、邵康節體、陳簡齋體、楊誠齋體。」〔註4〕共列三十六體，其中唐代多達二十四體，雖然這些體式多爲單個詩人所創，但他們所創作的這種詩歌體式在一定程度上可以影響到其他詩人的創作，從而形成或大或小的詩歌創作群體，帶動唐詩的向前發展，可見唐代詩歌的繁榮與詩人群體的密切關係。而且，嚴羽也很重視詩人群體的創作，例如他就特別標出蘇李體、曹劉體、徐庾體、沈宋體、王楊盧駱體、元白體等群體，這些體式多由兩個及多個的詩人組成，相對於個人的詩歌體式，影響要大些。前人往往喜歡津津樂道大詩人對於中、小詩人的影響，其實我看中、小詩人群對大詩人也是提供了很多藝術借鑒的，這一點卻往往被人忽視。

王兆鵬在《宋南渡詞人群體研究》一書的序中說：「文學史與詞史的實際都表明，一代文學風氣的轉變與形式，往往是由一代作家群共同完成的。缺乏群體的思考與整體的觀念，就無法理清文學史、詞史發展的脈絡。而中國文學發展到宋代，先後出現了許多自覺的文人集團和創作群體，不從群體的角度去研究，也很難深入瞭解宋代文學的新質與進展。」〔註5〕要想研究一個時代的文學發展面貌和特徵，

〔註3〕郭紹虞《滄浪詩話校釋》，人民文學出版社，1983年，第53頁。
〔註4〕郭紹虞《滄浪詩話校釋》，人民文學出版社，1983年，第59頁。
〔註5〕王兆鵬《宋南渡詞人群體研究》，臺灣文津出版社，1992年，第1頁。

最好的辦法就是進行群體研究，此外還有時段與地域研究，也是相當重要的。事實上，群體研究作爲一種新的研究方法，在古代文學研究領域內取得了很大的成就，專著就有數十部，如王巍《三曹父子與建安文學》（遼海出版社 2002）、王鵬廷《建安七子研究》（北京大學出版社 2004）、程章燦《世族與六朝文學》（黑龍江教育出版社 1998）、姜劍雲《太康文學研究》（中華書局 2003）、劉躍進《門閥士族與永明文學》（三聯書店 1996）、劉躍進《永明文學研究》（臺灣文津出版社 1992）、孫明君《三曹與中國詩史》（清華大學出版社 1999）、胡大雷《中古文學集團》（廣西師範大學出版社 1996）、呂肖奐《宋詩體派論》（巴蜀書社 2002）、莫礪鋒《江西詩派研究》（齊魯書社 1986）、伍曉蔓《江西宗派研究》（巴蜀書社 2005）、張宏生《江湖詩派研究》（中華書局 1995）、張瑞君《南宋江湖派研究》（中國文聯出版社 2001）、馬東瑤《蘇門六君子研究》（北京大學出版社 2005）、楊勝寬《蘇軾與蘇門人士文學概觀》（巴蜀書社 2001）、蕭鵬《群體的選擇》（臺灣文津出版社 1992）、王兆鵬《宋南渡詞人群體研究》（臺灣文津出版社 1992）、嚴迪昌《陽羨詞派研究》（齊魯書社 1993）、沙先一《清代吳中詞派研究》（人民文學出版社 2004）、曹虹《陽湖文派研究》（中華書局 1996）等。有關唐代詩人群體研究的著述也有不少，比如蔣寅《大曆詩風》（上海古籍出版社 1992）、聶永華《初唐宮廷詩風流變考論》（中國社會科學出版社 2002）、駱祥發《初唐四傑研究》（東方出版社 1993）、曾廣開《元和詩論》（遼海出版社 1997）、任海天《晚唐詩風》（黑龍江教育出版社 1998）、趙榮蔚《晚唐士風與詩風》（上海古籍出版社 2004）、李浩《唐代三大地域文學士族研究》（中華書局 2002）、李浩《唐代關中士族與文學》（中國社會科學出版社 2003）、張一平《趨向自我——中唐文學四大家心態研究》（中國文聯出版社 2000）、尙永亮《元和五大詩人與貶謫文學考論》（臺灣文津出版社 1993）、蕭占鵬《韓孟詩派研究》（南開大學出版社 1999）、畢寶魁《韓孟詩派研究》（遼寧大學出版社 2000）、葛曉音《山水田園詩派研究》（遼寧大學出版社 1999）、許總《唐詩體派論》（臺灣文津出版社 1994）、賈晉華《唐代集會總集與詩人群研究》（北京大學出版社 2001）、鍾優民《新樂府詩派研究》（遼寧大學出版社 1999）等。此外，遼寧大學出版社和武漢大學出版社還各自出版了一套《中國古代文學流派研究叢書》，收入專著十多種。由此可見，群體研究在當下還是相當熱門的，在相當長的一段時間內，群體研究都是文學史研究的一個重點，本文選擇《晚唐皮陸詩派研究》作爲博士論文的選題，也是置於此種學術背景之中。

在進行研究工作之前，有幾個概念我們想在此作些辨析，以免引起不必要的混淆。目前學界關於群體研究的定義比較混雜，有的稱爲「集團」，如胡大雷的《中古文人集團》、賈晉華《論韓孟集團》；有的命名爲「詩派」，如莫礪鋒的《江西詩派研究》、張宏生《江湖詩派研究》、蕭占鵬《韓孟詩派研究》等；也有的叫做「群體」，如王兆鵬《宋南渡詞人群體研究》、蕭鵬《群體的選擇》等；此外也有叫「宗派」、「文派」、「詞派」、「派」的，如伍曉蔓《江西宗派研究》、曹虹《陽湖文派研究》、嚴迪昌《陽羨詞派研究》、張瑞君《南宋江湖派研究》等等。稱謂有如許之多，似有辨析的必要。我們認爲，文學流派是比較正式的說法，這裡的流派包括「詩派」、「詞派」、「文派」以及以其他方式命名的「派」。作爲「詩派」，它有兩種存在形態，一種是自覺型的，另外一種是非自覺型的。所謂自覺型的詩派，意思是說這個詩派有自己的領袖人物，以自己的創作實踐影響著同時代的追隨者，並且有著相同的創作宗旨、文學口號和創作目的。詩派成員之間同氣相求，相互往來，唱和切磋，創作風格、傾向相似，產生了一批格調相近的文學作品，對當時的文壇有著廣泛的影響，比如韓孟詩派、江西詩派。所謂非自覺型的詩派，意思是說這個流派在形成的過程當中並不存在自覺結合的創作集體，也沒有人去號召去鼓動去吸引追隨者，只是由於歷史的時代的原因，有一批詩人在題材在體裁在風格等方面有著相似的風貌，無形之中形成了一個詩派，比如我們所熟知的「山水田園詩派」、「邊塞詩派」、「苦吟詩派」等等。那麼作爲一個「文學集團」，它的形態只有第一種，也就是自覺型的。文學集團相對於詩派來說，它的含意更爲廣泛，集團成員之間往往聯絡緊密，一般來說它的領袖是政治人物，有著尊崇的地位，可以左右當時的文壇。成員的身份具有雙重性，即官僚和文士。文學集團的形式有多種，比如皇家文學集團，包括太子文學集團，諸王文學集團、世族文學集團、朝廷文學集團等等。文學集團的成員對於文學領袖具有依賴性和附屬性，這就決定它的文學創作在某種程度上有著天生的缺陷。關於文學群體的特徵，王兆鵬在《宋南渡詞人群體研究》第一章第四節《群體特徵》中概括爲三點，即相對於正式的文學流派，文學群體具有鬆散性、流動性和開放型的特點。也就是說詩人群體它的成員往往是分散的，由於種種原因很難聚集到一起，但彼此之間有往來，有詩詞唱和，偶也聚會。同時，詩人群體成員不是一成不變的，往往具有開放性，也常常與群體之外的詩人廣泛的從遊唱和。這種特性使得整個群體始終保持著生機和活力，促進創作和發展，並擴大群體及其成員的社會聲譽和文學影響。基於這樣的界定，我們只能把皮陸詩人定位於詩派。

第一節　唐前詩人群體發展概略

中國古代文學的向前發展，固然是由多種因素促成的，但是，文人群體所產生的作用卻是不可低估的。古代的文人群體由於各種各樣的原因走到一起，形成集團或者流派，對於推動詩歌藝術的發展，發揮了巨大的作用。先秦時期我國就出現了士人群體，當時的所謂文人，是從「士」階層當中分化出來的一個獨立的群體。范文瀾在《中國通史簡編》中就說：「士大體分爲四類：一類是學士，如儒、墨、道、名、法、農等專門家，著書立說，反映當時社會各階級的思想，提出各種政治主張，在文化上有巨大貢獻。這一類人聲名大，待遇優……一類是策士，即所謂縱橫家。這一類人長於政論，富有才能，憑口舌辯說，得大官取富貴……一類是方士或術士，這一類人可分爲兩等，一等是天文、曆算、地理、醫藥、農業、技藝等學科的專門家，在文化上有巨大的貢獻；一等是陰陽、卜筮、占夢、神仙、房中術等騙取衣食的遊客。最下一類是食客，這一類人數量最大，流品最雜，其中包括雞鳴、狗盜、任俠、姦人、罪犯、賭徒、屠夫、刺客等無賴凶人，通過貴族將相來吸食勞動人民的血汗。」〔註 6〕范文瀾將先秦時期的士階層按性質分爲四類，那麼，先秦文人群體應該算是第一類了。其實，這些人的身份主要還是學士，他們的任務往往是提出不同的政治主張和要求，如果要硬性規定的話，充其量也只能定爲學人群體。胡大雷《中古文學集團》〔註 7〕第一章裏將先秦時期的文人集團分類爲三種，即學人集團、門客集團和國士集團。並且認爲先秦時期文人集團的形成是由於士人獨立身份的取得和精神自由的獲得相結合的結果，先秦文人集團也具有自主性。我倒是覺得，先秦時期我國的文學尚未獨立尚未自覺，因此不會出現文學家群體或者是文學家集團。

眞正具有文學意義的文學群體的出現應該是在漢代。漢代由政府出面曾組織過一些大型的文學活動，從而促成了一些文學群體的形成。漢代曾設置樂府機關采集歌謠，《漢書・禮樂志》載「至武帝定郊祀之禮，祠太一於甘泉，就乾位也；祭后土於汾陰，澤中方丘也。乃立樂府，采詩夜誦，有趙、代、秦、楚之謳。」〔註 8〕《漢書・藝文志》也說：「自孝武立樂府而采歌謠，於是有趙、代之謳，秦、楚之風，皆感於哀樂，緣事而發，亦可以觀風俗，知薄厚云。」〔註 9〕《漢書・藝文志》還記載其篇目一百三十八首。漢代樂府機關裏的文人一方面採集歌謠，另一方面自己也從事創作，《漢書・禮樂志》記載文人爲樂府機關作詩的情況說：「以李延年爲協律都尉，

〔註 6〕《中國通史簡編》，人民出版社，1965 年，第 248 到 249 頁。
〔註 7〕《中古文學集團》，廣西師大出版社，1996 年，第 2 頁。
〔註 8〕《漢書》卷二十二，第四冊，中華書局，2002 年，第 1045 頁。
〔註 9〕《漢書》卷三十，第六冊，中華書局，2002 年，第 1756 頁。

多舉司馬相如等數十人造爲詩賦，略論律呂，以合八音之調，作十九章之歌。」〔註10〕《漢書・佞倖傳》也說：「是時上方興天地諸祠，欲造樂，令司馬相如等作詩頌。延年輒承意弦歌所造詩，爲之新聲曲。」〔註11〕這說明，在漢代的時候確實有一批文人群體在爲樂府機關創作歌詩。皇帝們也常常在宮廷裏組織辭賦創作，班固《兩都賦序》云：「故言語侍從之臣，若司馬相如、虞丘壽王、東方朔、枚皋、王褒、劉向之屬，朝夕論思，日月獻納。而公卿大臣御史大夫倪寬、太常孔臧，太中大夫董仲舒、宗正劉德、太子太傅蕭望之等，時時間作。」〔註12〕《漢書・藝文志》就記載了這些「言語侍從之臣」與「公卿大夫」的賦作。朝廷有時候也下詔讓文人們寫賦，如《漢書・枚皋傳》云：「從行至甘泉、雍、河東，東巡狩，封泰山，塞決河宣房，遊觀三輔離宮館，臨山澤，弋獵射馭狗馬蹴鞠刻鏤，上有所感，輒使賦之。爲文疾，受詔輒成，故所賦者多。」〔註13〕再如《漢書・王褒傳》：「上令褒與張子僑等並待詔。數從褒等放獵，所幸宮館，輒爲歌頌，第其高下，以差賜帛。」〔註14〕上述二傳的記載可以得知，在漢武帝手下的確有一批專職的辭賦作家，隨時聽候皇帝的差遣，以辭賦創作爲職事，從而形成了一批文人群體。需要說明的是，漢代的文人地位低下，視賦家爲倡優、俳優，故而也談不上什麼眞正的文學獨立性。

在文學史上大放異彩的文學群體的出現，是在魏晉南北朝時期。三國時期，曹操是著名的政治家，同時他也愛好文學，周圍就聚集了不少的文學家，形成了文學史上著名的文人群體「三曹七子」。建安八年（公元203年）秋，曹操下《修學令》，「喪亂以來，十有五年，後生者不見仁義禮讓之風，吾甚傷之。其令郡國各修文學，縣滿五百

〔註10〕《漢書》卷二十二，第四冊，中華書局，2002年，第1045頁。
〔註11〕《漢書》卷九十三，第十一冊，中華書局，2002年，第3725頁。
〔註12〕《文選》卷一，中華書局，2005年，第21頁。
〔註13〕《漢書》卷五十一，第八冊，中華書局，2002年，第2367頁。
〔註14〕《漢書》卷六十四下，第九冊，中華書局，2002年，第2829頁。

戶置校官，選其鄉之俊造而教學之，庶幾先生之道不廢，而有以益於天下。」〔註15〕建安九年（公元204年），曹操攻佔鄴城，並在此建立了自己的根據地。建安十八年（公元213年），曹操自稱魏王，定都鄴城。隨著曹操軍事上的勝利，在文化上他也採取了很多措施，其中之一就是吸收大量的文人到幕府中來。建安文人在戰亂中也有了一個可以喘息的機會和安身立命的場所。對於這點，曹植在著名的《與楊德祖書》中說：「然今世作者，可略而言也。昔仲宣獨步於漢南，孔璋鷹揚於河朔，偉長擅名於青土，公幹振藻於海隅，德璉發跡於大魏，足下高視於上京。……吾王於是設天網以該之，頓八紘以掩之，今悉集茲國矣！」〔註16〕曹操霸業不斷擴張的過程實際上也就是文人陸續投身曹魏陣營的過程。孔融、阮瑀、陳琳、徐幹、王粲等都先後入曹魏。當然，文人們投奔曹營的主要原因還在於政治而非文學，視曹操「唯才是舉」的政策吸引著他們來圓建功立業之夢想的，但是在客觀上又的確促成了建安文學的發展。在曹操的引導下，曹植和曹丕也各自吸收了不少的文學家。《三國志》卷一《魏書・武帝紀》載：「十六年春正月，天子命公世子丕爲五官中郎將，置官屬，爲丞相副。」〔註17〕這裡所說的「置官屬」實際上指的是延攬人才，當然也包括文學之士。到建安二十二年（公元217年）曹丕立爲太子時，他手下的文士已經是粲然可觀了，有徐幹、應瑒、蘇林、劉廙、劉楨、王昶、鄭沖、荀緯等人。同樣，曹植手下也聚集了一批文士，包括邯鄲淳、司馬孚、任嘏、邢顒、鄭袤等人。當然，曹植、曹丕兄弟文學集團的成員也是在相互轉化的，比如徐幹、劉楨、應瑒等人先是在曹植陣營的，後來又轉移到曹丕陣營去的。

如此多的文人集中在一起，促進了詩歌的向前發展。這些文人經歷過戰亂，飽受兵燹之災害，對下層百姓的疾苦有著深刻的體驗和同

〔註15〕《三國志》卷一《魏書》《武帝紀》，第一冊，中華書局，1998年，第24頁。

〔註16〕《曹植集校注》，人民文學出版社，1984年，第153頁。

〔註17〕《三國志》卷一，第一冊，中華書局，1998年，第24頁。

情，其創作則以描寫戰亂、抒發憂患、渴望建功立業爲主。如王粲的《七哀詩》、陳琳的《飲馬長城窟行》、阮瑀的《駕出北郭門行》以及曹操本人的《蒿里行》、《苦寒行》、《觀滄海》、《短歌行》等作品，都是產生於亂世中的不朽名作。這些詩歌繼承了漢樂府的優良傳統，揭露現實，同情民眾，抒發理想，在思想上具有高度的進步性。在詩歌藝術上，這些作品更見個性，充溢著慷慨悲涼之氣，建安風骨自此而形成。劉勰《文心雕龍・時序篇》說：「觀其時文，雅好慷慨，良由世積亂離，風衰俗怨，並志深而筆長，故梗概而多氣也。」〔註 18〕「慷慨」「梗概」可以說是建安文學的特質，一直伴隨著建安文士的創作，在詩歌中時有表現，而且影響到唐詩，後世詩評家談及風骨，可以溯源至此。

可以說正是由於三曹父子的禮賢下士延攬人才，才致使「鄴下文人集團」正式形成，書寫了文學史上光輝的一頁。鍾嶸《詩品序》對此有過高度的評價，其云：「降及建安，曹公父子，篤好斯文；平原兄弟，鬱爲文棟；劉楨、王粲，爲其羽翼。次有攀龍托鳳，自致於屬車者，蓋將百計。彬彬之盛，大備於時矣。」〔註 19〕由於三曹父子的重視與扶持，此期文人的地位較前有了很大的改變。曹操信任文人，讓他們擔任一些重要的職務，比如讓徐幹任「司空軍師祭酒掾屬」，王粲、陳琳、阮瑀、路粹任「丞相軍事祭酒」，楊脩、繁欽任「丞相主簿」，應瑒、劉楨任「丞相掾屬」，陳琳任「門下督」等，同時又讓部分文人任曹丕、曹植等諸子官屬，如徐幹、應瑒任「五官中郎將文學」，劉楨任「平原侯庶子」，應瑒任「平原侯文學」等。隨著文人政治地位的提高，生活的較爲安定，文學的自覺性也逐步提上了日程，這是文學史上重要的一環。文士們有意識的創作了很多日常生活中的瑣細事務，舉凡動物、植物、珍飾、玩物、宴

〔註 18〕《增補文心雕龍校注》卷九，上冊，黃叔琳注、李詳補注、楊明照校注拾遺，中華書局，2000 年，第 541 頁。

〔註 19〕曹旭《詩品集注》，上海古籍出版社，1996 年，第 16 頁。

飲等，都成爲詩歌創作的對象，而且在技巧和辭采方面也有所貢獻。「鄴下文人集團」的首領當然是三曹父子，這時期文學創作的一個特點就是群體性，君臣之間相互酬唱交流的機會非常的多。曹丕《瑪瑙勒賦》序以及《寡婦賦》序中有「命陳琳、王粲作」、「命王粲並作之」等語。今查《全漢賦》〔註 20〕目錄，王粲、陳琳均有《瑪瑙賦》和《寡婦賦》存世。又如，據《先秦漢魏晉南北朝詩》〔註 21〕目錄可知，曹植、應瑒、劉楨三人均有《鬥雞》詩，曹丕、曹植、應瑒、劉楨、阮瑀皆有《公宴》詩，曹植、王粲皆有《三良詩》。此外，諸文士之間尚有大量的贈答詩和書信，甚至於還有相同題目的文章。例如，據《全上古三代秦漢三國六朝文》〔註 22〕目錄可知，應瑒、阮瑀皆有《文質論》，王粲、阮瑀皆有《弔夷、齊文》，曹丕、曹植、丁儀皆有《周成漢昭論》。曹丕隨曹操出獵，作有《校獵賦》，並命大家同作畋獵題材的賦，摯虞《文章流別論》說：「建安中，魏文帝從武帝出獵賦，命陳琳、王粲、應瑒、劉楨並作。琳爲《武獵》，粲爲《羽獵》，瑒爲《西獵》，楨爲《大閱》。」（《古文苑》卷七章樵注引《四部叢刊》本）曹植《七啓》序云：「昔枚乘作《七發》，傅毅作《七激》，張衡作《七辯》，崔駰作《七依》，辭各美麗，余有慕之焉。遂作《七啓》，並命王粲作焉。」〔註 23〕查《全漢賦》，知王粲所作爲《七釋》，徐幹所作爲《七喻》，可以看作是一時遊戲之作。文人群體的特徵之一就是群體創作，這在鄴下文人集團中發揮得淋漓盡致，這樣的群體創作，活躍了文學氣氛，激發了文人表現才華的欲望，充滿了文學創作的積極性，有利於文學的發展。建安文人群體成員之間，相互尊重，氣氛和諧，群體之間往往互爲贈答酬唱。

〔註 20〕《全漢賦》，費振剛、胡雙寶、宗明華輯校，北京大學出版社，1997 年。

〔註 21〕《先秦漢魏晉南北朝詩》，逯欽立輯校，中華書局，1995 年。

〔註 22〕《全上古三代秦漢三國六朝文》，嚴可均輯校，中華書局，1958 年。

〔註 23〕《曹植集校注》，人民文學出版社，1984 年，第 6 頁。

據《建安七子集》〔註 24〕可知，王粲就有《贈蔡子篤詩》、《贈士孫文始詩》、《贈文叔良詩》、《贈楊德祖詩》，徐幹有《答劉楨詩》，應瑒有《報趙淑麗詩》，劉楨有《贈徐幹詩》、《又贈徐幹詩》、《贈五官中郎將詩四首》等。據《曹植集校注》〔註 25〕可知，曹植有《贈徐幹》、《贈丁儀》、《贈王粲》、《贈丁儀王粲》等詩歌。這類贈答詩，或讚賞勉勵對方，或敘述友情，或抒發自己的遠大志向，都無不具有濃濃的抒情意蘊。這一時期的文壇相對比較活躍，加上三曹父子的提倡，無論是在詩歌數量還是質量方面都較前有了前進，不愧「彬彬之盛」之說。

隨著建安末年「七子」的相繼辭世，到了文帝黃初時期，鄴下文人集團事實上已經不復存在，詩人群體被零散的個體所代替。此期詩壇總的說來是冷淡，直到魏齊王曹芳正始年間（公元 240 到 248），才出現了以何晏、王弼、夏侯玄等人爲首的「正始名士」和以阮籍、嵇康爲首的「竹林名士」，稍微改寫了沉寂已久的文壇面貌。「正始名士」和「竹林名士」有著本質的不同，雖然這都是兩個文人群體，但是他們的組成人員、創作傾向、活動範圍都是不盡相同的。從成員上來說，「正始名士」主要由上層社會的士人組成，這些成員基本上都是朝廷權貴或者世家大族的子弟，故他們所談論的問題多爲政治，活動的主要方式爲廣泛的社交活動和玄學清談，關注政治參與政治的意識很明顯，相反文學的興致不濃厚。從「正始名士」流傳下來的著作看，基本上都是探討玄學命題的，如何晏的《道德二論》、《論語集解》；夏侯玄的《本玄論》、《道德論》；王弼的《老子注》、《周易注》、《周易略例》、《老子指略》、《論語釋疑》。這些論著具有較高的理論思維水平，有著高度的思辨性。「正始名士」這個文人群體嚴格意義上說不是文學群體，後人所豔稱的「正始之音」、「正始詩風」應該是指的另外一個群體，也就是「竹林名士」，

〔註 24〕俞紹初輯校《建安七子集》中華書局，2005 年。
〔註 25〕趙幼文《曹植集校注》，人民文學出版社，1983 年。

通常我們所說的「竹林七賢」。雖然「竹林七賢」也討論玄學問題，寫過關於這方面的著作，比如阮籍的《通易論》、《達莊論》、《通老論》，嵇康的《養生論》、《聲無哀樂論》、《釋私論》，向秀的《莊子注》等都是，但是，「竹林七賢」的代表人物阮籍、嵇康卻在文學上取得了巨大的成就。而且，由於「竹林七賢」的努力，使得正始文學由建安文學的梗概多氣特色向哲理化傾向轉變，開啓了中國古典詩歌另一個獨特的審美風貌，具有很高的文學史地位。

關於「竹林七賢」成員的組成，《晉書》卷四十九《嵇康傳》載：「所與神交者，唯陳留阮籍、河內山濤，豫其流者河內向秀、沛國劉伶、籍兄子咸、琅邪王戎，遂爲竹林之游，世所謂『竹林七賢』也。」〔註26〕又，《世說新語》卷下《任誕第二十三》也說：「陳留阮籍、譙國嵇康、河內山濤，三人年皆相比，康年少亞之。預此契者：沛國劉伶、陳留阮咸、河內向秀、琅邪王戎七人，常集於竹林之下，肆意酣暢，故世謂『竹林七賢』。」〔註27〕從這兩處記載可以看出，所謂「竹林七賢」是指阮籍、嵇康、向秀、阮咸、山濤、劉伶、王戎等人。當然，當時參加「竹林之游」的人一定不止這七個，例如《晉書》卷四十三《山濤傳》就說：「與嵇康、呂安善，後遇阮籍，便爲竹林之交，著忘言之契。」〔註28〕但主要是這七個人。「竹林七賢」在詩歌上較建安文學不同的一個特點是在作品中表現老、莊的人生境界，由此而帶來文學創作的哲理化傾向，詩歌的表達技巧也進一步的向前發展。

如果說建安文人的作品更多的揭露現實，抒發志向，多慷慨悲涼之氣，那麼，正始文人則多追求超現實的審美觀念和浪漫主義的藝術原則。玄學思想具有否定性思維的特點，如果表現在文學創作上，就是否定現實事物的具象之美，對客觀美持否定態度，作品中

〔註26〕《晉書》卷四十九，第五冊，中華書局，1997年，第1370頁。
〔註27〕徐震堮《世說新語校箋》下冊，中華書局，2001年，第390頁。
〔註28〕《晉書》卷四十三，第四冊，中華書局，1997年，第1223頁。

往往出現一些並不存在的逍遙世界。例如阮籍繼承了老子「大音希聲，大象無形」的思想，在《清思賦》〔註 29〕中就描寫了一個清虛的世界，這是一個可以擺脫世俗一切羈縛，精神自由遨遊的天地，從而否定了現實的美。作者描寫的自己想要會晤的女子，是有所寄託的，明顯的受到屈原《離騷》和曹植《洛神賦》的影響。它從「行之可見，非色之美；音之可聞，非色之善」的玄學命題出發，憑藉詩人豐富的想像，樹立了藝術想像的原則。在《大人先生傳》裏，阮籍也完全超脫於世俗之外，作精神的神遊。這種想像的境界在現實生活中是無法得到實現的，但是在文學創作上講，卻是一種新的追求，它開啓了玄言詩和遊仙詩的先端。與阮籍一樣，「竹林七賢」的另外一位重要人物嵇康也是追求自然的精神天地，如他的《兄秀才公穆入軍贈詩十九首》之十五、十八，《酒會詩七首》之二、之四，都是在優游容與中追求一種精神上的滿足，在自然的生命與美中領悟自然之道，嵇康把莊子的哲理的理想境界人間化和詩化了。

司馬炎在公元 265 年代魏自立，歷史進入晉朝。公元 280，晉滅吳，全國統一。到了晉武帝太康和晉惠帝元康年間，文壇又顯出活躍的局面，出現了一些文人群體，比較有名的有賈謐二十四友。賈謐母親的姐姐賈南風為晉惠帝的皇后，故賈謐一時權傾朝野，當時有才氣的著名文人投奔賈謐，盛極時有二十四人，號稱「二十四友」。《晉書》卷四十《賈謐傳》說：「開閣延賓，海內輻湊，貴游豪戚及浮競之徒，莫不盡禮事之。或著文章稱美謐，以方賈誼。渤海石崇歐陽建、滎陽潘岳、吳國陸機陸雲、蘭陵繆徵、京兆杜斌摯虞、琅邪諸葛詮、弘農王粹、襄陽杜育、南陽鄒捷、齊國左思、清河崔基、沛國劉瓌、汝南和郁周恢、安平牽秀、潁川陳昣、太原郭彰、高陽許猛、彭城劉訥、中山劉輿劉琨皆傅會於謐，號曰二十四友，其餘不得預焉。」〔註 30〕《資治通鑒》卷八十二也說：「於是

〔註 29〕《阮籍集校注》，中華書局，2004 年，第 29 頁。
〔註 30〕《晉書》卷四十，第四冊，中華書局，1997 年，第 1173 頁。

賈謐、郭璋權勢愈盛，賓客盈門。謐雖驕奢而好學，喜延士大夫。」這個文人集團歷來被視爲「貴游豪戚及浮競之徒」相聚在一起的組織，多阿諛奉承之徒，其中有以石崇和潘岳爲甚。到了晉惠帝永康元年，賈謐被趙王司馬倫所殺，這個組織就不復存在了。

到了東晉時期，文人群體出現了幾種新的面貌，值得注意。首先是文學士族的出現。陳寅恪先生討論魏晉六朝隋唐史，經常喜歡使用「文化高門」、「文化士族」、「文化世族」、「文化世家」、「文化顯族」、「儒家大族」等概念。〔註 31〕在陳先生的著述中，這些概念大體相同，可以通用。程章燦在《世族與六朝文學》中提出「世族文學集團」和「文學世族」的概念，認爲這是一種「以世族文人群體爲特徵而構成的文學集團」〔註 32〕其實，用什麼稱呼表達都可以，這裡我們就用「文學士族」作爲範疇。東晉劉宋時期，在文壇上執牛耳的是謝氏文學士族。謝氏是世家大族，本居陳郡陽夏（今河南太康），西晉末年北方戰亂，渡江後世居會稽（今浙江紹興）。《晉書》卷七十九《謝玄傳》載：「安嘗戒約子侄，因曰『子弟亦何豫人事，而正欲使其佳？』諸人莫有言者。玄答曰『譬如芝蘭玉樹，欲使其生於階庭耳。』」〔註 33〕謝氏家族不僅是一個政治家族，還是一個文學家族。上面謝安、謝玄叔侄之間的對話，顯示出了他們對自己家族的信心。謝氏子弟在文學上面的成就的確稱得上是「芝蘭玉樹」。這個文學家族的成員有謝安、謝玄、謝朗、謝道韞、謝琰、謝混、謝瞻、謝靈運、謝弘微、謝晦等，活動跨度也很大，從太元八年（公元 383 年）謝安功拜太保到義熙八年（公元 412 年）謝混死，中間約四十年時間。這個家族人才興旺，俊傑輩出。謝氏文學士族的文

〔註 31〕「文化高門」見氏著《陳寅恪文集》之二《金明館叢稿初編》第 149 頁，上海古籍出版社，1980 年，「文化士族」見同書第 57 頁，「文化世族」見同書第 51 頁，「文化世家」見同書第 51 頁，「文化顯族」見同書第 95 頁，「儒家大族」見同書第 44 頁。

〔註 32〕《世族與六朝文學》，黑龍江教育出版社，1998 年，第 24 頁和第 53 頁。

〔註 33〕《晉書》卷七十九，第七冊，中華書局，1997 年，第 2080 頁。

學活動主要是以聚會遊宴吟詩作賦爲主。這類聚會早期往往以謝安爲中心人物。《晉書》卷七十九《謝安傳》載：「又於土山營墅，樓館竹林甚盛，每攜中外子侄往來遊集，肴饌亦屢費百金。」〔註 34〕《世說新語》卷中《品藻第九》載：「謝公與時賢共賞說，遏、胡兒並在座。公問李弘度曰：『卿家平陽，何如樂令』？於是李潸然流涕曰『趙王篡逆，樂令親授璽綬。亡伯雅正，恥處亂朝，遂至仰藥。恐難以相比！此自顯於事實，非私親之言。』謝公語胡兒曰：『有識者果不異人意。』」〔註 35〕又，《世說新語》卷上《文學第四》載：「謝公因子弟集聚，問《毛詩》何句最佳，遏稱曰『昔我往矣，楊柳依依；今我來思，雨雪霏霏。』公曰：『訏謨定命，遠猷辰告。』謂此句，偏有雅人深致。」〔註 36〕在品評詩文的同時，謝氏家族子弟也進行即興創作，如《世說新語》卷上《言語第二》就記載了這麼一個故事，「謝太傅寒雪日內集，與兒女講論文義。俄而雪驟，公欣然曰：『白雪紛紛何所似？』兄子胡兒曰：『撒鹽空中差可擬。』兄女曰：『未若柳絮因風起。』公大笑樂。」〔註 37〕這樣的文學聚會的確是令人嚮往的，它充滿了愉悅和歡快。謝安作爲這個家族的族長，時常與家族成員進行文學聚會，指導子侄輩作詩，對提高詩歌藝術是極爲有益的。謝安過後，這個文學士族的領導人便是他的孫子謝混。《宋書》卷五十八《謝弘微傳》記載了謝混主持下的一個文學士族，「混風格高峻，少所交納，唯與族子靈運、瞻、曜、弘微並以文義賞會。嘗共宴處，居在烏衣巷，故所謂之烏衣之遊，混五言詩所云『昔爲烏衣游，戚戚皆親侄』者也。其外雖復高流時譽，莫敢造門。」〔註 38〕從這段話可以看出，「嘗共宴處」是文學聚會的手段或者是形式，「文義賞會」才是聚會的目的，而且，這種家族的文學活

〔註 34〕《晉書》卷七十九，第七冊，中華書局，1997 年，第 2072 頁。
〔註 35〕徐震堮《世說新語校箋》上冊，中華書局，2001 年，第 272 頁。
〔註 36〕徐震堮《世說新語校箋》上冊，中華書局，2001 年，第 103 頁。
〔註 37〕徐震堮《世說新語校箋》上冊，中華書局，2001 年，第 29 頁。
〔註 38〕《宋書》卷五十八，第五冊，中華書局，1978 年，第 1590 頁。

動，外人是不得參與的，具有封閉性。謝混還時常對子侄輩的文學才能予以評價，上引《宋書・謝弘微傳》對此說：「常云『阿遠剛躁負氣；阿客博而無撿；曜恃才而持操不篤；晦自知而納善不周，設復功濟三才，終亦以此爲恨；至如微子，吾無間然。』」適當的對家族成員的文學創作之優劣進行評價，也有助於文學的創作。至於這個家族的謝靈運、謝朓兩人，更是詩歌史上的重要人物，世稱「大謝小謝」。「大謝」謝靈運是中國山水詩派的的開創者，「小謝」謝朓是「永明體」的代表作家，二人的詩作清新秀雅，妙句頗多，如大謝的「池塘生春草，園柳變鳴禽」、「野曠沙岸淨，天高秋月明」，小謝的「餘霞散成綺，澄江淨如練」、「魚戲新荷動，鳥散餘花落」等，膾炙人口，流傳至今。他們的山水詩對後世影響很大，皮陸二人的《松陵集》中就有不少模仿「二謝」的詩歌。

其次是皇家文學集團的出現。所謂皇家文學集團，我認爲主要是由兩部分組成，一爲太子文學集團，一爲諸王文學集團。先看太子文學集團。比較有影響而且規模也較大的太子文學集團，在齊代有文惠太子文學集團，在梁代有昭明太子文學集團。文惠太子蕭長懋是齊國開國皇帝蕭道成的長孫，齊武帝蕭賾的長子，有才氣，善文學，在他的門下聚集了不少的文人。《南齊書》卷二十一《文惠太子傳》載：「宋元徽末，隨世祖在郢，世祖還鎭彭城拒沈攸之，使太子勞接將帥，親侍軍旅。除秘書郎，不拜。授輔國將軍，遷晉熙王撫軍主簿。事寧，世祖遣太子還都，太祖方創霸業，心存嫡嗣，謂太子曰：『汝還，吾事辦矣。』處之府東齋，令通文武賓客。」〔註 39〕《南史》卷四十四《蕭長懋傳》載：「引接朝士，人人自以爲得意。文武士多所招集，會稽虞炎、濟陽范岫、汝南周顒、陳郡袁廓，並以學行才能，應對左右。而武人略陽垣歷生、襄陽蔡道貴，拳勇秀出，當時以比關羽、張飛。其餘安定梁天惠、平原劉孝慶、

〔註 39〕《南齊書》卷二十一，第二冊，中華書局，1997 年，第 397 頁。

河東王世興、趙郡李居士、襄陽黃嗣祖、魚文、康絢之徒，並爲後來名將。」〔註 40〕從蕭道成著意讓蕭長懋「令通文武賓客」，到文惠太子自己「文武士多所招集」，可見蕭長懋有意識的培養文士，這就形成了以文惠太子爲中心的一個文人群體。據《南齊書・王思遠傳》、《南齊書・謝朓傳》、《南齊書・文學傳》、《梁書・沈約傳》、《梁書・范岫傳》、《梁書・許懋傳》、《梁書・陸杲傳》等記載得知，文惠太子文學集團的成員有虞炎、范岫、周顒、袁廓、王思遠、沈約、許懋、王僧孺、范述曾、任昉、陸杲、王融、謝朓、張融、劉繪等。這些人或任太子中庶子、太子步兵校尉，或任太子舍人、太子中舍人，從人員組成上來說，應該都是太子的東宮幕僚，但是另一方面，又都無形之中成爲太子文學活動的積極參與者。《南齊書・文惠太子傳》記載者蕭長懋主持的大型的文學活動有兩次。一次是在永明三年（公元 485），「永明三年，於崇正殿講《孝經》。」《南齊書・武帝本紀》載：「皇太子長懋講畢，當釋奠，王公以下可悉往觀禮。」《南齊書・禮志上》載：「其冬，皇太子講《孝經》，親臨釋奠，車駕幸聽。」永明三年的這場活動，在當時產生了很大的影響，許多詩人都有詩紀其事。據《先秦漢魏晉南北朝詩》目錄檢索，可知王儉有《侍皇太子釋奠宴詩》、蕭子良有《侍皇太子釋奠宴詩》、王思遠有《皇太子釋奠詩》、阮彥有《皇太子釋奠詩七章》、任昉有《爲王嫡子侍皇太子釋奠宴詩》、沈約有《侍皇太子釋奠宴詩》和《爲南郡王侍皇太子釋奠宴詩二首》、王僧孺有《皇太子釋奠詩六章》等。另外一次是永明五年，文惠太子「臨國學，親臨策試諸生」，與諸生討論「禮」，事後有詩紀事。這些活動雖然不是以文學爲主，但是事畢文士們大都有詩歌或文章記敘，從某種意義上老說，還是與文學有關。

與文惠太子文學集團相比，昭明太子文學集團無論是在規模上

〔註 40〕《南史》卷四十四，第四冊，中華書局，1997 年，第 1099 頁。

還是在文學成就上，都有所突破，體現了文學的發展性。昭明太子蕭統爲梁武帝長子，三歲立爲太子。《梁書》卷八《昭明太子傳》載：「性寬和容眾，喜慍不形於色。引納才學之士，賞愛無倦。恒自討論篇籍，或與學士商榷古今；閒則繼以文章著述，率以爲常。於時東宮有書幾三萬卷，名才並集，文學之盛，晉、宋以來未之有也。」〔註 41〕昭明太子性情溫和，禮賢下士，善於處理內部矛盾，故門下吸納了不少的文學俊傑。據《梁書・劉孝綽傳》、《梁書・王筠傳》、《梁書・殷芸傳》、《梁書・王規傳》、《梁書・陸襄傳》等資料記載，當時蕭統召集了殷芸、王筠、到洽、劉孝綽、明山賓、陸襄、王規、謝舉、王錫、張率、劉勰、徐勉、劉苞、杜之偉等文學之士與經學之士。昭明太子除了組織文學集會進行文學創作外，還組織編撰了不少的大型書籍，《梁書・昭明太子傳》載：「所著文集二十卷；又撰古今典誥文書，爲《正序》十卷；五言詩之善者，爲《文章英華》二十卷；《文選》三十卷。」所著文集二十卷當是蕭統自己的作品，《正序》十卷、《文章英華》二十卷、《文選》三十卷應該是太子文學集團集體編撰的產物。除了《文選》三十卷存世外，其他兩部著作已經亡佚。蕭統編選《文選》，對後世影響極大，而且，通過編選這部文學總集，蕭統推進了文學觀念的進化，使得文士的地位有了改善。

再看諸王文學集團。劉宋時期盛行諸王文學集團，比較有名氣的當數臨川王劉義慶文學集團，齊代的竟陵王蕭子良文學集團和晉安王蕭綱文學集團。這些諸王文學集團的性質和太子文學集團差不多，與其說是爲了延攬文學人才還不如說是爲了集聚政治勢力。所以這些諸王文學集團的文學成就總的說來都不太高。

此外，南北朝時期的文學集團除了家族文學集團、皇室文學集團外，我認爲還應該有朝廷重臣文學集團。爲了釣名沽譽和吸收人才，一些朝廷的重臣也招兵買馬廣延文學之士，比如東晉中葉時期

〔註 41〕《梁書》卷八，第一冊，中華書局，1997 年，第 167 頁。

的大軍閥桓溫手下就有一大批的文士群體，有名的如孟嘉、王獻之、顧愷之、袁宏、袁喬等，可以目之為桓溫文學集團。再比如梁武帝朝廷重臣裴子野，在他的周圍也聚集了一大批的文士。

南北朝時期的文學集團相當興盛，原因是多方面的。文學群體的崛起是文學發展史上的一件大事情，其極大地推進了文學的向前發展，綜合之，文學群體在文學史上的作用和意義有如下幾點：首先，文學集團的形成大規模大範圍地集聚了文學藝術人才，使得詩人作家們有了一個相對集中的安定的創作環境。其次，文學集團的形成有力地提高了文人的地位，使得文學創作成為「經國之大業，不朽之盛事。」吸引更多地士人從事文學創作事業。唐前的文學家集團從性質上來看，基本上屬於政治的附屬物，這種屬性決定了他們的文學創作受到政治的干擾，在內容和體裁上不可能有多大的創新。再次，文學集團通過組織集會從事文學創作活動，極大地促進了詩歌藝術的發展，開創了新的文風。同時，文學集團成員積極探索詩藝，編撰文學文集，使得大量的文學作品得以流傳後世。

第二節　詩人群體與唐詩史進程

前面我們說過，唐前的文學群體往往是統治階層的附屬品，這在某種程度上又恰恰限制了詩歌藝術的發展。那麼，這種情況在唐代是不是有所改觀呢？答案是肯定的。唐初統治集團吸取隋朝滅亡的教訓，採取了許多開明的政策，其中一條就是思想言論的自由，這對於文學藝術的發展無疑是一個福音。唐詩的繁榮原因是一個老話題，它的興盛原因同唐詩魅力的本身一樣，我想是無法徹底探索盡的。唐代詩歌藝術流派眾多，算得上是詩派的群體也不少。那麼，我們不禁要問，是不是詩人群體的形成對唐詩的繁榮也有很大的影響呢？答案是肯定的，唐代詩人群體也是唐詩繁榮的一個重要原因，在某種程度上它促進了唐詩史的進程。我們無法否認傑出的大詩人對唐詩發展的貢獻和影響，但是我們也應該看到，眾多的中小詩人對大詩人詩藝詩風形成過程的影響，這一點恰恰是人們所忽視的。唐詩的繁榮和發展是由多個因素構成的，這裡我們想對詩人群體與唐詩史進程作些客觀的描述。

美國學者宇文所安在《盛唐詩》的《序言》中說：「文學史不是名家的歷史。文學史必須包括名家，但是文學史最重要的作用，在於理解變化中的文學實踐，把當時的文學實踐作爲理解名家的語境。我們不應對一個長達百年的時期進行大刀闊斧的概括，而應該檢視較短的時期，作家群體，不同的區域。」〔註42〕在這裡，宇文所安特別提出「作家群體」、「不同的區域」兩個概念，這樣來解釋盛唐詩歌，或許更切合實際。作家生活在當時的時代中，總要與其他的詩人發生關係，相同經歷和文化背景的人聚集在一起，就有可能形成一個詩人群體。法國美學家丹納在《藝術哲學》第一章《藝術品的本質》中說：「藝術家本身，連同他所產生的全部作品，也不是孤立的。有一個包括藝術家在內的總體，比藝術家更廣大，就是他所隸屬的同時同地的藝術宗派或藝術家家族。」〔註43〕又說「這個藝術家本身還包括在一個更廣大的總體之類，就是在它周圍而趣味和它一致的社會。因爲風俗與時代精神對於群眾和對於藝術家是相同的；藝術家不是孤立的人。我們擱了幾世紀只聽到藝術家的聲音；但在傳到我們耳邊來的響亮的聲音之下，還能辨別出群眾的複雜而無窮的歌聲，像一大片低沉的嗡嗡聲一樣，在藝術家四周齊聲合唱。」丹納從種族、環境、時代三個原則出發，舉例說明偉大的藝術家並不是孤立的，而只是一個藝術家家族的傑出代表。這樣的藝術家可以代表當時的整個藝術面貌。雖然丹納說的主要是歐洲文藝復興時期的藝術家集團，但是我們認爲藝術在某種意義上來說應該是相通的，把它放在中國詩歌發展史裏來講，也是有啓發和借鑒作用的。

唐代的詩人群體較之前代，發生了很大的變化。前面我們講過，

〔註42〕賈晉華譯，三聯書店，2004年，第1頁。
〔註43〕傅雷譯，人民出版社，1997年，第4頁。

漢魏六朝時期的文學群體基本上都是屬於官方組織的，群體成員大多具有雙重的身份屬性，既是幕僚又是文人，成員之間的文學活動多以宴會、集會的形式進行，文學集團的領袖人物往往都是當政者，這樣勢必造成一種傾向，即文學的應酬性。文學活動成爲政治活動的一種補充。作品風格除了少數優秀的作家外，大都缺乏鮮明的個性，而且，限於環境等因素，文學群體的數量不是很多。在唐代，這種情況有了改觀。唐代的文學群體從屬性來看，固然也有由官方主持的，也就是所謂的皇室、朝廷文學群體，例如唐太宗貞觀年間的宮廷詩人群、唐中宗景龍年間的文館學士詩人群，然而，唐代更多的詩人群往往是民間士人自發組織起來的，這是唐代詩派的主流。從地域上看，唐代就有所謂的三大文學士族群體，李浩《唐代三大地域文學世族研究》第四章《唐代文學世族的地域構成》〔註44〕認爲這三大文學世族是關中文學世族群體、山東文學世族群體、江南文學世族群體。其中，這些文學世族中又分爲一些小的家族，例如關中文學世族就有京兆韋氏、京兆杜氏、弘農楊氏、武功蘇氏、河東柳氏、河東裴氏、河東薛氏；山東文學世族就包括清河崔氏、博陵崔氏、太原王氏、弘農宋氏；江南文學世族主要由東南吳姓士族和僑姓士族組成。從數量上看，三大地域文學家分佈的排列順序分別爲山東區域、江南區域、關中區域。此外，還有一些其他的文學士族，如洛陽元氏、扶風竇氏等等，大致概括了唐代文學士族群體的風貌。文學士族群體在一定意義上專指家族文學群體，這僅僅是唐代詩人群體的一部分。還有大量的文學群體是自發形成的，沒有家族的背景支持，例如大曆時期浙東詩人群和浙西詩人群，會昌時期的東都閒適詩人群，大中時期的襄陽詩人群，元和時期的睦州詩人群，咸通時期的蘇州詩人群，唐末五代的廬山詩人群，等等。

從詩人群體成員上看，唐代的文學群體更是多姿多彩。屬於朝

〔註44〕李浩《唐代三大地域文學士族研究》，中華書局，2002年，第105頁。

廷文學集團的就有貞觀宮廷詩人群和龍朔宮廷詩人群，聶永華《初唐宮廷詩風流變考論》〔註 45〕認爲初唐宮廷詩人群的發展經歷了四個時期，它的後期成員主要是由「神龍逐臣」和「景龍學士」兩大詩人群體構成，這些宮廷詩人群對唐詩流變的意義在於，於頌聖述德的傳統題材中加入了山水園林的內容，痛定思痛的人生反思，使他們的作品表現出對時事滄桑、宇宙人生的關注，顯示出詩歌題材的轉化。對健舉詩歌風格的倡導與實踐，形成了朗麗悠遠的格調。較爲寬鬆活躍的創作環境，詩歌競賽機會的增多，消解了宮廷詩的呆板滯重，表現出靈動的風格，預示著盛唐詩歌高潮的到來。屬於士大夫詩人群體的就有所謂的韓孟詩派、姚賈詩派、元白詩派等，這些文學群體的成員大都是朝廷命臣，屬於正統的文學流派。此外，還有大量的方外詩人群，數量眾多。據王秀林《晚唐五代詩僧群體研究》（復旦大學博士學位論文，2003）一文統計，僅僅晚唐五代時期，就有上十個詩僧群體，他們分別是廬山詩僧群、閩地詩僧群、吳越詩僧群、湖湘詩僧群、荊南詩僧群、西蜀詩僧群、嶺南詩僧群、長安詩僧群、北方詩僧群等，這些詩僧群數量可觀。

從詩歌流派和風格上看，唐代就有所謂的邊塞詩派、山水詩派，當然，這些詩派也會創作其他題材的詩歌，別的詩派也會創作邊塞、山水題材方面作品。但是在唐代詩壇上確實是有這些流派存在的。

唐代的詩人群體從類型上固然可以分爲很多種，但是他們都有一個共性，就是這些詩人群基本上都有自己的創作主導風格，有自己的詩歌主張，雖然詩人群成員內部之間創作有差異，在某些方面存在著爭議，但畢竟是同大於異。而且，唐代的詩人群往往在活動期間都會留下自己的作品集，成爲這個詩群的標誌。比如唐太宗貞觀宮廷詩人群的《翰林學士集》、唐中宗文館學士詩人群的《景龍文館記》、大曆時期浙東詩人群的《大曆年浙東聯唱集》、浙西詩人群的《吳興集》、會昌時期的洛陽閒適詩人群的《汝洛集》、《洛中集》、

〔註 45〕聶永華《初唐宮廷詩風流變考論》，中國社會科學出版社，2002 年。

《洛下遊賞宴集》，襄陽詩人群的《漢上題襟集》等。可以說，唐代的著名詩人基本上都參加過詩派的文學創作活動，從這個意義上說，詩派群體有力地促進了唐詩史的進程。

我們依據歷史的演變把唐詩史劃分爲四個階段，固然有很多的缺陷，但也大體揭示出了唐詩發展的面貌。唐詩發展的歷史正是以群體轉化爲基礎而進行嬗變與消長的。每一個唐詩作家群體的出現，都會有意識無意識的促使唐詩發展的歷史結構的變革，主要表現在某一個時期詩壇總體風貌的體派之間的聯接關係上。也就是說爲什麼一個時期的唐詩詩風面貌是這樣子的，而下一個時期的面貌是其他形式的，關鍵在於詩人群體的流變。他們之間既有承續也有新變，往往是新變大於承續。嚴羽《滄浪詩話．詩體》開創「唐初體、盛唐體、大曆體、元和體、晚唐體」之說，還是著眼於以階段性詩歌體格風貌爲時代性詩風變遷之標舉，他把詩風的嬗變跟時代變遷結合起來是一個創見。唐代的詩人群體，無論是怎樣的形態，皇室的也好，平民的也好，都會有意識的在題材體裁等方面創造新的詩歌格局，追求一種新的詩歌風貌，這樣也就推進了唐詩史的前進方向。詩人群體之間也有文學創作理論與創作實踐上反撥與鬥爭，有的時候還相當的激烈，往往由文學領域上昇到政治領域，但這恰好又是唐詩發展的一個外在動力。

初唐詩壇承續六朝遺風，宮體詩彌漫其間，以上官儀爲首的龍朔宮廷詩人群體的出現，扭轉了這種靡麗的詩風。《舊唐書．上官儀傳》:「龍朔二年，加銀青光祿大夫、西臺侍郎、同東西臺三品，兼弘文館學士如故。本以詞采自達，工於五言詩，好以綺錯婉媚爲本。儀既貴顯，故當時多有效其體者，時人謂爲上官體。」〔註 46〕那麼，上官體的特徵「綺錯婉媚」究竟指的是什麼呢，這關係到對上官體的評價。聶永華認爲是「以精緻而靈動的美感形式融入意蘊無窮的

〔註 46〕《舊唐書》卷八十，第八冊，中華書局，1992 年，第 2743 頁。

情志，以音韻諧暢的聲律美感創造心物融合無間、情景宛然密合的詩境，達成渾成秀朗、滋味醇厚的韻致。」〔註 47〕「上官體」以前是受到學術界批評的，但是，聶永華的研究給了「上官體」重新的評價，認爲「上官體」是由其女上官婉兒之手而得以發揚廣大，「文章四友」、沈宋之屬後來居上，經張說、張九齡之輩而影響到王灣、祖詠、盧象而注於王維一脈。下開大曆詩風，至晚唐司空圖，形成源遠流長之雅體，對唐詩風貌的形成產生了正面的推動作用。同時，「上官體」暢行宮廷詩壇二十餘年，形成了一個詩人群，這些群體致力於聲律、對偶等藝術手法的探索，又直接推動了唐代律詩的發展，所以，龍朔宮廷詩人群體的存在對唐詩史的貢獻很大。同時，初唐的另外一個詩人群體「初唐四傑」相繼登上文壇，作爲新興的庶族階層的詩人代表，四傑對宮廷貴族文學予以了有力的抨擊，揭開了唐代文學革命的序幕。楊炯《王子安集序》云：「龍朔初載，文場變體，爭構纖微，競爲雕刻，揉之以金玉龍鳳，亂之以朱紫青黃，影帶以徇其功，假對以稱其美，骨氣都盡，剛健不聞，思革其弊，用光志業」〔註 48〕，從楊炯的序中可以看出，四傑要「思革」的對象就是「上官體」，所要達到的效果就是序中所說的「長風以振，眾萌自偃。遂使繁綜淺術，無藩籬之固；紛繪小才，失金湯之險。積年綺碎，一朝清廓，翰苑豁如，詞林增峻，反諸宏博」，這實際上是四傑對龍朔宮廷詩人群體的一次發難與反撥，它具有兩重意義：一是標誌著唐詩的創作中心由宮廷向社會轉移，另外一個是唐詩特質轉型初建的完成由此向盛唐詩歌的過渡，也就是初唐詩風向盛唐詩風的轉變。這是唐詩史進程的一個重大的標誌，它是通過詩人群體的努力運作而完成的。

唐詩史上這樣的例證相當的多。初唐四傑對唐詩題材的擴展和

〔註 47〕聶永華《初唐宮廷詩風流變考論》，中國社會科學出版社，2002 年，第 157 頁。

〔註 48〕蔣清翊《王子安集注》，上海古籍出版社，1995 年，第 61 頁。

昂揚壯大的情感基調的形成具有重要意義，這已經是唐詩史上的定論。而且，在唐詩的體裁和體格上，四傑有著重大的貢獻，他們大力創作七言古詩，使得這種沉寂了多年的詩歌品種重新煥發光彩，成爲盛唐開天時期詩人們大力創作的體裁。所謂唐詩的壯美昂揚美學風範的形成，實際上是從四傑手中定型的。盧照鄰的《長安古意》、《行路難》，駱賓王的《帝京篇》、《疇昔篇》、《從軍中行路難》，王勃的《滕王閣》、《臨高臺》等，體格壯大，氣象雄渾，一洗初唐宮廷詩歌的格調卑小的弊端，爲盛唐氣象的到來鋪墊了基礎。這種宏尚的體格，張揚的個性，在於創造一種「飛馳倏忽，倜儻紛綸，鼓動包四海之名，變化成一家之體」（楊炯《王子安集序》）的新型歌行。這種歌行順應時代發展和詩體建設的要求，除最重要的氣骨精神外，在句式聲調、布局結構等方面也有重要的創造性嘗試。四傑的長篇七言歌行，在格式上平仄相間，數句轉韻，這種流蕩轉接的韻律結構有助於創造那種豪蕩跌落的宏偉氣勢與昂揚壯觀的眞實情感，使得詩歌骨氣端莊、跌宕激越，充滿氣勢。這種風格深深的影響盛唐開天詩人，我們說唐詩中的這種豪邁雋朗的七古詩風是由初唐四傑這個詩人群體開創的，可以毫無疑問。也就是說，一個詩人群體帶動了唐詩史的進程。

以上所舉是詩人群體對某種詩歌體裁和詩歌風格形成定型的貢獻。其實，在唐詩史進程中，任何一種運動、一種風貌的形成離開了詩人群體的參與，是不可能取得成功的。僅僅憑藉某個大詩人的呼籲和影響，都不可能成爲氣候。比如中唐時期的古文運動、新樂府運動，如果僅憑韓愈和白居易的身體力行大力創作，而沒有韓孟詩派和元白詩派的成員的積極參與，這兩個運動不可能取得成功。一種新的文學思潮的大力普及必然與眾人的積極參與有密切關係，唐詩史上的任何一種風格的形成都不是一兩個大詩人完成的，必然有一個群體甚至是多個群體的積極配合與呼應方能完成，這應該說是一種文學常識。所以，我們說詩人群體促進了唐詩史的進程，這個結論應該是穩妥可靠的。

第三節　皮陸詩派的形成與界定

皮陸詩派是晚唐時期一個較爲特殊的群體，之所以這樣說，是因爲這個詩派不像韓孟詩派、元白詩派那樣具有組織性，而且韓孟元白的成員往往具有複雜的背景，既有政治上的同盟，也有師生關係，而且活動的區域相對比較集中，成員之間的聯繫也比較緊密。對於皮陸詩派成員的組成與界定，是我們進行下一步研究的關鍵所在，這涉及到如何給這個詩人群體準確定位，如何科學評價他們的文學作品，因此在進行研究之前，有必要把這個問題弄清楚。我們先來看看學界的一些觀點。

尹楚彬《論皮陸詩派的形成》一文給皮陸下了定義：「這是一個以皮、陸爲代表的由下層士人組成的地區唱和群體。詩派成員整體社會地位低下：魏樸係『閉門窮學』的『處士』；陸龜蒙、顏萱、鄭璧、司馬都均未沾一第；皮日休、崔璐、羊昭業雖進士及第，卻俱未掛朝籍，均爲白衣；李縠釋褐出身，亦僅爲一節度幕僚；只有張賁做過正六品的廣文博士，但這也是一個清冷的閒職，並且唱和時已棄官學道。可以說，這是一群游離於當時政治生活之外的下層文士。」〔註 49〕在《試論皮陸詩派尚才自娛的唱和觀及其表現形態》中，尹楚彬說：「所謂皮陸詩派，據皮日休給詩派的唱和集《松陵集》所作的序中說，指唐末咸通年間因皮日休出佐蘇州崔璞幕府，與陸龜蒙結識，並以二人爲代表，由吳中及流寓吳中的下層士人組成的地區唱和群體。據《松陵集序》及《松陵集》卷一、卷二、卷九詩下題銜，這一群體成員有『前進士皮日休』、『進士鄭璧』、『進士司馬都』、『前浙東觀察推官兼殿中侍御史李縠』、『處士魏樸』、『前進士羊昭業』、『蘇州刺史崔璞』、凡十一人。除在詩派中處於附屬地位

〔註 49〕載《中國文學研究》，2001 年 4 期。

的崔璞外，詩派成員整體社會地位低下。吳中唱和自咸通十年秋至十二年春，前後持續近兩年，詩派成員共作詩六百七十四首，聯句問答十八首，其中皮、陸六百三十九首。」〔註 50〕在《從吳中唱和看皮陸詩派在唐宋詩史中的地位》〔註 51〕一文中，尹楚彬也表達了同樣的意思，茲不具引。他在上述三篇文章中對皮陸詩派體的形成和成員界定作了定義，概括起來，主要有兩點：一，皮陸詩人群體是一個詩派，目之爲「皮陸詩派」，成員有皮日休、陸龜蒙、鄭璧、司馬都、李縠、魏樸、羊昭業、崔璞、張賁、顏萱、崔璐，共十一人（但在《從吳中唱和看皮陸詩派在唐宋詩史中的地位》一文中尹氏又認爲詩派成員有十二人，此人是參與皮、陸《報恩寺南池聯句》唱和的名爲嵩起的失姓詩人）。二、皮陸詩派主要是個唱和詩派，成員多爲下層士人，詩派活動時間自咸通十年秋至十二年春，前後持續近兩年，詩派的作品限於《松陵集》。我們認爲一個詩派的形成應該有多種多樣的原因，只有各種條件具備的情況下才能叫做詩派，那麼，究竟一個詩派的形成有哪些必要的條件呢？大致說來有以下幾個：一爲創作主張。既然是一個詩派，那麼這個詩派應該會有成員間基本上是相近的創作主張，也就是這個詩派區別於其他詩派的標誌之處。同樣，這個詩派的創作風格雖然內部成員之間會有所不同，但是應該有一個主導的風格，例如韓孟詩派的主導風格就是險怪艱澀，元白詩派的主導風格是淺切通俗。二爲地域性。這裡所講的地域性應該包含兩方面的意思，一方面是說詩派的成員出身籍貫應該大致是一個地方的，例如江西詩派的成員，大部分都是江西人。另一方面是說這個詩派的成員主要活動在某一個區域，比如唐代大曆年間的浙西詩人群和浙東詩人群這兩大詩人群體，活動的範圍大多限於浙西和浙東，這從他們的兩部詩集《大曆年浙東聯唱集》和《吳興集》中可以明顯的看出。三爲交往酬唱情況。一個詩派的成

〔註 50〕載《南京師範大學文學院學報》，2002 年 4 期。

〔註 51〕載《中國文學研究》，2004 年 1 期。

員之間應該是相互交往的，這樣才能進行更多的聯繫，否則就不能稱爲一個詩派。從這三個條件來看，皮陸詩人群能否成爲一個詩派呢？答案是否定的。首先，皮陸詩人群體不是一個緊密性的創作集團，它的成員之間往往是分散性的，除了這個群體的主要人物皮日休、陸龜蒙咸通十年到咸通十二年在蘇州一起活動外，其他的人物基本上處於分散的狀態，雖有聯繫但不密切。其次，把一個唱和活動及其所參加的人物稱爲詩派，有失偏頗。既然是一個詩派，那麼，這個詩派的成員就應該有作品留存下來，可惜的是，《松陵集》中一共收入蘇州文會唱和詩篇 692 首，其中皮日休、陸龜蒙兩人就占 639 首。其他張賁 16 首，李縠、鄭璧各 4 首，顏萱 3 首，魏樸、司馬都、崔璞各 2 首，羊昭業、崔璐各 1 首。如此看來，除了皮陸的作品占絕大多數外，這個唱和集團的其他九位成員加起來共 35 首，從數量上來看，這樣的一個唱和群體很難叫一個詩派。再次，這個群體中除了皮陸在文學史上較有名氣外，其他的九位詩人則名不見經傳，不僅看不到作品問世，而且連生平事蹟也無從考辨。總之，把一個詩派的活動時間僅僅定位在兩年時間之內，在情理上無法讓人接受。綜上所說，我們認爲，尹楚彬所講的皮陸詩派無論是在成員定位上還是在時間區域上都是無法成立的。

王茂福《末世志士的吶喊和低吟——皮陸派詩人的理論與創作》認爲：「皮陸詩派是晚唐後期最重要的文學流派，它得名於皮日休、陸龜蒙，也可包括創作傾向與之一致的羅隱、杜荀鶴、聶夷中等。皮陸派在文學思想上操儒家實用的功利主義文學觀，繼承中唐古文運動，新樂府運動的傳統，強調文學要服務於社會政治，要批判現實，有補政教。」〔註 52〕作者依舊是稱呼這個群體爲「皮陸詩派」，不過跟尹楚彬三文所描述的不同，王茂福講皮陸詩派的成員由《松陵集》中的九位換成了羅隱、聶夷中、杜荀鶴等人。那麼，王文所謂的詩派在成員上、地域上、時間上和尹文已經有了明顯的不同，是否就可以

〔註 52〕載《寧夏大學學報》人文社會科學版 2001 年 4 期。

將之命名爲「皮陸詩派」了呢？我們經過思考，認爲是可能的。皮日休、陸龜蒙、羅隱、聶夷中、杜荀鶴等人前后有過彼此的交往，這可以從他們各自的詩集中看出來，而且，他們的創作主張、創作風格，活動區域都大致相同，形成一致的趨同性。最主要的是他們雖不是緊密的形成一個團體，但是他們的作品內容很接近。我們認爲，把這個晚唐詩壇上活躍的這群能夠反映現實的詩人稱爲詩派，應該是比較合乎實際的。

皮陸詩派的形成也是有一個過程的，在本節中將著重論述。皮陸詩派的主角當然是皮日休和陸龜蒙，「皮陸」之稱也正說明了此點。那麼，我們所要首先思考的問題是，「皮陸」並稱是何時出現的，因何而並稱？只有把這個問題弄清楚了，我們才能對皮陸詩派予以定位。皮日休、陸龜蒙在晚唐詩壇上的影響非常的大，文學史上將他們並稱爲「皮陸」。最早將皮日休陸龜蒙並稱爲「皮陸」的是他們的詩友張賁，張賁有《和皮陸酒病偶作》、《偶約道流終乖文會答皮陸》二詩，俱見《全唐詩》卷六百三十一。張賁的兩首詩在詩題中就直接稱呼皮日休、陸龜蒙爲「皮陸」，可見在皮日休、陸龜蒙生活的年代就已經有皮陸並稱了。宋代人稱呼皮陸的也很多。例如北宋初年錢易的《南部新書》就說：「嚴惲字子重，善爲詩，與杜牧友善，皮、陸常愛其篇什。」〔註 53〕北宋詩人張耒有《伏暑日唯食粥一甌盡屏人事逍遙效皮陸體》〔註 54〕一詩，詩題也是直接表明爲皮陸。各種詩話記載並稱「皮陸」的也有很多。比如嚴羽《滄浪詩話・詩評》就說：「和韻最害人詩，古人酬唱不次韻，此風始盛於元、白、皮、陸。而本朝諸賢乃以此而鬥工，遂至往復有八九和者。」〔註 55〕劉克莊在《後村詩話》裏也說：「皮陸皆唐季詩客」。〔註 56〕許學夷《詩源辯體》卷三十一：「至若王杜皮陸，乃怪惡奇醜，見之必唾其面，今好奇之士反

〔註 53〕錢易《南部新書》，中華書局，2002 年，第 7 頁。
〔註 54〕張耒《張耒集》卷十六，上冊，中華書局，2005 年，第 267 頁。
〔註 55〕郭紹虞《滄浪詩話校釋》，人民文學出版社，1983 年，第 193 頁。
〔註 56〕劉克莊《後村詩話》，中華書局，1983 年，第 246 頁。

以爲姣好而慕悅之，此人情之大變，不可以常理推也。」又，「韓、白古詩，本失之巧，而或以爲拙；王、杜、皮陸律詩，實流於惡，而或以爲巧，此千古大謬。蓋韓白機趣實有可觀，王、杜、皮、陸機趣略無所見也。今人好奇而識淺，故捨韓、白而取皮、陸。」〔註57〕謝榛《四溟詩話》卷四：「自唐以來，罕有賦者。皮日休陸龜蒙《館娃宮》之作，雖弔古得體，而無渾然氣格，窘於難韻故爾。」〔註58〕此外，還有大量的詩話著述將皮陸並稱的，茲不具舉。這些例子說明，皮陸並稱已經是一個文學史上的現象，在晚唐詩壇上有著重要的地位和影響，甚至形成了所謂的「皮陸體」，對北宋酬唱詩風的形成有著極其重要的影響。

從上面的引述中我們可以看出，「皮陸」並稱在當時和宋代就有較大的影響了。那麼，光皮、陸二人能否就可以組成一個詩派呢，恐怕是不行的。一個群體的形成應該是多個成員努力的結果，經過考慮，我們認爲，皮陸詩派應該包括以下的一些詩人，他們是皮日休、陸龜蒙、羅隱、杜荀鶴、聶夷中等人，理由如下：首先，這些詩人生活在同一個時代，彼此之間有過交往。皮日休、陸龜蒙兩年松陵唱和自不待言。羅隱與陸龜蒙是好朋友，《甲乙集》卷五有《寄陸龜蒙》詩一首：「龍樓李丞相，昔歲仰高文。黃閣尋無主，青山竟未焚。夜船乘海月，秋寺伴江雲。卻恐塵埃裏，浮名點污君。」〔註59〕此詩明代趙宧光等編撰的《萬首唐人絕句》作《寄陸魯望》，僅有前四句。《唐詩紀事》卷六十四云：「龜蒙攻文，與顏蕘、皮日休、羅隱、吳融友善。」〔註60〕羅隱與杜荀鶴也是好友，《唐風集》卷一有《錢塘別羅隱》五律一首，卷二有《獻錢塘縣羅著作判官》七律一首，從詩中所描寫的內容來看，二人感情不一般。由此可見，

〔註57〕許學夷《詩源辯體》卷三十一，人民文學出版社，1998年，第298頁。

〔註58〕丁福保輯《歷代詩話續編》下冊，中華書局，1983年，第1223頁。

〔註59〕李之亮《羅隱詩集箋注》卷五，嶽麓書社，2001年，第142頁。

〔註60〕王仲鏞《唐詩紀事校箋》卷六十四，下冊，巴蜀書社，1992年，第1727頁。

這些詩人相互之間是彼此非常熟悉的，這是構成一個詩派的必要前提。其次，他們有著共同的詩歌主張，例如他們都積極遵循儒家詩教觀，以詩歌干預社會干預政治，提倡美刺詩學觀，並且身體力行的創作了大量反映社會現實、民生疾苦的詩篇。他們把中唐白居易元稹倡導的新樂府運動發揚光大，繼承樂府詩的優良傳統，將敘事、議論相結合，使樂府詩在晚唐再次煥發光彩。聶夷中的詩歌除了一首七律以外，全部是樂府詩和古詩。皮日休的《正樂府十篇》是白居易《新樂府》五十首的翻版。杜荀鶴、羅隱、陸龜蒙都創作了大量的樂府詩，或用舊題或譜新曲，無不是將樂府詩的現實主義精神傳承光大。他們都是寒士詩人，儘管他們大部分都是進士出身，但並沒有踏入仕途，長期在為生計奔波行走，接觸了廣泛的社會生活，創作出了一批優秀的現實主義詩歌。在詩歌風格上，他們都主張新變和風格的多樣化，不拘一格，形式多樣，算是晚唐詩歌最後一絲的餘暉。而且，這個詩人群的成員，如陸龜蒙、羅隱、皮日休都是晚唐小品文的主要作家，在小品文的內容和風格上具有相似性，而且在某種程度上他們的詩文互通，以文為詩，以詩為文，這說明他們之間有著溝通，在藝術上進行互補。所以，我們把他們當作一個詩派來看待，應該是不成問題的。實際上，學術界的一些研究成果，已經證明他們是一個詩人群體。例如游國恩主編的《中國文學史》和社科院文學所主編的《中國文學史》均把他們當作晚唐的一個現實主義詩派看待。余恕誠的《唐詩風貌》第六章《晚唐綺豔詩歌和窮士詩歌》〔註61〕把晚唐的詩人群分為兩部分，一個是以李商隱、杜牧、溫庭筠為首的綺豔詩派，另外一個就是以皮日休、陸龜蒙為首的窮士詩派。劉寧的《唐宋之際詩歌演變研究》第三章《唐末五代詩人研究》〔註62〕又把皮日休、陸龜蒙、羅隱、杜荀鶴劃分為干謁詩人群。理由是這群人長期在各地流浪，到處干謁，希

〔註61〕余恕誠《唐詩風貌》，安徽大學出版社，1997年，第104頁。

〔註62〕劉寧《唐宋之際詩歌演變研究》，北京師範大學出版社，2002年，第114頁。

望借助各種政治勢力踏上仕途。趙榮蔚《晚唐士風與詩風》第五章也把皮日休、陸龜蒙、羅隱、杜荀鶴、聶夷中等人劃分爲尚俗寒士詩人群，當然不止這五人，但以他們爲主。其他的一些唐詩學著作，如許總的《唐詩史》等也是把皮陸等人作爲一個詩人群看待的。可見，皮日休、陸龜蒙、羅隱、聶夷中、杜荀鶴等人成爲一個詩人群，應該是沒有問題的。讓我們看看這些人物都有什麼樣的經歷吧。

皮陸詩派中，幾乎每個詩人都熱衷於科舉考試，這也是他們唯一的一條仕進之路，所以每個人都抱以很大的期望。可以說皮陸詩人群的生活理想就是想通過科舉考試而進入政治中樞，發揮自己的才智，從而實施自己的人生抱負，留名青史。這個詩群中的大多數成員多年來爲了實現自己的理想而漂泊奔波，狂熱的政治激情在人生的轉折中不斷得到激蕩鼓動，儘管一次次的失敗也在所不惜，直到願望徹底落空才不得已而放棄，這是一種多麼失落的人生悲劇，從中映照了晚唐政治的頹敗，是當時社會的眞實寫照。

皮日休於咸通四年（公元 863 年）離開自己的家鄉襄陽，來到郢州，拜謁當時的郢州刺史鄭誠，爲他作《郢州孟亭記》。隨後又南浮沅、湘，作《悼賈》，對西漢時期政治家賈誼的「經濟之道」和「命世王佐之才」表示了極大的欽佩。是年秋天，皮日休漫遊到金陵，寫了《白門表》。後又到安徽的壽州、唐縣、霍山，江西的彭澤，「干者十數侯，繞者二萬里」（《太湖詩序》），廣泛而深入的瞭解當時官場的情況和社會風貌，創作了很多現實性很強的作品。咸通六年由安徽取道河南，經陝南入長安，爲次年的進士考試作準備。咸通七年春，應進士舉，未第。《皮子文藪》自序：「咸通丙戌中，日休射策不上第，退歸州東別墅，編次其文，復將貢於有司，發篋叢萃，繁如藪澤，因名其書曰《文藪》焉。」〔註 63〕《皮子文藪》卷十《三羞詩》其一序曰：「丙戌歲，日休射策不上，東退於肥陵。」其三序曰：「丙戌歲，

〔註 63〕《皮子文藪》，蕭滌非、鄭慶篤整理，上海古籍出版社，1981 年，第 2 頁。以下引用此書不再注明版次，只標卷數。

淮右蝗旱，日休寓小墅於州東，下第後歸之。」咸通八年（公元 867 年），皮日休再度入長安應進士第，以榜末及第。考取進士並沒有給皮日休帶來一官半職，他只得於次年離開長安，登華山、嵩山，從汴梁泛舟運河，抵達揚州，然後渡過長江，由鎮江到達蘇州。咸通十年（公元 869 年），崔璞以諫議大夫出為蘇州刺史，聘皮日休為軍事判官。咸通末或僖宗乾符初，皮日休再到長安，任太常博士。後回到吳中，任毗陵副使。廣明元年（公元 880 年），黃巢在長安建號稱帝，設置文武百官，任命皮日休為翰林學士。黃巢起義失敗後，皮氏為唐朝政府殺害〔註 64〕。

陸龜蒙本為宰輔後裔，出生於文學世家，他自云：「家為唐臣來，奕世唯稷契。只垂青白風，凜凜自貽厥。猶殘賜書在，編簡苦斷絕。其間忠孝字，萬古光不滅。孱孫誠懵昧，有志常搰搰。敢云嗣良弓，但欲終守節。喧嘩不入耳，讒佞不掛舌。仰詠堯舜言，俯遵周孔轍。」〔註 65〕《新唐書・陸龜蒙傳》云：「陸龜蒙字魯望，元方七世孫也。父賓虞，以文歷侍御史。龜蒙少高放，通六經大義，尤明春秋。」〔註 66〕陸元方是陸龜蒙的七世祖，曾任唐代宰相，父親陸賓虞也擔任過侍御史。其他的歷代祖先，如陸景倩為右臺監察御史，陸溥為少府少監，陸康為澤州刺史，可知他的家世還是不錯的。到了龜蒙這代，家道雖有衰落，但家中的產業還是頗為可觀。上引《新唐書・陸龜蒙傳》就說：「有田數百畝，屋三十楹……置園顧褚山下，歲取租茶，自判品第。」其在《甫里先生傳》中也說：「先生之居，有地數畝，有屋三十楹，有田奇十萬步，有牛不減四十蹄，有耕夫百餘指。」（《甫里先生文集》卷十六）陸龜蒙承襲祖風，從小熟讀經籍。

〔註 64〕此採劉揚忠說，見其著《皮日休簡論》，載《中國古典文學論叢》第一輯，人民文學出版社，1984 年，第 187 頁。

〔註 65〕《奉酬襲美先輩吳中苦雨一百韻》，《甫里先生文集》卷之一，宋景昌、王立群點校，河南大學出版社，1996 年，第 5 頁，以下所引陸龜蒙詩，均出此本，只標卷次頁碼，不再注明版次。

〔註 66〕《新唐書》卷一百九十六，第十八冊，中華書局，1975 年，第 5612 頁。

在《襲美先輩以龜蒙所獻五百言既蒙見知復示榮唱至千字提獎之重蔑有稱實再抒鄙懷用伸酬謝》詩中，龜蒙自述了他早年苦讀的情形：「少小不好弄，逡巡奉弓箕。雖然苦貧賤，未省親嚅咡。秋倚抱風桂，曉烹承露葵。窮年只敗袍，積日無晨炊。遠訪賣藥客，閒尋捕魚師。歸來蠹編上，得以含情窺。抗韻吟比雅，覃思念梲檷。」居喪亂之世，陸龜蒙「無名升甲乙，有志扶孟荀。守道希昔賢，爲文通古聖。」(《村夜二篇》其一）同一般士子一樣，有求取功名施展才華的熱情和抱負。陸龜蒙於咸通九年（公元 868 年）應舉，未中。《唐才子傳》卷八《陸龜蒙傳》云：「舉進士一不中，嘗從張搏遊，歷湖、蘇二州，將辟以自佐。」〔註 67〕陸龜蒙此前曾入睦州刺史陸墉幕，不得意。咸通十年，崔璞刺蘇州時，皮日休薦其入崔璞幕，兩人遂成詩友。陸龜蒙雖然一舉未中進士，但是心中還是戀戀不忘，其《秋賦有期因寄襲美時將主試貢士》：「雲似無心水似閒，忽思名在貢書間。煙霞鹿弁聊懸著，鄰里漁舠暫解還。文章病來猶滿篋，藥苗衰後即離山。廣寒宮樹枝多少，風送高低便可攀。」此時，皮日休在長安任太常博士，希望友人能予以提攜。皮日休《奉和魯望秋賦有期次韻》：「十載江湖盡是閒，客兒詩句滿人間。郡侯聞譽親邀得，鄉老知名不放還。應帶瓦花經汴水，更攜雲實出包山。太微宮裏環岡樹，無限瑤枝待爾攀。」可以看出皮日休也是希望陸龜蒙能赴京貢舉，此爲乾符四年春間事情。但是這次陸龜蒙沒有成行，殆因其時王仙芝起義軍活動於鄂襄一帶道路不通之故。我們從皮、陸兩人的詩集中也找不到此次陸龜蒙赴京貢舉的任何記載。在科舉道路上得不到功名就意味著遠離政治中心，縱有才華也報國無門，可謂英雄無用武之地。龜蒙只是短暫的做了幾次幕僚，在政治上不得意，加上他性情高放，只能效法古人走隱居之路過著逍遙世外的日子。計有功《唐詩紀事》卷八陸龜蒙條云：「龜蒙少高放，從張搏

〔註 67〕孫映逵《唐才子傳校注》卷八，中國社會科學出版社，1991 年，第 769 頁。

遊，歷湖蘇二州，辟以自佐，嘗至饒州，三日無所詣，刺史蔡京率官屬就見之，龜蒙不樂，拂衣去。不喜交流俗。」〔註 68〕不僅地方官員拜見龜蒙不接待，即便是朝廷徵召，他也不去。《新唐書》卷一百九十六本傳就說：「時謂江湖散人，或號天隨子、甫里先生，自比涪翁、漁夫、江上丈人。後以高士召，不至。李蔚、盧攜素與善，及當國，召拜左拾遺。詔方下，龜蒙卒。光化中，韋莊表龜蒙及孟郊等十人，皆贈右補闕。」〔註 69〕陸龜蒙後來移居松江甫里，以詩歌文章自娛自樂。龜蒙不結交官吏，但他卻與當時的詩人顏蕘、皮日休、羅隱、吳融等爲益友，相互詩歌酬唱，切磋學問。皮日休任蘇州刺史崔璞的從事時與陸龜蒙結識，一見如故訂爲至交，相互訪問相互酬唱，龜蒙將在蘇州期間與皮氏的唱和詩親自結集爲《松陵集》，友誼不同一般。羅隱與龜蒙也是摯友，其有《寄陸龜蒙》詩：「龍樓李丞相，昔歲仰高文。黃閣尋無主，青山竟未焚。夜船乘海月，秋寺伴江雲。卻恐塵埃裏，浮名點汚君。」〔註 70〕詩題下原注：「李相公在淮南征陸龜蒙詩。」據陶敏《全唐詩人名考證》卷六五五所考〔註 71〕，此「李相公」即李蔚，時爲檢校吏部尚書、揚州大都督府長史，兼淮南節度副大使，知節度事，算得上是一位顯赫的地方大員。孫光憲《北夢瑣言》卷六也說：「丞相李公蔚、盧公攜景重之。羅給事寄陸龜蒙詩云『龍樓李丞相，昔歲仰高文。黃閣尋無主，青山竟不焚』蓋嘗有徵聘之意。」〔註 72〕從這兩段記載可以看出，李蔚對陸龜蒙的器重，也看出羅隱與陸氏的交深。在政治上不

〔註 68〕王仲鏞《唐詩紀事校箋》卷六十四，上冊，巴蜀書社，1992 年，第 1727 頁。

〔註 69〕《新唐書》卷一百九十六，第十八冊，中華書局，1975 年，第 5613 頁。

〔註 70〕潘慧惠《羅隱集校注》，浙江古籍出版社，1995 年，第 138 頁。

〔註 71〕陶敏《全唐詩人名考證》卷六五五，陝西人民教育出版社，1996 年，第 906 頁。

〔註 72〕孫光憲《北夢瑣言》卷六，賈二強點校，中華書局，2002 年，第 136 頁。

得意，致使龜蒙隱逸山水，在自然中求得解脫，這毋寧說是他個人的悲劇還不如說是時代的悲劇。陸龜蒙的生活理想隨著政治理想的破滅而逐步發生變化，他留戀山水，熱愛生活，珍惜友情，抒寫心中的感發。龜蒙不乘馬，無事時乘小舟，設蓬席，時號江湖散人，或號天隨子、甫里先生，自比涪翁、江上丈人，後世稱他爲「處士」、「先賢」、「高士」。吳江建「三高祠」，把他與范蠡、張翰同列其中，可見人們對他的敬仰。

皮陸詩派中的主要人物皮日休、陸龜蒙走科舉考試之路是這樣的不如意，那麼其他的幾個詩人是不是處境就要好些呢？讓我們再來看看羅隱、杜荀鶴、聶夷中等人的科舉考試之路。羅隱原名橫，字昭諫，後因屢試不第才改名爲隱，可見羅隱在科舉考試上也是很不順利的。羅隱曾祖父和祖父都歷任過福州福堂縣令，父親也應過開元禮試，爲貴池尉。羅隱二十七歲就在貢籍，「才了十人，學殫百代」〔註 73〕，但是他應試了十次都沒有考取進士。《吳越備史・羅隱傳》說：「隱本名橫，凡十上不中第，遂更名。初從事湖南，歷淮、潤，皆不得意，乃歸新登。」《十國春秋・羅隱傳》也說：「隱本名橫，貌寢陋，凡十上不中第，遂更今名。」〔註 74〕羅隱自己也說：「隱大中末即在貢籍中，自己卯至於庚寅，一十二年，看人變化。」〔註 75〕可知羅隱應試是在咸通年間。羅隱向有「江東才子」之稱，爲什麼總是所至不遇呢？《舊五代史》卷二十四《羅隱傳》認爲羅隱是「詩名於天下，尤長於詠史，然多所譏諷，以故不中第。」〔註 76〕似乎與羅隱的性情高傲有關。事實上，羅隱也的確因爲自己的恃才自傲得罪過不少人，例如宋代陶岳《五代史補》卷一說：「羅

〔註 73〕沈崧《羅給事墓誌》，見李之亮《羅隱詩集箋注》附錄一《諸書傳記》，嶽麓書社，2001 年，第 396 頁。

〔註 74〕以上兩種羅隱傳見周勳初主編《唐人佚事彙編》第三冊，上海古籍出版社，1995 年，第 1546 頁。

〔註 75〕潘慧惠《羅隱集校注》，浙江古籍出版社，1995 年，第 555 頁。

〔註 76〕《舊五代史》卷二十四，中華書局，1966 年，第 326 頁。

隱在科場恃才傲物，尤為公卿所惡，故六舉不第。」〔註 77〕《唐才子傳》卷九《羅隱傳》也說：「隱恃才忽睨，眾頗憎忌。自以當得大用，而一第落落，傳食諸侯，因人成事，深怨唐室。詩文凡以譏刺為主，雖荒祠木偶，莫能免者。」〔註 78〕前面我們說過，唐代的科場基本上為權貴把持，營私舞弊任人唯親。羅隱自稱是「江左孤根」（《投鄭尚書啓》）、「族惟卑賤」（《投湖南王大夫啓》），朝中無人照應，自然只能是「五等列侯無故舊，一枝仙桂有風霜」（《長安秋夜》）據姚士麟《兩同書跋》記載：「昭宗欲以甲科處之，有大臣奏曰『隱雖有才，然多輕易，明皇聖德，尤橫遭譏謗，將相臣僚，豈能免乎淩轢。』帝問譏謗之詞，對曰『隱有《華清詩》曰：『樓殿重重佳氣多，開元時節號笙歌。也知道德勝堯舜，爭奈楊妃解笑何。』其事遂寢」〔註 79〕羅隱的性格孤傲，詩歌又鋒芒畢露，刺痛了統治者的心，使其又恨又怕，不為其所容也就理所當然的事情了。羅隱從宣宗大中十三年到懿宗咸通十一年這十二年時間裏一直困居在長安，年復一年的為進士考試奔波勞累，殊無結果。他想憑藉才學博取功名，但現實卻讓他處處碰壁，不得不離開長安，南下求職以供衣食。直到五十五歲得到吳越王錢鏐的賞識才得以有用武之地。此後，羅隱歷任錢塘令、秘書著作郎、鎮海軍掌書記等，直到他去世一直都沒有離開浙右。

聶夷中的生平事蹟記載比較簡略，計有功《唐詩紀事》和辛文房《唐才子傳》所載皆語焉不詳。《唐才子傳．聶夷中傳》說他「奮身草澤，備嘗辛楚，率多傷俗閔時之作，哀稼穡之艱難」〔註 80〕可

〔註 77〕周勳初主編《唐人佚事彙編》第三冊，上海古籍出版社，1995 年，第 1548 頁。

〔註 78〕孫映逵《唐才子傳校注》卷九，中國社會科學出版社，1991 年，第 817 頁。

〔註 79〕雍文華輯校《羅隱集》附錄二，中華書局，1983 年，第 352 頁。

〔註 80〕孫映逵《唐才子傳校注》卷九，中國社會科學出版社，1991 年，第 789 頁。

知夷中出身寒微。《北夢瑣言》卷二、《唐詩紀事》卷七十、《太平廣記》卷一八三均說聶夷中咸通十二年中進士第，與許棠、公乘億同榜。按唐制，進士中第後要經過吏部銓選，通過後方能授官，夷中依然得困居長安，爲生計奔波。然而，他既無金錢作資本，也沒有權貴作靠山，再加上性格耿直不善逢迎，生活之艱辛可想而知。其《住京寄同志》一詩，反映了他困守長安時的窘況：「在京如在道，日日先雞起。不離十二街，日行一百里。役役大塊上，周朝復秦市。貴賤與賢愚，古今同一軌。白天落天西，赤鴉飛海底。一日復一日，日日無終始。自嫌性如石，不達榮辱理。試問九十翁，吾今尚如此。」〔註 81〕好不容易通過了吏部的銓選，但是因爲戰亂，朝廷忙於打仗，竟無暇分配官職給他。後來總算是當上了華陰縣尉，「皀裘已弊，黃粱如珠，始得調華陰縣尉，之官惟琴書而已。」（見前引《唐才子傳‧聶夷中傳》）縣尉官職卑下，縣令就有權任意鞭打他們，稍不留意就會受盡折辱。杜牧《冬至日寄小侄阿宜詩》云：「參軍與簿尉，塵土驚劻勷。一語不中治，鞭箠身滿瘡。」〔註 82〕極爲形象地反映了主簿、縣尉等底層官吏動輒被治罪的遭遇。聶夷中在華陰任上還是盡量爲百姓作好事，但也很不如意，從聶夷中的厄運我們可以看到唐末黑暗政治的投影。杜荀鶴的生平事蹟史料記載的也很少，僅《舊五代史》有傳記，也不詳。他在《郊居即事投李給事》說：「江湖苦吟士，天地最窮人。」〔註 83〕「四海無寸土，一生唯苦吟。」（《寄從叔》）「食無三畝地，衣絕一株桑。」（《秋日寄吟友》）似乎出生在一個寒微的家庭，當然古人有時候寫詩難免要誇張一些，但他出生在一個無權無勢的普通庶族地主家庭則可以肯定，比如他反覆的說「三族不當路，長年猶布衣」（《寄從叔》）、「更

〔註 81〕《全唐詩》卷六百三十六，第十九冊，中華書局，2003 年，第 7298 頁。

〔註 82〕馮集梧《樊川詩集注》卷一，上海古籍出版社，1998 年，第 63 頁。

〔註 83〕胡嗣坤、羅琴《唐風集校注》，《杜荀鶴及其〈唐風集〉研究》上篇，巴蜀書社，2005 年，第 40 頁。

無親族在朝中」（《投從叔補闕》）出生在這樣的家庭要想日後能出人頭地，只有走科舉這條道路了。杜荀鶴也確實是用力攻讀，「賣卻屋邊三畝地，添成窗下一床書。」（《書齋即事》）在科舉的道路上他苦鬥了三十年左右的時間，飽嘗了人間的酸甜苦辣。有一次落第後杜荀鶴到江浙漫遊散心，在錢塘遇見了羅隱，此前羅隱與杜荀鶴在九華山曾隱居過一段時間，算是至交。這時候羅隱也沒有考取進士，兩個失意的詩人別後相逢。不禁觸景生情，灑下兩行熱淚。「江南江北閒爲客，湖去潮來老卻人。」（《春日行次錢塘卻寄台州姚中丞》）。杜荀鶴在科場失意但在文場有名氣，因此得到梁王朱全忠的接見，在朱全忠的庇祐下，杜荀鶴總算是考中了進士。這時他已經是快近五十的人了，後來朱全忠又推薦他爲翰林學士、主客員外郎、知制誥。雖然道路崎嶇些畢竟人生還是幸運的。

從以上的分析可以看出，皮陸詩派的成員處在這樣的社會環境和時代氛圍之中，縱有大志，也略無用武之地。這群詩人算得上是典型的寒士詩人，終身爲生計勞苦奔波，直到身心疲憊才不得已放棄自己的魏闕之想，轉身遁入山林，過起隱居生活來，所以這群詩人又算得上是隱逸詩人，人生理想經歷了重大的轉變。這群詩人有過基本相同的人生經歷，創作也大致分爲前後兩期，詩歌體裁、題材、風格都有所轉變，有的轉變很明顯，前後判若兩人，這在後面的章節中我們要重點論述的。寧靜秀麗的山水慰撫了詩人滄桑的心靈，使得他們創作出大量的山水詩，成爲唐代山水詩的餘響。

第四節　晚唐詩歌格局中的皮陸詩派

要探討皮陸詩派在晚唐詩歌格局中的定位，首先要瞭解晚唐時期的政局形勢和文學風貌，這樣才能較爲準確的把握皮陸詩派的創作及其特色。

晚唐的政治環境可以借助詩人李商隱的一句詩來描述，那就是

「夕陽無限好，只是近黃昏。」〔註 84〕的確，經過長期的戰亂，唐朝已經是一蹶不振了。安史之亂這場叛亂從根本上動搖了唐王朝的統治根基，也給後來的一系列的藩鎮叛亂樹立了榜樣。藩鎮的割據與叛亂一直是中晚唐社會的一大毒瘤，爲了平息這些叛亂，唐王朝政府付出了巨大的代價。甚至當河朔藩鎮於穆宗長慶年間再次叛亂後，由於朝廷無力平壓，反倒是出現了休戰的狀態，這種情形一直延續到宣宗大和末年。表面看來是社會安定的唐王朝實際上積聚著更大的矛盾衝突。

晚唐的七個皇帝中，的確有幾位想有所作爲，有過勵精圖治重整山河的打算。如唐文宗李昂「勵精求治，去奢求儉」、「中外翕然相賀，以爲太平可冀」〔註 85〕。武宗會昌之治曾使唐朝官民爲之一振，雖爲曇花一現，但也振奮人心。唐昭宗李曄「攻書好文，尤重儒術，神奇雄俊，有會昌之遺風。以先朝威武不振，國命浸微，而尊禮大臣，詳延道術，意在恢張舊業，號命天下，即位之始，中外稱之」。〔註 86〕但是，無論這些皇帝們作出怎樣的個人努力都不能挽回唐王朝的衰敗之勢，對於此點，《舊唐書》卷十一《代宗本紀》有過很好的解釋，「治道之失也，若河決金堤，火炎昆崗，雖神禹之乘四載，玄溟之灑八瀛，亦不能湮洪濤而撲烈焰者，何也？良以勢既壞而不能遽救也。」〔註 87〕歷史的向前發展不以個人意志爲轉移，何況大部分的晚唐皇帝均是無能之輩，尤其是皮陸詩派生活的咸通、乾符年間的兩個皇帝懿宗和僖宗，更爲不堪。咸通元年，唐懿宗李漼以中庸之才登位，十五年間幾無一善事可陳，而昏淫殘暴，

〔註 84〕《樂遊原》，劉學鍇、余恕誠《李商隱詩歌集解》第五冊，中華書局，1996 年，第 1943 頁。

〔註 85〕《資治通鑒》卷二百四十三《唐紀》五十九太和元年，第十七冊，中華書局，1982 年，第 7853 頁。

〔註 86〕《舊唐書》卷二十《昭宗本紀》，第三冊，中華書局，1997 年，第 735 頁。

〔註 87〕《舊唐書》卷十一，第二冊，中華書局，1997 年，第 267 頁。

可謂驚世駭目。李漼愛好音樂，殿前供奉樂工常近五百人。每月宴遊多次，水陸皆備，所費奢靡。咸通十一年（公元 870 年），寵妃郭淑妃所生同昌公主病卒，懿宗居然喪心病狂地殺害翰林醫官二十餘人，逮捕其親族三百餘人繫京兆獄。宰相劉瞻、京兆尹溫璋諫，均遭到貶斥，溫璋因此悲憤而死。次年葬同昌公主，「韋氏之人爭取庭祭之灰，汰其金銀。凡服玩，每物皆百二十輿，以錦繡、珠玉爲儀衛、明器，輝煥三十里；賜酒百斛，餅餤四十橐駝，以飼體夫。上與郭淑妃思公主不已，樂工李可及作《歎百年曲》，其聲淒婉，舞者數百人，發內庫雜室寶爲其首飾，以絁八百匹爲地衣，舞罷，珠璣覆地。」〔註 88〕李漼還「削軍賦而飾伽藍，困民財而修淨業」〔註 89〕，盤削民財以廣造佛寺，並於咸通十四年（公元 873 年）迎佛骨進京，奢靡程度更甚於元和年間迎佛骨的唐憲宗。懿宗死後，太子李儇爲宦官擁立，是爲唐僖宗。僖宗即位時年方十二，專事嬉遊，愛好鬥鵝、走馬，委政事於宦官田令孜，呼田令孜爲阿父，政權完全操於宦官之手。史載：「上年少，政在臣下，南牙、北司互相矛盾。自懿宗以來，奢靡日甚，用兵不息，賦斂愈急。關東連年水旱，州縣不以實聞，上下相蒙，百姓流殍，無所控訴，相聚爲盜，所在蜂起。」〔註 90〕在李儇即位的次年，王仙芝起義，越五年，黃巢攻入長安，朝政混亂不堪。僖宗卒後，其弟壽王李曄即位，是爲唐昭宗。光化三年（公元 900），昭宗爲宦官囚禁於鳳翔，後雖藉朱全忠之力殺盡宦官，但自己也爲朱全忠所殺害，朱全忠後來稱帝於汴州，改名晃，國號梁，唐朝國祚宣告終結。

皇帝都是這樣，臣下更爲混帳。宣宗大和末，朝廷統治愈加腐

〔註 88〕《資治通鑒》卷二百五十二《唐紀》六十八咸通十一年，第十七冊，中華書局，1982 年，第 8153 頁。

〔註 89〕《舊唐書》卷十九《懿宗本紀》，第三冊，中華書局，1997 年，第 649 頁。

〔註 90〕《資治通鑒》卷二百五十二《唐紀》六十八咸通十一年，第十七冊，中華書局，1982 年，第 8153 頁。

敗，貪贓枉法成爲常見的現象，「及爲宰相，以時風奢靡，居要位者尤納賄賂，遂成風俗，不暇更方遠害。且與貞元時甚向背矣。」〔註 91〕朝廷上層官吏是這樣的貪贓枉法，大肆賄賂，下層胥吏更是直接敲剝農民，以至於百姓對這些官吏皆「畏之如豺狼，惡之如仇敵」。〔註 92〕國無中興之君，朝中更無中興之臣和中興之將。唐朝之所以走向衰敗，一個很大的原因是皇帝用人不善。唐玄宗後期誤用李林甫、楊國忠，唐德宗誤用元載、盧杞，唐懿宗也誤用了奸相路岩和韋保衡。路岩和韋保衡狼狽爲奸，後因爭權遭到韋保衡排擠，出任西川節度使。韋保衡被任命爲宰相後，大肆弄權斂財，排斥異己。宰相王鐸、劉瞻、於琮都遭到過韋保衡的打擊和報復。朝廷成了爭權奪利的場所，連皇帝都感到不滿意。《唐語林》卷四曾載：「上舉玉如意指張說輩，歎曰『使吾得其中一人，則可見開元之理。』」〔註 93〕地主階層一方面藏匿田畝，「其間人戶逃移，田地荒廢。又近河諸縣，每年河路吞侵，沙苑側近，日有沙礫塡掩，百姓稅額已定，皆是虛額徵率。其間亦有豪富兼併，廣占阡陌，十分田地，才稅二三，致使窮獨逋亡，賦稅不辦，州縣轉破，實在於斯。」〔註 94〕另一方面又僞託假職逃避差役，於是，唐朝末期日趨繁重的兩稅差役就自然而然的轉嫁到廣大的貧農身上，農民除了暴動起義別無出路。唐宣宗大中十三年（公元 859 年）浙東爆發裘甫起義，揭開了唐末農民起義的序幕。裘甫起兵攻陷象山，進逼剡縣，浙東騷動。於次年又攻佔剡縣，「開府庫，募壯士，眾至數千人，越州大恐」、「既戰，陽敗走，官軍追之，半涉，決雍，水大至，官軍大

〔註 91〕《舊唐書》卷一百六十七《宋申錫傳》，第十三冊，中華書局，1997 年，第 4372 頁。

〔註 92〕《舊唐書》卷一百九十《劉蕡傳》，第十五冊，中華書局，1997 年，第 5064 頁。

〔註 93〕周勳初《唐語林校證》，上冊，中華書局，1997 年，第 368 頁。

〔註 94〕元稹《同州奏均田狀》，《元稹集》卷三十八，冀勤點校本，下冊，中華書局，2000 年，第 435 頁。

敗，三江皆死，官軍幾盡。」〔註 95〕裘甫義軍四面雲集，眾至三萬，分為三十二隊，自稱天下都知兵馬使，建元為羅平，聲勢大振。咸通三年（公元 862 年），裘甫義軍連續攻破了唐興、上虞、餘姚、慈谿、奉化、寧海，一路勢如破竹，所向披靡。繼裘甫之後，懿宗咸通九年（公元 868 年）徐泗地區爆發了龐勳起義，僖宗乾符元年（公元 874 年）濮州爆發了王仙芝起義。這兩次起義雖然最後為唐軍挫敗，但是兩次起義的農民軍官兵後又匯入另外一場更為壯大的黃巢大起義之中，積累了豐富的鬥爭經驗。乾符五年（公元 878 年），在王仙芝最後一支部隊為唐軍殲滅後，黃巢就成為整個義軍的統帥。黃巢義軍吸取經驗教訓，不為唐朝招安誘惑，態度堅決，轉戰南北，先後攻入洛陽，奪取長安，建立「大齊」政權，逼使唐僖宗繼唐玄宗之後又一次的流亡成都。歷時長達十年，可謂規模空前。黃巢起義雖然最後歸於失敗，但是從根本上動搖了唐朝政權的存在基礎。二十年後，唐朝便在苟延殘喘的風雨飄搖之中瓦解和分裂了，可以說，正是黃巢起義給了唐朝滅亡的致命一擊。

在外部環境上，唐朝也不容樂觀。咸通二年七月，南詔入侵，攻陷邕州，朝廷震驚。咸通三年三月，南詔又攻陷安南，「南詔復寇安南，經略使王寬數來告急，朝廷以前湖南觀察使蔡襲代之，仍發許、滑、徐、汴、荊、襄、潭、鄂等道兵各三萬人，授襲以禦之。兵勢既盛，蠻遂引去。」〔註 96〕一個小小的南詔國侵犯，朝廷居然要動用二十餘萬的兵力去對付，可見形勢是多麼的嚴峻。然而好景不長，到了十月，南詔再次侵犯，戰爭又一次的爆發。唐軍與南詔軍隊發生了拉鋸戰，相互僵持。咸通十年，南詔自安南撤走，把兵力轉向西川，連陷黎州、雅州、邛州、嘉州，次年進圍成都，為唐軍擊敗。僖宗乾符

〔註 95〕《資治通鑑》卷二百五十《唐紀》六十六咸通元年，第十七冊，中華書局，1982 年，第 8079 頁。

〔註 96〕《資治通鑑》卷二百五十《唐紀》六十六懿宗咸通三年，第十七冊，中華書局，1982 年，第 8097 頁。

元年（公元 874 年），南詔又進犯西川，唐朝政府任命高駢爲西川節度使，出兵反擊，局面才基本穩定下來。在西部，吐蕃出兵又入侵邠州、寧州，使唐王朝西南西北兩頭防禦，疲於抵抗。

在文學環境上，晚唐同樣也不容樂觀。總的說來，詩壇上追求纖麗綺靡的文風佔據主導地位，這可以從當時的幾部文學選集裏看出來。例如後蜀韋縠編的《才調集》，他在序中就說明了其選編的標準，「或閒窗展卷，或月榭行吟，韻高而桂魄爭光，詞麗而春色鬥美，但貴自樂所好，豈敢垂諸後昆。」〔註 97〕這種表現「閒窗展卷」、「月榭行吟」的詩歌作品，遠離社會生活和民生疾苦，敘寫自我心情，無關乎家國大事，而且在風格上講究「韻高」和「詞麗」，追求華美的形式，其實也就是綺靡文學。晚唐詩壇上題材較多的還是描寫男女情愛的豔情詩，這是六朝豔情文學的延續和傳繼，在晚唐這個時期更加變本加厲。例如韓偓的《香奩集序》裏就說：「遐思宮體，未敢稱庾信工文；卻誚玉臺，何必使徐陵作序？粗得捧心之態，幸無折齒之慚。柳巷青樓，未嘗糠秕；金閨秀戶，始預風流。咀五色之靈芝，香生九竅；咽三危之瑞露，美動七情。如有責其不經，亦望以功掩過。」〔註 98〕香奩本來是指婦女香閨之梳粧檯，韓偓以之作爲詩集名，由此可見裏面都是一些描寫什麼內容的作品。至於序中的「柳巷青樓」、「金閨秀戶」、「美動七情」等等字眼，已經明擺著告訴讀者詩集裏面所談爲何事。晚唐的一些詩人，像李商隱、杜牧、溫庭筠、薛逢、韓偓等，寫作了大量的豔情詩，在紙醉金迷之中麻痹自己的神經，暫時獲得心靈的快感，往往流露出一種悲觀與沮喪的情緒。這些詩人在數量上是很多的，他們身處亂世拋棄詩教理念，轉向自我心靈的淺吟低唱以及男女情事的描摹，追求形式的華美字句的綺豔，是六朝宮體文學的死僵復活。至於晚唐的另外一種詩歌

〔註 97〕傅璇琮編撰《唐人選唐詩新編》，陝西人民教育出版社，1996 年，第 691 頁。

〔註 98〕齊濤《韓偓詩集箋注》，山東教育出版社，2000 年，第 2 頁。

形式——詞，裏面更是大力描寫女人，趙崇祚所編《花間集》可以說是這種文學體裁的代表。從歐陽詢所作序中可以窺見一斑，其云：「鏤玉雕瓊，擬化工而迥巧；裁花剪葉，奪春豔以爭鮮。是以唱雲謠則金母詞清，挹霞醴則穆王心醉。名高白雪，聲聲而自合鸞歌，響遏行雲，字字而偏諧鳳律。楊柳大堤之句，樂府相傳；芙蓉曲渚之篇，豪家自製。莫不爭高門下，三千玳瑁之簪；競富樽前，數十珊瑚之樹。則有綺筵公子，繡幌佳人，遞葉葉之花箋，文抽麗錦；舉纖纖之玉指，拍案香檀。不無清絕之辭，用助嬌嬈之態。」〔註 99〕從《才調集序》到《花間集序》，可以表達晚唐文壇的大致走向。

皮陸詩派就是生活在這樣的一個環境裏。政治環境的黑暗導致他們的理想和抱負不能得以實現，只能長期的漂泊在社會底層。文學環境的空洞綺靡，使他們不得不另開一條新路與之相抗爭。實際上，皮陸詩派沒有受到這種綺靡文風的影響，他們擎起載道大旗，傳承韓、柳、元、白的文學精神，以詩文積極干預社會反映現實，創作出了一批優秀的藝術作品，這是他們對唐代文學的貢獻。下面我們就看看他們在晚唐文學中的定位。

晚唐詩的年代劃分，歷來存在著爭議。明代高棅《唐詩品匯·總敘》云：「降而開成以後，則有杜牧之之豪縱，溫飛卿之綺靡，李義山之隱僻，許用晦之偶對。他若劉滄、馬戴、李頻、李群玉輩，尚能勉勵氣格，將邁時流。此晚唐變態之極，而遺風餘韻猶有存者焉。」〔註 100〕高棅將唐文宗開成元年（公元 836 年）劃爲晚唐詩的起點，是有著獨到眼光的，但是高棅的劃分併沒有得到後人的認同。現今學界有關晚唐詩的劃分更是觀點多樣，難於統一。劉開揚《唐詩通論》（巴蜀書社 1998）、楊世明《唐詩史》（重慶出版社 1996）、陳伯海《唐詩學引論》（東方出版中心 1996）三部唐詩學著

〔註 99〕李誼《花間集注釋》，四川文藝出版社，1986 年，第 1 頁。
〔註 100〕高棅《唐詩品匯》，上海古籍出版社，1982 年，第 9 頁。

作均將唐敬宗寶曆元年（公元 825 年）定爲晚唐詩的起點時間，比高棅的劃法提前了十一年。倪其心《關於唐詩的分期》〔註 101〕一文則更早，定於唐穆宗長慶元年（公元 821）。當然也有推後的，例如田耕宇《文變染乎世情，興廢繫於時序》〔註 102〕就定爲唐武宗會昌元年（公元 841 年），王氣中《關於唐詩的分期》〔註 103〕更晚些，定爲唐僖宗咸通元年（公元 860），分別比高棅的時間晚了 5 年和 24 年。那麼，究竟哪種說法更符合實際一些呢？我們認爲，唐詩分期和唐史分期的劃分雖然在某種程度上有很大的必然聯繫，但是兩者之間還是應該有區別的。政治家可以以某年某天具體的日期宣佈改朝換代一個新的年代的到來，但是文學家卻不能齊刷刷的都在某年某天出生或者殉國。文學意識領域的變更要考慮到前後的轉承關係。中唐詩歌和晚唐詩歌的銜接點在哪裏呢？我們認爲主要在於一種詩風的變更，也就是晚唐詩不同於中唐詩的文學內在屬性，只有這樣的劃分才有意義。其中一個標誌就是表現在中唐時期詩人的離世和晚唐詩人的崛起，那麼我們看看究竟什麼時候比較合適。

把唐穆宗長慶元年（公元 821）和唐敬宗寶曆元年（公元 825 年）作爲晚唐詩的起點時間我們認爲有明顯的不妥。這是因爲雖然在這個時候中唐的一些重要的詩人比如韓愈、李賀、權德輿、柳宗元、孟郊、韋應物、劉長卿、顧況、盧綸等已經先後辭世，但是仍有一批同樣是重要的中唐詩人如白居易、元稹、劉禹錫、張籍、王建等依然活躍在詩壇，進行著詩歌創作。晚唐時期一些重要的代表性詩人這個時候還沒有成長和崛起。寶曆元年杜牧 22 歲，李商隱、溫庭筠 13 歲，羅隱 8 歲，曹鄴 9 歲，皮日休、陸龜蒙、韋莊、杜荀

〔註 101〕倪其心《關於唐詩的分期》，載《文學遺產》，1986 年 4 期。

〔註 102〕田耕宇《文變染乎世情，興廢繫於時序》，載《西南民族學院學報》，1990 年 1 期。

〔註 103〕王氣中《關於唐詩的分期》，載《南京大學學報》，1963 年 1 期。

鶴、聶夷中、鄭谷、韓偓等詩人還沒有出生，也就是說寶曆年間（寶曆只有 3 年）的詩壇還是中唐的活動空間。而到了唐文宗開成元年（公元 836 年）時，這個時候詩壇發生了較大的變化。中唐詩壇的代表人物元稹、張籍、王建等人去世，健在的大詩人白居易、劉禹錫已經到了晚年，詩歌創作進入尾聲，也基本上退出了詩歌舞臺。新一代的晚唐詩人，杜牧 32 歲，李商隱、溫庭筠 23 歲，曹鄴 20 歲，許渾 51 歲，他們的創作都已經進入盛期。而羅隱、韋莊、皮日休、陸龜蒙、聶夷中、司空圖等一批晚唐的代表詩人都在本年前後出生，詩壇的創作昭示著晚唐氣象的到來。至於把唐僖宗咸通元年（公元 860）作爲晚唐詩的起點時間，就更沒有意義了，因爲唐代到公元 907 年滅亡，如果這樣劃分的話，那麼晚唐詩壇才 37 年的時光，這是無論如何說不過去的。

一般說來，一個朝代的變更往往是由政治事件引起的，政權的更替是政治鬥爭的必然後果。重大的歷史事件可以改變歷史的進程，從而成爲一個朝代更替的象徵性的標誌。發生在唐玄宗天寶十四年（公元 755 年）的「安史之亂」被視爲是盛唐結束的分水嶺，那麼，中唐和晚唐之間是不是也有一個這樣的歷史事件作爲標誌呢？我們查閱史書後發現，恰好發生在唐文宗大和九年末(公元 835 年）的著名歷史事件「甘露之變」，對於晚唐的時間確定具有同樣重要的作用。「甘露之變」是發生在唐文宗大和九年十一月的一次宮廷事變，這場事變由大臣李訓、鄭柱具體策劃，唐文宗親自決定幕後操縱，最後弄巧成拙、事與願違而以悲劇結場。這場事變的起因是由於唐文宗想通過朝官之手發動政變，來剷除宦官專政帶來的弊端，動機是好的，但是由於李訓、鄭柱的急於求成、好大喜功、準備不足最後失敗，導致了更爲嚴重的後果。安史之亂後，唐代朝中分爲南司與北司，南司爲朝官，北司爲宦官，雙方勢力基本上保持平衡。甘露之變之前，唐順宗永貞年間，王叔文集團也曾想奪取宦官兵權，任用武將范希朝、韓泰，但是永貞革新沒有成功。甘露之變是唐文宗李昂的又一次向宦官奪權的事變，可惜再次失敗。這次失敗比永貞革新帶來的後果更爲嚴重，據《新唐書》卷一百七十九《李訓傳》〔註 104〕記載，這次事變中，李訓、鄭柱、王涯、王璠、賈餗、郭行餘、李孝本等朝官數千人被殺。事變後文宗李昂完全爲宦官所挾持，朝廷大權歸北司，形勢陡然劇變。司馬光《資治通鑒》卷二百四十五《唐紀》六十一文宗大和九年：「自是天下事皆決於北司，宰相行文書而已。宦官氣益盛，迫脅天子，下視宰相，陵暴朝士如草芥。」〔註 105〕可以說甘露之變是中唐政治向晚唐政治過渡的一個轉折點。這一事變直接影響到詩歌創作，全身遠禍是甘露之變後文人們的普遍心態，消極、逃避的思想，感傷、沉鬱的詩風彌漫在詩壇，預示著晚唐詩歌的到來。文學思想上，則由功利主義逐步轉向非功利主義，元和詩壇上的「諷喻說」不再佔有市場，詩人開始「以意爲主」，抒寫自己沉鬱幽深的情懷。所以說甘露之變也是中唐詩歌轉向晚唐詩歌的一個分水嶺。甘露之變的次年就是唐文宗開成元年，高棅把晚唐詩起點定位於這一年是有道理的。

陳伯海《唐詩學引論》之《別流篇》把晚唐詩的演變歷程又細分爲三個階段，「從敬宗寶曆元年初到宣宗大中末的三十五年，爲大中詩壇；懿宗咸通初至僖宗中和末的二十五年，爲咸通詩壇；僖宗光啓以後二十五年，爲唐末詩壇。」〔註 106〕基本上概括出了晚唐詩歌的走向，但也不是絕對的。皮陸詩派主要生活在懿宗、僖宗年間，那麼也就是陳伯海所說的咸通詩壇了。爲了較爲準確的對皮陸詩派在晚唐詩壇上定位，首先要弄清楚晚唐時期究竟有多少個詩人群體在活動，他們之間有何關係，又有何異同，這是一個重要的前提。讓我們先來看看歷來的的一些主要觀點。

最早給晚唐詩人劃分流派的，應該是唐代張爲的《詩人主客圖》

〔註 104〕《新唐書》，第十七冊，中華書局，1975 年，第 5309 頁。

〔註 105〕《資治通鑒》卷二百四十五《唐紀》六十一文宗大和九年，第十七冊，中華書局，1982 年，第 7919 頁。

〔註 106〕陳伯海《唐詩學引論》，東方出版中心 1996 年，第 130 頁。

〔註 107〕。《詩人主客圖》把中晚唐詩人大致劃分爲六個系列，被列爲「清奇雅正」和「清奇僻苦」系列中的「入室」、「升堂」、「及門」者，幾乎都是晚唐詩人。張爲認爲「清奇雅正」和「清奇僻苦」是晚唐的兩個重要的詩人流派，這在詩歌藝術特徵上確實是抓住了要害。明代楊愼《升菴詩話》卷十一「晚唐兩詩派」條云：「晚唐之詩分爲二派：一派學張籍，則朱慶餘、陳標、任蕃、章孝標、司空圖、項斯其人也；一派學賈島，則李洞、姚合、方干、喻凫、周賀（九僧）其人也。其間雖多，不越此二派，學乎其中，日趨於下。其詩不過五言律，更無古體。五言律起結皆平平，前聯俗語十字一串帶過，後聯謂之『頸聯』，極其用工。又忌用事，謂之『點鬼簿』，惟搜眼前景而深刻思之，所謂『吟成五個字，撚斷數莖鬚』也。余嘗笑之，彼之視詩道也狹矣。……晚唐惟韓柳爲大家。韓柳之外，元白自成家。餘如李賀孟郊祖騷宗謝，李義山杜牧之學杜甫，溫庭筠權德輿學六朝，馬戴李益不墮盛唐風格，不可以晚唐目之。數君子眞豪傑之士哉！彼學張籍賈島者，眞裩中之虱也。二派見張洎集序項斯詩，非余之臆說也。」〔註 108〕楊愼所謂晚唐詩分爲張籍、賈島二派，主要是指學習他們的近體詩，也就是學習他們的「五言律」，這恰好是張籍賈島的長處，也是晚唐詩歌的主要詩歌形式。其實賈島早年即與張籍韓愈交遊，詩風也很相似，可以看出兩派的一致性。張爲和楊愼的劃分有很大的局限性，不足以代表晚唐詩歌的風貌。

我們再看看當今學界的說法。余恕誠《唐詩風貌》第六章《晚唐綺豔詩歌與窮士詩歌》把晚唐詩壇分爲兩個大的詩人群體，一個是以李商隱、溫庭筠、杜牧爲代表的綺豔詩人群體，這個群體成員地位較高，「在詩史上的創變成就是多方面的，如對於律詩和絕句藝術的豐富，對於詠史、詠物詩的發展，都向爲人所肯定。但在多種

〔註 107〕 丁福保輯《歷代詩話續編》上冊，中華書局，2001 年，第 70 頁。
〔註 108〕 丁福保輯《歷代詩話續編》中冊，中華書局，2001 年，第 851 頁。

創變中最有意義的莫過於對心靈世界和綺豔題材的開拓。」〔註 109〕另外一個是以皮日休、陸龜蒙、方干等爲代表的窮士詩人群體，這群人遠離政治中心，長期在科舉考場上受困，甚至終身不第，窮困潦倒，屬於失意文人，在作品風貌上給人的感覺是收斂、淡冷和著意。「把晚唐詩壇的眾多詩家大體歸結爲兩種類型或兩個群體，決不意味著忽視同一群體之內詩人創作的差異，也並不抹煞大群體之內還可能有一些小的群體。兩大群體的劃分，無非是同屬一個群體內的詩家，在存異求同的時候，他們的一些比較共同或比較接近的方面，有明顯區別於另異群體之處，因而由這些特徵標誌出他們在客觀上構成了相對於另一群體而存在的一方。」〔註 110〕余先生是從詩人出身成分和詩歌風格兩方面來劃分的，頗有道理，可備一說。劉寧的博士論文《唐宋之際詩歌演變研究》（北京師範大學出版社 2002）第三章《唐末五代詩人群體》把晚唐的詩人群劃分爲四個，分別是寒素詩人群、貴冑詩人群、干謁詩人群、隱逸詩人群。其中寒素詩人群包括兩撥人馬，一爲繼承新樂府傳統的曹鄴、劉駕、聶夷中等，另爲以「咸通十哲」爲代表的李頻、張喬、許棠等人。貴冑詩人群包括韓偓、趙光遠，崔珏、鄭仁等人，這幫人出身顯族，或爲當朝顯貴子弟，活躍在長安詩壇，創作上主要繼承了李商隱以七律表現豔情的藝術影響，而且向朝廷詩人群發生著轉化。干謁詩人群主要有羅隱、皮日休、杜荀鶴、胡曾、李山甫等人。隱逸詩人群大致分爲三類，第一類以方干、陸龜蒙、司空圖爲代表；第二類以詩僧齊己、尚顏爲代表；第三類以陳陶、呂岩爲代表。干謁詩人群可以簡單的概括爲士隱、佛隱、道隱，並且認爲「唐末詩人群體的構成是以詩人的人生際遇爲最核心的要素，具有相同際遇的詩人之間，不一定由非常具體和密切的交遊關係，但由於彼此際遇相似，創作也體現出相同或近似的追求，並由此形成當時詩壇上值得注意的創作

〔註 109〕《唐詩風貌》，安徽大學出版社，1997 年，第 116 頁。
〔註 110〕《唐詩風貌》，安徽大學出版社，1997 年，第 106 頁。

去向。」〔註 111〕我們認爲，劉寧的劃分，將簡單的問題複雜化。寒素詩人群、貴冑詩人群是依據詩人身份劃分，而干謁詩人群、隱逸詩人群的劃分卻又是以詩人的生存狀況爲標準，前後的劃分標準不一致導致詩人群體劃分的混亂。試問，寒素詩人群和貴冑詩人群的成員就不能干謁和隱逸麼？恐怕不盡然的吧。而且，干謁和隱逸恰好正是寒素詩人的生活方式，這可以從很多詩人的詩作中看出。再看另一部博士論文，趙榮蔚的《晚唐士風與詩風》（上海古籍出版社 2004）。在這部著作中，趙榮蔚也將晚唐詩人群劃分爲四個，分別是以賈島、姚合、馬戴爲代表的苦吟詩人群，以許渾、劉滄、張祜、趙嘏爲代表的格律詩人群，以杜牧、李商隱、溫庭筠爲代表的感傷詩人群，以皮日休、陸龜蒙、羅隱爲代表的尙俗寒士詩人群。這種劃分基本上較爲準確。此外，還有一些其他劃分的，但大致和以上的幾種劃分差不多，這裡就不再舉例。

值得注意的是，以上的幾種劃分大都將皮陸作爲一個詩人群，而且定位於寒士詩人群，只是在某些具體的劃分上（比如成員的形成）略有差異，可見皮陸作爲一個詩人群已經得到了學術界的認可。那麼，在晚唐詩歌格局中，皮陸詩派又有哪些特質呢，換言之，皮陸作爲一個詩派不同於其他詩派表現在哪些地方呢？這是我們在下面的章節中將要弄清楚的問題。

〔註 111〕劉寧《唐宋之際詩歌演變研究》，北京師範大學出版社，2002 年，第 96 頁。

第二章　皮陸詩派的詩歌創作

第一節　皮陸詩派的詩歌理論

皮陸詩派在政治上雖然沒有取得什麼大的建樹，但在文學理論方面卻提出了不少新的見解，值得我們注意。他們的一些文學觀點往往是和其政治主張聯繫在一起的，具有某種功利性。前面我們論述過晚唐昏暗的政局和時代環境，在這樣看不到一絲希望的社會環境中，所有詩人不管他們的出身和經歷是如何的不同，政治態度和詩歌創作有多大的差異，但有一點他們是相同的，就是唐代國勢已去，朝政頹敗無可挽回的悲觀心理。晚唐是一個沉淪的時代，甚至連中唐人那樣的中興思想也看不到，更別說盛唐氣像那樣激昂人心的情愫。如果說中唐時期還是秋風夕陽，尚有一絲暖色，那麼晚唐便是落日過後的沉寂和寒冷。詩人們無論是做官還是避世隱居，都被一種消沉的心態所籠罩著。在這樣的背景下，晚唐的文學批評家們無論提出怎樣的創作主張，似乎都顯得有些蒼白無力，大抵不切實際。中唐的古文運動、新樂府運動之所以有號召力，能夠進行下去，關鍵是時代和政治需要，晚唐恰好缺乏這樣雄厚的基礎。文藝批評好比是一種奢侈品，只能在某種局部的範圍內存留，起不到它應有的社會作用。只有明白這點，我們才能對皮陸詩派的文學理論予以揭示。

皮陸詩派的成員在思想上大都屬於儒家一派，表現在文藝觀上依然是儒家正統的詩教觀，可以說弘揚儒家詩教觀是皮陸詩派文學思想的主要內容。皮日休是一位熱心用世的文人，他非常推崇歷史上的一些儒學大師，認爲周孔之道是正道，可以解決現實中的問題。陸龜蒙在《讀襄陽耆舊傳因作詩五百言寄皮襲美》中這樣描述皮日休的遠大志向：「嘗聞兒童歲，嬉戲陳俎豆。積漸開詞源，一派分萬溜。先崇丘旦室，大懼隳結構。次補荀孟垣，所貴亡罅漏。仰瞻三皇道，蟣虱在宇宙。卻視五霸圖，股掌弄孩幼。」（《甫里先生文集》卷一）皮日休自己在《皮子世錄》中也說：「嗚呼，聖賢命世，世不賤不足以立志，地不卑不足以立名。是知老子產於厲鄉，仲尼生於闕里。苟使李乾早胎，老子豈降？叔梁早亂，仲尼不生。賢既家有不足爲，立大功，致大化，振大名者，其在斯乎？」〔註 1〕皮氏相信儒家禮樂教化積極用事的傳統能拯救人心從而達到重建儒家道統的使命，故他推崇孟子，在《請孟子爲學科書》中說：「夫孟子之文，粲若經傳。天惜其道，不燼於秦。自漢氏得之，常置博士，以專其學。故其文，繼乎六藝，光乎百氏。眞聖人之微旨也。」〔註 2〕他推崇隋末的文中子王通，在《文中子碑》中他把王通與孔子、孟子相比，對其作了高度的評價：「夫仲尼刪詩、書，定禮、樂，贊周易，修春秋。先生則有禮論二十五篇，續詩三百六十篇，元經三十一篇，易贊七十篇。孟子之門人，有高第弟子公孫丑、萬章焉。先生則有薛收、李靖、魏徵、李勣、杜如晦、房玄齡。孟子之門人，鬱鬱於亂世；先生之門人，赫赫於盛時。較其道與孔、孟，豈徒然哉？設先生生於孔聖之世，余恐不在游、夏之亞，況七十子歟？」〔註 3〕。皮日休也同樣推崇韓愈，建議朝廷把韓愈陪享於孔子聖堂。在《請韓文公陪饗太學書》中，讚揚韓愈「身行聖人道，

〔註 1〕《皮子文藪》卷末，上海古籍出版社，1981 年，第 117 頁。
〔註 2〕《皮子文藪》卷九，上海古籍出版社，1981 年，第 89 頁。
〔註 3〕《皮子文藪》卷四，上海古籍出版社，1981 年，第 35 頁。

口吐聖人言」。皮日休之所以不遺餘力的弘揚儒教，鼓吹聖人之道，其目的在於經世致用爲社會服務。在《十原・原化》中，他簡要地勾勒出了自周公、孔子，到孟子，再到韓愈一脈相承的儒家道統。皮氏繼承和發展了韓愈的道統說，肯定了荀子和文中子的正統地位，強調「道」的實用性和功利性，希望在晚唐能出現像荀卿和王通那樣的大儒以濟時艱。基於此，皮日休在《易商君傳贊》中讚揚被後代正統儒家所指責的法家人物商鞅。在《移元徵君書》中鄙視那種爲了一己之名而隱居避世的個人行爲，呼喚隱士出山爲國爲民效力，成就萬世之偉業，由此可見皮日休的用世之心。皮氏的這種思想表現在文學觀念上就是強調詩歌的美刺教化功能，多有用志於用世救時之作，皮日休也是這樣進行詩歌創作的，可謂理論和實踐相一致。《皮子文藪》是他在咸通七年落第後退歸州東別墅後編訂的詩文集，目的在於爲來年的進士考試作行卷之用，故多有志於經世救時之作。《文藪》共十卷，其中辭賦二卷，文七卷，詩一卷。在《文藪序》中皮日休談論了自己對於各種文體的看法：「賦者，古詩之流也。傷前王太佚，作《憂賦》；慮民道難濟，作《河橋賦》；念下情不達，作《霍山賦》；憫寒士道壅，作《桃花賦》。《離騷》者，文之菁英傷於宏奧，今也不顯《離騷》，作《九諷》。文貴窮理，理貴原情，作《十原》。太樂既亡，至音不嗣，作《補周禮九夏歌》。兩漢庸儒，賤我左氏，作《春秋決疑》。其餘碑、銘、讚、頌、論、議、書、序，皆上剝遠非，下補近失，非空言也。較其道，可在古人之後矣。古風詩，編之文末，俾視之，粗俊于口也。」他認爲詩歌與各體文章在表達思想上是一樣的，應該把這些詩歌等同於各體文章。無論是詩歌還是文章，它們的寫作宗旨是「上剝遠非，下補近失」，也就是指陳分析歷史上和近現代的是非得失，使之有益於政治教化。在《桃花賦序》中說：「日休於文，尙矣。狀花卉，體風物，非有所諷，輒抑而不發。」〔註4〕寫景物重在勸諷，不是單

〔註4〕《皮子文藪》卷一，上海古籍出版社，1981年，第9頁。

純爲景而寫景，正與儒家功利主義的詩教觀相一致。在《悼賈序》中也說：「聖人之文與道也，求知與用，苟不在於一時，而在於百世之後者乎？」〔註5〕都是對「上剝遠非，下補近失」觀點的補充，具有鮮明的功利性。至於在《請韓文公配饗太學書》中稱讚作文要「無不裨造化、補時政」，在《請孟子爲學科書》中主張爲文要「汲汲以救時補教爲志」等等，都表現了儒家的文道觀，其精神實質都與詩教觀密切相關。皮日休特別重視屈原，創作了不少騷體詩，但是他不擬作《離騷》，原因在《文藪序》中已經說了，就是覺得《離騷》本身形式宏奧，文采瑰麗，不太符合儒家溫柔敦厚的詩教觀，所謂「《離騷》者，文之菁英，傷於宏奧，今也不顯《離騷》，作《九諷》」就是這個意思。還有，皮氏認爲後人擬寫《離騷》之作，太過於講究形式而忽視內容。他在《九諷系述並序》中就說：「是後詞人，摭而爲之。皆所以嗜其麗句，擇其逸藻者也……然自屈原以降，繼而作者，皆相去數百祀。足知其文難述，其詞罕繼者矣。」〔註6〕基於此，皮日休自己仿傚宋玉《九辯》、王褒《九懷》、劉向《九歎》、王逸《九思》等篇章而作《九諷》，目的即在於「而見志於斯文者，懼來世任臣之君因謗而去賢，持祿之士以猜而遠德，故復嗣數賢之作」（見上引《九諷系述並序》）希望君王能信任賢能，有利於國家的昌盛，著眼點還是放在時政方面，功利思想顯而易見。不難看出，皮日休依然是以儒家正統詩教觀來看待屈原作品以及後人之仿作的。《九諷》之後有《悼賈》一文，悲悼西漢政治家賈誼不受重用貶謫南國，文中說：「余悲生哀平之見棄，又生不能自用其道。嗚呼！聖人之文與道也，苟不在於一時，而在於百世之後者乎？」要求文學有益於時政，干預時政，即便是當時不能產生作用也寄希望於來世。

如果說上面有關皮氏儒家詩教觀的文藝主張重點放在文章方面的話，那麼，眞正關於詩歌創作的詩教觀則表現在《正樂府序》

〔註5〕《皮子文藪》卷二，上海古籍出版社，1981年，第17頁。
〔註6〕《皮子文藪》卷二，上海古籍出版社，1981年，第11頁。

上。皮日休受到中唐詩人元結的很大影響，在《文藪序》中他曾將《文藪》自比元結的《文編》，可見一斑。元結崇尚上古詩樂，作《補樂歌》十首，皮日休則作《補周禮九夏歌》九篇。元結作《系樂府》十二首，反應民生疾苦，序文說「古人詠歌不盡其情聲者，化金石以盡之。其歡怨甚耶戲盡歡怨之聲者，可以上感於上，下化於下。」〔註 7〕提倡詩歌的諷諫教化作用。皮日休也仿作《正樂府》十首，內容風格與元結的《系樂府》相近。在《正樂府序》中皮氏系統的表達了自己有關詩歌美刺教化的觀點：「樂府，蓋古聖王採天下之詩，欲以知國之利病。民之休戚者也。得之者，命司樂氏入之於塤篪，和之以管籥。詩之美也，聞之足以觀乎功；詩之刺也，聞之足以戒乎政。故周禮，太師之職掌教六詩。小師之職掌諷誦詩。由是觀之，樂府之道大矣。今之所謂樂府者，唯以魏、晉之侈麗，陳梁之浮豔，謂之樂府詩，眞不然矣！故嘗有可悲可懼者，時宣於詠歌，總十篇，故命曰《正樂府詩》。」〔註 8〕皮氏大力稱讚漢代的樂府詩歌，強調樂府詩在瞭解民生疾苦考察政治得失方面的作用。通過詩歌的社會功能來反應政治的得失一向是儒家正統詩教的主張，這種社會功利主義的觀點是儒家詩教的出發點。詩歌不僅要反應社會，更重要的是要干預社會，要通過美刺比興的手法或歌誦政治的成功或補察政治的缺失，使詩歌具有政治功能。皮日休還對魏晉、陳梁時期偏離樂府傳統的樂府詩作了批判。爲了糾正這種偏離，他自己創作了十首《正樂府》，這裡的「正」有正脈正統的意思，希望通過自己的創作恢復樂府詩本來的社會、政治功能，積極反映社會干預政治。樂府詩的根本精神在於反應民生疾苦，批判現實生活中的黑暗現象。皮氏對樂府詩的認識，是符合儒家詩教觀的，也是對白居易《與元九書》有關論述的一脈相承。

作爲皮陸詩派的另外一個重要人物陸龜蒙，在詩教觀的認識與

〔註 7〕郭紹虞主編《中國歷代文論選》第二冊，上海古籍出版社，2003 年，第 94 頁。

〔註 8〕《皮子文藪》卷十，上海古籍出版社，1981 年，第 107 頁。

論述上與皮日休有著一致性。陸龜蒙在自撰的《甫里先生傳》一文中說：「先生性野逸，好讀古聖人書。探六籍，識大義，就中樂《春秋》……少攻歌詩，欲與造物者爭柄，遇事輒變化不一，其體裁始則淩轢波濤，穿穴險固，囚鎖怪異，破碎陣敵，卒造平澹而後已。」（《甫里先生文集》卷十六）可見他在讀書寫詩方面是下過一番功夫的。在《紀事》詩中，他也說：「平生樂篇翰，至老安敢忘」（《甫里先生文集》卷三）。把讀書當作終身的愛好，陶冶自己的情趣。陸龜蒙看的都是正統的書籍，比如他就說過：「詩從騷雅得，字費鉛黃正」（《村夜二首》之一，《甫里先生文集》卷三）騷、雅分別指《離騷》和《詩經》，繼承中國詩歌史上的騷雅傳統，在某種程度上是符合儒家詩教觀的。「無名升甲乙，有志扶荀孟。守道希昔賢，爲文通古聖。」（《村夜二首》之一）這裡的「扶荀孟」、「希昔賢」、「通古聖」表達的都是一個意思，就是希望用詩歌的形式來宣傳弘揚「古聖」也即儒家先聖思想的意思，這是陸龜蒙詩學思想的主導層面，帶有一點尊經明道的意蘊。在《村夜二首》之二中他說的更爲具體：「平生守仁義，所疾唯阻詐。上誦周孔書，沉湎至酣藉。豈無致君術，堯舜馳上下。豈無活國方，頗牧齊教化。」陸氏之所以對儒家典籍如此爛熟於心，就是期望日後能學以致用，施之事功。倘若不能效時濟用的話，也可以當作是陶冶自己的性情，提高自己的修養，表現在詩文創作中，就帶有一種濃鬱的詩教說。縱觀陸氏一生，無以致宦，隱逸山林，自號「江湖散人」，爲國效命的機遇既然是渺茫的，那麼也只有以詩歌自娛自樂，用詩文來宣揚儒家思想了。這是一種無奈，也是晚唐一代士人的悲哀。在《復友生論文書》一文中，陸龜蒙對此有過表白：「況僕少不攻文章，止讀古聖人書，誦其言，思行其道，而未得者也。」「我自小讀六經、孟軻、揚雄之書，頗有熟者。求文之指趣規矩，無出於此。」（《甫里先生文集》卷十八）陸氏寫作詩文尋求「指趣規矩」，實際上就是從儒家典籍裏探尋思想淵藪，當然也就是以儒家思想爲創作標準的了。在詩歌創作中體現儒家思想、宣揚儒道，就是詩教說。陸龜蒙自始自終都把學習儒家正統的思想作爲自己的處世準則，作詩也以儒家詩學觀爲標準，他以恢復詩歌的風雅傳統和諷諫精神爲己任。他在《讀襄陽耆舊傳因作詩五百言寄皮襲美》中就說：「離騷既日月，九辯即列宿。卓哉悲秋辭，合在風雅右。」（《甫里先生文集》卷一）以風雅爲標準來評判屈原的《離騷》和宋玉的《九辯》，認爲他們的作品符合風雅精神。在另外一首長詩《襲美先輩以龜蒙所獻五百言既蒙見和復示榮唱至於千字提獎之重蔑有稱實再抒鄙懷用伸酬謝》中，他回顧了從先秦到唐代的詩歌發展概況，認爲南朝梁代之前的詩歌面貌涇渭分明，之後的詩歌則差參不齊，朱紫互奪，並且表示要以儒家傳統理論爲標準，來探尋那些符合風雅精神的詩作，藉以提高自己的詩歌水平。他說：「歸來蠹編上，得以含情窺。抗韻吟比雅，覃思念梲櫥。音知昭明前，剖石呈清琪。又嗟昭明後，敗葉埋芳蕤。縱有月旦評，未能天下知。徒爲強貔豹，不免參狐狸。」（《甫里先生文集》卷一）陸龜蒙可以說是從處處都在維護儒家倫理，他的文道觀是與儒家詩教觀相一致的。例如他在《苔並序》中就說過：「江文通嘗著《青苔賦》，置苔之狀則有之，勸之道雅未聞也。如此，則化下風上之旨廢，因復爲之，以嗣其聲云。」（《甫里先生文集》卷十四）陸氏站在儒家的立場上，批評江淹《青苔賦》狀物雖然很工致貼切，但沒有「勸道」的思想，廢棄了儒家詩教的「化下風上之旨」。因此陸龜蒙要「復因之」，就是要糾正江淹的缺失。本來古人認爲賦是「古詩之流」，陸龜蒙以儒家詩教說來指導寫作賦，可以視爲是他詩歌理論上堅持詩教說的外延。對於陸龜蒙的這種用心，北宋朱袞在《笠澤叢書後序》中曾予以揭示，他說：「進退取捨，君子之大節，惟循於道而不悖，然後無愧於聖人之門。非明輕重之理，知好惡之正者，未有不爲物所勝也。天隨子居衰亂之世，仕不苟合，家於松江，躬勞苦，甘淡薄，而以讀書考古爲事。所養者厚，故其爲文，氣完而志直，言辯而意深，一歸於尊君愛民，崇善沮惡，茲非所謂循於道而不悖者邪？」(《甫里先生文集》卷二十)「循於道而不悖」也就是陸龜蒙詩學觀的基本精神，當然這裡的所謂「道」指的是傳統意義上的儒學之道，這種道在亂世更具有積極的進步意義。皮陸詩派在唐末雖然沉淪不得志，但是仍然表現出對社會政治的極大關注，他們提倡現實主義詩歌創作精神，希望重整儒學之道以此來救世安邦，在這點上可以見出陸龜蒙詩學觀的積極意義。這種欲以儒學精神來匡正詩風，察補時缺的願望，正顯示出陸氏強烈的社會責任感。

除了皮日休、陸龜蒙外，其他的皮陸詩派的詩人成員也有不少關於詩教說的論述，茲作申論。杜荀鶴的詩學思想基本上與皮、陸相似，但也有不同之處。《讀友人詩》:「君詩通大雅，吟覺古風生。外卻浮華景，中含教化情。名應高日月，道可潤公卿。莫以孤寒恥，孤寒達更榮。」〔註 9〕友人的詩歌之所以引起杜荀鶴這麼高的評價，關鍵的一點是它符合儒家詩論的教化說。「名應高日月，道可潤公卿」當然是誇張的說法，但杜荀鶴卻也津津樂道，似乎只要作詩遵循詩教說，榮華富貴即可指日可待，這是不現實的空想，所以末聯詩人安慰朋友「莫以孤寒恥，孤寒達更榮」，算是惺惺相惜，也是藉以自慰。友人寫詩切入詩教杜荀鶴尚如此高興，他自己作詩更是以儒家正統詩教奉為圭臯。在《自敘》詩中他這樣描繪自己:「酒甕琴書伴病身，熟諳時事樂於貧。寧為宇宙閒吟客，怕作乾坤竊祿人。詩旨未能忘救物，世情奈值不容真。平生腑髒無言處，白髮我唐一逸人。」(《唐風集》卷二)寧願做一個寒微貧窮的苦吟詩人，也不願意做一個竊取祿位的達官貴人，這樣的認識在那個時代真是難能可貴。寫詩的目的是為了「救物」，所謂救物，就是拯救社會和濟民，而救物濟民是儒家人本思想的核心。關心社會關注民生疾苦是詩人的職責所在，寫詩不是為了文字遊戲玩弄風雅，而是為了

〔註 9〕杜荀鶴《唐風集》卷一，《景印文淵閣四庫全書》本，第 1083 冊，臺灣商務印書館 1983 年，第 594 頁。

爲民請命。正是杜荀鶴的這種文學思想和創作主張才促使他創作了一系列反映民生疾苦、具有現實主義精神的諷喻詩，使得杜荀鶴在晚唐詩壇上佔有一席之地。與皮日休、陸龜蒙一樣，杜荀鶴也是極度標榜《詩經》風雅的精神和傳統的。他十分推崇《詩經》風詩、雅詩的社會內容和教化作用，這也是《詩經》成爲儒家經典的主要原因。《毛詩序》云：「上以風化下，下以風刺上，主文而譎諫，言之者無罪，聞之者足以戒，故曰風。」「雅者，正也，言王政之所由興廢也。」風詩和雅詩的作用就是：「經夫婦，成孝敬，厚人倫，美教化，移風俗」〔註10〕，基本精神要求詩人的創作關心政治關心社會，有益於教化。《詩經》和後來的漢魏樂府傳承了這種優良的現實主義詩歌精神，成爲中國詩歌史上的主流。杜荀鶴多次在詩歌中對風詩和雅詩予以高度評價，比如：「言論關時務，篇章見國風。」（《秋日山中寄李處士》）「直應吾道在，未覺國風衰」（《維揚逢詩友張喬》）「吾宗不謁謁詩宗，常仰門風繼國風。」（《投從叔補闕》）「君詩通大雅，吟覺古風生。」（《讀友人詩》）他自己的詩歌創作也是以《詩經》的現實主義精神爲依傍的。顧雲《唐風集敘》云：「聖人嫌文教之未張，思得如高宗朝射洪拾遺陳公作詩，出沒二雅，馳騁建安，削苦澀僻碎，略淫靡淺切，破豔冶之堅陣，擒雕巧之酋帥，皆摧撞折角，崩潰解散，掃蕩辭場，廓清文祲。然後戴容州、劉隨州、王江寧率其徒揚鞭按轡，相與呵樂來朝於正道矣。以生詩有陳體，可以潤國風，廣王澤，固擢生以塞詔意，生勉爲中興詩家。」（《唐風集》卷首）提倡教化之意很明顯。顧雲還在《唐風集敘》中對杜荀鶴的詩歌作了如下的評論：「以僕故山偕隱者，出平生所著五七言三百篇，簡其雅麗清省激越之句，能使貪者廉，邪臣正，父慈子孝，兄良弟悌，人倫之紀備矣。其壯語大言，則決起逸發，可以左攬工部袂，右拍翰林肩，呑賈、島八九子於胸中，曾

〔註10〕《毛詩序》，郭紹虞主編《中國歷代文論選》第一冊，上海古籍出版社，2003年，第63頁。

不蔕介。或情動於中，則極思冥搜，神遊希夷，形死枯木，五聲勞於呼吸，萬象貧於抉剔，信詩家之雄傑者也。」顧雲的評價有些誇張，所謂杜荀鶴的詩歌能使「貪者廉，邪臣正，父慈子孝，兄良第悌」、可以「左攬工部袂，右拍翰林肩」，都是不切實際的一廂情願而已。但是，可以看出主詩教的傳統觀點在晚唐是格外受到詩家的重視的，這跟當時的社會環境大背景有關。但是，若對晚唐詩壇予以審視，就會發現詩歌的教化說在創作實踐中並沒有受到重視，也未被實行，對於此點，羅宗強在《隋唐五代文學思想史》第十一章《晚唐文學思想》下部分中作了分析，他說：「既然他們提倡儒家傳統的詩教說，推崇白居易的頌美諷刺的新樂府詩，那麼爲什麼他們自己又不實踐這樣的主張呢？問題又和這個時期一部分作家在散文上倡剝非補失一樣，只是一種傳統思想影響的自然反映，帶有空言明道的性質。因此，雖然從上述他們關於詩歌批評的文字中可以看到這個時期出現了詩教說，但卻不能認爲詩教說是這個時期詩歌思想的主要傾向。事實上它在創作實踐中並未被理會，在當時的詩壇上並無實際的地位。」〔註 11〕

羅隱作爲皮陸詩派的一位重要的成員，他也在詩文中主張文章應該弘揚儒家聖道，從而達到扶持教化，以詩歌淨化人心的目的。他在《答賀蘭友書》中就說：「然僕之所學者，不徒以競科級於今之人，蓋將以窺昔賢之行止，望作者之堂奧，期以方寸廣聖人之道。可則垂於後代，不可則庶幾致身於無愧之地，寧復慮時人之罪僕者歟？夫禮貌之於人，去就流俗，不可以不時。其進於秉筆立言，扶植教化，當使前無所避，後無所遜，豈以吾道沉浮於流俗者乎？仲尼之於《春秋》，懼之者，亂臣賊子耳，未聞有不亂不賊者疑仲尼於筆削之間。」〔註 12〕羅氏在這裡向朋友表明自己所學所作不僅僅是爲了科舉競

〔註 11〕羅宗強《隋唐五代文學思想史》第十一章，中華書局，1999 年，第 363 頁。

〔註 12〕潘慧惠《羅隱集校注》，浙江古籍出版社，1995 年，第 478 頁。

名，而是爲了能夠「將以窺昔賢之行止，望作者之堂奧，期以方寸廣聖人之道」，爲了推廣儒家聖賢之道，所以他主張寫作文章應該文道結合，以傳達儒家聖道爲目的，藉以推廣教化，這是他自己的詩學思想的一個重要內容。他在《代韋徵君遜官疏》中借韋徵君的口氣說話，也表達了這種思想，其曰：「臣少而孱病，自念材具不可攀望多士，退縮山野，掀攬遺蟲，無片言以裨教化，無一字以紀休明，行坐語默，寢食而已。豈知宸造過聽，好爵下授，所謂飾揉穴以冠帶，饗爰居以酒食者也。」〔註 13〕文章雖然是代人所寫，但未嘗不可以看作是羅氏的夫子自道。文中這位韋徵君所說的話可以看作是羅隱自己的意思，之所以韋徵君要辭官，關鍵在於他「無片言以裨教化，無一字以紀休明」，沒有以文章裨補教化紀述休明，當然這是一個推辭，從中可以看出羅隱對文章文道結合以弘揚教化的重視。羅氏這麼看重先聖之道，究竟是哪些人的道術呢，在《聖人理亂》文中他作了說明，其文曰：「周公之生也，天下理；仲尼之生也，天下亂。周公，聖人也；仲尼，亦聖人也。豈聖人出，天下有濟不濟者乎？夫周公席文、武之教，居叔父之尊，而天下又以聖人之道屬之，是位勝其道，天下不得不理也。仲尼之生也，源流梗絕，周室衰替，而天下以聖人之道屬之旅人，是位不勝其道，天下不得不亂也。」〔註 14〕原來先聖之道主要是指文王、武王、周公、孔子等人的道術，那還有沒有其他人的道呢？羅隱認爲還是有的，在《丹商非不肖》中他就說：「理天下者必曰陶唐氏，必曰有虞氏；嗣天下者必曰無若丹朱，無若商均。是唐、虞爲聖君，丹、商爲不肖矣。天下知丹、商之不肖，而不知丹、商之爲不肖不在于丹、商也，不知唐、虞用丹、商於不肖也。夫唐、虞之理，大無不周，幽無不照，遠無不被，苟不能肖其子，而天下可以肖乎？自家而國者，又如是乎？蓋唐、虞欲推大器於公共，故先以不肖之名廢之，然後俾家不自我而家，而子不自我而子。不在丹、商之肖與不

〔註 13〕潘慧惠《羅隱集校注》，浙江古籍出版社，1995 年，第 497 頁。
〔註 14〕潘慧惠《羅隱集校注》，浙江古籍出版社，1995 年，第 412 頁。

肖矣，不欲丹、商之蒙不肖之名於後世也。其肖也，我既廢之矣；其不肖也，不淩逼於人。是唐、虞之心示後代以公共。仲尼不瀉其旨者，將以正唐、虞之教耳，而猶湯放桀、武王伐紂焉。」〔註 15〕在文章中，羅隱認爲孔子之道源於堯、舜。從《聖人理亂》和《丹商非不肖》兩文中，可以見出羅隱所謂的儒家之道主要是堯、舜、文王、武王、孔子、孟子，這與韓愈《原道》中羅列的儒家道統同出一轍，可知羅隱反覆強調的道是儒家孔孟之道。在羅隱看來，治理國家必須具有文武之道，既要有武功，也要有文道，兩者缺一不可。在《兩同書·理亂第六》中他就論述了文武之道的重要性，他說：「夫國家之理亂，在乎文武之道。昔者聖人之造書契以通隱情，剡弓矢以威不服，二者古今之所存焉。然則文以致理，武以定亂。文雖致理，不必治其亂；武雖定亂，不必適其理。故防範在乎用武，勸理在乎用文，若手足之遞使，舟車之更載也。」〔註 16〕他強調的是治理國家必須文武兼備。文可以使倫理次序順然，社會風俗同昌，武可以安定國家，綏靖四方。作爲文學則是經世之良方，可以啓迪民心，陶冶性情，促進民風淳樸，社會安詳。從這點來看，羅隱的文學思想具有很強烈的經世致用的功利主義因素，這是皮陸詩派文學理論的一大共同特徵。

皮陸詩派在詩歌干預社會政治、關注民生疾苦方面繼承了儒家詩論的另外重要的一點，就是「美刺說」。「美刺說」也是儒家詩教說的一個重要部分，就是對社會政治問題有所美化或者有所怨刺，也就是對社會問題通過詩歌發表自己的見解。皮日休特別強調詩歌干預社會，無論是歌頌讚美還是補察缺失，其手段方法不外是通過「美刺」「比興」，這是中國詩歌史上從《詩經》、《楚辭》流傳下來的老傳統。皮氏在《正樂府十篇序》中說：「詩之美也，聞之足以觀乎功；詩之刺也，聞之足以戒乎政。」〔註 17〕，這與《毛詩序》

〔註 15〕潘慧惠《羅隱集校注》，浙江古籍出版社，1995 年，第 409 頁。
〔註 16〕潘慧惠《羅隱集校注》，浙江古籍出版社，1995 年，第 517 頁。
〔註 17〕《皮子文藪》卷十，上海古籍出版社，1981 年，第 107 頁。

所說的「經夫婦，成孝敬，厚人倫，美教化，移風俗」「上以風化下，下以風刺上，主文而譎諫，言之者無罪，聞之者足以戒」是同一個意思，他希望統治者能從詩歌裏面考見政治的得失，這也是對白居易新樂府詩歌理論的傳揚。皮日休不論是創作何種文體，都非常注意運用「美刺」「比興」的手法。關於「賦」，他在《文藪序》中說：「賦者，古詩之流也。傷前王太佚，作《憂賦》；慮民道難濟，作《河橋賦》；念下情不達，作《霍山賦》；憫寒士道壅，作《桃花賦》。」詩和賦雖爲不同的兩種文體，但詩賦同源，在表達內容上應該是一致地，而且從賦的體制而言，更具備「美刺」「比興」的功能。在《桃花賦並序》中他說：「狀花卉，體風物，非有所諷，輒掩而不發。」強調的也是勸諷，不徒寫景狀物，使詩歌有著豐厚的社會內容和現實意義。他創作的《正樂府十篇》這是著眼於「美刺」的角度，對社會中的不公平現象予以了嚴厲的批判。陸龜蒙對「美刺說」有所繼承，實際上陸氏的創作多「刺」少「美」，社會政治批判性很突出，歷史進步意義也很明顯。在《紀事》詩中說：「感物動牢愁，憤時頻肮髒。平生樂篇翰，至老安敢忘。駿骨正牽鹽，玄文終覆醬，嗟今多赤舌，見善惟蔽謗。」（《甫里先生文集》卷三）陸氏有感於國運危殆，政治黑暗，社會混亂，憤切之情通過筆墨而油然紙上。面對這一切，詩人充滿綺愁，激憤的時候不由慷慨痛切，其實是對社會的一種極度關注和批判。看起來沒有什麼特別突出的地方，實則爲詩人拳拳憂國之心愛國之忱。「美刺」雖爲刺，但又貴在美，表現的是一種溫柔敦厚的情懷和韻致。國家衰壞固然是由國君失職使然，但讒佞小人的胡作非爲敗國亂紀也是重要的原因，因此，「美刺」也表現在對讒佞小人的批判上。「嗟今多赤舌，見善惟蔽謗」，陸氏痛斥這些巧舌如簧惹是生非之徒。在著名的《雜諷九首》中，他對這些讒佞小人表現了更爲強烈的怨憤和譴責，「赤舌可燒城，讒邪易爲伍。詩人病之甚，取俾投豺狼」（《甫里先生文集》卷三）在這裡，詩人化用《詩經・小雅・巷伯》中的詩句，加強了批判的深度，富有更爲深廣的含意。較爲集中表現陸龜蒙「美刺」詩學思想的作品還有著名的《蠶賦並序》，其云：「荀卿子有《蠶賦》，楊泉亦爲之。皆言蠶有功於世，不斥其禍於民也。余激而賦之，極言其不可，能無意乎？詩人《碩鼠》之刺，於是乎在。」（《甫里先生文集》卷十四）荀子、楊泉皆有《蠶賦》，讚美「蠶有功於世」，然而陸龜蒙的《蠶賦》卻偏偏要「斥其禍於民」，而且還是「激而賦之」，對描寫對象的指斥，體現了「詩人《碩鼠》之刺」的精神，這就是「美刺說」中「刺」的意蘊。

「美刺說」在批判社會黑暗現象的同時，還表達了作者的情感傾向，不是爲批判而批判。皮日休、陸龜蒙都創作了不少樂府詩歌，繼承了漢魏樂府現實主義精神的優良傳統。樂府詩的一個主要創作特徵就是重視反映民生疾苦，批判社會黑暗現實，同情人民的苦難遭遇，也表達了作者的情感傾向，只有這樣的作品才能受到民眾的喜愛才能流傳下去。懿宗咸通十一年（公元 870），陸龜蒙寫詩稱讚皮日休「搜得萬古遺，裁成十編書。南山盛雲雨，東序堆瓊琚。」〔註 18〕。傅璇琮等認爲「所稱十編書，乃指皮日休反映現實之名作《正樂府十篇》」〔註 19〕所言極是。陸龜蒙在《笠澤叢書》裏也談到了他對於樂府詩的一些見解。《五歌序》說：「古者歌詠言。詩云：『我歌且謠』，《傳》曰：『勞者願歌其事。』吾言之拙艱，不足稱詠且謠，而歌其事者，非吾而誰？作《五歌》以自釋意。」〔註 20〕陸龜蒙是關心勞動人民的疾苦的，「歌詠言」、「詩言志」都是樸素的情感宣示，主體還是「勞者」，所謂「勞者願歌其事」，就是說將

〔註 18〕《松陵集》卷二，《景印文淵閣四庫全書》第 1332 冊，臺灣商務印書館 1983 年，第 185 頁。

〔註 19〕傅璇琮、吳在慶《唐五代文學編年史》晚唐卷，遼海出版社，1988 年，第 575 頁。

〔註 20〕《笠澤叢書》卷三，《景印文淵閣四庫全書》本，第 1083 冊，臺灣商務印書館 1983 年，第 253 頁。

勞動者的日常生活喜聞樂見的事情通過筆墨見諸筆端、攝入篇章，字裏行間流露出對勞動人民的不幸遭遇和悲慘命運的同情和憐憫，在揭露黑暗社會的同時也表達了詩人的愛憎思想，使得詩歌具有強烈的感染力。陸龜蒙力圖恢復和發揚漢魏樂府寫實的優良傳統，「吾言之拙艱，不足稱詠且謠，而歌其事，非吾而誰？」把詩歌反映民生疾苦當作自己義不容辭的事情，這在當時還是難能可貴的。陸龜蒙爲民生疾苦而大聲呼喊，希望能通過詩歌的反映而引起朝廷的重視，從而減息減租減輕民眾的負擔，使得人民安居樂業，國家繁榮昌盛。在《南涇漁父》一詩裏，深切同情「民皆死求捜，莫肯與愍悼」之餘，還希望將民眾的眞實情況上告朝廷，「倘遇采詩官，斯文誠敢告。」〔註 21〕正因爲陸龜蒙爲民生疾苦大聲呼喊極力奔走，引起了一些地方官吏的不滿，對此，陸龜蒙毫不在乎，例如他在《村夜二篇》之二中就說：「所悲勞者苦，敢用詞爲詫。只效芻牧言，誰防輕薄罵。」〔註 22〕皮日休也寫作了大量反映民生疾苦的詩篇，但更多的是表達自己懷才不遇的境況，故他特別重視抒寫個人失意不遇的情懷，體現了古代作家「發奮著書」的進步觀點。懷才不遇其實也是黑暗社會現象中的一種具體的表現，傾訴自己的華年流逝報國無門的苦悶情感也同樣具有現實意義。皮日休的詩學思想中就很注重這一點，主要表現在《九諷》、《悼賈》、《反招魂》等作品中。這些作品是儆仿屈原而作，對屈原、賈誼的失意遭際予以同情，實則是皮氏借他人酒杯澆自己胸中塊壘，抒發自己的懷才不遇的苦悶心情。《九諷系述並序》云：「在昔屈平既放，作《離騷經》，正詭俗而爲《九歌》，辨窮愁而爲《九章》。是後詞人，摭而爲之。皆所以嗜其麗句，擅其逸藻者也。」〔註 23〕在全面肯定屈原

〔註 21〕《笠澤叢書》卷四，《景印文淵閣四庫全書》本，第 1083 冊，臺灣商務印書館 1983 年，第 261 頁。

〔註 22〕《笠澤叢書》卷四，《景印文淵閣四庫全書》本，第 1083 冊，臺灣商務印書館 1983 年，第 260 頁。

〔註 23〕《皮子文藪》卷二，上海古籍出版社，1981 年，第 11 頁。

放逐窮困潦倒之際撰寫《離騷》抒發失意牢騷之時，皮氏對後人擬作《離騷》之作只得皮毛未得精髓表示了批評，指斥這些作品沒有「怨騷」精神，例如他批評王褒的《九懷》、劉向的《九歎》、王逸的《九思》等即是。他認爲擬作《離騷》要具有失意不偶、悲憤怨抑的情懷，他接著說：「昔者聖賢不偶命，必著書以見志，況斯文之怨抑歟？噫！吾之道不爲不明，吾之命未爲未偶，而見志於斯文者，懼來世任臣之君因謗而去賢，持祿之士以猜而遠德，故復嗣數賢之作，以九爲數，命之曰《九諷》焉。嗚呼！百世之下，復有修《離騷章句》者乎？則吾之文未過不爲乎《廣騷》、《悼騷》也。」對於強調詩歌要繼承抒寫作者失意不偶的傳統，這段話說得再明白不過了，從屈原的《離騷》抒發懷才不遇到司馬遷的「發奮著書」，再到揚雄等人的仿傚之作，直到皮氏自己的《九諷》，都反覆強調了這一點，實質都是「不偶命」，通過「斯文」也即「怨刺」的手法來表達「怨抑」的意思。皮日休在另外的一篇文章《悼賈並序》中也表達了這種思想。其文曰「生自以不得志，哀屈平之放逐，及渡沅、湘，沉文以弔之。……余悲生哀平之見棄，又不能自用其道。嗚呼！聖人之文與道也，求知與用，苟不在於一時，而在於百世之後者乎？其生之哀平歟？余之悲生歟？吾之道也，廢與用，幸未可知，但不知百世之後，得其文而存之者，復何人也。」屈原的放逐不得志引起了同樣是不得志的賈誼的同病相憐和惺惺相惜，兩位前賢的悲慘遭遇也引起了皮日休的共鳴，通過對屈原、賈誼不幸遭遇的同情，表達對自己懷才不遇的感慨。皮日休的這種在作品中抒寫失意不遇、表現自己主觀情感傾向的詩學思想是皮氏詩文創作的一個重要的理論支柱，在《皮子文藪》和《松陵集》中均有體現。

上面我們述論皮陸詩派詩歌理論所談到的詩教說、美刺說、情感說其實都是詩歌社會功能的一部分，就是通過詩歌干預社會政治，反映社會現實，那麼，對於創作者自己來說，詩歌具有哪些作用呢？皮陸詩派在這方面也有自己的觀點，那就是所謂的「自適說」，也就是詩歌的自娛自樂的功能。詩歌本來就是陶冶性情愉悅心情的一種工具，皮陸詩人之間大量的唱和作品可以視爲是「自適說」的一種具體表現。在這方面，皮陸詩派都有比較重要的論述。前面我們說過，皮陸詩派的創作大都可以分爲前後二期，詩歌內容與藝術風格前後也大都不同。大致說來，前期的作品以積極的反映社會干預現實爲主，詩歌的追求社會作用和功利目的都明顯，詩歌理論與創作手法具有比較鮮明的尊儒崇道的意蘊。而到了後期，尤其是這個群體詩人成員在松陵唱和時期，詩歌創作的面貌都發生了較大的變化，那麼，這個時候的詩歌理論更多的導向抒寫閒適生活，詩歌干預社會的主導傾向變成描寫身邊的日常瑣事，這個轉變是正常的。陸龜蒙由於仕途失意，長期隱居在故鄉松江甫里，俯仰詩書之間，寄情於山水之中，悠然自得。他在《自和》詩中說：「命既時相背，才非世所容。著書糧易絕，多病藥雜供。」（《甫里先生文集》卷三）雖然不涉塵世怡然自樂，但失意的憤懣和生活的困窘時時困擾著他的心靈。這個時候能夠排遣心中鬱悶心情的東西除了酒外，就是詩文了，對於這點，他在《自遣詩三十首序》中就談到過：「故疾未平，厭厭臥田舍中。農夫日以耒耜事相聒。每至夜分不睡，則百端興懷攪人思益紛亂無緒。且詩者，持也。謂持其情性使不暴去。」（《笠澤叢書》卷一）可見詩人雖然隱居故里但並沒有忘懷時世，「百端興懷攪人思益紛亂無緒」導致夜晚睡不著覺，這個時候只有借助詩歌來排憂解愁。關於「暴去」，錢鍾書先生是這樣解釋的：「『暴去』者，『淫』『傷』『亂』『愆』之謂，過度不中節也。」〔註 24〕就是說通過詩歌消解心中的激憤之情，達到心理上的平衡，借助詩歌來舒泄憂憤，以詩歌自遣約束和規範自己的性情。前引《五歌序》中的「作五歌以自釋意」說的也是這個意思。時局的動盪、生活的艱難、人生的苦悶，都使得詩人心緒憔悴，不免自艾自憐。陸氏在《自憐賦序》中就曾流露出來過這樣的思想：「既貧且疾，能無憂乎？憂既

〔註 24〕錢鍾書《管錐編》第一冊，中華書局，1979 年，第 57 頁。

盈矣，能無傷乎？人既傷矣，能不奪壽乎？是不蒙五福偏被六極者也，誰其憐之？」（《笠澤叢書》卷一）正是這種思想使得陸龜蒙的詩文創作顯露出衰暮之氣，這種格局又是晚唐詩壇上的通病，具有普遍性。在《笠澤叢書序》中，陸龜蒙說：「內壹鬱則外揚爲聲音、歌詩、頌賦、銘記、傳序。」（《甫里先生文集》卷十六）內心的鬱悶必須借助外在的詩歌文字使之外揚才能達到心理的平衡，這種認識符合文學規律。陸氏的這個觀點應該說並不新鮮，是中國古典文論史上一個常見的論題。孔子在《論語・陽貨》裏說的「詩可以怨」〔註 25〕，司馬遷在《太史公自序》裏說的「大抵聖賢發憤之所爲作也」〔註 26〕，直到韓愈《荊潭唱和詩序》中說的「夫和平之音淡薄，而愁思之聲要妙；歡愉之辭難工，而窮苦之言易好也」〔註 27〕，都說的是同一個意思，強調詩文的產生緣於作家的窮愁怨憤，陸龜蒙的論點只是對前人觀點的繼承，但在晚唐特殊的年代依然具有現實意義。

陸龜蒙對詩文的自娛自樂的愉悅功能有著自己的看法，在《甫里先生傳》中他說：「先生平居以文章自怡，雖幽憂疾病中，落然無旬日生計，未嘗暫輟。點竄塗抹者，紙箚相壓，投於筐箱中，歷年不能淨寫一本。或好事者取去，後於他人家見，亦不復謂己作矣。」（《笠澤叢書》卷一）從這段文字可以看出，陸龜蒙反覆強調的「以文章自怡」的內容主要是表現日常生活的情趣，從中獲取情感上的自我愉悅。陸龜蒙後期的詩歌以及與皮日休唱和的《松陵集》中的作品，多以日常生活爲基本題材，追求自娛自樂的審美情愫。與自適說相呼應的是他提出來的「自遣說」，所謂「自遣」，就是自我遣興，興之所至以詩歌自娛，與自娛相表裏。在《自遣詩三十首序》

〔註 25〕《十三經注疏》下冊之《論語注疏》，中華書局，1980 年，第 2525 頁。

〔註 26〕司馬遷《史記》卷一百三十，第十冊，中華書局，1982 年，第 3300 頁。

〔註 27〕馬其昶《韓昌黎文集校注》卷四，上海古籍出版社，1986 年，第 262 頁。

中他表達了這樣的詩學思想，序云：「自遣詩者，震澤別業之所作也。故疾未平，厭厭臥田舍中。農夫日以來耜事相聒。每至夜分不睡，則百端興懷攪人思益紛亂無緒。且詩者，持也。謂持其情性使不暴去。因作四句詩，累至三十絕，絕各有意。既曰自遣，亦何必題爲。」（《笠澤叢書》卷一）這三十首《自遣詩》，不是作於一時，每一首表達一個意思，沒有中心思想，看不出有什麼系列，不過是詩人興致來了自我遣興之作。陸氏提出來的自娛自遣的詩歌觀點，著眼於詩歌的自我愉悅自我消解，突出了詩歌的消遣功能，是對詩教說的一種反撥，將詩歌的美刺、言志功能轉化爲詩歌的日常化、個性化、細膩化，將詩歌博大的社會題材引向狹小的日常生活，對宋詩題材和詩風的轉變鋪墊了先期的基礎。不過，話又說回來，陸氏提出的這種觀點中唐時期的韓愈和白居易也提過。例如韓愈在《和席八十二韻》中就說過「多情懷酒伴，餘事作詩人。倚玉難藏拙，吹竽久混真。」〔註 28〕白居易也在《序洛詩》中說：「自三年春至八年夏，在洛凡五周歲，作詩四百三十二首，除喪朋哭子十數篇外，其他皆寄懷於酒，或取意於琴，閒適有餘，酣樂不暇，苦詞無一字，憂歎無一聲，豈牽強所能致邪？蓋亦發中而行外耳。斯樂也，實本之於省分知足，濟之以家給身閒，文之以觴詠絃歌，飾之以山水風月。故而不適，何往而適哉？」〔註 29〕韓愈、白居易二人所強調的是以詩歌淡化悲苦從而獲取愉悅。韓、白、陸三人提出的以詩歌自娛自樂的觀點對宋詩有較大的影響，這在後邊的章節裏我們要重點論述的，此不贅。

皮日休也多次在作品裏提到自適的詩歌觀點，例如他在《二遊詩並序》中說：「吳之士有恩王府參軍徐修矩者，守世書萬卷，優游自適。余假其書數千卷，未一年，悉償夙志，酣飫經史，或日晏

〔註 28〕錢仲聯《韓昌黎詩繫年集釋》下冊，上海古籍出版社，1984 年，第 962 頁。

〔註 29〕朱金城《白居易集箋校》卷七十，第六冊，上海古籍出版社，2003 年，第 3757 頁。

忘寢食。次有前涇縣尉任晦者，其居有深林曲沼。危亭幽砌。余並次以見之，或退公之暇，必造以息焉。林泉隱事，恣用研詠。大凡遊於二君宅，無浹旬之間。因作詩以留贈。名之曰二遊，兼贈陸魯望。」〔註30〕序中所談到的「優游自適」的生活情趣，實則就是宣揚自適的文學觀。在另外一篇《太湖詩並序》中，皮日休對自適說更是作了詳盡的論述。序云：「余頃在江漢，嘗耨鹿門，漁洞湖。然而未能放形者，抑志於道也。爾後以文事造請，於是南浮至二別，涉洞庭……凡自江漢至於京，干者十數侯，繞者二萬里。道之不行者，有困辱危殆；志之可適者，有山水遊玩。則休戚不孤矣。」（《皮子文藪》附錄一《皮日休詩文》）這段話其實也可視爲皮日休思想轉化的眞實寫照，「余頃在江漢，嘗耨鹿門，漁洞湖。然而未能放形者，抑志於道也。」表面上像個隱士，實則有事功於社會，所以不能放浪形骸，但是經過「自江漢至於京，干者十數侯，繞者二萬里」後，詩人飽經磨難頻受挫折，思想已經發生了轉變，導致「道之不行者，有困辱危殆；志之可適者，有山水遊玩。則休戚不孤矣。」寄情於山水幽境，不再抱有魏闕之想了，對任職蘇州後的興趣轉向周邊的美景太湖風光，詩歌內容風格也爲之轉變，這種變化是值得注意的。此外，皮日休也在一些組詩的序文中談到了自適的觀點，比如在《酒中十詠並序》和《五貺詩並序》就有論述，此不具引。

自適說自遣說既然是把詩歌當作是一個消遣的工具，那麼也會有一些具體的形式，也就是說在詩歌自娛自樂中玩些花樣，增添些樂趣，於是皮、陸提出了逞才說。在詩歌寫作中運用不同的手段、方法來爭強鬥勝表現詩人的才華。嚴羽在《滄浪詩話·詩辨》開篇就說：「夫學詩者以識爲主，入門須正，立志須高；以漢魏晉盛唐爲師，不作開元天寶以下人物。」〔註31〕嚴氏說的「識」當然也包括

〔註30〕《皮子文藪》附錄一《皮日休詩文》，上海古籍出版社，1981年，第137頁。

〔註31〕郭紹虞《滄浪詩話校釋》，人民文學出版社，1983年，第1頁。

學識，這在詩歌創作當中是很重要的一個因素。皮陸詩派有關這方面的理論集中在《松陵集》中，皮日休在《松陵集序》裏就說：「詩有六義，其一曰比。比者，定物之情狀也，則必謂之才。才之備者，於聖爲六藝，在賢爲聲詩。」〔註 32〕首先開門見山的提出寫詩要具備才氣，只有具備才氣者才能「定物之情狀」，這是詩歌創作的先題條件。那麼才氣在詩人寫作詩歌時又是如何運用的呢，關鍵是在於才氣的變化與發揮。皮氏接著說：「夫才之備者，猶天地之氣乎？氣者止乎一也，分而爲四時。其爲春，則煦枯發櫱，如育如護，百葯融冶，酣人肌骨。其爲夏，則赫曦朝升，天地如窯，草焦木暍，若燎毛髮。其爲秋，則涼飂高瞥，若露天骨，景爽夕清，神不蔽形。其爲冬，則霜陣一淒，萬物皆瘁，雲沮日慘，若憚天責。夫如是，豈拘於一哉？亦變之而已。人之有才者，不變則已，苟變之，豈異於是乎？故才之用也，廣之爲滄溟，細之爲溝壑；高之爲山嶽，碎之爲瓦礫；美之爲西子，惡之爲敦洽；壯之爲武賁，弱之爲處女。大則八荒之外不可窮，小則一毫之末可不見。苟其才如是，復能善用之，則庖丁之牛，扁之輪，郢之斤，不足謂神解也。」一個詩人的才氣不是一成不變的，而是隨著不同的環境和條件在起變化，外部的內部的各種條件和原因在變化，詩人的才氣也在隨著變化，這樣才能顯示出詩人創作的多樣性和豐富性，呈現出各種不同的風貌，這樣的觀點是符合藝術規律的，詩歌史上不乏這樣的例子。對於詩人個體來說，才氣的變化與詩人的經歷、生存狀態、心態等密切相關。對於一個詩派來說，這樣的變化也是不可缺少的，只有善變善用才能改變一成不變的面貌，使藝術創作煥發出新的光彩，富有強大的生命力。皮日休把人的才氣的變化和大自然一年四季的更替相比擬，也算得上是「神解」。正因爲皮氏對才氣的變化如此看重，所以在這篇序中他對陸龜蒙詩文創作中才氣的運用與變化給予了極

〔註 32〕《松陵集》卷首，《景印文淵閣四庫全書》本，臺灣商務印書館 1983 年，第 1332 冊，第 164 頁。

高的評價，他說：「以其業見造凡數編，其才之變，眞天地之氣也。」才氣固然重要，但關鍵還在於合理的運用，既有才氣又善於運用，這樣才能寫作出優秀的作品，在這方面，皮、陸二人可謂是相得益彰。《松陵集》實際上就是以皮、陸二人爲主要對象的唱和詩集，充分的體現了二人才氣善變的創作歷程，裏面有不少關於才氣論變的文字，如陸龜蒙《奉和江南書情二十韻寄秘閣韋校書貽之商洛宋先輩垂文二同年次韻》詩云：「謝才偏許朓，阮放最憐咸。」（《松陵集》卷五）這裡的「才」應該是指謝朓的詩才。再如陸氏的《和過張祜處士丹陽故居詩並序》論張祜的才氣也說：「當時輕薄之流，能其才，合噪得譽。及老大，稍窺建安風格，誦樂府錄，知作者本意。短章大篇，往往見出，諫諷怨譎，時與六義相左右。善題目佳境，言不可移置別處，此爲才子之最也。」（《甫里先生文集》卷十）陸龜蒙評價謝朓和張祜的詩才，字裏行間也可以見出他自己的自賞之意。皮日休對陸龜蒙的詩才也很推崇，他在《吳中苦雨因書一百韻寄魯望》詩中說：「半年得酬唱，一日屢往復。三秀間俍莠，九成雜巴濮。奔命既不暇，乞降但相續。吟詩口吻爲，把筆指節庝。君才既不窮，吾道由是篤。」（《松陵集》卷一）皮、陸二人之間相互愛才、惜才、尙才、譽才，以詩歌酬唱、聯句等形式展現才華，增進了友誼，對後世酬唱詩風影響較大。才華不僅僅是表現在詩歌上，有的時候才華也表現在學問和才識方面。學問才識的高下直接影響到詩才的發揮，醇厚的學識是創作詩文的重要基礎，很難想像一個沒有多少學識的詩人能夠寫作出流傳百世的詩文作品出來，尤其是在晚唐五代這樣一個講究用典對仗的詩歌時代，沒有紮實雄厚的學識是不可能佔據詩壇主導地位的。皮陸詩派大多是飽讀詩書之士，有著豐厚的學識，這樣，在自娛自樂逞才的詩歌創作過程中就有一部分表現在學問和才識上。例如陸龜蒙在《襲美先輩以龜蒙所獻五百言既蒙見和復示榮唱至於千字提獎之重蔑有稱實再抒鄙懷用伸酬謝》詩中說：「吾祖仗才力，革車蒙虎皮。手持一白旄，直向文場麾。」「鹿門先生才，大小無不怡，就彼六籍內，說詩直解頤。」（《甫里先生文集》卷一）在《奉和二遊詩・徐詩》中說：「雄才舊百派，相近浮日川。」（《松陵集》卷一）這裡所謂的「才力」和「雄才」就不是說的是詩才，而是指才力學問。至於說皮日休的「鹿門先生才」，那毫無疑問的是皮日休的學識才華了。皮陸詩派作爲一個隱逸詩群，成員大多隱逸山林，那麼，隱士的風流儒雅之才也是皮、陸傾心嚮往的，自然在詩歌裏面也有有所流露，起碼我們從陸龜蒙的《漁具詩並序》中稱賞皮日休「鹿門子有高灑之才」的評語可以見知。綜上所述，皮陸在以詩歌自娛自樂的創作活動中，一個主要的方面就是逞才，無論是詩才、才學還是儒雅之才都是詩人們著力追求和傾心讚賞的，通過對才學的表現，見出詩人的性情。縱觀皮陸二人的詩作，可知他們的才學的表現主要是在唱和詩的創作上。在《松陵集》中，他們運用了當時所用的詩體，有五古、五排、五律、五絕、七絕、七律，還有雜體詩和聯句詩，尤其以長篇五古和排律用力最深，爭奇鬥勝以逞詩才，既用舊體也創作新體，講究技巧玩弄文字，雖然有些遊戲的成分，但是也的確看出皮陸二人的詩才水平。在形式和內容上，《松陵集》都是皮陸尚才逞才的眞實記錄。

在詩歌的藝術風格方面，皮陸詩派也提出了一些新的見解，成爲他們詩歌理論的一個重要組成部分。在詩文創作上，皮、陸二人都主張詩歌風格多樣化。前面我們論述到皮陸提出的逞才善變的詩學觀點，強調的也是一個「變」字，只有不斷的對詩文創作予以變化，推陳出新，才能在當時的文壇站穩腳跟從而獲得一席之地。這個「變」字當然要表現爲各種不同的文學形態，才變引起文變，繁多的統一才是美，文變、詩變實際上就是題材、體裁、風格的多樣化，這就好比一個武藝高強的人，各種兵器都能使用，所謂十八般兵器樣樣精通。當然詩人不可能做到什麼體裁的作品都寫得好，但是起碼他也能精通幾樣，例如李白的五絕、七絕，杜甫的五律、七律，都是叫得響的絕活。詩歌風格的多樣化往往是隨著詩人的閱歷、文化水平、思想脈絡等等內在外在的轉變而發生變化，不必拘守一格，這在古代詩人當中是很常見的。在《松陵集序》中，皮日休說：「人之有才者，不變則已，苟變之，豈異於是乎？故才之用也，廣之爲滄溟，細之爲溝壑；高之爲山嶽，碎之爲瓦礫；美之爲西子，惡之爲敦洽；壯之爲武賁，弱之爲處女。大則八荒之外不可窮，小則一毫之末不可見。苟其才如是，復能善用，庖丁之牛，扁之輪，郢之斤，不足謂神解也。」詩人進行創作的時候，才氣的運用所表現的各種形態其實就是多種多樣的詩歌風貌，或雄渾壯闊，或清秀雅麗，或奇詭怪異，或纖弱溫美。這樣的詩歌風格如同大自然一年四季的變化一樣，呈現出五顏六色多姿多彩的面貌，詩歌風格的多樣性也是詩人才氣的一種外在顯現，這是一種很自信的顯露，所以皮氏是贊同和支持這種多樣性的。這種詩歌風格的多樣性尤其適合於公開的詩歌創作活動，比如酬唱。不同的題材、體裁以及用韻，都可以展現出不同風格的詩歌特色。在《松陵集》中，有著不同風格的詩人同時進行酬唱，那麼，在對於品評判別人詩歌的同時也可以見出皮陸關於風格多樣性的讚賞態度。例如皮日休在《追和虎丘寺清遠道士詩並序》中就評論清遠道士的風格爲「格之以清健，飾之以俊麗，一句一字，若奮若搏，建安詞人倘在，不得居其右矣。」雖然皮氏的評語有些誇張吹捧的味道，卻可以看出他是讚揚清遠道士這種清健俊麗、跌宕豪邁的詩歌風格的。在《傷進士嚴子重詩並序》中，他又推崇另外的一種藝術風格的詩歌，他說：「其所爲，工於七字，往往有清便柔媚，時可軼駭於常軌。其佳者曰：『春光冉冉歸何處？更向花前把一杯。盡日問花花不語，爲誰零落爲誰開。』余美之，諷而未嘗怠。」嚴子重就是詩人嚴惲，在《松陵集》中我們沒有見到他的詩歌，只是通過《松陵集》卷七皮日休的這個序裏所引的嚴惲這首詩，得知他的風格屬於清麗柔媚富有情致的那種柔美型，與清遠道士的詩風完全迥異。皮日休是欣賞這種風格的，不幸的是嚴惲已經辭世，不能再寫出這麼清麗柔媚的詩篇了，皮日休在詩中說：「十哭都門榜上塵，蓋棺終是五湖人。生前有敵唯丹桂，沒後無家低白蘋。笠下斬新醒處月，江南依舊詠來春。知君精靈應無盡，必在郢都頌帝晨。」陸龜蒙對嚴惲的這種詩風加以讚賞，他也和了皮日休一首，題爲《嚴子重以詩遊於名勝間舊矣余晚於江南相遇甚樂不幸且沒襲美作詩序而弔之其名眞不朽矣又何戚其死哉余因息悲而爲之和》，對這位不幸早逝的詩人表示了歎息。通過皮日休在《松陵集》中的詩篇小序中對清遠居士和嚴子重兩個不同詩風的讚賞評語，我們可以見出他是極力推崇詩歌風格多樣化的，並且自己也身體力行的進行創作。

皮陸之所以成名，最主要在於他們之間的酬唱，尤其是懿宗咸通十一、十二年間在蘇州幕府時期的唱和。這是一種公開的集體詩歌創作活動，參與的人員較多，對詩歌的發展有積極的一面。那麼，作爲皮陸詩歌理論的一個方面就是肯定與推崇這種酬唱的詩風，在理論上表現爲重視這種創作風氣。皮陸群派的這種理論和創作，對當時和後來都產生了非常大的影響。宋人嚴羽在《滄浪詩話》之《詩評》中說：「和韻最害人詩。古人酬唱不次韻，此風始盛於元白、皮陸。本朝諸賢，乃以此鬥工，遂至往復有八九和者。」〔註33〕嚴羽在這裡肯定了酬唱詩風是從元白、皮陸這裡發展而來，實際上也是對皮陸提倡酬唱的一種肯定。皮日休在《松陵集序》中論述了酬唱活動的悠久歷史，作出了較爲合理的認識，他說：「意古之士窮達必形於歌詠，苟欲見乎志非文不能宣也，於是爲其詞，詞之作，固不能獨善，必須人以成之。昔周公爲詩以貽成王，吉甫作頌以贈申伯。詩之酬贈其來尙矣，後每爲詩，必多以斯爲事。」皮氏指出酬唱是人類生活當中不可或缺的精神活動，從先民時期就開始了這種酬唱，由個人之間的唱和轉變爲一種公共的社會活動，這種現象具有必然性和合理性，這就爲詩歌酬唱提供了理論依據。《松陵集》卷首開篇就是陸龜蒙的《讀襄陽耆舊傳因作詩五百言寄皮襲美》一

〔註33〕郭紹虞《滄浪詩話校釋》，人民文學出版社，1983年，第193頁

詩，皮日休當時就和了一首，題爲《陸魯望讀襄陽耆舊傳見贈五百言過褒庸材靡有稱是然襄陽昔事歷歷在目夫耆舊傳所未載者漢陽王則宗社元勳孟浩然則文章大匠予次而贊之因而答亦詩人無言不酬之義也次韻》。不僅如此，皮日休還覺得意未猶了，又寫了一首《陸魯望昨以五百言見貽過有褒美內揣庸陋彌增愧悚因成一千言上述吾唐文物之盛次敘相得之懽亦迭和之微旨也》送給陸龜蒙，陸氏也不甘落後，當即又和了一首《襲美先輩以龜蒙所獻五百言既蒙見和復示榮唱至於千字提獎之重有稱實再抒鄙懷用伸訓謝》，兩個人以詩歌爲工具，你來我往酬唱的沒完沒了，當然這是一種興致，友朋之間的一種文字交流，帶有遊戲的味道。皮日休前面說「詩人無言不酬之義也」，這裡又說「亦迭和之微旨也」，都是從理論上肯定詩歌酬唱這種創作活動，是一種公開的大力提倡與鼓吹。酬唱既然是兩個以上的詩人的相互活動，那麼就必定會帶來一個特點，那就是在詩歌酬唱中盡量的展現自己的才華，因爲他寫的這些詩篇不僅僅是爲自己欣賞的，還要寄給唱和的對象，所以在詩歌中逞才鬥勝是常見的事情，而且，詩歌唱和往往事先設定好題目和用韻，不允許有所準備，即席發揮，這些特殊的要求和規定就使得詩歌酬唱活動具有很高的難度，詩人們也往往願意在同行好友面前展現自己的才華，表現自己的學養。皮日休對此深有體會，例如他在《吳中苦雨因書一百韻寄魯望》詩中就說：「半年得酬唱，一日屢往復。三秀間良莠，九成雜巴濮。奔命既不暇，乞降但相續。吟詩口吻爲，把筆指節瘃。君才既不窮，吾道由是篤。」（《松陵集》卷一）從上面我們所引的詩篇可以得知，皮陸兩人之間的詩歌唱和確算得上是「半年得酬唱，一日屢往復」的，這形象的說明了他們之間的唱和之頻繁，同時也暗示了詩歌酬唱可以呈現出詩人不窮之才，而且更爲重要的是，通過酬唱這種形式，可以鍛鍊詩才，提高詩藝，表現詩人的學養和詩歌寫作技能，因難見巧，因巧逞才，互爲因果相爲表裏，這就是他們之間樂此不疲的進行詩歌唱和的原因之所在。酬唱需要詩才這是不爭的事實，陸龜蒙對此也有認識，他在《奉酬襲美先輩吳中苦雨一百韻見寄》詩中說：「隱几還自怡，逢盧亦爭喝。抽毫更唱和，劍戟相磨戛。何大不包羅，何微不挑刮。」（《松陵集》卷一）詩歌酬唱不僅需要詩人具有包羅萬象的知識，更要有毫髮無遺的寫作技巧。縱觀《松陵集》中的作品，他們幾乎是用了古體、近體詩歌體裁中的各種形式，得心應手的進行創作，的確是逞才露才的一種外在表現，這種表現在公眾場合尤其重要，比如在《松陵集》中就有很多關於「文宴」的詩篇。所謂「文宴」，就是在宴會場所聯句爲詩，當然也有人各一詩的，這種創作活動事先不通告內容，需要應作者當場完成，難度不言而喻。越是在這種場合越是可以展現才華，也越是可以激發詩人的才氣，例如皮日休就有《秋夕文宴得遙字》、《寒夜文宴得泉字》，陸龜蒙就有《秋夕文宴得成字》、《寒夜文宴得驚字》等文宴作品。這種詩歌創作也是他們提倡詩歌風格多樣化的一種實踐。

在詩歌風格方面，他們提倡平淡樸實的詩學主張，極力反對綺靡文學。當然，由於這個詩人群體成員之間有著不同的文化背景、經歷等因素，在追求詩歌藝術風格方面也會有所不同。陸龜蒙崇尙清淡自然的詩歌風格，天然生成不加雕飾是他追尋的詩歌境界。儒家詩論雖然也講究形式、辭藻，但卻主要是以表達內心感受爲原則，內心感受用文字傳達出來，是否具有感染力，關鍵要看是不是有眞情實感，如是，質樸自然的詩風就顯得相對重要了。陸龜蒙在《甫里先生傳》中說過如下的一段話，可以視作他對平淡詩風的表述，其文曰：「少攻歌詩，欲與造物者爭柄，遇事輒變化不一其體裁。始則䡾轢波濤，穿穴險固，囚鎖怪異，破碎陣敵，卒造平淡而後已。」（《甫里先生文集》卷十六）所有的努力都是爲了追求平淡的詩歌境地，這是他自己的內心表白。其實平淡詩說不稀奇，我們熟知的東晉田園詩人陶淵明，他的詩歌特色主要也是平淡，這在宋人眼中是有定論的，但是陶淵明詩歌的平淡風格在南北朝時期沒有得到重視。在唐代雖然也有孟浩然、韋應物、柳宗元等人來學習陶詩，卻也無人從理論上肯定陶詩的平淡風格，陸龜蒙提出作詩平淡說，具有理論總結意義。韓愈也說過作詩要平淡，例如他在《送無本師歸范陽》詩中就說：「奸窮怪變得，往往造平淡。」〔註 34〕這裡韓愈是說賈島作詩想絞盡腦汁追求雄奇險怪的境界，卻往往以平淡結束，適得其反。韓愈、賈島的詩歌雖不乏平淡之作，但更多的還是屬於雄奇怪異風格類型的作品，陸龜蒙接受了韓愈平淡的詩歌理論，花新奇雄壯爲平淡，使得兩者糅合在一起，創作出了大量優秀的詩篇。清代朱彝尊就說過「由奇怪入平淡，是詩學次第。」〔註 35〕清代另外一位詩評家余成教在《石園詩話》卷二就評論過陸龜蒙的這種詩歌特色，他說：「陸自撰《甫里先生傳》云：『少攻歌詩，欲與造物者爭柄，遇事輒變化不一其體裁，卒造平淡而後已。』集中如：『朝朝貰薪米，往往逢責詬。既被鄰里輕，亦爲妻子陋。』『所貪既仁義，豈暇理生活。』『懶外應無敵，貪中直是王。』『只有經時策，全無養拙資。』『身從亂後全家隱，日校人間一倍長。』『一代交遊非不貴，五湖風月合教貧。』皆能寓新奇於平淡。」〔註 36〕可見陸氏的平淡詩說已經爲後人所肯定和承認，他的詩歌的平淡風格往往是從新奇化出。這種狀態的出現顯然與韓愈的影響有著直接的關係，因此表現在創作上就是追求怪誕奇異和崇尚清壯奇偉的傾向，使得他的詩歌既具有新奇巧旨的內質，又具有平實質樸的表徵，他的很多關於隱居生活的詩篇，表現農村景象和農事生活，看似樸實自然，卻常常帶有新奇怪巧的韻致。平淡與新奇看似矛盾實則可以很好的融合在一起。平淡是指語言的質樸自然不假雕飾，新

〔註 34〕錢仲聯《韓昌黎詩繫年集釋》下冊，上海古籍出版社，1984 年，第 820 頁。

〔註 35〕錢仲聯《韓昌黎詩繫年集釋》下冊，上海古籍出版社，1984 年，第 824 頁。

〔註 36〕郭紹虞編《清詩話續編》下冊，上海古籍出版社，1983 年，第 1776 頁。

奇則指詩篇的立意高遠富有新意，平淡的語言也能表達新奇的內容。

既然說陸氏的平淡是從新奇中化出的，那麼，他又是如何看待詩歌的新奇的呢？也就是說，新奇表現在什麼方面，這是他詩歌理論的又一個要點。陸龜蒙終生不得志，縱情山水，熱愛大自然之美，青山麗水可以洗滌心中的鬱悶，但是清而能壯，往往又與他內心憤鬱不平的情感相關聯。他的詩歌雖然表現隱逸情趣，卻又不是簡單的模山範水，總透漏出一股激憤之情，形成一種清壯奇偉的藝術風格。他在《怪松圖贊序》中說：「天之賦才之盛者，早不得用於世，則伏而不舒，薰蒸沉酣，日進其道，權擠勢奪，卒不勝其阨，號呼呶拿，發越赴訴，然後大奇出於文采，天下指之爲怪民。嗚呼！木病而後怪，不怪不能圖其眞；文病而後奇，不奇不能駭於俗。非始不幸而終幸者耶？」（《甫里先生文集》卷十八）陸氏提出的「文病而後奇」的觀點，與司馬遷的「發奮著書」、韓愈的「不平則鳴」有著一脈相承的聯繫，他特意強調「奇」字，所謂「不奇不能駭於世」，這種奇，實際上是作者悒鬱不得志飽受困厄所引起心情鬱憤帶來的，「發越赴訴」而成文，卒成奇文，也是一種情感的外在傾瀉。文人遭受困厄雖是文人的不幸，但這種不幸的生活際遇促成了文學上的成就，這又是大幸。正是因爲作者心中有了悲鬱，化成文字，自然表現出奇壯激越的風格。鍾嶸在《詩品序》中也說過類似的話，其曰：「若乃春風春鳥，秋月秋蟬，夏雲暑雨，冬月祁寒，斯四候之感諸詩者也。嘉會寄詩以親，離群託詩以怨。」〔註 37〕曹旭案曰：「此段言自然之變化，四季之感蕩；遭際之離合，人世之悲歌，爲詩歌發生於人心之兩大根源。」（同上，第 52 頁）詩歌具有宣洩內心苦悶情感的功能，出之爲詩則理當激昂氣越。人生的悲歡離合大自然的風雲際變相結合，寫出的作品自然壯觀奇美。這裡

〔註 37〕曹旭《詩品集注》，上海古籍出版社，1996 年，第 47 頁。

就有一個問題，就是說悲歡離合與風雲際變是不以人的意志為轉移的，每個人都可能遇到這種情況，但並非人人都是優秀的詩人，都可以寫出優秀的詩篇。那麼，怎麼樣才能創作出較好的作品呢？陸氏認為作家應該具備探幽抉微窮形盡相的藝術精神，為此他提出了「抉擿刻削」說，就是要以峭勁的筆力將所描寫的對象原生態原汁原味的寫出來。他在《書李賀小傳後》文中說：「吾聞淫畋漁者，謂之暴天物。天物不可暴，又可抉擿刻削、露其情狀乎？使自萌卵至於槁死，不能隱，天能不致罰耶？長吉夭，東野窮，玉谿生官不掛朝籍而死，正坐是哉，正坐是哉！「（《甫里先生文集》卷十八）世間萬事萬物都不可刻意的去追尋，詩歌創作也是一樣。過度的漁獵會導致老天的懲罰，同樣，詩文創作中過度的抉擿刻削也會招致懲罰，陸氏以此來解釋「長吉夭，東野窮，玉谿生官不掛朝籍而死」的原因，正話反說，以憤鬱激越之詞，充分肯定了李賀、孟郊、李商隱三人之作窮形盡相物無遁隱的特點。陸氏反對簡單的描摹物象，要求詩人深刻探尋物象的內在精神，經過作者的艱苦錘鍊、探幽發微，傳達出深刻的思想內涵。在他看來，三位詩人正是由於鬱鬱不得志，才促使了其詩歌創作的不俗成就。

與陸龜蒙一樣，皮日休也是極力主張質樸文風的。晚唐文學的主流還是注重華麗形式的綺靡文學，尤其以感傷文學為代表。這類作品在內容上多風花雪月，在形式上尋求格律辭藻之美，實為文學的倒流。對這種詩風，皮日休是大力反對的，他在《劉棗強碑》中說：「歌詩之風蕩來久矣，大抵喪於南朝，壞於陳叔寶。然今之業是者，苟不能求古於建安，即江左矣；苟不能求麗於江左，即南朝矣。或過為豔傷麗病者，即南朝之罪人。」（《皮子文藪》卷三）文中表達了皮氏對建安質樸文風的肯定以及對南朝綺靡浮華習氣的批判。不僅如此，他還指責晚唐文壇風氣的敗壞，在《正樂府詩序》中，他就說：「今之所謂樂府者，唯以魏晉之奢麗，陳梁之浮豔，謂之樂府詩，眞不然矣。」（《皮子文藪》卷十）認爲當時的所謂樂府詩不過是陳梁末流詩歌的翻版，沒有得到樂府詩的精神實質。這些詩歌專寫風花雪月，專務辭藻的華美，格律的齊整，重新走入了形式主義的詩歌死胡同，皮氏是極力排斥的。他自己認爲寫詩的宗旨是「狀花卉，體風物，非有所諷，輒抑而不發。」（《桃花賦》，《皮子文藪》卷一）寫詩要有自己的眞實感受，不要無病呻吟，爲此，皮日休又提出了描寫「眞純」的文學主張，突出詩人創作個性。這個見解體現在《七愛詩並序》中。《七愛詩》是組詩，歌頌的是唐朝七個傑出的人物，皮氏對他們十分敬仰，奉爲眞純的典範。《七愛詩序》曰：「皮子之志，常以眞純自許。每謂立大化者，必有眞相，以房、杜爲眞相焉；定大亂者，必有眞將，以李太尉爲眞將焉；傲大君者，必有眞隱，以盧徵君爲眞隱焉；鎭澆俗者，必有眞吏，以元魯山爲眞吏焉；負逸氣者，必有眞放，以李翰林爲眞放焉；爲名臣者，必有眞才，以白太傅爲眞才焉。嗚呼！吾之道，時耶，行其事也，在乎愛忠矣。不時耶，行其事也，亦在乎愛忠矣。苟有心歌詠者，豈徒然哉？」（《皮子文藪》卷十）這七個唐朝人物，思想經歷都不甚相同，但在追求至情至善的眞純上都完全相同，這就引起了皮氏的關注。在《白太傅》詩中他注意到了白居易前後兩期思想與詩歌的變化，無論是「立身百行足，爲文六藝聖。清望逸內署，直聲驚諫垣」的前期，還是「天下皆汲汲，樂天獨怡然」的後期，白居易都能以眞純的人生態度坦然面對，寫出來的作品也是眞情流露，這對於皮日休有很大的影響。皮氏前期的《皮子文藪》和後期的《松陵集》，作品內容和風格有很大不同，在這點上，白居易的灑脫精神無疑直接啓迪著他。皮氏將白居易、李白等人作爲眞純的典範，努力學習他們的人格精神，自覺的追求這種人生境界，反映在詩歌上，就是肯定詩人獨立的個性，以求達到極爲獨特的鮮明境地。

羅隱也是極力反對詩歌創作中鋪敘堆積華麗形式的，他認爲只要能眞實的表達內心的思想情感就可以了，不在乎外在形式。他在《河中辭令狐相公啓》中就說：「某聞歌者不繫聲音，惟思中節；言者不期枝葉，所貴達情。」〔註 38〕寫文章不需要華麗的辭藻，關鍵在於是否眞實的表達作者的內心情感。在《理亂》篇中也說：「然夫文者，導之以德，德在乎內誠，不在乎誇飾者也。」〔註 39〕寫作文章重要的是看內涵，也就是要有「德」，這個德當然包括眞情實感，而它的來源，主要在於作者內心的「誠」，這是一種內在的修養，恰好與皮日休提倡的眞純文學思想有關聯。羅隱在《理亂》中還接著說「且夫文者，示人有章，必存乎簡易。簡易則易從，將有恥且格。……有恥且格，則教化無不行。」文章的撰寫，在乎「必存乎簡易」，這樣方能使文章「有恥且格」，達到「教化無不行」的目的，這種重內容輕形式的文學觀念，對於糾正晚唐華靡綺麗的詩風極有意義。

皮陸詩派的文學觀點還有一個重要的方面，那就是詩歌史觀。皮日休、陸龜蒙兩人對詩歌發展史發表了自己獨到的見解，而且比較全面，許多觀點在今天看來都是正確的，這對於認識六朝詩和唐詩大有裨益。皮日休最早闡明了他對於詩歌史的認識，前引《劉棗強碑》裏的一段話就可以看作是他對詩歌史的一種認識，「歌詩之風蕩來久矣。大抵喪於南朝，壞於陳叔寶。然今之業是者，苟不能求古於建安，即江左矣；苟不能求麗於江左，即南朝矣。或過爲豔傷麗病者，即南朝之罪人也。」皮氏認爲建安時期的詩歌是正脈，建安風骨乃是人們追尋的典範，「求古於建安」，這是皮氏肯定的。建安以後一直到唐代，詩歌逐漸陷入泥潭，形式和內容都發生了較大的變化，在皮氏看來，建安詩歌在於古，江左詩歌在於麗，而南朝詩歌則在於豔，並且是「豔傷麗病」，這種看法符合文學史的發展實

〔註 38〕潘慧惠《羅隱集校注》，浙江古籍出版社，1995 年，第 578 頁。
〔註 39〕潘慧惠《羅隱集校注》，浙江古籍出版社，1995 年，第 517 頁。

際。皮氏的這種詩歌史觀，其實並不新鮮，起碼在他之前就有好多的唐人都說過類似的話。初唐陳子昂《修竹篇序》說：「文章道弊五百年矣！漢魏風骨，晉宋莫傳，然而文獻有可徵者。僕嘗暇時觀齊梁間詩，采麗競繁，而興寄都絕，每以永歎。思古人常恐逶迤頹靡，風雅不作，以耿耿也。」〔註 40〕盛唐李白在《古風五十九首》之一中說：「自從建安來，綺麗不足珍。聖代復元古，垂衣貴清眞。群才屬休明，乘運共躍鱗。文質相炳煥，眾星羅秋旻。」〔註 41〕中唐白居易在著名的《與元九書》中也表達過類似的意思：「晉宋以還，得者蓋寡。以康樂之奧博，多溺於山水；以淵明之高古，偏放於田園。江、鮑之流，又狹於此。如梁鴻《五噫》之例者，百無一二焉。於是六義浸微矣，陵夷矣。至於梁陳間，率不過嘲風月、弄花草而已。」〔註 42〕由此可以看出，皮日休的這種認識是與他們一脈相承的。有點不同的是，皮氏對東晉、南朝的詩歌並未全盤否定，部分還是有所保留的，這就比較公允。在《郢州孟亭記》中，皮日休就進一步的論述了六朝詩歌，代表著他對六朝詩歌的認識觀。文曰：「明皇世，章句之風，大得建安體。論者推李翰林、杜工部爲之尤。介其間能不愧者，唯吾鄉之孟先生也。先生之作，遇景入詠，不拘奇抉異，令齷齪束人口者，涵涵然有干霄之興，若公輸氏當巧而不巧者也。北齊美蕭慤，有『芙蓉露下落，楊柳月中疏』。先生則有『微雲淡河漢，疏雨滴梧桐』。樂府美王融，『日霽沙嶼明，風動甘泉濁』，先生則有『氣蒸雲夢澤，波撼岳陽樓』。謝朓之詩句精者有『露濕寒塘草，月映清淮流』，先生則有『荷風送香氣，竹露滴清響』。此與古人爭勝於毫釐。他稱是者眾，不可悉數。」（《皮子文藪》卷七）在皮日休看來，盛唐時期的詩人大都繼承建安風骨的優良傳統，這

〔註 40〕彭慶生《陳子昂詩注》，四川人民出版社，1981 年，第 217 頁。

〔註 41〕瞿蛻園、朱金城《李白集校注》卷二，上冊，上海古籍出版社，1998 年，第 91 頁。

〔註 42〕郭紹虞主編《中國歷代文論選》第二冊，上海古籍出版社，2003 年，第 97 頁。

是他對玄宗朝文壇的肯定與褒揚。這些詩人當中又以李白和杜甫爲代表，這也是合乎實際的事實，這種論述與他在《劉棗強碑》中的觀點是一致的。這裡特別要提出來的是皮日休對南北朝詩歌給予了相當大的肯定，這是需要別具隻眼的學識與勇氣的，有著高明的詩歌史眼光與見解。他對南北朝詩歌的評論是從對孟浩然的贊評引出的。孟浩然和皮日休都是襄陽人，皮日休不止一次地在詩文中提及孟浩然，心神嚮往之情溢於言表。他認爲孟浩然的詩歌介於李白、杜甫之間，「先生之作，遇景入詠，不拘奇抉異，令齷齪束人口者，涵涵然有干霄之興，若公輸氏當巧而不巧者也。」給予了很高的評價。爲了論證這個觀點，他將孟浩然詩中的寫景名句分別與南北朝時期詩人的有關作品相對照，稱讚它們都是「與古人爭勝於毫釐」，可以看出孟浩然對六朝詩人的學習與傳承。孟浩然與李白杜甫都是一流的大詩人，他的山水詩之所以取得很高的成就，關鍵是他能虛心的向前人學習詩歌的寫作技巧，六朝詩人對他的影響之大是不言而喻的，皮氏在這裡能挑出這一點，說明他對六朝詩歌還是持肯定態度的，起碼是部分持肯定態度，他的這種詩歌史觀無疑是正確的，符合文學史發展的事實，皮日休這種對六朝詩歌一分爲二的論斷，表現出了較高的理論修養，這在晚唐是難能可貴的。

在《松陵集》中，皮陸二人也有不少關於詩歌史的認識。皮日休在《松陵集序》中說：「詩有六義，其一曰比。比者，定物之情狀也，則必謂之才。才之備者，於聖爲六藝，於賢爲聲詩。噫！《春秋》之後。頌聲亡寢，降及漢氏，詩道洊作。然《二雅》之風，委而不興矣。在詩有三言、四言、五言、七言、九言之作。」這是對漢代以前的詩歌作綜論，當然是以儒家的詩教觀點來考察詩歌流變的。他接著說：「建安以降，江左君臣得其浮豔，然詩之六義微矣。」批評六朝詩歌空洞的內容與浮豔的形式，脫離了《詩經》託情寄意的本旨。在《陸魯望昨以五百言見貽過有褒美內揣庸陋彌增愧悚因成一千言上述吾唐文物之盛次敘相得之歡亦迭和之微旨也》詩中也重點論述了六朝詩，他說：「三辰至精氣，生自蒼頡前。粵從有文字，精氣銖於綿。所以楊墨後，文詞縱橫顛。元狩富材術，建安儼英賢。厥祀四百餘，作者如排穿。五馬渡江日，群魚食蒲年。大風蕩天地，萬陣黃鬚膻。縱有命世才，不如一空拳。後至陳隋世，得之拘且緡。太浮如瀲灩，太細如蚳蝝。太亂如靡靡，太輕如芊芊。流之為酗酒，變之為遊畋。百足雖云眾，不救殺馬蚿。君臣作降虜，北走如聯猭。所以文字妖，致其國朝遷。」這一大段概略的敘寫了唐代以前詩歌發展的大致面貌，重點卻在批評東晉南朝詩歌「太亂如靡靡，太輕如芊芊」也就是說它們太過於淫靡頹弱，不能起到詩歌應有的社會作用，最後導致「所以文字妖，致其國朝遷」，連國家都滅亡了。皮氏此論當然有些片面誇張的味道，畢竟詩歌是不能亡國的，詩歌不過是意識形態領域裏面一個重要的部分，與亡國相聯繫多少有些牽強附會。導致一個國家的興亡關鍵在於軍事和政治的強盛興衰，政策的得當與否。皮氏這麼說只能視為他對六朝詩歌的倒流感到痛心疾首。六朝詩歌違背儒家詩教觀，不重視詩歌的教化作用，所以偏離了正統的方向。陸龜蒙的有關漢魏六朝的詩歌史觀也比較客觀，主要體現在《襲美先輩以龜蒙所獻五百言既蒙見和復示榮唱至於千字提獎之重蔑有稱實再抒鄙懷用伸酬謝》一詩中。在這篇長詩中，他對詩歌史上的幾個重要人物重要著作重要現象都作了自己的評述，這是中國詩論史上的一篇重要的文字。關於三曹和鄴下文壇，他說：「發論若霞駁，裁詩如錦捼。徐王應劉輩，頭角咸相衰。或有妙絕賞，或為獨步推。或許潤色美，或嫌詆訶癡。倏以中利病，且非混醇璃，雅當乎魏文，麗矣哉陳思。不肯少選妄，恐貽後世嗤。」他讚美曹丕《典論・論文》內容豐富，立意高遠。對鄴下文人群體之間相互切磋相互批評相互稱美的舉止表示羡慕，對這個時期的文人風氣之濃盛予以讚美。他對陸機的詩學著作《文賦》高度稱讚：「吾祖仗才歷，革車蒙虎皮。手持一白旄，直向文場麾。輕若脫鉗桑，豁如抽扊扅。大可罩山嶽，微堪析毫氂。

十體免負贅，百家咸起痛。爭入鬼神奧，不容天地私。一篇邁華藻，萬古無孑遺。」他把陸機當作是他的祖先，可見推崇之情，認爲陸機具有征戰沙場的能力，指揮若定，這不過是一種形容而已，主要是想突出陸機的文采和氣勢。論述《文賦》時，指出它有輕盈通脫、探微決幽的品質，對其華麗的藝術形式予以了肯定，是一篇佳作。至於對劉勰的《文心雕龍》的評價，那就更高了，他說：「刻鵠尚未已，雕龍奮而爲。劉生吐英辯，上下窮高卑。下臻宋與齊，上指軒從羲。豈但標八索，殆將包兩儀。人謠洞野老，騷怨明湘累。立本以致詰，驅宏來抵杯。清如朔雪嚴，緩若春煙羸。或欲開戶牖，或將飾纓緌。雖非倚天劍，亦是囊中錐。皆由內史意，致得東莞詞。」認爲劉勰的《文心雕龍》包藏細密，體大精深，立論精當嚴謹，辨析宏富高博，對文學能夠探本溯源，舉凡古書、民謠、騷人之作均能做到辨其是非，作出中肯的批評，這種看法的確是很精到的，體現了陸龜蒙的卓識。

以上我們論述的大都是皮陸關於漢魏六朝詩歌的評述，對本朝詩歌他們也有獨到的見解，尤其是他們關於唐詩發展變化的觀點，對於今天我們認識唐詩都很有啓發。皮日休對唐詩的發展歷程相當瞭解，他在《陸魯望昨以五百言見貽過有褒美內揣庸陋彌增愧悚因成一千言上述吾唐文物之盛次敘相得之歡亦迭和之微旨也》中這樣論述到：「吾唐革其弊，取士將科縣。文星下爲人，洪秀密於纏。大開紫宸扉，來者皆詳延。日晏朝不罷，龍姿歡輾輾。於焉周道反，由是秦法悛。射洪陳子昂，其聲亦喧闐。惜哉不得時，將奮猶拘攣。玉壘李太白，銅堤孟浩然。李寬包堪輿，孟澹擬漪漣。埋骨採石壙，留神鹿門埏。俾其覊旅死，實覺天地孱。猗與子美思，不盡如轉輇。縱爲三十車，一字不可捐。既作風雅主，遂司歌詠權。誰知耒陽土，埋卻眞神仙。當於李杜際，名輩或溯沿。良御非異馬，由弓非他弦。其物無同異，其人有媸妍。自開元至今，宗社紛如煙。爽若沆瀣英，高如崑崙巔。百家囂浮說，諸子率寓篇。築之爲京觀，解之爲牲輇。

各持天地維，牽意東西牽。競抵元化首，爭扼眞宰咽。」這可以說就是一篇唐詩史論。它先敘述唐朝開科取士，以詩賦取人，並得到皇帝的大力支持，這樣就爲詩歌的繁榮創造了機會，這算是較早的將唐詩繁榮的原因與科舉考試相結合的論述。接著皮日休列舉了唐朝著名的詩人陳子昂、孟浩然、李白、杜甫，給予了高度的評價，例如稱杜甫爲「風雅主」、「眞神仙」，可見評價之高。對於其他的唐代詩人，詩中也作了簡要的表述。從皮氏的著述中，我們可以看到他對陳子昂、孟浩然、李白、杜甫、白居易、李賀、張祜、劉言史、李商隱、溫庭筠等都有評價，由此可知他對唐詩史的發展有著自己完整的認識和把握。對唐詩發展的原因、唐詩的風格、唐詩人的成就，他都作了勾勒。可以說他對唐詩的發展脈絡是比較熟悉的。陸龜蒙對皮日休的觀點深表贊同。他在和詩《襲美先輩以龜蒙所獻五百言既蒙見和復示榮唱至於千字提獎之重蔑有稱實再抒鄙懷用伸酬謝》裏也表達了自己的觀點，「吾唐揖讓初，陛列森咎夔。作頌媲吉甫，直言過祖伊。明皇踐中日，墨客肩參差。嶽淨秀擢削，海寒光陸離。皆能取穴鳳，盡擬乘雲螭。邇來二十祀，俊造相追隨。」看來他對唐詩的發展線索、軌跡也是了然在心的。他對皮日休的唐詩詩論也深表贊同，肯定了皮氏關於唐詩史的認識：「鹿門先生才，大小無不怡。就彼六籍內，說詩直解頤。顧我迷未遠，開懷潰其疑。初開鑿本源，漸乃疏旁支。邃古派汜濫，皇朝光赫曦。揣摩是非際，一一如襟期。李杜氣不易，孟陳節難移。信知君子言，可並神明蓍。」認爲皮氏對唐詩史的論述，有如「鑿本源」、「疏旁支」，具有伐山奠基的作用。對唐詩繁榮的原因，流派紛呈的局面，重要的作家都論述到了，這些看法與皮日休基本相一致。皮陸二人身處晚唐，懷著對先賢詩人們的敬重，自覺的將兩個半世紀的唐詩發展的歷史及其取得的輝煌成就用詩歌表述出來，進行總結，表現出了較爲高超的見解，這對進一步認識唐詩有啓迪作用。

第二節　詩歌創作的主題取向

在上節中我們著重論述了皮陸詩派的詩歌理論。他們的生活理想都是希望通過科舉考試的形式，最終踏入仕途，找到能夠發揮自己才能的人生舞臺，施展自己的才華。但是他們的理想幾乎都破滅了，這是他們個人的悲哀也是整個時代的悲哀。人生的悲歡際遇帶給了他們心靈的創傷，爲了排遣自己心中的鬱悶，只好選擇詩文創作。那麼，作爲這個詩人群體，他們的詩歌創作都有哪些主題和內容呢？是不是有著相同的共性？讓我們翻開他們的詩集來看看。

臺灣學者曾進風先生在《晚唐詩的鋒芒與光彩——以社會詩和風人體爲例》〔註 43〕一書中將晚唐時期的詩歌主要劃分爲兩大類，即社會詩和風人體，大致與晚唐詩歌的創作實際相吻合。但是這樣的劃分也有一個弊端，那就是所謂的社會詩，主要是從詩歌內容方面來考慮的，反映的是社會現實。而風人體卻是按詩歌體裁來劃分，所謂風人體也就是民歌。這樣，就出現了一個矛盾，一個是按題材劃分，一個是按體裁劃分，中間沒有一個統一的標準。其實，社會詩也可以用民歌的形式來表現，換言之，民歌也可以表現社會內容，二者不宜過分劃分。作者這樣給社會詩定義：「綜觀以上論者所述諸詩，皆以現實生活爲題材，針砭時政，同情貧弱。舉凡政治腐化，社會紊亂，民生疾苦，均爲詩人譏諷歌詠的對象，其範疇甚爲廣泛。從內容方面說，只要是社會寫實，聯繫民生，抒民痛，哀民艱，關懷國事興衰，抨擊統治階層，指斥昏君暴政、讒諛禍國，表達了一種深切的『恤人之心』和『憂民之意』，甚或抒發個人得失之怨、窮通之恨，而以諷諭爲旨歸，達到『瀉導人情』,『救濟時病』的目的，這些因『人』、因『事』、因『情』而作的詩篇，皆可稱爲『社會詩』」〔註 44〕。對於風人體，作者說：「綜論之，『風人詩』名稱多樣，其

〔註 43〕《晚唐詩的鋒芒與光彩》，臺灣漢風出版社，2003 年。

〔註 44〕《晚唐詩的鋒芒與光彩》第三章《社會詩之義界及其淵源》，臺灣漢風出版社，2003 年，第 33 頁。

意則一。在詩句的表現上多比興影射，詩中情意曲折、委婉，聽者需以意會，且用一番思考，才猜得破，這樣的隱語我們不妨稱它爲『彎曲得語言』。」〔註45〕風人體既然是民歌的一種，在皮陸詩派詩歌創作當中就是吳歌，那麼，我們在論述他們的主題取向的時候就不應該將它與社會詩截然分開，理由很簡單，民歌也能夠反映社會現實，甚至在某些方面更能比社會詩具有優勢。基於這樣的理解，下面我們就將皮陸詩派詩歌中的所謂的社會詩、風人詩合二爲一進行論述。

從皮陸詩派的詩歌主張中我們得知，他們非常注重詩歌參與、干預社會的作用和功能，在實踐中，他們的創作也是與其主張基本相一致的。晚唐時期社會動盪淪落，處於人生亂離飄零之際的社會底層的皮陸詩派，心中有著巨大的楚痛，悒鬱不得志，幽怨悲憤之情沉積心頭，發言爲詩，便要長吟哀歌舒瀉情緒。傷時緬亂觸景興寄，針砭時弊緣時諷諭，創作的詩歌具有濃鬱的現實主義的寫實精神。大致說來，他們的詩歌有以下幾個方面的內容：

1、晚唐昏聵政局的真實寫照

皮陸詩派的成員大都生活在大中至咸通年間，長期的流離失所輾轉困頓的經歷，使他們對於晚唐宣宗、懿宗、僖宗三朝的政治腐敗和民生疾苦，有著更加深刻的切膚之痛。這群詩人自覺的遵循儒家詩教，承續中唐新樂府諷諭精神的現實主義詩歌創作理論，把詩歌當作針砭時弊的有力武器，揭露政治黑暗，批判朝政弊端，表現出了一種無所畏懼的可貴精神。這方面的內容是皮陸詩派詩歌創作中的主流和精華，這也是他們對晚唐浮豔詩風的一種排斥與反撥，具有高度的現實意義。

皮日休在《皮子文藪序》中揭櫫寫作的動機和宗旨是「上剝遠非，下補近失」，所謂「剝非」，就是剝除不合理之處，也就是要指

〔註45〕《晚唐詩的鋒芒與光彩》第四章《風人體之義界及其淵源》，臺灣漢風出版社，2003年，第56頁。

出弊端之所在；所謂「補失」，就是補正失誤，提出合理的建議與對策。他的詩歌作品正是這種動機和宗旨的實踐，著名的《三羞詩》和《正樂府十篇》就是代表。《三羞詩》是作者長期觀察社會現實，覺得自己面對人民的疾苦無能爲力，深感羞愧，從而寫下的一組詩歌，共三首，每一首詩前面都有一篇序。這組詩歌據前面的序言，可知寫於咸通七年（公元 866 年）。關於「三羞」，作者是這樣解釋的：「皮子窺之，愵然泣，衄然羞。故作是詩以贖之。」此爲一羞；「皮子謂之內過曰，吾之道不足以濟時，不可以備位，又手不提桴鼓，身不被兵械，恬然自順，怡然自樂，吾亦爲許師之罪人耳。作詩以弔之。」此爲二羞；「因羞不自容，作詩以唁之。」此爲三羞。《三羞詩》其一傷朝廷忠臣遭到小人讒言得罪南竄，諷刺小人得道君子難容，「忠者若不退，佞者何由達。君臣一肴膳，家國共殘殺」，這種現象是晚唐宣宗、懿宗朝的眞實寫照。詩人爲朝廷的忠臣遭受迫害而泫然淚下，讚揚他們忠貞的行爲，更悲憫他們的不幸遭遇：「憲司遵故典，分道播南越。蒼惶出班行，家室不容別。玄鬢行爲霜，清淚立成血。」忠臣貶謫發配，連自己的家人都不允許見上一面，這是何等的殘酷無情，統治階級的寡恩無情被揭露的淋漓盡致。忠臣遭到貶謫後，不得不「赫赫負君歸，南山採芝蕨」，這又是何等的淒慘。《三羞詩》其二則是皮日休咸通七年路過許州時，親眼目睹百姓所受到的征兵之苦，有感而發，表達了對唐朝軍事將領的腐敗無能的揭露，充滿了對百姓飽受戰亂之苦的深切同情。唐朝政府窮兵黷武，接連用兵征討邊界，詩人作了揭露批判，「儒者鬥即退，武者兵則黷。軍庸滿天下，戰將多金玉。刮則齊民𦣦，分爲猛士祿。」多次戰爭都以失敗告終，這場戰爭同樣也不例外，輸的很慘烈，「昨朝殘卒回，千門萬戶哭。哀聲動閭里，怨氣成山谷。」戰死者的家屬悲哭得聲動城郭，怨氣連天，而詩人自己卻是「家不出軍租，身不識部曲。亦衣許師衣，亦食許師粟。」相比之下，皮日休覺得很是慚愧，感到羞恥不安。晚唐時唐朝政府對周邊國家發動過多次戰爭，人民傷亡過多損失慘重。這首詩就是批判唐朝政府對安南用兵不當造成人民的重大犧牲，政府的決策失誤，邊帥將領的指揮不當，貪暴腐朽，在這裡暴露無疑。《三羞詩》其三描寫咸通七年，淮右地區發生蝗災旱災，導致潁民遷徙，當時百姓在大災之年遷徙途中餓死溝壑的慘景。「夫婦相顧亡，棄卻抱中兒。兄弟各自散，出門如大癡。一金易蘆蔔，一縑換鳧茈。荒村墓鳥樹，空屋野花籬。兒童齧草根，倚桑空羸羸。斑白死路傍，枕土皆離離。」這眞是一幅唐末流民圖，這樣的詩句是何等的淒慘，令人不忍卒讀。相比之下，詩人覺得自己「食之以侯食，衣之以侯衣。歸時恤金帛，使我奉庭闈」，生活還算是優越，因而感到羞愧難當。綜觀《三羞詩》三首，或傷忠臣被貶指斥小人得志，或苦邊疆戰事經年不息，或憫荒災淫虐百姓流殍，都具有高度的寫實精神。既有敘事也有議論，夾敘夾議，語言質樸平易，一詩一事，主題顯豁專一，顯然是學習白居易《新樂府》、《秦中吟》「一吟悲一事」的寫作方法，具有和白居易詩作同等的功效。

《正樂府十篇》也是學習白居易《新樂府五十篇》的產物，它的寫法和命意可以看作是白居易之作的翻版。《正樂府》針對當時社會「可悲可懼者」加以歌詠，以期引起統治集團的注意。它的批判現實的精神與《三羞詩》是一致的，批判的力度甚至更爲過之。《正樂府》第一篇《卒妻怨》反映戰禍帶給出征士卒家屬巨大的悲痛，鞭撻唐朝統治者對官兵家屬的無情待遇，針砭時弊筆鋒辛辣，飽含了詩人對士族的同情。詩云：「河湟戍卒去，一半多不迴。家有半菽食，身爲一囊灰。官吏按其籍，伍中斥其妻。處處魯人髽，家家杞婦哀。少者任所歸，老者無所攜。況當札瘥年，米粒如瓊瑰。累累作餓殍，見之心若摧。其夫死鋒刃，其室委塵埃。其命即用矣，其賞安在哉。豈無黔敖恩，救此窮餓骸。誰知白屋士，念此翻欸欸。」（《皮子文藪》卷十）家中的男丁被徵去河湟戍邊，生死未卜，無勞力進行生產，按理政府應該給予家屬優待政策，這樣才能激勵人心踴躍參軍。然而，朝廷卻只顧征戍，不管被徵者家庭的死活，致使「處處魯人髽，家家杞婦哀。少者任所歸，老者無所攜。況當札瘥年，米粒如瓊瑰。累累作餓殍，見之心若摧」，哀怨之聲不絕於耳。唐朝爲了行旅的方便和交通的便捷，在各地驛站中設置大量的驛夫，也就是所謂的路臣。這些路臣都是從百姓中徵調的，終年在道路上奔波，任務繁重通常疲憊不堪，苦不堪言，《路臣恨》一詩就直接道出了路臣們心中的怨恨。其詩曰：「路臣何方來，去馬真如龍。行驕不動塵，滿轡金瓏璁。有人自天來，將避荊棘叢。獰呼不覺止，推下蒼黃中。十夫掣韉策，御之如驚鴻。日行六七郵，瞥若鷹無蹤。路臣慎勿愬，愬則刑爾躬。軍期方似雨，天命正如風。七雄戰爭時，賓旅猶自通。如何太平世，動步卻途窮。」路臣們除了行役疲勞外，還要被有司督促甚至鞭打，有時還喪失性命，只能怨命不能有所違抗，否則招致行刑。「軍期方似雨，天命正如風」，漫漫征途何日是歸程，似乎看不到一絲希望。繁重的苛捐雜稅是百姓貧窮的根源，皮日休對此也做了深刻的批判。在《橡媼歎》中，他通過人物典型化的塑造，表現了這種苛稅給人民帶來沉重的災亂，「秋深橡子熟，散落榛蕪岡。傴傴黃髮媼，拾之踐晨霜。移時始盈掬，盡日方滿筐。幾曝復幾蒸，用作三冬糧。山前有熟稻，紫穗襲人香。細穫又精舂，粒粒如玉璫。持之納於官，私室無倉箱。如何一石餘，只作五斗量。狡吏不畏刑，貪官不避贓。農時作私債，農畢歸官倉。自冬及於春，橡實誑饑腸。吾聞田成子，詐仁猶自王。吁嗟逢橡媼，不覺淚霑裳。」老媼種植的優質水稻自己吃不到，要繳稅，只能拾橡子充饑。可恨這幫貪官污吏連這個年老的婦人都要欺負，「如何一石餘，只作五斗量」，還要從她身上剋扣敲詐以飽私囊，眞是天理不容！底下的官吏之所以有這麼大的膽子，原因在於「狡吏不畏刑，貪官不避贓」，眞是膽大妄爲無法無天了。看到這種景象，詩人也哀歎「吁嗟逢橡媼，不覺淚沾裳」，流下了同情的眼淚。與皮氏此詩情景相似的有杜荀鶴著名的《山中寡婦》，「夫因兵死守蓬茅，麻苧衣衫鬢髮焦。桑柘廢來猶納稅，田園荒後尙徵苗。時挑野菜和根煮，旋斫生柴帶葉燒。任是深山更深處，也應無計避征傜。」〔註 46〕杜詩中的這個寡婦與皮詩中的那個老嫗一樣，孤苦伶仃，寡居窮村陋屋，田園荒蕪，沒有任何收入，只能用野菜充饑，連最低的生計幾乎都無法維持，卻還要向政府繳稅，而且還要被拉去服役，這眞是對當局者莫大的諷刺！「任是深山更深處，也應無計避征傜」，字字血，句句淚，充滿了血和淚的控訴，讀後令人心情久久不能平靜。在《農夫謠》詩中皮氏再一次的控訴超負荷的賦稅，並痛陳「均輸法」帶來的弊端：「農父冤辛苦，向我述其情。難將一人農，可備十人征。如何江淮粟，輓漕輸咸京。黃河水如電，一半沈與傾。均輸利其事，職司安敢評。三川豈不農，三輔豈不耕。奚不車其粟，用以供天兵。美哉農父言，何計達王程。」江淮物產豐富，歷來都是唐朝廷稅賦主要取給地，但江淮與長安路途遙遠，隔山阻水，財稅運輸極爲困難。《新唐書》卷五十三《食貨三》記載：「江淮漕租米至東都輸含嘉倉，以車或馱陸運至陝。而水行來遠，多風波覆溺之患，其失埸十七八，故其率一斛得八斗爲成勞。而陸運至陝，才三百里，率兩斛計傭錢千。民送租者，皆有水陸之直，而河有三門底柱之險。」〔註 47〕從江淮運送財稅到長安，路過黃河三門底柱時，沉船翻船事件時常發生，船工苦不堪言，這首詩就是描述這種悲慘的景狀。同樣，在《哀隴民》一詩中，指斥了那些爲了一己之樂而脅迫隴民登高捕捉珍禽的官吏，他們不顧這些百姓的生命安全，只顧自己的享樂，毫無人性可言。詩曰：「隴山千萬仞，鸚鵡巢其巔。窮危又極險，其山猶不全。蚩蚩隴之民，懸度如登天。空中覘其巢，墮者爭紛然。百禽不得一，十人九死焉。隴川有戍卒，戍卒亦不閒。將命提雕籠，直到金臺前。彼毛不自珍，

〔註 46〕胡嗣坤、羅琴《唐風集校注》，《杜荀鶴及其〈唐風集〉研究》上編，巴蜀書社，2005 年，第 141 頁。

〔註 47〕《新唐書》卷五十三《食貨志》，第五冊，中華書局，1975 年，第 1365 頁。

彼舌不自言。胡爲輕人命，奉此玩好端。吾聞古聖王，珍獸皆舍旃。今此隴民屬，每歲啼漣漣。」登高捕鳥相當危險，「空中覘其巢，墮者爭紛然。百禽不得一，十人九死焉。」那些地方官員們卻不顧百姓的死活，讓他們冒著生命危險去捕捉珍禽以供他們賞玩。一邊是燈紅酒綠輕歌燕舞醉生夢死，一邊卻是登高冒險墜者紛然命賤如土，兩相映照，眞是殘酷的對比！跟這首詩內容相連的是《惜義鳥》一詩，說的是商顏一代產鳥，這種鳥能惜仁重義，被奉爲供品。「商顏多義鳥，義鳥實可嗟。危巢末纍纍，隱在栲木花。他巢若有雛，乳之如一家。他巢若遭捕，投之同一羅。商人每秋貢，所貴復如何。餉以稻粱滋，飾以組繡華。惜哉仁義禽，委戲於宮娥。吾聞鳳之貴，仁義亦足誇。所以不遭捕，蓋緣生不多。」這種有情意的鳥，送入宮中只能充當宮娥們的晚伴，「餉以稻粱滋，飾以組繡華。惜哉仁義禽，委戲於宮夸」，暗諷仁義之士得不到用武之地，處處受到制約，不能發揮自己的才能。正是貪官太多，才打擊正直之士，詩人借助義鳥含蓄的道出這種人才得不到重用的狀況。在《賤貢士》中表達的也是這個意思：「南越貢珠璣，西蜀進羅綺。到京未晨旦，一一見天子。如何賢與俊，爲貢賤如此。所知不可求，敢望前席事。吾聞古聖人，射宮親選士。不肖盡屏跡，賢能皆得位。所以謂得人，所以稱多士。歎息幾編書，時哉又何異。」皇帝只是喜歡珠璣綺羅等供品，而賢俊本爲國家重器卻賤如塵土，得不到皇帝的賞識和重用，皮氏對此大爲不滿，呼籲君王能效法古代賢聖捨棄珍禽古玩，重視重用賢才，當然，這不過是作者一廂情願的空想而已。

面對如許之多黑暗醜陋的現象，皮日休大聲疾呼，要求懲治貪官，開明政治。在《貪官怨》中他就諷刺了欲壑難填的愚蠢官吏，「國家省闥吏，賞之皆與位。素來不知書，豈能精吏理。大者或宰邑，小者皆尉史。愚者皆混沌，毒者如雄虺。傷哉堯舜民，肉袒受鞭箠。」這幫貪官污吏不學無術之輩掌管各級政務，狡詐貪虐，百姓深受其害，敢怒不敢言。這種現象長期下去比會禍國殃民，詩人爲此而擔憂，他接著寫到：「吾聞古聖王，天下無遺士。朝廷及下邑，治者皆仁義。國家選賢良，定制兼拘忌。所以用此徒，令之充祿仕。何不廣取人，何不廣歷試。下位既賢哉，上位何如矣。胥徒賞以財，俊造悉爲吏。」願望是好的，希望國家能夠選賢良遠小人，任用正直賢才來治理國家，詩最後說「天下若不平，吾當甘棄市」，表示充滿了信心。相比之下，外國的官吏倒能學習唐朝的文化，《頌夷臣》就說「夷師本學外，仍善唐文字。吾人本尙捨，何況夷臣事。」，如果再不加強學習或修養，那就會出現「所以不學者，反爲夷臣戲。所以尸祿人，反爲夷臣忌。吁嗟華風衰，何嘗不由是。」的現象而遭到外國人的笑話，那樣堂堂中華人的臉面將往哪兒擱，詩人感到憂心忡忡。在《誚虛器》中，他希望皇帝能講誠心棄狡詐，「修德來遠人」，則天下幸甚，百姓幸甚。

綜觀《三羞詩》和《正樂府》，它們是皮日休現實主義詩歌理論的指導下創作的兩組優秀詩篇。他把詩歌當作針砭時弊的苦口良藥，把自己當作民生疾苦的代言人，努力實踐自己的創作主張，以詩歌積極干預時政，仗義執言爲民請命，表現了詩人的良知和勇氣，這眞是難能可貴。

陸龜蒙也以組詩的形式抨擊時政，其《雜諷九首》（《甫里先生文集》卷三）就是代表，矛頭直接指向朝廷統治集團。《雜諷》其一、其二、其八尖銳地譏諷朝廷官員貪得無厭，撈取財富不擇手段，腐敗無能的本性。「微微待賢祿，一一希入夢。縱操上古言，口噤難即貢。蛟龍在怒水，拔取牙角弄。」（其一）即便是這樣，他們也只知道聚斂財富，尸餐素位，視戰亂爲兒戲，平叛無術，導致「凶門尙兒戲，戰血波鴻溶。社鬼苟有靈，誰能遏秋慟。」「年來橫干戈，未見拔城邑。得非佐饔者，齒齒待啜汁。」（其二）白白犧牲士兵生命，卻不能掃平戰亂。詩人在《雜諷》其八中呼籲：「北面師其謀，幾能止征伐。何妨秦堇勇，又有曹劌說。堯舜尙詢芻，公乎聽無忽。」不要靠戰爭解決問題，要依靠不戰而屈人之兵才是上策。《雜諷》其五顯然是針對當時國家東南方賊起亂所寫的詩篇，「東南有狂兕，獵者西北矢。利塵白冥冥，獨此清夜止。」面對這樣的作亂，「無人語其事，偶坐窺天紀。安得東壁明，洪洪用墳史。」卻沒有人敢出來平叛，力挽狂瀾。「搜揚好古士，一以罄雲水。流堪灑菁英，風足去稗秕。如能出奇計，坐可平賊壘。徐陳羲皇道，高駕太平軌。攫疏成特雄，濯垢為具美。貢賢當上賞，景福視所履。永播南熏音，垂之萬年耳。」這是詩人的想像之辭，也可以看作是自我安慰。晚唐時期政治黑暗的一個突出表現就是朝廷不能用人，對此，陸龜蒙在《雜諷》中多次予以批判。《雜諷》其三就形象的將賢能之士的埋沒不能用與高官大員們的優越生活相對比，控訴朝廷排斥貧賤、堵塞賢路、埋沒人才的荒唐舉措，詩云：「鸘鵝慘於冰，陸立懷所適。斯人道仍悶，不得不嗚咂。當時布衣士，亦作天子客。至今東方生，滿口自誇白。終為萬乘交，談笑無所隔。致君非有書，乃是堯舜畫。祗今侯門峻，日掃貧賤跡。朝趨九韶音，暮列五鼎食。如聞恭儉語，謇謇事夕惕。可拍伊牧肩，功名被金石。」詩人對這種境況相當不滿，卻又無可奈何，只好懷念開天年間唐玄宗徵召布衣李白入京時的盛舉，現在卻是「祗今侯門峻，日掃貧賤跡」，這眞是鮮明的對襯啊。朝廷那些騎高頭大馬的傢伙一個個神氣的很，你看「左右佩劍者，彼此亦相笑。趨時與閉門，喧寂不同調。潛機取聲利，自許臻乎妙。志士以神窺，慚然眞可弔。」（《雜諷》其七）好像都是國家棟樑社稷利器，但卻只知道誇誇其談謀取私利，相比之下，志士們眞要慚愧要上弔。詩人在這裡用反諷的手法，批判那些享受國家俸祿卻又祿祿無為的傢伙。在《雜諷》其六中，陸龜蒙把賢才比作良木，卻遭到埋沒荒野的命運，抒發了自己懷才不遇的憤懣。「有蘗何青青，空城雪霜裏。千林盡枯槁，苦節獨不死。他遭匠石顧，總入犧黃美。遂得保天年，私心未為恥。高從宿梟怪，下亦容螻蟻。大廈若掄材，亭亭託君子。」末聯以大廈的建造需要良材來比喻治理國家需要棟才，希望統治者們能舉賢薦能任用有賢才的人士。《雜諷》

其九也以壯士的不能用表達了同樣的意思：「朝爲壯士歌，暮爲壯士歌。壯士心獨苦，傍人謂之何。古鐵久不快，倚天無處磨。將來易水上，猶足生寒波。捷可搏飛狖，健能超橐駝。群兒被堅利，索手安馮河。驚飆掃長林，直木謝樐科。嚴霜凍大澤，僵龍不如蛇。昔者天血碧，吾徒安歎嗟。」對於這樣一個「捷可搏飛狖，健能超橐駝」的英雄，卻「倚天無處磨」，眞是空有一身本事卻報國無門，連詩人也只好「吾徒安歎嗟」了。爲什麼會出現這樣不合理的局面呢，關鍵是「赤舌可燒城，讒邪易爲伍。詩人疾之甚，取俾投豺虎。」小人當政蒙蔽聖上，賢才對這幫人好比是「取俾投豺虎」，只好望洋興歎了。

羅隱也是以大膽抨擊時政出名的。《唐詩紀事》卷六十九曰：「昭宗欲以甲科處之，有大臣奏曰：『隱雖有才，然多輕易，明皇聖德，猶橫遭譏誹，將相臣僚，豈能免乎淩轢。』帝問譏誹之詞，對曰：『隱有《華清宮》詩曰：樓殿層層佳氣多，開元時節好笙歌。也知道德勝堯舜，爭奈楊妃解笑何！』其事遂寢。」〔註 48〕正因爲羅隱敢於直言指斥統治階級的醜惡罪行，所以才會被當權者排斥不用。《甲乙集》第一首《曲江春感》：「江頭日暖花又開，江東行客心悠哉。高陽酒徒半雕落，終南山色空崔嵬。聖代也知無棄物，侯門未必用非才。一船明月一竿竹，家住五湖歸去來。」〔註 49〕滿腹經綸而累舉不第，不得不歸隱五湖，這不是對所謂「聖代無隱者」的絕妙諷刺麼？一部《甲乙集》就是在這樣的基調上寫成的。

羅隱的詩很多是把批判的鋒芒直接指向皇帝，如《感弄猴人賜朱紱》：「十二三年就試期，五湖煙月奈相違。何如買取猢猻弄，一笑君王便著緋。」（《甲乙集》卷十一）在「十二三年就試期」與「一笑君王便著緋」的鮮明對比中，對貌似神聖的科舉制度予以了辛辣的諷刺，更揭露了皇帝的腐敗與荒唐，讀之令人有啼笑皆非之感。《帝

〔註 48〕王仲鏞《唐詩紀事校箋》下冊，巴蜀書社，1992 年，第 1852 頁。
〔註 49〕《甲乙集》卷一，見潘慧惠《羅隱集校注》，浙江古籍出版社，1995 年，第 3 頁。

幸蜀》更是毫無忌憚的方言諷刺：「馬嵬山色翠悠悠，又見鑾輿幸蜀回。泉下阿蠻應有語，這回休更怨楊妃。」（《甲乙集》卷十）黃巢義軍攻陷長安，唐僖宗又學他的老祖宗玄宗皇帝逃往四川。阿蠻是楊貴妃的貼身使女深受楊妃喜愛，馬嵬事變中也被絞殺。詩人借阿蠻之口說「這回休更怨楊妃」，貌似幽默實則沉痛。唐朝統治者將安史之亂的罪責推卸在楊妃身上，羅隱不以為然，他認為是帝王咎由自取的結果。分明是說上次你們怨楊妃禍國，那麼這次僖宗皇帝奔蜀，你們又找誰當替罪羊呢？玄宗僖宗兩次幸蜀，歷史具有驚人的相似之處，羅隱於辛辣的諷刺之中寓以警誡意味。與《帝幸蜀》詩意相似的還有《西施》：「家國興亡自有時，吳人何苦怨西施。西施若解傾吳國，越國亡來又是誰？」（《甲乙集》卷二）在羅隱看來，封建帝王為了擺脫禍國的罪責嫁禍於女人身上是極其卑劣無恥的行徑，所以他寫這兩首詩駁斥，一針見血語意顯豁，眞是痛快淋漓。《華清宮》：「樓殿層層佳氣多，開元時節好笙歌。也知道德勝堯舜，爭奈楊妃解笑何！」（《甲乙集》卷十）《馬嵬坡》：「佛屋前頭野草春，貴妃輕骨此為塵。從來絕色知難得，不破中原未是人。」（《甲乙集》卷三）這兩首詩是諷刺玄宗寵幸楊妃導致禍國的。後梁朱溫篡位後大肆屠殺唐朝忠臣，羅隱也寫詩揭露，《黃河》：「莫把阿膠向此傾，此中天意固難明。解通銀漢應須曲，才出崑崙便不清。高祖誓功衣帶小，仙人占斗客槎輕。三千年後知誰在，何必勞君報太平。」（《甲乙集》卷一）借詠歎黃河的渾濁和彎曲，諷刺朱溫為了篡奪帝位殺戮清流的罪惡和姦佞小人希旨邀功、邪曲求通的無恥行徑。羅隱不僅對本朝的帝王予以冷嘲熱諷，還對歷史上的一些君王進行批評。例如他在《焚書坑》和《始皇陵》兩詩中就譏諷了秦始皇焚書坑儒和祈求長生不老的愚蠢行徑。《焚書坑》：「千載遺蹤一窯塵，路旁耕者亦傷神。祖龍算事渾乖角，將謂詩書活得人。」（《甲乙集》卷一）前兩句說當年的大火吞噬了無數的典籍，焚書坑只剩下一窯廢墟，連路旁的耕夫也感到黯然神傷。後兩句對秦始皇的這種自以為是乖巧得計實則愚蠢透頂的行爲進行了無情的嘲弄。《始皇陵》:「荒堆無草樹無枝，懶向行人問昔時。六國英雄謾多事，到頭徐福是男兒。」（《甲乙集》卷一）詩人路經秦始皇陵，面對這堆荒蕪的墳墓連向路人探聽始皇軼事的興趣都沒有了。後兩句正話反說譏諷嬴政妄想長生不老的愚蠢想法。在《臺城》中他也諷刺了陳後主荒淫的遊樂生活：「水國春長在，臺城夜未寒。麗華承寵渥，江令捧杯盤。宴罷明堂燦，詩成寶炬殘。兵來吾有計，金井玉鉤欄。」（《甲乙集》卷五）陳後主沉湎酒色不恤政事，甚至當隋兵已經要進攻金陵的時候還在飲酒作樂，詩人借後主的口吻說「兵來吾有計，金井玉鉤欄」，這眞是絕妙辛辣的譏諷。羅隱對這段史事描述表達了自己心中的擔憂，也希望當今皇上能以史爲鑒，早日警醒，不然也會重蹈覆轍。再看《煬帝陵》:「入郭登橋出郭船，紅樓日日柳年年。君王忍把平陳業，只換雷塘數畝田。」（《甲乙集》卷三）隋煬帝曾經參加過平定陳後主的戰鬥，親眼目睹陳後主荒淫誤國的悲劇，但他自己登基後卻不吸取教訓，以史爲鑒，竟然也重蹈陳後主的覆轍，歷史在這裡具有驚人的相似之處。

由上引羅詩可以看出，他對歷史上的君王如秦始皇、陳後主、隋煬帝、唐玄宗、唐僖宗等都進行過無情的諷刺，毫無隱諱，筆調辛辣，寓意警醒，具有高度的現實意義。不僅如此，他還敢於對當朝文臣武將的貪暴驕奢的行徑予以批判。在《后土廟》中他說：「四海兵戈尙未寧，始於雲外學儀形。九天玄女猶無聖，后土夫人豈有靈？」（《甲乙集》卷二）對淮南節度使高駢晚年酷好方術迷信方士之言的舉止進行了批判。作爲地方要員，理應維護國家的安危，平定叛亂，安穩民心，但這位地方長官在「四海兵戈尙未寧」的情況下卻從事迷信活動，置國家安危不顧，這樣的人連神靈也不會保祐的，末兩句指出高駢篤信仙術的荒誕不堪。甚至當羅隱晚年依附錢鏐，他也敢對錢鏐的搶奪民財的行爲當面批評。《題磻溪垂釣圖》:「呂望當年展廟謨，直鉤釣國更誰如？若教生在西湖上，也是須供使宅魚！」原題下注云：「錢氏有圖，西湖漁日納魚數斤，謂之使宅魚。隱題此圖，遂蠲其徵。」〔註 50〕好在錢繆還是一個大度的人，接納了羅隱婉轉的建議，取消了所謂的「使宅魚」這一陋習。羅隱對虛職冗員尸位素餐、高官顯貴濫賜亂賞深惡痛絕，《茅齋》：「從事不從事，養生非養生。職爲尸祿本，官是受恩名。時態已相失，歲華徒自驚。西齋一卮酒，衰老與誰傾？」（《甲乙集》卷六）一針見血地指出唐末官場地黑暗腐朽地本質，並予以無情地嘲諷，詞鋒犀利，情感激憤，批判力度大，具有強烈的現實性。在唐末社會上，一方面富人們是「糞土金玉珍，猶嫌未奢侈」，過著窮奢極欲的生活，另一方面卻是「陋巷滿蓬蒿，誰知有顏子？」（《秦中富人》，《甲乙集》卷六），這是何等的不公！羅隱還經常通過詠物詠史等手段來諷刺現實、鞭撻黑暗，在《錢》中他說：「志士不敢道，儲之成禍胎。小人無事藝，假爾作梯媒。解釋愁腸結，能分睡眼開。朱門狼虎性，一半逐君回。」（《甲乙集》卷五）借詠錢揭露朱門富戶虎狼般的貪婪本性。《金錢花》一詩對這種殘暴貪婪行爲挖苦的更深：「占得佳名繞樹芳，依依相伴向秋光。若教此物堪收儲，應被豪門盡劚將。」（《甲乙集》卷二）

在皮陸詩派中，杜荀鶴與聶夷中也有不少揭露政治黑暗，批判朝政弊端的詩作。杜荀鶴於乾符四年（公元 877 年）離開家鄉池州到長安趕考，經過湖北安陸時遇到兵亂，他在《將入關安陸遇兵寇》詩中描述了軍閥連年混戰的嚴重後果，「已是數程行雨雪，更堪中路阻兵戈。幾州戶口看成血，一旦天心卻許和。」（《唐風集》卷二）《旅泊遇郡中叛亂示同志》詩也描寫了宣州之亂：「握手相看誰敢言？軍家刀劍在腰邊。遍搜寶貨無藏處，亂殺平人不怕天。古寺拆爲修寨木，荒墳開作甃城磚。郡侯逐出渾閒事，正是鑾輿幸蜀年。」（《唐風集》卷二）刻畫了一幅叛軍殺人越貨的圖景，揭露了那些官軍爲非作歹無法無天的強盜行徑和滔天罪行，可與杜甫的《三絕

〔註 50〕李之亮《羅隱詩集箋注》補遺卷二，嶽麓書社，2001 年，第 378 頁。

句》之一「前年渝州殺刺史，今年開州殺刺史」〔註 51〕前後輝映，道出了官匪一家的事實。元代方回評此詩曰：「不經世亂，不知此詩之切。雖粗厲，亦可取。」〔註 52〕可謂的論。他的《再經胡城縣》：「去歲曾經此縣城，縣民無口不冤聲。今來縣宰加朱紱，便是生靈血染成。」（《唐風集》卷三）深刻的揭露了貪官用百姓鮮血染紅官服的本質。他的《塞上傷戰士》揭露邊庭將帥一味邀功請賞不顧士兵死活的罪責，「戰士說辛勤，書生不忍聞。三邊遠天子，一命信將軍。野火燒人骨，陰風卷陣雲。其如禁城裏，何以重要勳？」（《唐風集》卷一）陸龜蒙《築城詞二首》之二：「莫歎將軍逼，將軍要卻敵。城高功亦高，爾命何足惜？」（《甫里先生文集》卷七）與之有異曲同工之妙，不過陸詩言語要尖銳一些。羅隱也寫了一首《鷹》：「越海霜天暮，辭韜野草乾。俊通司隸職，嚴奉武夫官。眼惡藏鋒在，心粗逐物殫。近來脂膩足，驅遣不妨難。」（《甲乙集》卷五）借詠獵鷹來諷刺當時作惡多端的武將，獵鷹吃飽了脂肪多就飛不動主人難以驅遣，邊防武將也一樣。優厚的俸祿整天花天酒地的養得氣焰囂張驕奢不堪，哪裏還有心思為皇上分憂。陸龜蒙在《塞上》一詩中也對這種現象進行了批評，「草白河冰合，蕃戎出掠頻。戍樓三急號，探馬一條塵。戰士風霜苦，將軍雨露新。封侯不由此，何以慰征人？」（《唐風集》卷一）朝廷的封賞不公必將帶來嚴重的後果，末句只是說到「何以慰征人？」還沒有意識到更為嚴重的後果。

聶夷中存詩只有 32 題 37 首，《全唐詩》卷六百三十六收錄為一卷，其中與孟郊相重 9 首，與李紳、許棠相重各 1 首，因此確定為聶夷中的詩歌只有 26 首。儘管這樣，聶夷中也有詩歌對李唐統治集團的驕奢淫逸進行揭露與控訴。例如他的《公子行二首》其一：「走馬踏殺人，街吏不敢詰。紅樓宴青春，數里望雲蔚。」其二：「一行書不讀，身封萬戶侯。美人樓上歌，不是古涼州。」〔註 53〕

〔註 51〕仇兆鼇《杜詩詳注》卷十四，第三冊，中華書局，1995 年，第 1240 頁。
〔註 52〕李慶甲《瀛奎律髓匯評》下冊，上海古籍出版社，2005 年，第 1363 頁。
〔註 53〕《全唐詩》卷六百三十六，第十九冊，中華書局，2003 年，第 7297 頁。

這兩首詩不僅僅是在鞭撻那些達官貴人，而是揭露朝廷的封建官僚都是只會享樂的廢物，都是「一行書不讀」的飯桶草包。讓這些人來治理國家，國家焉能不敗？這就從本源上面指出了晚唐政治腐敗乃至滅國的根本原因。正因爲這些飯桶們把持朝政，才使得社會貴賤失常賢愚不分，他在《住京寄同志》中說：「在京如在道，日日先雞起。不離十二街，日行一百里。役役大塊賞，周朝復秦市。貴賤與賢愚，古今同一軌。白兔落天西，赤鴉飛海底。一日復一日，日日無終始。自嫌性如石，不達榮辱理。試問九十翁，吾今尙如此。」〔註 54〕表面上看來是作者的自責自愧，實際上卻是作者的一腔悲憤無限感傷的宣洩。《長安道》云：「此地無駐馬，夜中猶走輪。所以路旁草，少於衣上塵。」〔註 55〕對那些夜半三更還在縱情享樂的貴族含蓄的予以譏諷，這幫傢伙通宵達旦的陶醉在燈紅酒綠之中，馬車都來往的跑不贏，看他們是多麼的忙啊！在《苦劉駕博士》和《過比干墓》兩首詩中，作者古今對比，感慨賢才的埋沒寂寞和達官顯貴的煊赫成爲鮮明的映照，由此感傷人生無常。對晚唐的這種政治局面，詩人憂心忡忡，他在《燕臺二首》其一中要求朝廷能夠廣開言路禮賢下士的延攬人才，他說：「燕臺累黃金，上欲招儒雅。貴得賢士來，更下於隗者。自然樂毅徒，趨風走天下。何必馳鳳書，旁求向林野。」〔註 56〕但這不過是一廂情願的空想而已。

2、對黎民百姓遭遇的關注與同情

這方面的題材在上節我們有過部分論述，例如皮日休的《三羞詩》、《正樂府十篇》、陸龜蒙的《九諷》等，但因爲它們是組詩，不好分開來講，故在本節中我們詳加論析。

皮陸詩派對朝政的無能官員的腐敗有了相當的認識，也提出過一些建議，但是，由於他們人微言輕，對這樣的一種局勢無能爲力，

〔註 54〕《全唐詩》卷六百三十六，第十九冊，中華書局，2003 年，第 7298 頁。
〔註 55〕《全唐詩》卷六百三十六，第十九冊，中華書局，2003 年，第 7301 頁。
〔註 56〕《全唐詩》卷六百三十六，第十九冊，中華書局，2003 年，第 7296 頁。

一切都按歷史的本來面貌在發展。與他們朝夕相處的還是處於底層的平民百姓，他們親眼目睹了他們的種種不幸遭遇，深表同情，所以，反映民生疾苦的詩篇在他們的詩集中佔了相當大的篇幅，這也是皮陸詩派詩歌創作的一個重要方面。他們的詩歌寫了很多小人物，如病婦、貧婦、孤兒、鰥夫、棄婦、老叟等，形容憔悴，境況窘迫，人物形象眞實，通過對這些人物的描繪，反映了唐末時期眞實的農村遭遇，可以補史料的不足。

唐朝自安史之亂後，國力下降，賦稅傜役日益加重，尤其是在唐末時期，中央朝廷加重賦稅收入，地方州縣只好搜刮民財以上交國庫，如此則導致百姓更加貧苦不堪。杜荀鶴在《送人宰德清》中指出苛捐雜稅迫使老百姓流亡的事實：「亂世人多事，耕桑或失時。不聞寬賦斂，因此轉流離。」（《唐風集》卷二）在《題所居村舍》詩中他也說：「家隨兵盡屋室空，稅額寧容減一分？衣食旋營猶可過，賦輸長急不堪聞。蠶無夏織桑充寨，田廢春耕犢勞軍。如此數州誰會得？殺民將盡更邀勳。」（《唐風集》卷二）戰亂過後，一片荒蕪，然而捐稅卻不減一分反而催逼得緊。百姓已經是活不下去了，官員們卻還要橫征暴斂，目的是爲了能向朝廷邀功請賞。他的《山中寡婦》和《亂後逢村叟》都是表現農村的凋蔽和農民的痛苦，直接原因還是沉重的賦稅。前首說：「時挑野菜和根煮，旋斫生柴帶葉燒。任是深山更深處，也應無計避征傜。」（《唐風集》卷二）後首說：「還似平寧徵賦稅，未嘗州縣略安存。至今雞犬皆星散，日落前山獨倚門。」（《唐風集》卷二）詩中的寡婦和老農都因爲戰亂失去了親人，他們的不幸遭遇和悲慘命運就具有代表性。他在《蠶婦》、《田翁》、《傷硤石縣病叟》、《題田家翁》、《溪居叟》、《贈李蒙叟》等詩中對那些不堪忍受賦稅剝削而陷入飢餓貧窮中的老農、蠶賦、病叟都給予了同情。陸龜蒙《五歌》中的《刈獲》：「自春徂秋天弗雨，廉廉早稻才遮畝。芒粒希疏熟更輕，地與禾頭不相掛。我來愁築心如堵，更聽農夫夜深語。凶年是物即爲災，百陣野凫千穴鼠。平明抱杖入田中，十穗蕭條九穗空。敢言一歲囷倉實，不了如今朝暮春。天職誰司下民籍，苟有區區宜析析。本作耕耘意若何，蟲豸兼教食人食。古者爲邦須蓄積，魯饑尚責如齊糴。今之爲政異當時，一任流離恣徵索。平生幸遇華陽客，向日餐霞轉肥白。欲賣耕牛棄水田，移家且傍三茅宅。」（《甫里先生文集》卷十七）集中而具體的描述了災荒之年農民的苦難，生動形象，如此的苛捐雜稅連百姓都不想種田了。他的《村夜》其二反映了勞動人民的辛勤勞動和悲慘生活：「安知勤播植，卒歲無閒暇。種以春鹰初，獲從秋隼下。專專望穜稑，捐捐條桑柘。日宴腹未充，霜繁體猶裸。」（《甫里先生文集》卷三）羅隱《送王使君赴蘇臺》：「東南一望可長吁，猶憶王孫領虎符。兩地干戈連越絕，數年麋鹿臥姑蘇。疲甿賦重全家盡，舊族兵侵太半無。料得伍員兼旅寓，不妨招取好揶揄。」（《甲乙集》卷九）戰亂頻仍，生民凋敝，體察民瘼之情溢於言表。五絕《雪》：「盡道豐年瑞，豐年事若何？長安有貧者，爲瑞不宜多。」（《甲乙集》卷五）瑞雪兆豐年，但越是豐年豪強的掠奪越厲害，人民也就越貧窮。雪給無衣無食的貧苦大眾帶來的只有寒冷，詩人將深沉的憤慨寓於冷峻的諷刺之中。聶夷中的《田家》詩：「父耕原上田，子劚山下荒。六月禾未秀，官家已修倉。」〔註 57〕辛辣地諷刺了官府從來不關心民生疾苦，卻時刻在算計著剝奪老百姓勞動果實的醜惡行徑。他的《詠田家》詩：「二月賣新絲，五月糶新穀。醫得眼前瘡，剜卻心頭肉。我願君王心，化作光明燭。不照綺羅宴，只照逃亡屋。」〔註 58〕新絲和新穀還沒有等到手就被交了賦稅，「醫得眼前瘡，剜卻心頭肉」，這樣的日子沒有盡頭，農民無衣無食官府貪得無厭，辛勤耕作的結果瞬間化爲烏有，還有什麼希望可言？末四句是作者的希望也是警告。

〔註 57〕《全唐詩》卷六百三十六，第十九冊，中華書局，2003 年，第 7300 頁。

〔註 58〕《全唐詩》卷六百三十六，第十九冊，中華書局，2003 年，第 7296 頁。

3、失落心態的諸多表現

皮陸詩派的人生理想就是把希望寄託在科舉考試上面，通過科舉考試然後踏上仕途施展才華，實現自己的人生價值。但事實上，無論是進士及第的還是落第的，都沒有實現自己的人生理想，這是時代的悲哀。人生理想的破滅必然引起心態的失落，這在皮陸詩派的詩歌創作中是一個重要的主題。鄉愁與羈恨，落第的煩惱、衰老的感歎、貧窮的描敘，以至於孤獨的感傷，都是他們在詩中反覆吟唱的內容。失落心態可以說是晚唐詩壇的一個普遍現象，這在皮陸詩派身上表現的尤其突出。

失落心態首先表現在對科舉考試的期待與失望上。晚唐的科場和政壇是一樣的黑暗，人才的選拔在這裡不過是一種擺設。明代胡震亨《唐音癸籤》卷八《評匯四》云：「進士科初採名望，後滋請託，至標榜與請託爭途，朋甲共要津分柄。」〔註 59〕這裡的「標榜」、「請託」、「分柄」都是手段，由此可見唐代科舉考試的黑暗。唐代的科舉考試既不鎖院也不糊名，考試前還有種種的干謁和推薦，所以非考試因素的參與很多，這就直接影響了考試錄取的公平與公正。還在開元盛世時，就有這樣的議論：「僕竊謂今之得舉者，不以親，則以勢；不以賄，則以交。未必能鳴鼓四科，而裹糧三道。其不得舉者，無媒無黨，有行有才，處卑位之間，仄陋之下，吞聲飲氣，何足算哉！」〔註 60〕盛唐時期都是這樣，那到了晚唐就更爲嚴重了。

晚唐時期的科舉考試，基本上受到了三種勢力的干擾。首先是朝廷權貴，這些人往往直接掌握著主試大權，使得社會地位低下的下層寒門子弟很難憑才學考取進士。《舊唐書》卷一百七十二《令狐滈傳》載裴坦於大中十四年知舉時，「登第者三十人。有鄭乂者，故戶部尚書澣之孫，裴弘餘，故相休之子，魏當，故相扶之子，及

〔註 59〕《唐音癸籤》卷八，古典文學出版社，1957 年，第 62 頁。

〔註 60〕王定保《唐摭言》卷六《公薦》，《唐五代筆記小説大觀》本，上海古籍出版社，2000 年，下冊，第 1626 頁。

滈，皆名臣子弟，言無實才。諫議大夫崔瑄上疏論之曰：『令狐滈昨以父居相位，權在一門。求請者詭黨風趨，妄動者群邪雲集。每歲貢闈登第，在朝清列除官，事望雖出於綯，取捨全由於滈。喧然如市，旁若無人，權動寰中，勢傾天下。及綯罷相作鎮之日，便令滈納卷貢闈。豈可以父在樞衡，獨撓文柄？』奏疏不下。」〔註61〕不僅當宰相的父親可以操縱考試，甚至他的兒子也一樣能「獨撓文柄」，這可算是今古奇聞了。不可否認，權貴子弟比起寒門子弟來更熟悉朝廷政事，宰相李德裕就說：「朝廷顯官，須是公卿子弟。何者？自小便習舉業，自然熟悉朝廷間事。臺閣儀範，班行準則，不教而自成。寒士縱有出人之才，登第之後，始得一班一級，固不能熟悉也。」〔註62〕此外，還有王公大人、皇子公主向主官薦舉士子的，也不鮮見。至於考試之前干謁行卷、賄賂考官等事，程千帆《唐代進士行卷與文學》(上海古籍出版社 1980 年)、傅璇琮《唐代科舉與文學》(陝西人民出版社 1995 年)有詳細論述，可以參看。其次是宦官干擾科場。宦官干預科場在初盛唐時期很少發生，但是在中晚唐尤其是在晚唐時期卻是常見的事情，這也是宦官干政的一種表現。王定保《唐摭言》卷九《惡得及第》條載：「高鍇侍郎第一榜，裴思謙以仇中尉關節取狀元，鍇庭譴之，思謙回顧厲聲曰『明年打脊取狀元。』明年，鍇戒門下不得受書題，思謙自懷士良一緘入貢院；既而易以紫衣，趨至階下白鍇曰『軍容有狀，薦裴思謙秀才。』鍇不得已，遂接之。書中與思謙求巍峨，鍇曰『狀元已有人，此外可副軍容意旨』，思謙曰『卑吏面奉軍容處分，裴秀才非狀元傾侍郎不放。』鍇俛首良久曰『然則略要見裴學士。』思謙曰『卑吏便是。』思謙詞貌堂堂，鍇見之改容，不得已遂禮之矣。黃郁，三衢人，早遊田令孜門，擢進士第，歷正郎金紫。李瑞，曲江人，

〔註61〕《舊唐書》卷一百七十二，第十四冊，中華書局，1997年，第4468頁。
〔註62〕《舊唐書》卷十七下《武宗本紀》，第二冊，中華書局，1997年，第583頁。

亦受知於令孜，擢進士第，又爲令孜賓佐。」〔註63〕。這個裴思謙之所以敢如此張狂，而且還非要取狀元，就是有大宦官仇士良在後面撐腰。黃郁和李瑞擢進士第，也是因爲有大宦官田令孜作後臺。宦官干涉科場由此可見一斑。再次是藩鎮干預科場。藩鎮雖然遠離京都，但他們的勢力強大，可以左右科舉考試，這在史料中是有記載的。皮陸詩派的一位重要詩人杜荀鶴，就是依附大軍閥朱溫，才得以進士及第的。辛文房《唐才子傳》卷九《杜荀鶴》條也說：「嘗謁梁王朱全忠，與之坐，忽無雲而雨，王以爲天泣不祥，命作詩，稱意，王喜之。杜荀鶴寒畯，連敗文場，甚苦，至是遣送明春官，大順二年裴贄侍郎下第八人登科。正月十日放榜，正荀鶴生朝也。」〔註64〕像杜荀鶴這樣優秀的詩人，尚要依靠軍閥朱全忠的力量才能登科，其他人員的境況就更不用說了。正是由於以上三種勢力的存在，才干擾了正常的科舉考試，使得眾多出身寒門的舉子被拒之門外，這是多麼的不公平，然而卻又無可奈何。

皮陸詩派中，皮日休、羅隱、杜荀鶴、聶夷中都是進士，唯陸龜蒙咸通十年十二月赴京應試，途中聞停貢舉詔返回沒有參加考試。雖然他們大多數人都最後考取了進士，但他們在應考過程中的艱難和心酸卻是讓人難以想像，他們用筆墨記下了這些難忘的經歷，記錄了當時他們因考試而產生的種種失落的情緒變化。這些人有的考過十多次，如羅隱，長年累月的在爲科舉考試行走奔波，一次又一次的落第，希望一次次的破滅，沮喪、懊悔、哀歎等情調充塞詩中，是當時科舉生活的眞實寫照。這種題材的詩歌在羅隱、杜荀鶴兩人的文集當中尤其多。羅隱的前半生可以說就是在考試中度過的，他多次在詩文中描述了自己這種久困科場的坎坷經歷和不幸遭遇。在《湘南應用集序》中說：「隱大中末即在貢籍中，命薄地卑，

〔註63〕《唐摭言》卷九，《唐五代筆記小說大觀》本，下冊，上海古籍出版社，2000年，第1656頁。

〔註64〕孫映逵《唐才子傳校注》卷九，中國社會科學出版社，1991年，第871頁。

自己卯至於庚寅，一十二年，看人變化。」〔註 65〕《投秘監未尙書啓》:「十年索米於京都，六舉隨波而上下。永言浮世，堪比多歧。」〔註 66〕《投湖南王大夫啓》:「一枝仙桂，嘗欲覬覦。十年慟哭於秦庭，八舉摧風於宋野。」〔註 67〕《謝湖南於常侍啓》:「不能量力，嘗欲干名。隨貢部以悽惶，將鄰十上，看時人之顏色，豈止一朝？」〔註 68〕《江夏酬高嵩節》:「臘雪都堂試，春風汴水行。十年雖抱疾，何處不無情。群盜正當路，此遊應隔生。勞君問流落，山下已躬耕。」〔註 69〕《感弄猴人賜朱紱》:「十二三年就試期，五湖煙月乃相違。何如買取猢猻弄，一笑君王便著緋。」〔註 70〕這些詩文都是羅隱當時眞實的思想反映。

杜荀鶴也是在科場滾爬了好多年，期間的心酸恐怕只有他心裏最清楚了，在《出山》中他說:「病眼看春榜，文場公道開。朋人登第盡，白髮出山來。處世曾無過，惟天合是媒。長安不覺遠，期遂一名回。」(《唐風集》卷一）和他一起參加考試的朋友一個個的都考取了，惟有詩人還在苦苦掙扎。「求名日苦辛，日望日榮親。」(《入關歷陽道中卻舍弟》)、「若以名場內，誰無一軸詩。縱饒生白髮，豈敢怨明時。知己雖然切，春官未必私。寧教讀書眼，不有看花期。」(《下第投所知》)、「丹霄桂有枝，未折未爲遲。況是孤寒意，兼行苦澀詩。杏園人醉日，關路獨歸時。更卜深知意，將來擬薦誰？」(《下第出關投拾遺》從這些詩句可以看出杜荀鶴當時的內心是多麼的酸楚。白髮蒼蒼了他還在爲科場奔走，一次次的向人干謁甚至哀求，希望能夠舉薦自己。葛立方在《韻語陽秋》卷十八中說:「杜荀鶴老而未第，求知己甚切。《投裴侍御》云:『只望至公將卷讀，不求朝士致書論。』《投李給事》:『相知不相薦，何以自謀生。』

〔註 65〕潘慧惠《羅隱集校注》，浙江古籍出版社，1995 年，第 555 頁。
〔註 66〕潘慧惠《羅隱集校注》，浙江古籍出版社，1995 年，第 569 頁。
〔註 67〕潘慧惠《羅隱集校注》，浙江古籍出版社，1995 年，第 559 頁。
〔註 68〕潘慧惠《羅隱集校注》，浙江古籍出版社，1995 年，第 556 頁。
〔註 69〕李之亮《羅隱詩集箋注》卷七，嶽麓書社，2001 年，第 232 頁。
〔註 70〕李之亮《羅隱詩集箋注》補遺卷二，嶽麓書社，2001 年，第 378 頁。

《投所知》:『知己雖然切，春官未必私。寧教讀書眼，不有看花期。』《投崔尚書》:『閉戶十年專筆硯，仰天無處認梯媒。』如此等句，幾近哀鳴也。」〔註 71〕陸龜蒙雖然一次次的落第，但他對下一次的考試總是充滿信心，如「芳草緣流水，殘花向夕陽。懷親暫歸去，非是釣滄浪。」(陸龜蒙《下第東歸別友人》、「仙桂算攀攀合得，平生心力盡於文。」(陸龜蒙《山中寄詩友》)、「篋中篇章頭上雪，未知誰戀杏園春？」(陸龜蒙《入關寄九華友人》)、「如何待取丹霞桂，別赴嘉招作上賓。」(陸龜蒙《贈友人罷舉赴交趾辟命》) 眞可謂是對科舉考試癡心不改。甚至在《送吳蛻下第入蜀》詩中，陸龜蒙還說:「臨邛無久戀，高桂待君回。」言下之意讓吳蛻不要在蜀中逗留，早日再回來應考。他在長安困居，也不願意回到家鄉，他說:「擬離門館東歸去，又恐重來事轉疏。」(《下第投所知》) 生怕這一走所有的功課都荒廢了，影響到來年的考試。陸龜蒙在《送賓貢登第後歸海東》詩中對日本人金夷吾考取唐朝進士表示豔羨,「歸捷中華第，登船鬢未絲。直應天上桂，別有海東枝。」也是對自己來年金榜題名的一種自信。羅隱也在詩中表達了對下次考試的期待，如「五等列侯無故舊，一枝丹桂有風霜。」(《長安秋夜》)、「龍門盛事無因見，費盡黃金老隗臺。」(《送章碣赴舉》)，但更多的是在詩中哀歎下第的煩惱和懷才不遇的憤慨。如「擬把金錢贈嘉禮，不堪棲屑困名場。」(《送沈先輩歸送上嘉禮》)、「銅壺漏報天將曉，惆悵佳期又一年。」(《七夕》)、「島外音書應有意，眼前塵土漸無情。莫教更似西山鼠，嚙破愁腸恨一生。」(《出試後投所知》)、「蟾桂子歸三徑後，鶴書曾降九天來。白雲事蹟依前在，清瑣光陰竟不回。」(《九華山費徵君所居》) 詩人的這種情懷在很多送友人的詩歌中流露出來。

雖然信心滿懷，但一年年的考不取，詩人也變得不那麼自信了，情緒漸漸的低落。甚至覺得逗留在京城也不是那麼容易的事情，「出

〔註 71〕何文煥《歷代詩話》下冊，中華書局，2001 年，第 633 頁。

京無計住京難，深入東風轉索然。滿眼有花寒食下，一家無信楚江邊。」（杜荀鶴《長安春感》）春榜下來依然榜上無名，景色迷人的長安慰撫不了詩人憂鬱的心情。「平生操立有天知，何事謀身與志違？上國獻詩還不遇，故園經亂又空歸。山城欲暮人煙斂，江月初寒釣艇歸。且把風寒作閒事，懶能和淚拜庭闈。」（杜荀鶴《下第東歸降及故園有作》）無奈之下只好東歸故鄉。在東歸的途中詩人想到自己多年困頓科場卻一無所獲，不禁感慨萬分，在《下第東歸道中有作》詩中，杜荀鶴寫到：「一回落第一寧親，多是途中過卻春。心火不銷雙鬢雪，眼泉難濯滿衣塵。苦吟風月唯添病，遍識公卿未免貧。馬壯金多有官者，榮歸卻笑讀書人。」自己是滿面塵土心情鬱悶的東歸，而那些馬壯金多的達官榮歸故里，卻笑話他這個讀書人，形成鮮明的對照。這個時候詩人的心中是多麼的失落多麼的痛楚。羅隱則乾脆的說：「年年模樣一般般，何似東歸把釣竿？岩谷漫勞思雨露，彩雲終是逐鵷鸞。塵迷魏闕身應勞，水到吳門葉欲殘。至竟窮途也須達，不能長與世人看。」（《下第作》）表示已經厭倦這種科場生活要東歸故鄉了。他知道再考下去也是沒有希望的，原因在於「曾恨夢中無好事，也知囊裏有仙方。尋思仙骨終難得，始與回頭問玉皇。」（《逼試投所知》）人家那些有門路的考生因爲「有仙方」，所以高中，自己沒有後臺再考也是白搭。就如同他在《曲江春感》中所說的那樣：「聖代也知無棄物，侯門未必用非才。」眞是一語道破天機。

皮陸詩派成員長期在外漂泊，遠離家鄉，思鄉之情與日俱增，歲月流逝年歲增長而書劍兩無成，疾病、孤寂、煩惱始終在身邊縈繞著。在他們的詩集中，孤獨和羈恨無處不在，都是失落心情的眞實反映。「雪下孤村淅淅鳴，病魂無睡灑來清。心搖只待東窗曉，長愧寒鴉第一聲。」（陸龜蒙《自遣詩三十首》其一）、「長歎人間髮易華，暗將心事許煙霞。病來前約分明在，藥鼎書囊便是家。」（陸龜蒙《自遣詩三十首》其六）、「日月似有事，一夜行一周。草木猶須老，人生得無愁。一飲解百愁，再飲破百憂。白髮欺貧賤，不入醉人頭。」(聶夷中《飲酒樂》)、「榮華忽銷歇，四顧令人悲。生死與榮辱，四者乃常期。古人恥其名，沒世無人知。無言鬢似霜，勿謂事如絲。」(聶夷中《短歌》)、「江花江草暖相偎，也向江邊把酒杯。春色惱人遮不住，別愁如瘧避還來。」(羅隱《春日葉秀才曲江》)、「得即高歌失即休，多愁多恨亦悠悠。今朝有酒今朝醉，明日愁來明日愁。」(羅隱《自遣》)、「兩鬢已衰時未遇，數峰雖在病相攖。」(羅隱《途中寄懷》)、「野水無情去不回，水邊花好爲誰開？只知事逐眼前去，不覺老從頭上來。」(羅隱《水邊偶題》)、「無祿俸晨昏，閒居幾度春？江湖苦吟士，天地最窮人。」(杜荀鶴《郊居即事投李給事》)、「歲月消於酒，平生斷在詩。懷才不得志，只恐滿頭絲」(杜荀鶴《江南逢李先輩》)、「著臥衣裳難辦洗，旋求糧食莫供炊。地爐不暖柴枝濕，猶把蒙求援小兒。」(杜荀鶴《贈李鐔》)、「秋來誰料病相縈，枕上心猶算去程。風射破窗燈易滅，月穿疏屋夢難成。故園何啻三千里，新雁才聞一兩聲。」(杜荀鶴《旅中臥病》)、「夢裏憂身泣，絕來衣尚濕。骨肉煎我心，不是謀生急。如何欲佐主，功名未成立。」(皮日休《秋夜有懷》)、「亭午頭未冠，端坐獨愁予。貧家煙爨稀，竈低陰蟲語。」(皮日休《貧居秋日》)等等，這些描寫病、窮、愁、悶的詩句在他們得詩集中比比皆是，用不著再多舉例了。在他們得詩句中，「寒」、「孤」、「愁」、「窮」、「病」、「淚」、「苦」、「衰」等字眼相當的多，都是詩人失落心情的表徵。

4、親情、友情與閒情逸致

除了上面所論述的詩歌內容外，皮陸詩派創作最多的詩篇就是描寫親情、友情和閒情逸致的了。描寫親情友情的詩篇主要是贈送詩，在皮陸詩派詩歌總量中約占一半的篇幅。例如羅隱詩，以李之亮《羅隱詩集箋注》所統計，詩歌四百八十五首，其中應酬贈別詩歌就有二百一十二首，約占二分之一。再如杜荀鶴詩，以胡嗣坤、羅琴《唐風集校注》所統計，詩歌三百二十六首，其中應酬贈別詩一百九十七首，約占百分之九十，這個比例是很高的。其他的詩人如皮日休、陸龜蒙、聶夷中，集中的贈別詩篇幅也不少。皮陸二人的《松陵集》就是唱和詩集，完全是詩友唱和，其中反映友情的詩篇就更多。爲什麼在皮陸詩派的詩歌當中會有如此多反映應酬贈別內容的詩歌呢？主要的原因還在於他們與之交往的人物多數還是官吏，既有京城官員也有地方州縣官佐，數量巨多。他們希望通過和這些官員的接觸已達到被薦引的目的，例如杜荀鶴就說「相知不相薦，何以自謀生」(《郊居即事投李給事》)。他們知道如果沒有朝廷官員的引薦，再怎麼努力也不會有結果的，「三族不當路，長年猶布衣」(杜荀鶴《寄從叔》)，所以，和這些各色各樣的官員的應酬就成爲他們詩歌創作的主要內容。當然，也有是親朋好友之間的送往迎來的，這部分的內容也不少。

從內容上看，皮陸詩派反映親情友情的詩篇大致有這麼幾種。首先是親族。如陸龜蒙的《寄從叔》、《入關歷陽道中卻寄舍弟》、《別舍弟》、《別從叔》、《送舍弟》、《寄舍弟》、《投從叔補闕》、《友人贈舍弟依韻戲和》、《題弟侄書堂》等等，這些詩歌從同族親情的角度入手，對同族的親友表示了關切，向他們傾吐了自己的懷抱和牢騷，希望能看在同族的情份上提攜自己。例如在《入關歷陽道中卻寄舍弟》詩中他向這位舍弟自豪的談到：「晨昏知汝道，詩酒衛吾身。自笑拋麋鹿，長安擬醉春。」似乎已經在進士中第在長安曲江開懷暢飲了，自信得意之情溢於言表。然而事情並不是他想像的那麼美好，詩人一再落榜，他只好求助於親朋好友的提攜了，在《投從叔補闕》中他寫道：「吾宗不謁謁詩宗，常仰門風繼國風。空有篇章傳海內，更無親族在朝中。其來雖愧源流淺，所得須憐雅頌同。三十年吟到今日，不妨私薦亦成公。」詩的後兩句才是關鍵，希望這位從叔能夠薦引他。更多的時候他還是以兄長的身份向這些同族子弟勸勉，以盡兄長的責任，例如在《送舍弟》詩中他就說：「我受羈棲慣，客情方細知。好看前路事，不比在家時。勉汝言須記，聞人善即師。旅中無廢業，時作一篇詩。」淳淳教導這位將要遠行的舍弟多向別人學習，什麼事情要看長遠些，畢竟是離開了家。詩末再三叮囑他旅途中不要荒廢了學業，空閒時就寫作詩歌，鍛鍊詩才。這樣的送別舍弟，眞是盡到了做兄長的職責。再如他的《喜從弟雪中遠至有作》:「深山大雪懶開門，門徑行跡自爾新。無酒禦寒雖寡況，有書供讀且資身。便均情愛同諸弟，莫更生疏似外人。晝短夜長須強學，學成貧亦勝他寒。」在詩中龜蒙把這個從弟看作是親兄弟，希望從弟不要把自己當作是生疏的外人，並且告訴他，勸他努力攻讀以求進取。杜荀鶴排行「十五」，家中兄弟不少。也有不少的侄輩。他與弟侄一道讀書：「出爲羈孤營糲食，歸同弟侄讀生書。」(《秋日山中池州李常侍》) 他與諸弟共同耕作：「兄弟團圞樂，羈孤遠近歸。文章甘世薄，耕種喜山肥。」(《亂後山中作》)。這些兄弟子侄都是讀書人，他還有兩首專門描寫弟侄讀書堂的詩，《和舍弟題書堂》:「兄弟將知大自強，亂時同葺讀書堂。岩泉遇雨多還鬧，溪竹唯風少即涼。藉草醉吟花片落，傍山閒步藥苗香。團圓便是家肥事，何必盈倉與滿箱。」在山中能有這樣一個讀書的好處所，眞可謂是世外桃源啊。另外一首《題弟侄書堂》是膾炙人口的名篇：「何事居窮道不窮，亂時還與靜時同。家山雖在干戈地，弟侄常修禮樂風。窗竹影搖書案上，野泉聲入硯池中。少年辛苦終身事，莫向光陰惰寸功。」杜荀鶴出生一個庶族地主家庭，即便是在亂世也不忘詩書之道，讀書學詩家中充滿禮樂之風。「窗竹影搖書案上，野泉聲入硯池中」，畫面風光優美，令人嚮往之至。末句再次告誡弟侄要發奮攻讀不要浪費寶貴青春，淳淳勸勉情眞意切。皮陸詩派其他成員反映親情的詩篇有不少，這裡就不再多舉例，僅以杜荀鶴的詩歌略作分析。

其次是和各種官員的交往。這些官員按照類別可以分爲京官和地方官，這在他們的詩篇中都有反映。例如京官就有《下第出關投鄭拾遺》、《出關投孫侍御》、《送黃補闕南遷》、《辭坐主侍郎》、《別敬侍郎》（以上爲陸龜蒙詩），《寄右省王諫議》、《送魏校書兼呈曹使君》、《寄前戶部陸郎中》、《送李右丞分司》、《寄大理寺徐郎中》、《寄蘇拾遺》、《寄禮部鄭員外》、《送沈光侍御赴職閩中》、《投寄韋左丞》（以上爲羅隱詩），羅隱、杜荀鶴與這些京官的交往幾乎都是在長安參加科舉考試的時候認識的，目的不外乎是希望得到他們有力的薦引，以便能早日考取進士。但是，這些京官大都官階不高，實際上也幫不了他們多大的忙，不過從這些詩中我們發現詩人與他們還是結下了深厚的友誼，原因在於這些官員也是從這條科舉考試的路上走過來的，深深體會到詩人的艱辛和困苦，願意在力所能及的情況下給予幫助。這些詩篇就反映了他們的這種交情，例如「一飯尚懷感，況攀高桂枝。此恩無報處，故國遠歸時。只恐兵戈隔，再趨門館遲。茅堂拜親後，特地淚雙垂。」（《辭坐主侍郎》）這位坐主侍郎就是裴贄，大順二年以禮部侍郎知貢舉（見顧雲《杜荀鶴文集序》），這是杜荀鶴進士及第後向主考官裴贄告辭寫的道別詩，詩中對裴贄的關照表示衷心的感謝，可以見出他們之間的情誼。「杏園人醉日，關路獨歸時。更卜深知意，將來擬薦誰？」（《下第出關投鄭拾遺》）、「與君中夜話，盡我一生心。所向未得志，其惟空解吟？」（《別敬侍郎》）希望他們能給以有力的薦引。「夫子門前數仞牆，每經過處憶遊梁。路從青瑣無因見，恩在丹心不可忘。」（羅隱《寄鄭補闕》）、「青心寸祿心耕早，明月仙枝分鐘遲。不爲感恩酬未得，五湖閒作釣魚師。」（杜荀鶴《出關投孫侍御》）「空慚季布千金諾，但負劉弘一紙書。猶有報恩方寸在，不知通塞竟何如？」（皮日休《宏詞下第感恩獻兵部侍郎》）「宰邑著嘉政，爲郡留高致。移官在書府，方樂鴛池貴。玉季牧江西，泣之不忍離，捨杖隨之去，天下欽高義。」（皮日休《奉獻致政裴秘監》）對這些官員往日的關照致以深深的謝意，雖然沒有考取，但是來年還要繼續，哪怕是下第還得感謝這些幫過自己的官員。通過這些與京官的交往詩，可以看出詩人與他們之間的友誼。這類描寫與京官交往的詩篇主要在羅隱、杜荀鶴的詩集當中，而在陸龜蒙、皮日休、聶夷中詩集中就很少見，原因在於他們在京城停留的時間較少，不像杜荀鶴、羅隱長年累月的在京城，可以結識較多的京官。當然，即便是羅隱、杜荀鶴，他們詩集中的描寫的官員還是以地方的爲主，畢竟皮陸詩派算是寒士詩人，接觸的也多是各州縣的地方官吏，這部分的詩篇還是占大部分的比例。

與地方官員的交往詩占絕大多數，例如皮日休的《奉送浙東德師侍御罷府西歸》、《寄滑州李副使員外》、《送李明府之任海南》、《吳中即事寄漢南裴尙書》、《病中書情寄上崔諫議》、《諫議以罷郡將歸以六韻賜示因儲酬獻》，陸龜蒙的《和諫議酬先輩霜菊》、《潤州江口送人謁池陽衛郎中》、《寄淮南鄭寶書記》，杜荀鶴的《贈歐陽明府》、《別衡州牧》、《贈宣城麋明府》、《冬末投長沙裴侍郎》、《贈秋浦今明府長》、《長林山中聞賊退寄孟明府》、《送青陽李明府》、《賀顧雲侍御府主與子弟奏官》、《寄臨海姚中丞》、《投長沙裴侍郎》，羅隱的《金陵寄竇尙書》、《撫州別阮兵曹》、《臨川投穆中丞》、《淮南送李司空朝覲》、《上鄂州韋尙書》、《和淮南李司空同轉運員外》、《賀淮南節度員外賜緋》、《寄黔中王從事》、《送宣武徐巡官》、《送丁明府赴紫溪任》、《送陸郎中赴闕》、《送前南昌崔令映替任攝新城縣》、《寄鍾常侍》等等。這些地方州縣官吏與詩人之間交往頗深，有的就是詩人當地的父母官，感情就更爲深厚。這些詩歌多爲應酬性質，或送行或祝賀升職或投干謁帖子，都是詩人與他們之間的個人應酬，反映了詩人某種殷切的希望和迫切的心情。當然有些是奉承討好的違心之作，例如羅隱就給他的上司錢鏐寫過好多的讚美詩，如《錢尙父生日》、《暇日投錢尙父》、《感別元帥尙父》、《尙父偶建小樓特摛麗藻絕句不敢稱揚三首》、《病中上錢尙父》、《春日投錢塘元帥尙父二首》、《獻尙父大王》等，阿諛奉承之詞充塞其間，例如《錢尙父生日》：「大昴分光降斗牛，興唐宗社作諸侯。伊夔事業扶千載，韓白計謀冠九州。貴盛上持龍節鉞，延長應續鶴春秋。錦衣玉食將何報，更俟莊椿一舉頭。」開篇就以大昴、斗牛分降來頌揚錢鏐的顯貴，把他當作光復唐室社稷的功勳。在才華機智上文可比商湯時的賢臣伊尹和帝舜時的樂官夔，武則不讓漢代名將韓信和戰國時的名將白起。中間又以「龍節鉞」和「鶴春秋」來祝賀錢繆的長壽，眞可謂是挖空心思的絕好奉承詩。這樣不惜工本的大肆稱讚目的是什麼呢？末聯「錦衣玉食將何報，更俟莊椿一舉頭」說出了原因，原來是給主子寫詩報恩呢，難怪這樣用力吹捧。

更多的是向這些地方官員當作朋友訴說心中的苦悶，例如陸龜蒙的「應憐住山者，頭白未登科」（《長林山中聞賊退寄孟明府》）、「與君中夜話，盡我一生心。所向未得志，豈惟空解心？」（《別敬侍郎》）、「苦吟無暇日，華髮有多時。進取門難見，升沉命未知。」（《投李大夫》）、「苦甚求名日，貧於未選時。」（《贈秋浦金明府長》）、「數聯同我得，當代遇誰知。年齒吟將老，生涯說可悲。」（《贈宣城糜明府》）等等，這樣的詩句在皮陸詩派的詩集中舉不勝舉。他們總是把這些地方官員當作自己的知心朋友，向他們訴說著心中的煩悶，希望能得到他們有力的幫助。當然，也有些詩歌寫得感情眞摯，瀟灑雋朗，例如：「隋煬帆牆留澤國，淮王箋奏入班書。清詞醉草無因見，但釣寒江半尺鱸。」（陸歸蒙《寄淮南鄭寶書記》）、「萬樹香飄水麝風，蠟勮花雪盡成虹。夜深歡態狀不得，醉客圖開明月中。」（皮日休《春日陪崔諫議櫻桃園宴》）、「八年刀筆別京華，歸去青冥路未賒。今日風流卿相客，舊時基業帝王家。彤庭彩鳳雖添瑞，望府紅蓮已減花。從此常僚如有問，海邊麋鹿斗邊槎。」（《送支使蕭中丞赴闕》）、「韋杜相逢眼自明，事連恩地倍牽情。聞歸帝里愁攀送，知到師門話姓名。朝客半修前輩禮，古人多重晚年榮。從來有淚非無淚，未似今朝淚漫纓。」（杜荀鶴《送韋書記》）這些詩歌情緒充沛，格調高昂，一洗送行詩的感傷情調，是皮陸詩派不可多得的佳作。

皮陸詩派是寒士詩人，結交的除了官員外，大多是平民百姓，這樣，他們敘寫友情的詩篇中的主人翁也就是詩友了，既然大家都是平民，詩歌中客套的話就少了，眞心話知心話變多，這類詩歌比比皆是，例如「到處有同人，多爲賦與文。詩中難得友，湖畔喜相逢。」（杜荀鶴《浙中逢詩友》）、「滿酌勸君酒，勸君君莫辭。能禁幾度別？即到白髮時。晚岫無雲蔽，春帆有燕隨。男兒兩行淚，不欲等閒垂。」（杜荀鶴《送人遊江南》）、「一年兩度錦江遊，前值東風后値秋。芳草有情皆礙馬，好雲無處不遮樓。山將別恨和心斷，水帶離聲入夢流。今日因君試回首，淡煙喬木隔綿州。」（羅隱《魏城逢故人》）、「梅花已著眼，竹葉況黏唇。只此留殘歲，那堪憶故人？亂離書不遠，衰病日相親。江浦思歸意，明朝又一春。」（羅隱《除夜寄張達》）、「文籍先生不肯官，絮巾衝雪把魚杆。一堆方冊爲侯印，三級幽岩是將壇。醉少最因吟月冷，瘦多偏爲臥雪寒。兔皮裘暖蓬舟穩，欲把誰遊七里灘。」（皮日休《寄毗陵魏處士樸》）、「皇州五更鼓，月落西南維。此時有行客，別我孤舟歸。上國身無主，下第誠可悲。」（聶夷中《送友人歸江東》）等等。與知己說話少了一層顧忌，可以暢所欲言的，這是和那些官員應酬所不同的。

皮陸詩派還有不少與僧道交往的詩歌，如皮日休的《華山李煉師所居》、《寄題鏡巖周尊師所居》、《送圓載上人歸日本國》、《傷開元觀顧道士》，陸龜蒙的《寄茅山何道士》、《寄懷華陽道士》、《寒夜同襲美訪寂上人》、《山僧二首》、《贈老僧二首》、《頭陀僧》、《山中僧》、《高道士》、《送侯道士還太白山》，羅隱的《寄西華黃煉師》、《寄第五尊師》、《贈無相禪師》、《送程尊師東遊有寄》、《寄無相禪師》、《寄聶尊師》，杜荀鶴的《贈老僧》、《送九華道士遊茅山》、《贈聶尊師》、《題著禪師》、《送僧歸國清寺》等等，可見皮陸詩派交往的人物的確是多。當然，皮陸詩派成員之間也有相互往來的詩歌，如杜荀鶴的《錢塘別羅隱》、《獻錢塘縣羅著作判官》，羅隱的《寄陸龜蒙》，皮日休的《臥病感春寄魯望》、《病中美景頗阻追遊因寄魯望》、陸龜蒙的《春雨即事寄襲美》、《病中秋懷寄襲美》等等，這些詩歌是他們友誼的見證。

除了上述的一些內容外，皮陸詩派還寫作了不少反映生活中點滴見聞的詩篇，表現了他們的閒情逸致，也值得一談。這些詩歌感一時一事，或詠物，或懷古，或遊覽，或唱和，都是皮陸詩派幽情雅致的表現。

陸龜蒙、皮日休寫閒情逸致的詩歌最多。《新唐書》卷一百九十六《隱逸・陸龜蒙傳》云：「不喜與流俗交，雖造門不肯見。不乘馬，升舟設蓬席，齎束書、茶灶、筆床、釣具往來。時謂江湖散人，或號天隨子、甫里先生，自比涪翁、漁父、江上丈人。」〔註 72〕在皮陸詩派裏，陸龜蒙是很少在外活動的，除了咸通六年短暫的在睦州做過幕僚外，基本上都在家鄉蘇州度過，故他的詩歌描寫日常生活閒情逸致很多。敘寫隱居生活抒發閒適情趣成爲他創作的主要內容。他的七絕組詩《自遣詩三十首》就有很多是描寫閒居生活中的高情雅致，例如其四：「甫里先生未白頭，酒旗猶可戰高樓。長鯨好鱠無因得，乞取艅艎作釣舟。」其五：「花瀨濛濛紫氣昏，水邊山曲更深村。終須揀取幽棲處，老檜成雙便作門。」其七：「長歎人間髮易華，暗將心事許煙霞。病來前約分明在，藥鼎書囊便是家。」其八：「醞得秋泉似玉容，比于雲液更應濃。思量北海徐劉輩，枉向人間號酒龍。」其九：「羊侃多應自古豪，解盤金矟置纖腰。縱然此事教雙得，不博溪田二頃苗。」其十：「偶然攜稚看微波，臨水春寒一倍多。便使筆精如逸少，懶能書字換群鵝。」其十三：「數尺遊絲墜碧空，年年長是惹東風。爭知天上無人住，亦有春愁鶴髮翁。」其十四：「誰使寒鴉意緒嬌，雲晴山晚動情憀。亂和殘照紛紛舞，應索陽烏次第饒。」其十七：「淵明不待公田熟，乘興先秋解印歸。我爲餘糧春未去，到頭誰是復誰非。」其十八：「雲擁根株抱石危，斲來文似瘦蛟螭。幽人帶病慵朝起，袛向春山盡日敧。」其十九：「月澹花閒夜已深，宋家微詠若遺音。重思萬古無人賞，露濕清香獨滿襟。」其二十：「南岸春田手自農，往來橫截半江風。有時不耐輕橈興，暫欲蓬山訪洛公。」其二

〔註 72〕《新唐書》卷一百九十六，第十八冊，中華書局，1975 年，第 5613 頁。

十一：「賢達垂竿小隱中，我來眞作捕魚翁。前溪一夜春流急，已學嚴灘下釣筒。」這些詩篇用白描的手法，將生活中平凡瑣細的閒居情事明白直接的表達出來，是陸龜蒙表現其閒情逸致高雅情趣的的代表作。

再例如他的《獨夜》：「獨行獨坐亦獨酌，獨玩獨吟還獨悲。古稱獨立與獨步，若比群居終較奇。」詩中連用八個獨字，有些遊戲的味道，卻將自己作爲隱士的高雅情懷表達出來。《島樹》：「波濤瀨苦盤根淺，風雨飄多著葉遲。迴出孤煙殘照裏，鷺鷥相對立高枝。」這棵孤寂的島樹，飽經風雨依然蕭勁有力昂首湖邊，一對鷺鷥悠閒自在的棲息在上邊，夕陽西下，這眞是一幅美妙的圖畫。作者這樣寫作，其實也是爲了展現自己蕭散疏放雅致的情懷。《和襲美春夕酒醒》：「幾年無事傍江湖，醉倒黃公舊酒壚。覺後不知明月上，滿身花影倩人扶。」這是寫他和皮日休酒醉月下花叢的閒適之情，寫得瀟灑自如，情趣盎然。極力以自然閒散的筆調抒寫自己心中無牽無掛、悠然自得的心情。但是，以詩人冠絕一時的才華而終身沉淪，字裏行間不免透漏出一點內心深處的憂憤。此外，像他的《白蓮》、《新沙》、《晚渡》、《憶山泉》、《冬柳》、《太湖叟》、《丁隱君歌並序》等作品，無不是表現自己悠閒雅致情懷的詩篇。

皮日休在襄陽、洞庭、九江、蘇州等地的時候，也寫作了不少閒情逸致的詩篇。例如《鹿門夏日》：「滿院松桂陰，日午卻不知。山人睡一覺，庭鶴立未移。出簷趁雲去，忘戴白接離。書眼若薄霧，酒腸如漏卮。身外所勞者，飲食須自持。何如便絕粒，直使身無爲。」詩寫夏日幽閒靜謐的山林生活，表現的是詩人瀟灑高雅的情懷，可謂是風雅之至。再如他的《襄州春遊》：「信馬騰騰觸處行，春風相引與詩情。等閒遇事成歌詠，取次沖筵隱姓名。映柳認人多錯誤，透花窺鳥最分明。岑牟單絞何會著，莫道猖狂似禰衡。」詩歌不僅寫出了春天襄州優美的景色，還表現了作者灑脫的情懷豪邁的性格。「信馬騰騰觸處行，春風相引與詩情。」這是何等的瀟灑，似乎有點得意忘形的味道，是襲美少有的表現豪邁的佳作。此外，像「新秋入破宅，疏淡若平鄰。戶牖深如窟，詩書亂似巢。移床驚蟋蟀，拂匣動蠨蛸。靜把泉華掬，閒拈乳管敲。」（《新秋言懷寄魯望三十韻》）、「破村寥落過重陽，獨自攖寧葺草房。風攝紅蕉仍換葉，雨淋黃菊不成香。」（《秋晚自洞庭湖別業寄穆秀才》）、「臘前千朵亞芳叢，細膩偏勝素柰功。螓首不言披曉雪，麝臍無主任春風。一枝拂地成瑤圃，數樹參庭是蕊宮。應為當時天女服，至今猶未放全紅。」（《揚州看辛夷花》），這樣表現作者幽密情懷的詩篇的確不少。

羅隱、杜荀鶴、聶夷中也有不少這方面的作品。例如：「春風百卉搖，舊國路條條。偶病成疏散，因貧得寂寥。倚簷高柳弱，乘露小桃夭。春色常無處，村醪更一瓢。」（羅隱《春居》）、「井上梧桐暗，花間霧露稀。一枝晴復暖，百囀是兼非。金屋夢初覺，玉關人未歸。不堪閒日聽，因爾又沾衣。」（羅隱《鶯聲》）、「寂寂白雲門，尋真不遇真。只應松上鶴，便是洞中人。藥圃花香異，泉沙鹿跡新。題詩留姓字，他日此相親。」（杜荀鶴《訪道者不遇》）、「亂世歸山谷，征鼙喜不聞。詩書猶滿架，弟侄未為軍。山犬鳴紅葉，樵童唱白雲。此心非此志，終擬致明君。」（杜荀鶴《亂後歸山》）、「未得青雲志，春同秋日情。花開如落葉，鶯語似蟬鳴。」（杜荀鶴《春日閒居即事》）、「山中深夜坐，海內故交稀。村酒沽來濁，溪魚釣得肥。」（杜荀鶴《山中喜與故交宿話》）、「輕流逗密蓧，直榦入寬空。高吟五君詠，疑對九華峰。我知種竹心，欲扇清涼風。我知絕泉意，將明濟物功。」（聶夷中《題賈氏林泉》）我們不需再引過多的詩句，只要翻開皮陸詩派的詩歌集，你就會發現裏面有關表現他們閒情雅致的詩篇到處都是。的確，詩人們也不能整天都在為前程為生計奔波，他們也有累的時候也需要安靜的享受生活，哪怕在他們看來是不如意的生活，用手中的筆描繪生活中的點滴情趣，表現自己的閒情逸致，抒發對自然和生活的熱愛。這些作品在思想性上不能跟那些反映社會現實和民生疾苦的相比，但是向人們展現了詩人們的情懷和性格，對探討詩人的心態以至思想都有啓迪作用。

第三節　詩歌創作的藝術特色

皮陸詩派的詩歌創作取得了較大的成績，在詩歌中運用了各種各樣的表現手法，總結這些藝術成就，對進一步的研究晚唐詩乃至於宋詩，都是很有意義的事情。我們把皮日休、陸龜蒙、羅隱、聶夷中、杜荀鶴作爲一個詩歌群體來看待，主要是著眼於他們的文學思想、創作內容、思想傾向上的一致性，這在上面的章節當中我們作了較爲充分的論述。若說到藝術風格，他們之間則各有不同，區別較大，很難放在一起綜論，但在寫作技巧和表現手法上他們有同一性。大體說來，皮日休、陸龜蒙二人風格特徵較爲接近，而羅隱、杜荀鶴、聶夷中三人則屬於另外一路。文學流派中像這種現象的有很多，例如韓孟詩派、元白詩派他們成員之間的創作風格就明顯不一致，這也是事實。文學史的發展規律也是千變萬化的，不是一塵不變的，所以探討皮陸詩派的創作特色也要分開來對待。歷代詩話中關於皮陸詩派的藝術評價也是不盡相同的，例如就有所謂的「松陵體」、「皮陸體」、「杜荀鶴體」，內涵和外延各不相同，即便是單獨的一個人，例如皮日休，他的創作風格也是前後不一致的，更不用說皮陸詩派整體了，而且皮陸詩派在詩歌體裁的選擇上也各不相同，這樣必然導致風格的不同，因爲不同的詩歌體裁有不同的寫作手法，例如五古和樂府這兩種詩歌體裁因爲篇幅較長，迴旋的餘地較大，作者就可以使用賦的鋪敘手法和議論手法，而五絕五律等短篇就不適合，導致風格各異。所以本節的探討主要針對個案，也順帶對整體加以關照，試圖對皮陸詩派詩歌創作的藝術風格加以總結和歸納。

在詩歌風格上，皮日休、陸龜蒙的創作基本屬於一路，宋人張耒將兩人的創作以「皮陸體」目之。他在《伏暑日唯食粥一甌盡屏人事頗逍遙效皮陸體》詩中寫到：「烈日炎風鼓大爐，簾床瓦枕閉門居。屏書居士持齋日，壁掛禪僧問發圖。鄰汲滿攜泉似乳，新春旋糶米如珠。飽餐饘粥消長夏，況値饑年不敢餘。」〔註 73〕這首詩描寫盛夏詩人家裏清淨雅致的生活畫面，透漏出一股悠閒自得的情趣，風格清疏蕭朗，與皮陸表現優雅情致的詩風相近，張耒把這樣風格、題材的作品叫做「皮陸體」，概括出了皮陸詩歌的一個特色。王夫之在《薑齋詩話》卷下第二十七條說：「含情而能達意，會景而生心，體物而得神，則自有靈通之句，參化工之妙。若但於句求巧，則性情爲外蕩，生意索然矣。『松陵體』永墜小乘者，以無句不巧也。然皮、陸二子，差有興會，猶堪諷詠。若韓退之以險韻、奇字、古句、方言矜其餖輳之巧，巧誠巧矣，而於心情興會，一無所涉，適可爲酒令而已。」〔註 74〕這裡，王夫之又把皮陸松陵唱和時期反映爭奇鬥勝字句求巧的詩歌稱爲「松陵體」，並且批評他們的詩歌「差有興會」，有如酒令。不管張耒、王夫之的批評標準有何不同，但是我們可以得知一個事實，那就是皮日休和陸龜蒙在創作風格上的確是有相似之處的，無論是張耒說的「皮陸體」還是王夫之說的「松陵體」，都說明了這個事實。後人多將皮日休、陸龜蒙二人目之「皮陸」，也是基於他們詩歌創作風格的相似性而言。不僅如此，皮日休、陸龜蒙還對唐詩向宋詩的轉變起到了過渡的作用，對於這點，後人多有提示。例如清人袁枚在《答沈大宗伯論詩書》中說：「先生許唐人之變漢、魏，而獨不許宋人之變唐，惑也。且先生亦知唐人之自變其詩，與宋人無與乎？初、盛一變，中、晚再變，至皮、陸二家已浸淫乎宋氏矣。風會所趨，聰明所極，有不期其然而然者。」〔註 75〕清人田同之在《西圃詩說》中說：「而高明之家，至欲別標新幟，厭三唐而右兩宋，護皮、陸而黨蘇、黃，

〔註 73〕《張耒集》卷十六，上册，李逸安等點校，中華書局，2005 年，第 267 頁。

〔註 74〕王夫之等撰《清詩話》，上海古籍出版社，1999 年，第 14 頁。

〔註 75〕郭紹虞主編《中國歷代文論選》第三册，上海古籍出版社，2001 年，第 467 頁。

波之靡也，其去詞曲，會不能以寸，詩之弊亦極矣！」〔註 76〕清人賀裳也在《載酒園詩話又編》之「皮日休陸龜蒙」條中說皮、陸「集中亦多近宋調，吳體尤爲可憎。」〔註 77〕上述三人的說法都是一個意思，認爲皮、陸二人在唐宋詩風的演進過程中起到了較大的歷史作用，這也從另外一個角度說出了皮、陸詩歌的藝術特色。可見，皮日休和陸龜蒙兩人是捆綁在一起的，下面擬從皮陸二人在唐宋詩風嬗變交替過程中所起到的過渡作用入手來探論他們詩歌的藝術特色。

嚴羽在《滄浪詩話・詩辨》中談到唐宋詩的區別時說：「盛唐諸人惟在興趣，羚羊掛角，無跡可求。故其妙處透徹玲瓏，不可湊泊，如空中之音，相中之色，水中之月，鏡中之象，言有盡而意無窮。近代諸公乃作奇特解會，遂以文字爲詩，以才學爲詩，以議論爲詩。夫其不工，終非古人之詩也。蓋於一唱三歎之音，有所歉焉。且其作多務使事，不問興致；用字必有來歷，押韻必有出處，讀之反覆終篇，不知著到何在。」〔註 78〕嚴氏的這種解釋合乎實際，他提出的宋詩「以文字爲詩，以才學爲詩，以議論爲詩」、「用字必有來歷，押韻必有出處」的特點，很有見解。這些宋詩的特徵在皮、陸詩歌中同樣都可以找到，可以看作是皮陸詩歌自身的藝術特徵。關於以文爲詩，在皮陸之前的杜甫和韓愈的詩歌創作中就流露出了這個傾向。杜詩的散文化以及議論特徵，論者過多。韓愈有意識的在詩歌中追求以文爲詩，創造了奇崛瑰怪的風格。〔註 79〕程千帆先生在《韓愈以文爲詩說》中認爲韓愈以文爲詩大致有兩個方面，「一

〔註 76〕郭紹虞編《清詩話續編》上冊，上海古籍出版社，1999 年，第 763 頁。

〔註 77〕郭紹虞編《清詩話續編》上冊，上海古籍出版社，1999 年，第 385 頁。

〔註 78〕郭紹虞《滄浪詩話校釋》，人民文學出版社，1983 年，第 26 頁。

〔註 79〕關於韓詩奇崛瑰怪的藝術風格，可以參見卞孝萱、張清華、閻琦《韓愈評傳》第四章《韓愈的文學成就》，南京大學出版社，1998 年，第 433 頁。

方面是以古文的章法、句法爲詩，另一方面是以古文中常見的議論入詩。」〔註 80〕。韓愈以文爲詩的這兩個特點同樣存在皮陸詩歌中。以古文的章法爲詩，其實就是以賦的鋪敘形式寫作詩歌，表現在古體詩中，因爲篇幅巨大迴旋有餘，容易鋪張排比，在《松陵集》中，就有很多這樣的詩作。卷一陸龜蒙的《讀襄陽耆舊傳因作詩五百言寄皮襲》和皮日休《魯望讀襄陽耆舊傳見贈五百言過褒庸材靡有稱是然襄陽昔事歷歷在目夫耆舊傳所未載者漢陽王則宗社元勳孟浩然則文章大匠予次而贊之因而答亦詩人無言不酬之義也次韻》兩詩，從古代襄陽地區的歷史人物風貌談起，洋洋灑灑，善於鋪陳排比，用一連串的對偶敘事，抒情、言志，雜以議論，把意思寫到極致。再如皮日休的《陸魯望昨以五百言見貽過有褒美內揣庸陋彌增愧悚因成一千言上述吾唐文物之盛次敘相得之懽亦迭和之微旨也》評論唐代詩歌發展，從陳子昂、李白、杜甫、孟浩然到晚唐諸子，一氣呵成，充分體現了賦法的鋪敘功能，例如像「自開元至今，宗社紛如煙」這樣的句子分明就是散文章法。中間連用六個「或」字句，「或作制誥藪，或爲宮體淵。或堪被金石，或可投花鈿。或與輿隸唱，或被兒童憐。」也是散文中常用的句型。陸龜蒙的《襲美先輩以龜蒙所獻五百言既蒙見和復示榮唱至於千字提獎之重蔑有稱實再抒鄙懷用伸酬謝》評論齊梁以後到唐代的詩風，中間「誰蹇行地足？誰抽刺天鬐？誰作河畔草？誰爲洞中芝？誰若靈囿鹿？誰猶清廟犧？誰輕如鴻毛？誰密如凝脂？誰比蜀嚴靜？誰方巴樸貲？誰能釣抃鼇？誰能灼神龜？誰背如水火？誰同若塤篪？誰可作梁棟？誰敢驅穀蠡？」以十六個「誰」字句發問，極盡排比鋪敘之能事。皮陸的組詩《太湖詩》唱和四十首，以遊覽太湖的起始先後次序寫作詩歌，將每一處的景致一一寫入詩中，情景相融，夾敘夾議，完全就是詩中的賦法。皮日休《吳中苦雨因書一百韻寄魯望》

〔註 80〕程千帆《古詩考索》上輯，上海古籍出版社，1984 年，第 195 頁。

開首二十二韻寫吳中的磅礴大雨，氣勢淋漓，後三十韻寫天帝、雷公、雨公等海怪天神，迭用種種冷僻怪異的詞彙，極為誇張鋪寫滂沱大雨的威猛力量，渲染神怪奇異色彩，模仿韓詩體格，惟妙惟肖。陸龜蒙的《紀事》（《甫里先生文集》卷三十八）詩，採用「紀」的方法，敘寫自己的隱居悠閒生活，也完全是賦筆。如「去年十二月，身在雪溪上」、「方傾謝公詠，忽值莊生喪」、「今來觀刈獲，乃在松江並」、「近聞天子詔，復許私醞釀」等等詩句，儼然就是散文化的句子。再如《引泉》（睦州龍興觀老君院作）一詩：「上嗣位六載，吾宗刺桐川。余來拜旌戟，詔下之明年。是時春三月，繞郭花蟬聯。嵐盤百萬髻，上插黃金鈿。授以道士館，置榻於東偏。滿院聲碧樹，空堂形老仙。本性樂凝淡，及來更虛玄。焚香禮眞像，盥手披靈編。新定山角角，烏龍獨巉然。除非淨晴日，不見蒼崖巔。上有拏雲峰，下有噴壑泉。泉分數十汊，落處皆峥潺。寒聲入爛醉，聒破西窗眠。支筇起獨尋，祗在牆東邊。呼童具畚鍤，立鑿莓苔穿。潨淙一派墮，練帶橫斜牽。亂石抛落落，寒流響濺濺。狂奴七里瀨，縮到疏楹前。跳花潑半散，湧沫飛旋圓。勢束三峽掛，瀉危孤磴懸。曾聞瑤池溜，亦灌朱草田。蝿伯弄翠蕊，鸞雛舞丹煙。淩風捩桂柁，隔霧馳犀船。況當玄元家，嘗著道德篇。上善可比水，斯文參五千。精靈若在此，肯惡微波傳。不擬爭滴瀝，還應會淪漣。出門復飛箭，合勢浮青天。必有學眞子，鹿冠秋鶴顏。如能輔余志，日使疏其源。」（《甫里先生文集》卷三）這簡直就是一篇山水遊記文，從遊覽睦州龍興觀老君院開始，時間、地點、人物、環境、氣氛、景象，一一寫來，完全就是以文為詩的典型例證。對於陸龜蒙在詩歌中大量使用賦法這個特徵，明人胡震亨在《唐音癸籤》卷八中說：「陸魯望江湖自放，詩興宜饒，而墨彩反覆黯鈍者，當繇多學為累，苦欲以賦料入詩耳。」〔註81〕的

〔註81〕胡震亨《唐音癸籤》卷八，《中國文學參考資料小叢書》第一輯，古典文學出版社，1957年，第66頁。

確，陸龜蒙在詩歌中有堆積賦料的特點，當係才學的外在賣弄。其他如皮陸《二遊詩》唱和、《初夏遊楞伽精舍》唱和，陸龜蒙的《紀夢遊甘露寺》、《江南秋懷寄華陽山人》、《村夜二首》、《京口與友生話別》等詩，都是比較典型的以文爲詩創作手法的佳作。

皮、陸還多用古文中的句法進行寫作。「以單行之神運排偶之體」是以古文句法入詩的一大特徵，往往化複句爲單句，不講究對仗，這在皮陸詩句中有很多。例如皮日休《魯望昨以五百言見貽過有褒美內揣庸陋彌增愧悚因成一千言上述吾唐文物之盛次敘相得之歡亦迭和之微旨也》中的：「猗與子美思，不盡如轉輇。縱爲三十車，一字不可捐。」「誰知耒陽土，埋卻眞神仙。當於李杜際，名輩或泝沿。」「粵予何爲者，生自江海壖。騃騃自總角，不甘耕一廛。諸昆指倉庫，謂我死道邊。何爲不力農，稽古眞可嗎。遂與襏襫著，兼之簦笠全。風吹蔓草花，颯颯盈荒田。老牛瞪不行，力弱誰能鞭。」陸龜蒙《漁具詩》之六《魚梁》：「能編似雲薄，橫絕清川口。缺處欲隨波，波中先置笱。投身入籠檻，自古難飛走。盡日水濱吟，殷勤謝漁叟。」皮日休的《奉和魯望漁具十五詠》之十《滬》：「波中植甚固，磔磔如蝦鬚。濤頭倏爾過，數頃跳鯆鮒。不是細羅密，自爲朝夕驅。空憐指魚命，遣出海邊租。」以上這些詩句無一對句，像這樣不用對仗的句子在皮、陸作品中佔有很大的比例。即便是講究對仗，也往往是對而不工，例如「兒童皆似古，婚假盡如仙」（皮日休《雲南》）、「園林一半爲他主，山水虛言是故鄉」（皮日休《襄陽漢陽王故宅》）、「坐久雲應出，詩成墨未乾」（陸龜蒙《太湖硯》）等，這些看似對仗的詩句，卻對而不工。按說詩歌對仗，尤其是律詩的對仗很講究工整，一般是名詞對名詞，動詞對動詞，虛詞對虛詞，上述詩句卻是名詞對動詞，數量詞對動詞，這樣是不合標準的。正因爲不合，反而顯得詩歌有一種古樸典雅的韻味。至於像陸龜蒙《奉酬襲美苦雨見寄》中的「既不能賦似陳思王，又不能詩似謝康樂。昔年嘗過杜子美，亦得高歌破印紙。」「欲窮玄，鳳未白。欲懷仙，鯨尚隔。不如驅入醉鄉中，只恐醉鄉田地窄。」這樣的句法就純屬於古文章法了。陸龜蒙的《江湖散人歌》在句式上前面和後邊均爲七句，中間爲五句，乍一看來還以爲就是散文呢。這樣的例子在皮陸詩集中有不少。

古文句法還表現在運用大量的虛字，例如「何」、「奚」、「焉」、「哉」、「於」、「而」、「之」、「耳」、「歟」，在皮、陸詩句中比比皆是。如「雅當乎魏文，麗矣哉陳思」（陸龜蒙《襲美先輩以龜蒙所獻五百言既蒙見和復示榮唱至於千字提獎之重蔑有稱實再抒鄙懷用伸酬謝》）、「今之洞庭者，一以非此選」（陸龜蒙《奉和襲美太湖詩二十首》之《太湖石》）、「仕若不得志，可爲高抬貴手焉」（皮日休《七愛詩・白太傅》）、「撫己愧穎民，奚不進德爲？」（皮日休《三羞詩》其三）等等。大量使用排比句也是古文句法的一種手法，前面我們引用的皮陸長篇五古裏就有不少排比句，因爲篇幅長，用些排比句可以增強氣勢和感染力。但在一些詠寫景物的紀遊詩裏，他們也使用排比，這就有些不可理喻，例如陸歸蒙的《奉和襲美太湖詩二十首》之《太湖石》:「或裁基棟宇，礧砢成廣殿。或剖出溫瑜，精光具華瑱。或將破仇敵，百炮資苦戰。或用鏡功名，萬古如會面。」運用四個排比句描寫太湖石的壯觀。在其他題材的作品中也有排比句，就不再引證了。

再看以才學爲詩。在詩歌創作中引書用典以顯示作者雄厚的才識學養，這種情形在唐代以前就有了。清人黃子雲《野鴻詩的》第四十五條就說:「自漢以迄中唐，詩家引用典故，多本之於經、傳、史、漢，事事灼然易曉。」〔註82〕。皮、陸二人均爲飽讀詩書之士，在他們的詩歌中就有很多自述苦讀詩書情景的描述，這樣淵博的學識自然會在詩歌創作中不經意的流露出來。我們僅以《松陵集》卷四中的六組有關樵漁酒茶的唱和詩的序中，就可以得知他們的學識是多麼的豐厚。「《詩》之言錯薪，《禮》之言負薪，傳之言積薪，

〔註82〕王夫子等撰《清詩話》，上海古籍出版社，1999年，第857頁。

史之言束薪，非樵者之實乎？」（陸龜蒙《樵人十詠序》）「夫聖人之誡酒禍也大矣，在《書》爲『沉湎』，在《詩》爲『童羖』，在《禮》爲『豢豕』，在史爲『狂藥』。余飲至酣，徒以爲融肌柔神，消沮迷喪。頹然無思，以天地大順爲隄封；傲然不持，以洪荒至化爲爵賞。抑無懷氏之民乎？葛天氏之民乎？苟沉而亂，狂而身，禍而族，眞蚩蚩之爲也。若余者，於物無所斥，於性有所適，眞全於酒者也。噫！天之不全余也多矣！獨以麴蘗全之，抑天猶幸於遺民焉。《太玄》曰：『君子在玄則正，在福則沖，在禍則反；小人在玄則邪，在福則驕，在禍則窮。』余之於酒得其樂，人之於酒得其禍，亦若是而已矣。」（皮日休《酒中十詠序》）「按《周禮》，酒正之職，辨四飲之物。其三曰漿，又漿人之職。共王之六飲，水、漿、醴、涼、醫、酏，入於酒府。鄭司農云：『以水和酒也』。蓋當時人率以酒醴爲飲，謂乎六漿。酒之醨者也，何得姬公製？《爾雅》云：『檟，苦荼』，即不擷而飲之，豈聖人純於用乎？抑草木之濟人，取捨有時也。自周已降，及於國朝茶事，竟陵子陸季疵言之詳矣。」（皮日休《茶中雜詠序》）從這些詩序中，我們可以得知皮陸二人關於樵、酒、茶的引用書證範圍之廣，對這些物事源流的見解之深。皮陸在詩中注明出處的，據統計不下五十種，例如《尚書》、《詩經》、《禮記》、《呂氏春秋》、《周禮》、《爾雅》、《茶經》、《本草》、《竹譜》、《太玄》、《名山記》、《史記》、《沈約集》等，經史子集、道藏釋典、醫書農書無所不採無所不用，也可以見出作者的閱讀範圍和興趣。有著這樣深厚的學養，反映在詩中就是大量使用典故，甚至在一首詩中使用多個典故，例如皮日休的《題潼關蘭若》：「潼津罷警有招提，近百年無戰馬嘶。壯士不言三尺劍，謀臣休道一丸泥。昔日馳道洪波上，今日宸居紫氣西。關吏不勞重借問，棄繻生擬入耶溪。」（《皮子文藪》附錄一）這首詩連用五個典，一氣呵成渾然不覺。「三尺劍」見《史記・高祖紀》，「一丸泥」見《東觀漢記》二三《隈囂載記》，「紫氣」見《史記・老子傳》，「棄繻生」見《漢書・終軍傳》，

「耶溪」見《雲笈七籤・七十二福洞地》，詩人巧妙地將這些典故化入詩中。詩題中的「蘭若」和詩中的「招提」，是梵語「阿若蘭」和「招斗提奢」的省稱，都是寺院的意思，皮日休不直接說題潼關寺院，偏偏要賣弄才學，使得詩歌內容新鮮有趣。再如陸龜蒙《奉和襲美夏景無事因懷章來二上人次韻》其一：「簷外青陽有二梅，折來堪下凍醪杯，高杉自欲生龍腦，小弁誰能寄鹿胎。麗事肯教饒沈謝，談微何必減宗雷。還聞擬結東林社，爭奈淵明醉不來。」（《松陵集》卷七）也是運用五個典實，「凍醪」見《離騷》注，這是陸龜蒙在詩中的自注。「沈謝」爲沈約、謝靈運，見《梁書・沈約傳》和《宋書・謝靈運傳》。「宗雷」爲宗炳、雷次宗，見《宋書・宗炳傳》和《宋書・雷次宗傳》。「東林社」典出《蓮社高賢傳・慧遠法師》，「淵明」指東晉詩人陶淵明，見《晉書・陶潛傳》。像這樣通篇用典的詩篇還有不少，如皮日休的《館娃宮懷古五絕》、《寒日書齋即事三首》、《夏景沖澹偶然作二首》、《江南書情二十韻寄秘閣韋校書貽之商洛宋先輩垂文二同年》、《新秋言懷寄魯望三十韻》、《初夏遊楞伽精舍》、《奉和魯望讀陰符經見寄》、《二遊詩》，陸龜蒙的《南涇漁父》、《引泉》、《紀夢遊甘露寺》、《江南秋懷寄華陽山人》、《寄懷華陽道士》等，有的詩歌多達十餘典，是詩人淵博學識的見證。

如果說在詩中用典是晚唐詩人的共性，不足以顯示皮陸才學的全部，例如皮陸詩派的其他成員羅隱、杜荀鶴、聶夷中也在詩中大量用典，尤其是在詠史詩中用古人古事，那麼在詩中除了用典外，皮陸二人還以別的方式呈現自己的才學，例如以人名、地名、藥名、動物名等物事入詩，則爲皮、陸所獨有，這也是學識才華的一種顯現。例如皮日休的《奉和魯望藥名離合夏月即事三首》、《懷錫山藥名離合二首》、《懷鹿門縣名離合二首》、《奉和魯望寒日古人名一絕》、陸龜蒙的《藥名離合夏日即事三首》、《寒日古人名》、《和懷錫山藥名離合二首》等，就是將人名、地名、藥名攙和到詩中。在

《奉和魯望漁具詩十五詠》、《添漁具詩》、《奉和魯望樵人十詠》、《酒中十詠》、《奉和添酒中六詠》、《茶中雜詠》、《漁具詩》、《和添漁具詩五篇》、《樵人十詠》、《和酒中十詠》、《添酒中六詠》、《和茶具十詠》等有關樵漁茶酒的組詩中，皮陸二人將這些物象的來龍去脈以及古今名稱、用法等詳細的描繪出來，可以看出他們學識的淵博和興趣的廣泛。正因爲皮陸學識厚實，在詩中寫來不覺費力，信手拈來，恰到好處。

至於以議論爲詩，則可以說是整個皮陸詩派共有的特色了。皮陸詩派是一個寒士詩人群，長期處於社會底層，目睹許多不合理的事情，有感想就借助詩歌表達出來，表達自己的感想就是議論，舉凡寫景、敘事、抒情、詠物、送別，等等，無不發議。但是，像皮、陸二人擅長長篇五古和樂府，就更適合於在詩中發表議論了。關於詩中的議論，清人沈德潛在《說詩晬語》卷下中說：「人謂詩主性情，不主議論。似也，而亦不盡然。試思《二雅》中何處無議論？杜老古詩中，《奉先》、《詠懷》、《北征》、《八哀》諸作，近體中，《蜀相》、《詠懷》、《諸葛》諸作，純乎議論。但議論須帶情韻以行，勿近傖父面目耳。」〔註 83〕這裡沈德潛特地指出，詩中的議論是常見的現象，關鍵是要「帶情韻以行」，否則就帶傖父面目令人可憎，和押韻的八股文沒有什麼區別了。皮、陸在詩中的議論一般是直接了當的說出來，無論是對時局的看法，對古人詩歌的品評，還是自己懷才不遇的感慨，都是一吐爲快，不採取隱諱的手法。有的詩歌通篇是議論，例如皮日休《三羞詩三首》其一：「吾聞古君子，介介勵其節。入門疑儲宮，撫己思鈇鉞。志者若不退，佞者何由達。君臣一般膳，家國共殘殺。此道見於今，永思心若裂。王臣方謇謇，佐我無玷缺。如何以謀計，中道生芽蘖。憲司遵故典，分道播南越。蒼惶出班行，家室不容別。玄鬢行爲霜，清淚立成血。乘遽劇飛鳥，就傳過風發。嗟吾何爲者，叨在造士列。獻文不上第，歸於淮之汭。

〔註 83〕王夫之等撰《清詩話》，上海古籍出版社，1999 年，第 553 頁。

蹇蹄可再奔，退羽可後歇。利則侶軒裳，塞則友松月。而於方寸內，未有是愁結。未爲祿食仕，俯不愧粱糲。未爲冠冕人，死不慚忠烈。如何有是心，不能叩丹闕。赫赫負君歸，南山采芝蕨。」詩人看到因冒犯當權者而遭到貶謫的官吏被發配南越，有感而發議論，對姦佞當道忠臣不受重用的黑暗政局給予了批判，同時也流露出自己科舉落第免遭橫禍的矛盾心態，這種複雜的心情全部用議論的手法表現。「懦者鬥即退，武者兵則黷。軍庸滿天下，戰將多金玉。刮則齊民臞，分爲猛士祿。」（《三羞詩》其二）「何道以致是，我有明公知。食之以侯食，衣之以侯衣。歸時郵金帛，使我奉庭闈。撫己愧潁民，奚不進德爲。因茲感知己，盡日空涕洟。」（《三羞詩》其三）也句句都是議論。

陸龜蒙的《江湖散人歌》也是通篇議論的憤慨之作。開頭「江湖散人天骨奇，短髮搔來蓬半垂。手提孤篁曳寒繭，口誦太古滄浪詞。」刻畫一個與眾不同的江湖散人形象，接著寫江湖散人遭到世俗的排擠，只能「夜棲止與禽獸雜，獨自構架縱橫枝」，與鳥禽爲伍。這個時候詩人的感情就像火山一樣的爆發出來不可收拾，「人間所謂好男子，我見婦女留鬚眉。奴顏婢膝眞乞丐，反以正直爲狂癡。所以頭欲散，不散弁峨巍。所以腰欲散，不散珮陸離。行散任之適，坐散從傾攲。語散空谷應，笑散春雲披。衣散單複便，食散酸鹹宜。書散渾眞草，酒散甘醇醨。屋散勢斜直，樹散行參差。客散忘簪屨，禽散虛籠池。物外一以散，中心散何疑。不共諸侯分邑里，不與天子專隍陴。靜則守桑柘，亂則逃妻兒。金鑣貝帶未嘗識，白刃殺我窮生爲。」詩中的江湖散人不能爲世所容，理想破滅，只有歸隱才能保住一點可憐的清白。描寫的江湖散人就是詩人自己的影子。借助議論，將心中的鬱悶傾瀉出來，使得通篇議論具有強烈感人的力量。至於像皮日休的《初夏遊楞伽精舍》、《新秋言懷寄魯望三十韻》、《江南書情二十韻寄秘閣韋校書貽之商洛宋先輩垂文二同年》、《太湖詩》，陸龜蒙的《襲美先輩以龜蒙所獻五百言既蒙見和復示榮唱至於千字提獎之重蔑有稱實再抒鄙懷用伸酬謝》、《讀襄陽耆舊傳因作詩五百言寄皮襲》、《丁隱君歌》、《奉和襲美太湖詩二十首》之《明月灣》、《投龍潭》等詩，幾乎都是全篇充斥著議論的篇章。

對歷史人物的評價也是以議論方式展開的，例如皮日休的《泰伯廟》、《館娃宮懷古五絕》對泰伯、仲雍、句踐等歷史人物作出了獨有見地的評價。陸龜蒙的《范蠡》、《吳宮懷古》、《嚴光釣臺》、《傷越》、《疊韻吳宮詞二首》對范蠡、吳王、西施、嚴光等歷史人物用翻案法予以了評價，這些評價也就是詩人自己的議論。

從上述皮陸二人詩中的以文爲詩、以才學爲詩、以議論爲詩幾種表現手法可以看出，他們的確是晚唐詩向宋詩過渡的轉折點，具有重要的意義。宋詩中的這三個特徵發源於杜甫、韓愈，經過皮日休、陸龜蒙的大力創導，在北宋人手中最後定型。這是皮陸對詩歌發展史的貢獻。那麼，皮、陸二人詩歌的風格特徵又是什麼呢？我覺得明人胡應麟的一段話值得我們注意，他在《詩藪》內編卷五中談到七律在唐代的發展變化，從初唐的杜審言到中唐的張籍，中間發生過多次的變化，到了晚唐又有了新的變化，他說：「李商隱、杜牧之塡塞故實，皮日休、陸龜蒙馳騖新奇，又一變也。許渾、劉滄角獵俳偶，時作拗體，又一變也。至吳融、韓偓香奩脂粉，杜荀鶴、李山甫委巷叢談，否道斯極，唐亦以亡矣。」〔註 84〕胡應麟認爲皮、陸的七律特色是「馳騖新奇」，抓住了要點。其實，皮、陸的其他體裁的詩歌也同樣具有「馳騖新奇」的特點。另外一位明人胡震亨在《唐音癸籤》卷八中也說：「皮襲美未第前詩，尚樸澀無采。第後遊松陵，如太湖諸篇，才筆開橫，富有奇豔句矣。」〔註 85〕胡震亨也認爲皮日休的後期詩歌具有「奇豔」的特色，「馳騖新奇」與「奇豔」，重點說的都是一個「奇」字，看來兩位胡氏對皮陸詩歌的評價有異

〔註 84〕胡應麟《詩藪》內編卷五，上海古籍出版社，1979 年，第 84 頁。
〔註 85〕胡震亨《唐音癸籤》卷八，《中國文學參考資料小叢書》第一輯，古典文學出版社，1957 年，第 66 頁。

曲同工之妙。再看另外兩人的評價。明人許學夷在《詩源辯體》卷三十一中說：「陸龜蒙皮日休唱和，多次韻之作。七言律，《鼓吹》所選，僅得一二可觀，其他多怪惡奇醜矣。」「至若王、杜、皮、陸，乃怪惡奇醜，見之必唾其面，今好奇之士反以爲姣好而慕悅之，此人情之大變，不可以常理推也。」〔註 86〕撇開許學夷個人的感情色彩不論，他指出皮陸詩歌的「奇」字，倒也是抓住了實質。清人愛新覺羅·弘曆在《讀皮日休集》詩中說：「煉意清新選字奇。鹿門會亦隱居之。」〔註 87〕，他也認爲皮詩的特色在於「奇」字，那麼，皮陸詩歌的「驰騖新奇」「奇豔」表現在哪裏呢？

在皮、陸的長篇五古詩中，他們用排比、議論、比喻、典故、虛字、僻字等各種手法，動輒「五百言」、「一千言」、「一百韻」，長於鋪陳敘述，描寫刻畫，馳騁筆力，體勢宏大，如《吳中苦雨因書一百韻寄魯望》、《初夏遊楞伽精舍》、《讀襄陽耆舊傳因作詩五百言寄皮襲》、《魯望讀襄陽耆舊傳見贈五百言過褒庸材靡有稱是然襄陽昔事歷歷在目夫耆舊傳所未載者漢陽王則宗社元勳孟浩然則文章大匠予次而贊之因而答亦詩人無言不酬之義也次韻》、《陸魯望昨以五百言見貽過有褒美內揣庸陋彌增愧悚因成一千言上述吾唐文物之盛次敘相得之懽亦迭和之微旨也》、《襲美先輩以龜蒙所獻五百言既蒙見和復示榮唱至於千字提獎之重蔑有稱實再抒鄙懷用伸酬謝》等，這樣的詩歌光題目看著就感到格局宏大，所創造的詩境自然令人感到馳騖新奇，這不足爲奇。在一些今體詩中，皮陸也同樣具有這種風格特色。「馳騖新奇」表現在奇思、奇語、奇意、奇境的描繪上，無論是憶昔懷友、寫景詠物，還是詩酒贈答、曠放江湖，都能做到推陳出新、別出心裁而令人覺得奇峭怪異。我們以皮日休的三首寫友人的詩歌爲例，來看看他是怎麼樣創造新奇詩境的。《寄毗陵魏處士樸》：「文籍先生不肯

〔註 86〕許學夷《詩源辯體》卷三十一，人民文學出版社，1998 年，第 297 至 298 頁。

〔註 87〕《皮子文藪》附錄二，上海古籍出版社，1981 年，第 245 頁。

官，絮巾衝雪把魚竿。一堆方冊為侯印，三級幽岩是將壇。醉少最因吟月冷，瘦多偏為臥雲寒。兔皮衾暖篷舟穩，欲共誰遊七里灘。」這首詩描繪了一個灑脫悠閒的隱士，他不肯做官，嘯傲江湖，以山林為伴。他把方冊當作侯印，把幽巖作為將壇，依然可以運籌帷幄指揮千軍萬馬，這樣的奇思奇語真可謂是「馳騖新奇」。《傷開元觀顧道士》：「協晨宮上啓金扉，詔使先生坐蛻歸。鶴有一聲應是哭，丹無餘粒恐潛飛。煙淒玉笥封雲篆，月慘琪花葬羽衣。腸斷雷平舊遊處，五芝無影草微微。」顧道士已經去世，但詩人卻忽發奇想，認為不過是天宮招他上天去，「協晨宮上啓金扉，詔使先生坐蛻歸」真是奇句，想像奇特，語意顯豁。《送圓載上人歸日本國》：「講殿談餘著賜衣，椰帆卻返舊禪扉。貝多紙上經文動，如意瓶中佛爪飛。颶母影邊持戒宿，波神宮裏受齋歸。家山到日將何入，白象新秋十二圍。」這首送人詩真是別出心裁，頷聯「貝多紙上經文動，如意瓶中佛爪飛」構想奇巧，新穎大膽。這三首寫隱士、道士、僧人的詩歌，不落俗套，構思奇特，想像大膽，的確如胡應麟所說的「馳騖新奇」一樣。這樣的詩句在皮詩中很多，可以信手拈來不費力氣，例如：「解洗餘酲晨半酉，星星仙吹起雲門。」（《奉和魯望閒居雜題五首》之《醒聞檜》）、「千葉蓮花舊有香，半山金剎照方塘。」（《惠山聽松庵》）、「怪來煙雨落晴天，元是海風吹瀑布。」（《寄題天台國清寺齊梁體》）、「未遊滄海早知名，有骨還從肉上生。莫道無心畏雷電，海龍王處也橫行。」（《詠蟹》）、「蕭蕭紅葉擲蒼苔，玄晏先生欠一杯。從此問君還酒債，顏延之送幾錢來。」（《更次來韻寄魯望》）等等，無不是構思奇特，語言奇峭。

陸龜蒙詩歌的「馳騖新奇」不僅表現在五古和樂府詩上，還表現在七古、七律、五律、五絕等體裁的詩歌上。皮日休很少寫作七古，但陸龜蒙卻創作了不少的七古。七言古詩的體式特徵本來就更為適宜於縱放恣肆、雄奇緊峭的詩風，陸龜蒙使用這種體裁創作，無疑使「馳騖新奇」的風格更為光大。同皮日休一樣，陸龜蒙也是無論在什麼題材的詩歌中，都要表現這種奇峭的風格。他寫有兩首寄華陽山人的詩篇，一爲五古一爲七古，體裁雖不同，但奇峭的詩風卻相似。五古《江南秋懷寄華陽山人》長達一百韻，採取排比錯綜鋪敘的方法，比喻、典故、議論相結合，馳騁筆力，反覆吟唱，抒發自己與華陽山人兄弟般的友情，創造了馳鶩奇峭的詩風。這首詩算得上是陸龜蒙的代表作，幾乎所有的修辭手法都運用了，例如典故：「種豆悲楊惲，投瓜憶衛旂。東林誰處士，南郭自先生。分野星多蹇，連山卦少亨。」、「蘭葉騷人佩，蓴絲內史羹。鷃冠難適越，羊酪未饒傖。」、「未達譏張翰，非才嫉禰衡。遠懷魂易黯，幽憤骨堪驚。」、「敢歎良時擲，猶勝亂世攖。相秦猶幾死，王漢尚當黥。」、「負杖歌棲畝，操觚賦北征。才當曹斗怯，書比惠車盈。謝氏憐兒女，郄家貴舅甥。」、「忘情及宗炳，抱疾過劉楨。野饋夸菰飯，江商賈蔗餳。送神桮瓦釜，留客上瓷甂。」都是一句一典，一典一事，一事一意，全詩引用典故三十多處，在一首贈人詩中這樣大力氣的引用典故，前無古人後少來者。再如錬字、錬句，「朔雪埋烽燧，寒笳裂旆旌。」、「相歡時帖泰，獨坐歲峥嶸。唧嘖蛩吟壁，連軒鶴舞楹。戍風飄疊鼓，鄰月動哀箏。」、「蠹簡開塵篋，寒燈立曉檠。靜翻詞客系，閒難史官評。」、「祗能分跖惠，誰解等殤彭。項豈重瞳聖，夔憂一足黫。」，均是將奇字和押險韻相結合，創造一種生新奇異的景象。此外還有雙聲疊韻、疊詞的運用，如「和鉛還搰搰，持斧自丁丁。」、「相歡時帖泰，獨坐歲峥嶸。」、「晚樹參差碧，奇峰邐迤晴。」、「桁排巢燕燕，屛畫醉猩猩。」這那裡是在寫人，分明是在向友人展示自己的學問。整首詩構思奇特，語言奇峭，因而形成了一種馳鶩新奇的風格。再看七古《寄懷華陽道士》，這首詩倒沒有怎麼運用典故，用白描的手法敘寫華陽道士的日常生活，回憶作者與他的交往，讚美華陽道士的超凡脫俗的品性，表達了詩人也想歸隱的心情。像「閒教辨藥僮名甲，靜識窺巢鶴姓丁。絕澗飲羊春水膩，傍林燒石野煙腥。深沉谷響含疏磬，片段嵐光落畫屏。休採古書探禹穴，自刊新曆鬥堯蓂。」「霓軒入洞齊初月，羽節升壇拜七星。當路獨行衝虎豹，向風孤嘯起雷霆。凝神密室多生白，敘事聊編盡殺青。」這樣的詩句，還是讀來有奇騺之感的。

在句式上，陸龜蒙的五、七言古詩有五七言搭配的，如《江湖散人歌》以七言爲主，中間五七言搭配，恣意零落，錯綜跌宕，議論加排比鋪敘，形成恣肆奇峭的藝術風格。有雜言詩，如《戰秋辭》，以四言爲主，雜以一言、二言、三言、五言、六言、七言、八言、九言等句式，造成跳脫奔放的節奏感，大量虛詞的使用，使得詩歌的散文化傾向和馳騺奇峭的風格都達到極爲肆意的程度。其他如《丁隱君歌》、《五歌》、《鶴媒歌》、《慶封宅古井行》等七古都具有這種奇峭的風格特徵。

在近體詩的寫作上，陸龜蒙也同樣具有這樣的特色。如《自遣詩三十首》其十三：「數尺遊絲墮碧空，年年長是惹東風。爭知天上無人住，亦有春愁鶴髮翁。」把「數尺遊絲」想像成由天上的老翁因「春愁」而掉落下來的白髮，構思奇特。《古意》：「君心莫淡薄，妾意正棲託。願得雙車輪，一夜生四角。」這個婦人不願自己的丈夫明晨出發遠行，渴望夜間讓圓圓的車輪生出四隻角來，這樣車輪就轉不動，丈夫也就不會走了，這種想法別出新意，宋人胡仔評論說：「皆思新語奇，不襲前人也。」〔註88〕陸龜蒙的很多小詩都具有這種奇思奇語的特徵，尤其是在詠物詩懷古詩中，常有這種翻空出奇的詩句，例如《宮人斜》、《白芙蓉》、《憶白菊》、《石竹花詠》、《景陽宮井》、《吳宮懷古》、《讀陳拾遺集》、《鄴宮詞二首》等等。

皮、陸二人詩歌的主導風格是馳騺新奇，但是他們也有一些率直淺切的詩歌，尤其是皮日休早期在襄陽地區創作的詩歌都是平易淺切的。陸龜蒙在蘇州隱居期間也有一些詩歌清新脫俗，這在第四章我們將要詳細的論述。

相對皮、陸二人而言，皮陸詩派中的羅隱、杜荀鶴、聶夷中三人，他們的詩歌風格則屬於淺易明暢一路。三人之間也互有區別，

〔註88〕胡仔《苕溪漁隱叢話》後集，人民文學出版社，1962年，第116頁。

羅隱更趨向暢達流麗，杜荀鶴更趨於通俗淺白，聶夷中更趨向於質樸簡古。羅、杜、聶三人風格之所以淺易明暢，不像皮、陸二人那樣汪洋恣肆，馳騖新奇，原因在於他們沒有創作像五古、七古，或者是大型的組詩，他們集中的作品以近體五七言律、絕爲主，都是一些篇幅短小的詩作，這種體裁上的限定決定了他們無法創作出像皮、陸那樣具有奇峭風格的詩作。還有，皮陸創作的大型組詩、長篇古詩，都具有一種爭奇鬥勝、逞強取能的自娛自樂的味道，把詩歌當作消遣的手段，展示才學，以議論爲詩以學問爲詩，用偏僻的生字和典故，講排比鋪敘，押險韻，相互唱和，這樣無疑使得詩歌具有奇峭的風格。羅、杜、聶三人則沒有這樣的機會，長年爲科舉考試和生計奔波勞走，詩歌只是抒發自己情感的工具，有感而發，記載了自己的心路歷程，多感慨多牢騷，言語眞實感情眞摯，少想像和誇張，這樣就勢必形成淺易明暢的詩風。而且三人的語言都很通俗，沒有什麼偏僻的生字生詞，將口語、俗語化入詩中，通俗易懂。他們也追求詩歌的新意，構思新巧，但由於才力不足，缺乏皮、陸的才氣，往往只是語句的新奇，通篇少韻味，缺乏宏大的氣象和格局。羅隱、杜荀鶴詩歌幾乎全部是近體律絕，聶夷中除了一首爲七律外，全部是樂府和古詩，不過這些樂府和古詩都是小詩，像《長安道》、《古別離》、《游子行》、《烏夜啼》、《雜怨》，都是五言四句，題材也無非是迎來送外感懷吟唱，題材和體裁的因素決定了他們的詩歌風格只能走淺易明暢一路。

羅隱的詩歌不以具體事情爲描寫對象，而是通過情緒的宣洩以詠史託物的手段來批判現實社會，在詩歌藝術上的特點就是諷刺。無所不諷無所不刺，毫無顧忌毫無隱諱。《舊五代史》卷二十四《羅隱傳》說：「詩名滿天下，尤長於詠史，然多所譏諷，以故不中第。」〔註 89〕《唐才子傳》卷九《羅隱傳》也說：「詩文凡以譏刺爲主，

〔註 89〕薛居正等撰《舊五代史》卷二十四，第一冊，中華書局，1997 年，第 326 頁。

雖荒祠木偶，莫能免者。」〔註 90〕都指出了他詩歌的諷刺特色。他的諷刺往往立意深刻，以辛辣明快見長，用語尖刻卻不淺陋。羅隱的諷刺詩歌就內容來看大致分爲兩類，一爲抒懷洩憤詩，自傷懷抱感歎不遇，例如《書懷》、《下第作》、《曲江春感》、《黃河》、《江邊有寄》、《丁亥歲作》、《長安秋夜》、《自遣》等，大多以感歎仕途艱難、自敘身世飄零的題材爲主，曲折的反映了唐代科場制度的種種弊端，大量優秀人才不得任用而不學無術之徒卻得高位的現實，抒發詩人的憤鬱之情。像「聖代也知無棄物，侯門未必用非才。」（《曲江春感》）、「只言聖代謀身易，爭奈貧儒得路難。」（《江邊有寄》）、「滿城桃李君看取，一一還從舊處開。」（《丁亥歲作》）、「天子未能崇典誥，諸生徒欲戀旌旗。」（《寄三衢孫員外》），都是辛辣的譏諷之辭。詩人之所以在科場不得意，原因就是「五等列侯無故舊，一枝仙桂有風霜。」（《長安秋夜》），在這裡詩人通過種種對比，將心中的激憤之情托盤而出。甚至詩人還不如一個耍猴藝人，「十二年前就試期，五湖煙月奈相違。何如買取猢猻弄，一笑君王便著緋。」（《感弄猴人賜朱紱》）這眞是無情的譏諷。再有一類就是諷時喻世詩，對時政和社會上的許多醜惡現象進行鞭撻和嘲諷，主要是詠史詩和詠物詩，格調依然是諷刺。羅隱的詠史詩幾乎全是諷刺詩，例如《帝幸蜀》、《煬帝陵》、《臺城》、《焚書坑》、《燕昭王墓》、《王睿墓》、《西施》、《后土廟》、《馬嵬坡》、《始皇陵》等等，對歷史上的君王的愚蠢行爲予以嘲諷。往往採取「調尾一波」的方式，爲歷史人物翻案，觀點新奇，發人深思。他的詠物詩如《金錢花》、《雪》、《鷺鷥》、《蟬》、《香》、《蜂》等小詩，借詠物寓意的題材曲折反映了當時極爲不公正的社會現象，強烈的控訴了統治階級不勞而獲的黑暗現實。羅隱的諷刺詩往往短小精悍，語言幽默，立意新穎，寓意深刻，充滿哲理性。通過起興、比喻、比擬、對比、襯托等手法，

〔註 90〕孫映逵《唐才子傳校注》卷九，中國社會科學出版社，1991 年，第 818 頁。

尖銳的諷刺了社會上的庸俗之人庸俗之事。他的諷刺不以含蓄委婉見長，而是直截了當一針見血，辛辣犀利痛快淋漓。

杜荀鶴是皮陸詩派中專事近體詩寫作的詩人，他的《唐風集》三卷，卷一爲五言律詩 127 首，五言排律 2 首；卷二爲七言律詩 140 首，七言排律 1 首；卷三爲五言絕句 4 首，七言絕句 52 首，可見他擅長五律、七律和七絕的寫作。他的詩風自然直率、淺切平易，不喜用典，不事雕琢，注重詩句的錘鍊，在平淡中顯現功力。他往往能抓住典型的事物，精練地把所要反映的社會內涵壓縮在短篇之中，使用對比、襯托、設問、正話反說等手段，使作品具有感染力。嚴羽在《滄浪詩話・詩體》中專列「杜荀鶴體」，對他的詩歌予以了肯定。杜荀鶴非常善於寫景，在皮陸詩派中，他的寫景詩數量是最多的，是杜荀鶴詩集中的一道亮麗的風景線，風格明麗清新，色彩也較爲絢麗，讀來賞心悅目。例如「山犬眠紅葉，樵童唱白雲。」（《亂後歸山》）、「紅杏園中終擬醉，白雲山下懶歸耕。」（《遣懷》）、「何處畫橈尋綠水，幾家鳴笛咽紅樓。」（《題開元寺門閣》）、「青春花柳樹臨水，白日綺羅人上船。」（《送蜀客遊維揚》）、「秋水鷺飛紅蓼晚，暮山猿叫白雲深。」（《舟行即事》）、「雨匀紫菊叢叢色，風弄紅蕉葉葉聲。」（《閩中秋思》）、「牛笛漫吹煙雨裏，稻苗平入水雲間。」（《題汪明府山居》）、「牛畔稻苗新雨後，鶴邊松韻晚風時。」（《題汪氏茅亭》）、「四五朵山妝雨色，兩三行雁帖雲秋。」（《雋陽道中》），等等。這些詩句景物優美，色彩絢麗。這樣的詩歌的確是自然直率，淺切平易，純用白描手法，但又不覺得乏味，可見杜荀鶴的功力。還有一部分詩歌在格調上卻是另外一種韻味，那就是呈現出窮愁苦澀的風格，主要是反映詩人自己生平際遇的詩歌，也佔有一定的篇幅。如「從見蓬蒿叢壞屋，長憂雨雪透荒墳。」（《哭山友》）、「亂世爲客無人識，廢寺吟詩有鬼驚。」（《亂後宿南陵廢寺寄沈明府》）、「人世鶴歸雙鬢上，客程蛇繞亂山中。」（《途中春》）、「生在世間人不識，死於泉下鬼應知。」（《酬張員外見寄》）、「半雨半風三月內，多愁多病百年中。」（《中山臨上人院觀牡丹寄諸從事》)、「斜風吹敗葉，寒燭照窮人。」(《秋宿山館》)、「風射破窗燈易滅，月穿疏屋夢難成。」(《旅中臥病》) 等等，這些詩句的意象和格調，完全是窮愁苦澀，沒有一絲亮色，雖然也是淺切易懂，但與上面的寫景詩相比，風格迥異。可見杜荀鶴詩歌的主導風格是多樣化的，在通俗淺切的總風格下呈現出多樣化的特點。我們說杜詩的這種特點淺切易懂，主要是不雕飾不用典，平鋪直敘，這與他語言的通俗性有關。對此，羅琴在《杜荀鶴詩歌創作的語言特色》一文中進行了詳細的論述，可參看〔註 91〕。

聶夷中只擅長樂府和五言，他的三十幾首詩中，只有一首七律，其餘均為五言樂府和古詩，他的不少作品採用樂府古題，也有一些自製的樂府新題，可見他是樂府詩的忠實繼承者。他的詩歌風格和前期的皮日休相似，立意深刻而出以淺近之辭，用語警省，力求簡古質樸。如《雜興》:「兩葉能蔽目，雙豆能塞聰。理身不知道，將為天地聾。擾擾造化內，茫茫天地中。苟或有所願，毛髮亦不容。」明確指出立身要懂「儒道」，不然就成為聾子。一個人如有毛髮私心則不知天地之大。詩句雖短小，卻是從複雜的社會生活中提煉出來的哲理，言淺意深，耐人尋味。再如《短歌》:「生死與榮辱，四者乃常期。古人恥其名，沒世無人知。無言鬢似霜，勿謂事如絲。耆年無一善，何殊食乳兒。」認為人生不必沽名釣譽，但不可無善行，把一生沒有做個善事的老翁比作是不懂人事的吃奶嬰兒，批評是嚴厲的。在《題賈氏林泉》中他也說:「我知種竹心，欲扇清涼風。我知決泉意，將明濟物功。」肯定賈氏修築林泉重在修身養性，也是從為善著筆的。在《客有追歎後時者作詩勉之》詩中他說:「後達多晚榮，速得多疾傾。君看構大廈，何曾一日成。在暖須在桑，在飽須在耕。君子貴弘道，道弘無不亨。太陽垂好光，毛髮悉見形。我亦二十年，直似戴盆行。荊山產美玉，石石皆堅貞。未必盡有玉，

〔註 91〕羅琴《杜荀鶴詩歌創作的語言特色》，載《涪陵師範學院學報》，2004 年 4 期。

玉且間石生。精衛一微物，猶恐塡海平。」任何事情的成功都有過程，只有尊儒行儒，鍥而不捨，才能達到目的。《詠田家》:「二月賣新絲，五月糶新穀。醫得眼前瘡，剜卻心頭肉。我願君王心，化作光明燭。不照綺羅筵，只照逃亡屋。」語言平易，立意深刻，抓住典型情節，表達自己的願望。

聶夷中大力創導樂府詩和古詩，明顯的是受白居易的影響，白詩的議論和淺切風格，在聶詩中都有表現，可以說聶夷中是中唐新樂府運動最後的繼承者。聶夷中的詩歌平白暢達，不事雕琢，描寫生動議論深刻，很有藝術感染力。胡震亨在《唐音癸籤》卷八中說：「晚季以五言古詩鳴者，曹鄴、劉駕、聶夷中、於濆、邵謁、蘇拯數家。其源似並出孟東野，洗剝到極淨極眞，不覺成此一體。初看殊難入，細玩亦各有意在。就中鄴才穎較勝，夷中語尤關教化。」〔註92〕這個評價是中肯的。辛文房在《唐才子傳》卷九《聶夷中傳》中說:「古樂府尤得體，皆警省之辭，裨補政治，樂而不淫，哀而不傷，正《國風》之義也。」〔註93〕也指出了聶詩的優點。從「尤關教化」到上承「國風」，認爲聶夷中詩歌繼承《詩經》以來現實主義的優良傳統，這種傳統表現在風格上，只能是質樸簡古。

〔註92〕胡震亨《唐音癸籤》卷八，古典文學出版社，1957年，第65頁。

〔註93〕孫映逵《唐才子傳校注》卷九，中國社會科學出版社，1991年，第790頁。

第三章　皮陸詩派的散文創作

皮陸詩派的文學成就除了詩歌外，還表現在散文創作方面，而且，他們的散文作品的思想性和藝術性都達到了較高的水平，在中國散文史上佔有重要的地位。皮陸詩派的散文創作主要以諷刺小品文和古文爲主，但也有一些其他題材的散文，所以，在本章的論述當中，著重以他們的諷刺小品文爲對象，也兼及其他。

皮陸詩派成員當中，目前能見到有散文流傳下來的，主要有皮日休、陸龜蒙和羅隱三人。皮日休的《皮子文藪》、陸龜蒙的《笠澤叢書》、羅隱的《讒書》都收入了大量的散文作品，比較集中也具有代表性。對這三位作家的創作成就，魯迅有過很高的評價，他在《小品文的危機》一文中說：「小品文的生存，也只仗著掙扎和戰鬥的。……唐末詩風衰落，而小品文放了光輝。但羅隱的《讒書》，幾乎全部是抗爭和激憤之談；皮日休和陸龜蒙自以爲隱士，別人也稱之爲隱士，而看他們在《皮子文藪》和《笠澤叢書》中的小品文，並沒有忘記天下，正是一塌糊塗的泥塘裏的光彩和鋒芒。」〔註 1〕魯迅主要是肯定皮、陸、羅三位小品文的思想內涵，其實，在藝術性方面，他們的小品文也是很有特色的，這我們將要在後面的章節中論述的。小品文既然是散文的一種，從文體上來說，用辭賦與駢

〔註 1〕《魯迅全集》第四冊，，人民文學出版社，1998 年，第 575 頁。

文寫作的東西算不算是小品文呢？因爲在羅隱、皮日休、陸龜蒙三人的文集中的確有些用辭賦和駢文寫作的短文，從篇幅、題材和風格都和小品文接近。當然，如果按嚴格意義上的標準看，辭賦與駢文是不能算作是小品文的，這只能算是古文，但是爲了論述方便，我們姑且將皮陸詩派體用辭賦、駢文寫作的古文算作是小品文，因爲這些作品在形式與內容上和小品文非常接近，只是文體略有不同而已。臺灣學者呂武志先生在《杜牧散文研究》（臺灣學生書局 1994 年）一書中就將杜牧的辭賦列入散文的範疇。除了小品文外，皮日休、陸龜蒙、羅隱還寫作了大量其他題材的散文，如傳記文、山水文，本章也一同論述。

第一節　皮陸詩派散文創作的主旨

皮陸詩派的散文創作給他們帶來了很高的聲譽，關鍵的一點，就是他們的散文在內容上具有強烈的批判性。皮陸詩派的散文創作和他們的詩歌創作，在批判精神上是一致的，也是他們文藝理論的具體實踐。他們的散文在內容上主要以批判當時的政治、社會、民風乃至個人的修身養性，立意明確，鋒芒外露，戰鬥性很強，甚至超過了詩歌。大致說來，他們散文創作的主要內容有兩點，即對晚唐腐敗政局的批判和對晚唐社會上各種歪風邪氣醜惡現象的批判，具有積極現實意義。

先看對晚唐腐朽政局的批判。晚唐是一個局勢混亂的時代，君王昏聵、宦官當政、文官貪財、武官跋扈、藩鎮割據都是社會黑暗現實的具體表現。皮陸詩群在散文創作上，批判對象直指這些社會毒瘤，具有鮮明的戰鬥傾向。在封建社會，國家的安寧富強與文臣武將的恪盡職守有著很大的關係。臣子向來視爲君王的股肱，爲君王治理國家出謀劃策，嘔心瀝血，這是儒家知識分子朝思夢想舒展宏圖的神聖使命。得賢臣忠臣良臣得天下，反之，得姦臣亂臣庸臣則失天下。《荀子・王霸》篇說：「故道王者之法，與王者之人爲之，則亦王；道霸者之法，與霸者之人爲之，則亦霸；道亡國之法，與亡國之人爲之，則亦亡。三者，明主之所以謹擇也，而仁人之所以務白也。」〔註 2〕這裡說明了不同類型的臣子給國家帶來不同的命運，可見用人是古代君王頭等重要的大事情，關係著國祚的存亡。《荀子・臣道》篇在論述各種大臣對國家的影響時還說：「人臣之論：有態臣者，有簒臣者，有功臣者，有聖臣者。……故用聖臣者王，用功臣者強，用簒臣者危，用態臣者亡。態臣用，則必死；簒臣用，則必危；功臣用，則必榮；聖臣用，則必尊。」〔註 3〕晚唐時期的幾個君主，偏偏信用姦臣排擠忠臣，弄得民不聊生最終亡國。所以，批判姦臣當道及其導致的嚴重後果是皮陸詩派散文創作的一個重要內容。

對臣子們的尸餐素位、貪贓枉法、迫害百姓等種種醜惡行徑，他們給予猛烈的抨擊。羅隱《越婦言》假託朱買臣妻之口吻，控訴尸餐素位的諷諫官僚在未得勢時大唱「匡國致君」、「安民濟物」的高調，一旦得志卻自食其言，只知以富貴驕人，暴露出虛僞勢利的本質。在《梅先生碑》、《說石烈士》二文中，羅隱借對西漢梅福和中唐石孝忠兩位敢直言上諫官員的由衷讚美，反襯那些明哲保身的庸俗官僚的醜惡，態度鮮明，立意深刻，例如「嗚呼！寵祿所以勸功，而位大者不語朝廷事。是知天下有道，則正人在上，天下無道，則正人在下。」說出了事情的本質，那些拿取優厚俸祿坐高位的傢伙都是不管政事的，正人能否當道直接關係著天下的安危，這實際上是在警告那些當政者，再不採取措施將會亡國。皮日休的《新城三老董公贊並序》、《易商君列傳贊並序》、《斥胡建》、《獨行》、《陵母頌》、《鹿門隱書》之十二、之二十七、之三十七、之四十五、之五十八，陸龜蒙的《登高文》、《野廟碑並詩》、《記稻鼠》、《蠹化》等文，也對那些貪官污吏的種種罪行予以批判和揭露。皮日休《易商君列傳贊並序》一文在讚賞商鞅

〔註 2〕章詩同《荀子簡注》，上海人民出版社，1974 年，第 110 頁。
〔註 3〕章詩同《荀子簡注》，上海人民出版社，1974 年，第 137 頁。

對秦國的貢獻的同時，藉以反諷晚唐大臣對國家的不忠，兩相對比，詩人愛憎分明的情感躍然紙上。《新城三老董公贊並序》以洛陽新城三老董公敢於爲義帝發喪的忠孝行爲，反襯大臣們的殘暴，「蕭何苦民力以給兵輸；韓信殺民命以騁戰功；留侯設詭策以離秦、項。當其時，未聞以仁義說於君者。」當然張良、韓信、蕭何都是漢代有名的良臣，作者在這裡正話反說，藉以諷刺唐代的那些殘暴的貪官。皮陸詩派的散文創作有個特點就是借歷史上的正面人物說反話以增強議論，這在下面要重點分析的。《斥胡建》一文以漢代胡建在軍中擅行誅殺，朝廷不但不降罪反而對他進行獎賞的史事，來影射唐代軍閥們的殘暴。在《陵母行》、《獨行》兩文中，他指出臣子們的缺乏正氣和節氣，只知一味阿諛奉承，例如在《獨行》裏他說：「士有潔其處，介其止於世者。行以古聖人，止以古聖人，不顧今之是非，不隨眾之毀譽。雖必不合於祿利，適乎道而已矣。」陸龜蒙的《登高文》諷刺大臣的玩權弄法，《野廟碑並詩》、《記稻鼠》二文揭露官員迫害、剝削百姓。請看《野廟碑》中的官吏生活是如何的奢侈，對百姓是如何的狠毒：「今之雄毅而碩者有之，溫願而少者有之。升階級，坐堂筵，耳弦匏，口粱肉，載車馬，擁徒隸者，皆是也。解民之懸，清民之渴，未嘗術於胸中。民之當奉者，一日懈怠，則發悍吏，肆淫刑，驅之以就事。較神之禍福，孰爲輕重哉？平居無事，指爲賢良，一旦有大夫之憂，當報國之日，則佪擾脆怯，顛躓竄踣，乞爲囚虜之不暇。」他們吃好的，用好的，百姓的賦稅拖延一日就雷霆大發，發悍吏，肆淫刑，威武的不得了。可是一旦國家有難需要他們效力的時候，一個個的都裝龜孫子，陸龜蒙把他們的醜惡行徑揭露的淋漓盡致。《記稻鼠》把貪官比喻成偷吃稻子的大老鼠，拼命的搜刮百姓的錢財，仿《詩經・碩鼠》裏面的手法，對貪官的貪婪本性作了無情的譏諷。此外，羅隱的《齊魯叟》、《刻嚴陵釣臺》、《弔崔縣令》、皮日休的《題安昌侯傳》、《何武傳》、陸龜蒙的《割獲》等文章都對臣子的撥弄是非、貪贓枉法、未能忠君、瀆職失守等罪行予以了批判和嘲諷，都是反映社會現實的篇章。

詩人筆頭還直接指向更爲混帳的另一群人物——宦官。宦官專權亂政是晚唐政治生活中的一個頑疾，這種現象由來已久，只不過在晚唐時更爲嚴重。羅隱《婦人之仁》一文以「婦人」比喻宦官進行批判，其文曰：「漢祖得天下而良、平之功不少焉。吾觀留侯破家以仇韓，曲逆束身以歸漢，則有爲之用，先見之明，又何以加焉？史遷則曰：張良若女子，而陳平美好。是皆婦人之仁也，外柔而內狡，氣陰而志忍，非狡與忍，則無以成大名。無他，柔弱之理然也。嗚呼！用其似婦人女子者猶若是，況眞用婦人之言哉！不得不畏。」〔註 4〕司馬遷認爲張良、陳平二人的相貌姣好（見《史記·留侯世家》和《史記·陳丞相世家》），具有女性的陰柔剛烈的氣質，多心智計謀，幫助劉邦平定天下，從而成就大業留名青史。表明上看，這是在讚賞張良、陳平二人，實質上羅隱另有深意，詩人筆鋒一轉，接著說「嗚呼！用其似婦人女子者猶若是，況眞用婦人之言哉！不得不畏。」張、陳二人長相和個性稍似女子都如此的難纏，倘若皇帝果眞聽信女子之言，那將是多麼的令人感到畏懼。當然，女子亂政在歷史上也是有的，但也不像羅隱說的這麼厲害後果這麼嚴重，這裡用的是曲筆，把宦官比作婦人，暗喻宦官之言不可從，宦官在生理和心理上都似女子，羅隱將宦官比擬爲女子是從心裏鄙視這些巧言令色阿諛奉承的傢伙。晚唐時宦官亂政，連皇帝都敢加以殺害，自然可怕，所以羅隱要「不得不畏」，以婦人比宦官，對之進行控訴，希望當政者能清醒不要信用宦官，用心不謂不良苦。在另外一篇《伊尹有言》中，羅隱借助歷史人物也諷刺了宦官，其曰：「唐虞氏以傳授得天下，而猶用和、仲、稷、契，以醞釀風俗，堙洪水、服四罪，然後垂衣裳而已，百姓飲食而已；亦時之未漓，非天獨生唐虞之能理也。及商湯氏以鳴條誓，放桀於南巢，揖遜既異，渾樸亦壞。伊尹放太甲、立太甲，則臣下有權始於是矣，而曰：『恥

〔註 4〕潘慧惠《羅隱集校注》，浙江古籍出版社，1995 年，第 427 頁。

君之不及堯、舜』。嗚呼！商湯氏之取，非唐虞氏之取也；商湯氏之時，非唐虞氏之時也；商湯氏之百姓，非唐虞氏之百姓也；商湯氏之臣，非唐虞氏之和、仲、稷、契也。伊尹不恥其身不及和、仲、稷、契，而恥君之不及堯、舜，在致君之誠則極矣，而勵己之事何如耳？惜哉！」〔註 5〕商湯、伊尹歷來都是正面的英雄人物，爲後世所敬仰，讚頌之辭不絕於耳。《禮記‧祭法》曰：「湯以寬治民，而除其虐；文王以文治，武王以武功，去民之災，此皆有功烈於民眾者也。」韓愈在著名的《原道》中也對商湯予以褒揚：「吾所謂道也，非向所謂老與佛之道也。堯以是傳之舜，舜以是傳之禹，禹以是傳之湯，湯以是傳之文、武、周公；文、武、周公傳之孔子；孔子傳之孟軻。軻之死，不得其傳焉。」〔註 6〕由是可知，商湯的確是受人尊敬的仁君、明君。商湯之所以能夠成爲一代明君，關鍵是有賢臣的大力輔佐，其中伊尹就是其中著名的一位賢臣。商湯、伊尹在古代屬於明君賢相，他們可以與堯舜以及和、仲、稷、契等相提並論留名青史。但羅隱在《伊尹有言》一文中卻大唱反調，把商湯和伊尹說成是毀壞道德倫理的人。商湯作爲一代明君，以武力開疆拓土，在羅隱看來這與晚唐藩鎮武裝割據相似。伊尹流放國君，也與晚唐宦官專權將皇帝玩弄於掌股相似，所以羅隱哀歎道「商湯氏之取，非唐虞氏之取也；商湯氏之時，非唐虞氏之時也；商湯氏之百姓，非唐虞氏之百姓也；商湯氏之臣，非唐虞氏之和、仲、稷、契也。」伊尹作爲臣子曾經流放過國君太甲，在羅隱眼裏，這樣的舉止是令人無法忍受的，聯想到晚唐的宦官也曾將皇帝的命運掌握在手掌之中，故羅隱將伊尹暗喻爲宦官予以批判。商湯在未當國君的時候，作爲臣相，商湯也曾流放過國君夏桀到南巢，兩個臣相伊尹和商湯都有如此大的膽子敢流放他們的國君，這在羅隱看來是大逆不道的事情，所以，羅氏以驚人的膽量對商湯、伊尹重作評

〔註 5〕潘慧惠《羅隱集校注》，浙江古籍出版社，1995 年，第 401 頁。
〔註 6〕馬其昶《韓昌黎文集校注》卷一，上海古籍出版社，1998 年，第 18 頁。

論，實際上是在以商湯、伊尹比喻晚唐手握重權的宦官逆臣，對之進行控訴與批判。與上篇文章《婦人之仁》一樣，羅隱都是以古喻今、以古諷今，表達了自己對宦官專權強烈的憤慨與不滿。

除了以曲筆諷刺朝廷官吏外，羅隱還敢於直接向武裝割據的軍閥寫信，進行批評，這在當時是需要極大的勇氣的，因爲弄不好會有性命之憂。在《與招討宋將軍書》一文中，羅隱先描述了戰爭給黎民百姓帶來的巨大災難。「所不幸者，江南水、鍾陵火、緣淮饑，汴、滑以東螟。故無賴輩一食之不飽，一衣之不覆，則磨寸鐵、挺白棒以望朝廷姑息。而王仙芝、尙君長等，淩突我廬、壽，燖剝我梁、宋。」正因爲戰亂給國家和人民帶來不幸，朝廷才對這位宋將軍也就是青州節度使宋威予以極大的期望，希望他能早日平定叛亂，「天子以蟣虱癢痛，不足搔爬，因處分十二州，取將軍爲節度，非方鎭之無帥，非朝廷之乏人，蓋以將軍跳出隴右，不二十年，二擁旄節，謂將軍必能知恩用命耳。今聞群盜已拔睢陽三城，大樑亦版築自固。彼之望將軍，其猶沸之待沃、壓之待起也，而將軍朱輪大旌，優游東道，抑不知朝廷以十二州侍衛者乎，復俾將軍誅翦草寇者乎？」疾風勁草，關鍵時刻朝廷還是要倚重這些將領，國家的安危也需要這些將領們來承擔和守衛。養兵千日用兵一時，但是，在這位宋將軍的麾下，官軍所犯下的累累罪行比王仙芝、尙君長等農民起義軍帶來的破壞有過之而無不及，羅隱表示了極大的憤慨，他接著寫到：「自將軍受命，迄今三月，齧、啖、刷、掠之不解，殺、傷、驅、甓之不已，乃將軍爲之，非君長、仙芝所爲也。……今將軍勳業不若衛公靖之多也，出師非鄭、薛之敵也，而橫摧士伍，鞭撻饋運，以愚度之，將軍之行，酷於君長、仙芝之行也，甚爲將軍憂。」這些軍事將領們一旦擁兵自重，驕奢跋扈，形成割據勢力，後果不堪設想。實際上晚唐時期，藩鎭割據軍閥混戰已經成爲最大的社會隱患，直接導致了唐朝的滅亡。羅隱作爲一介文弱書生，能夠直言不諱的指責宋威率兵胡作非爲帶來的種種禍害，這是難能可貴的。雖然作者站在統治階級的立場上，謾罵農民起義軍爲「叛」、「盜」、「寇」、「賊」，迫不及待的上書主張「招討」、「誅翦」，但羅隱還能較爲公允的指出農民是迫於飢寒，不得不揭竿而起。在這篇文章中他能及時地揭露宋威的無能與殘暴，具有很高的史料價值。

批判藩鎮割據也是他們散文的一個重要內容。羅隱的《拾甲子年事》、《秦之鹿》、皮日休的《晉文公不合取陽樊論》、《補泓戰語》、陸龜蒙的《送小雞山樵人序》、《慶封宅古井行序》、《兩觀銘》等都對藩鎮給國家和百姓造成的危害予以了譴責。

對這些身居要職拿著朝廷俸祿又不爲國爲民做事的傢伙，皮日休是表示強烈譴責和憤慨的，他在《祝瘧疾文》中以調侃的筆調，希望這些害人的傢伙們得上瘧疾病從而無法治癒，這眞是一篇妙文。本來瘧疾這種疾病和其他疾病一樣，是不可抗拒的不以人的意志爲轉移的，染上這種病，病人痛苦萬分。在那個時代瘧疾是一種不可治癒的頑疾，但那些身居高位拿著厚祿的朝廷要員們，昏聵腐朽，不也像是得了瘧疾一樣的不可治癒麼？這種疾病是上天所遣，湯藥無法治療，皮日休希望它能懲奸除惡，讓這些庸官惡吏染上瘧疾不治而終，爲民除害。皮氏的這種想像具有超強的浪漫主義色彩，它創造了一個具有意志和主宰力的瘧疾，希望它能掃蕩群妖，而這些群妖，就是晚唐的亂臣賊子，他們或「事君不盡節，事親不盡孝」，或「專祿恃威，僭物行機」，或「含羞冒貴，忍垢貪榮」，或「媚於君側」「惑於君前」，一句話，都是不知羞恥的害人精，禍國殃民的敗類。雖然「天未降刑，尙或竊生」，沒有受到應有的懲處，但詩人殷切的希望他們染上瘧疾，「爾宜瘧之」，憤怒之情儼然可見。這裡，瘧疾這種疾病不但不可惡，反而還變得有些可愛，似乎是一個有善心的天神，專門下凡來懲治壞人。皮氏的這種虛幻的筆法，使得文章讀起來饒有情趣，增加了讀者的想像空間。他的這種虛幻的寫法明顯是借鑒莊子的《齊物論》的筆法，通過這種寫法用來諷刺晚唐姦臣當道的社會現象，同時又表達出當時文人心中的無可奈何之情狀。將清除姦臣的任務交給不切實際的痢疾病毒上，這的確是一種悲哀一種無奈，從而也映像出對晚唐統治階級的強烈不滿。這篇文章表面上看來詼諧幽默實質卻充滿了悲痛和憂傷，這是皮氏慣用的一種寫作手法。

晚唐之所以形成這樣衰敗的無可救藥的政治局面，除了皇帝昏聵大臣無爲外，還有一個重要的原因就是唐朝的體制。在他們的散文中，也有一些是對唐朝各種制度的批判。如皮日休《題叔孫通傳》，文章開頭說「古之所謂禮不相襲，樂不相沿者，何哉？非乎彼聖人也，此聖人也。不相襲者，角其功利之深淺爾；不相沿者，明其文武之優劣爾。」指出古代禮、樂不相沿襲爲時已久，然後進一步批評漢代叔孫通未能遵循周、孔之禮爲漢代設立禮制，是他的過失。文章表明上看是批評叔孫通，實則暗地裏諷刺唐代制度有違古禮。「嗚呼！不明於古制，樂通於時變，君子不由也，其叔孫生之謂矣。」結合皮日休的另一篇文章《請行周典》，就可以得知他的確是在批評唐朝的制度。所謂周典就是周禮，他認爲唐代的許多制度，比如土地賦稅等制度，都有不合理的地方，應該回覆到古制。在《原祭》裏他也主張每年的師祭應該祭祀軒轅而不是蚩尤，他說：「軒轅，五帝之首，能以武定亂，以德被後。今之師祭，宜以軒轅爲主，炎帝配之，於義爲允。」

以上批評的這些，主要的責任人還在於皇帝本人，所謂上樑不正下樑歪，有明君才有賢相，有昏君自然多庸吏，所以皮陸詩派散文的批判鋒芒還是直接指向昏君。首先是批評君王未能任用賢才，例如陸龜蒙的《送豆盧處士謁宗丞相序》、《江湖散人傳》、《迎潮送潮辭序》、《祭梁鴻墓文》、《怪松圖贊序》、《禽暴》，皮日休的《鹿門隱書》之三十四、《周昌相趙論》、《漢斬丁公論》、《首陽山碑》，羅隱的《代韋徵君遜官書》、《君子之位》、《投知書》、《天機》、《聖人理亂》、《敘二狂生》等篇章的核心內容都是批判君王沒有任用賢良，而是讓貪官污吏當政導致嚴重的後果，表達了作者對國事的擔憂之心。羅隱《代韋徵君遜官書》雖爲代人作書，但也可以看作是他自己的觀點。文章是向皇帝寫的辭官信，至於辭官的原因，他說：「今內有良相，外有良將，家至戶到，未有一處不似唐、虞時。設置臣於諫署中，使臣說何道理？徒令四夷八蠻疑陛下有玩人之事。臣若詣闕之後，不唯陛下有玩人之事，臣已爲百執事所玩。」原來，皇帝把這位韋徵君招進宮中不過是裝裝愛賢納賢的門面而已，通過代寫辭官書，把統治者「玩人」的虛僞本質揭露出來。在《投知書》中他感慨：「故開卷則悒悒自負，出門則不知所之，斯亦天地間不可人也。而執事者，提健筆爲國家朱綠，朝夕論思外，得相如者幾人？得王褒者幾人？得之而用之者幾人？」從切身感受出發，在古今書生不同遭遇的鮮明對比中，痛感良機難得，大道難行，也是對唐朝用人制度的指責。陸龜蒙的《送豆盧處士謁宗丞相序》表面上事送給豆盧處士的序，實則是拜謁宗丞相用的，目的在於讓宗丞相看在往日的友情上提攜自己。昔日在吳中的好友現在是朝廷的丞相，地位相差太大。文章開頭對揚雄和王通這兩位大儒的遭遇作了說明，表面上是陳述二人的坎坷，實則上是以二子自喻，借對揚雄王通遭際的描敘來抒發自己懷才不遇的感慨，同時又對君王未能舉才發出沉重的感歎。羅隱的《三閭大夫意》的寓意和《送豆盧處士謁宗丞相序》相似，通過悼念屈原來感歎自身的坎坷際遇。屈原原來是楚懷王的臣子，很受重用，後被人進讒言遭到流放。羅隱高度同情屈原的不幸遭遇，因爲他自己也是懷才不遇。忠臣不能重用反遭流放，說明了君王的無能和腐敗。

正是因爲君王不用賢才，才導致很多錯誤的事情發生，例如教化失當、公器私用、荒淫無度、喪失民心、未施仁政、德行不善等等，他們在作品中都有批判。皮日休的《原寶》、《原奕》、《原用》、《隋鼎銘》、《心箴》等就批判君王的教化失當、德行不善。《原用》比較了摯、堯、舜三位古代君主的功業優劣，藉以諷刺晚唐君王的腐敗。摯是堯的兄長因爲施政不得民心遂讓位給堯，堯仁政愛民，深得百姓愛戴。然而，百姓還是讓舜還接替堯的帝位，並沒有讓堯擔任國君到老，這是什麼原因呢？在於一個人在位久了總會心存驕傲之心，久之會產生很多弊端，只有不斷的更換帝位，才能確保國強民福。對此，皮氏感慨說：「堯仁如是，民尚慕舜，況有君惡於摯，君道不如堯，焉得民性哉！」他說這段話顯然是有針對性的，對於晚唐的執政者說，具有警示作用。皮陸詩派的散文創作，一個特點就是喜歡以史爲鏡，借前朝的史事來暗喻勸諷當朝皇帝。羅隱的《漢武山呼》也是這樣的，此文以漢武帝東封泰山一事告誡晚唐國君要注意修德養性。漢武帝東封泰山在羅隱看來是件勞民傷財的蠢事，「蓋以所以祈其身，而不祈其民，祈其歲時也，由是萬歲之聲發於感悟。然後逾遼越海，勞師弊俗，以至於百姓困窮者，東山萬歲之聲也。以一山之呼猶若是，況千口萬口呼？是以東山之呼不得以爲祥，而爲英主之不幸。」封山不過是爲了求平安和長壽，都是出於個人目的，不是爲了百姓。本來漢武帝在歷史上是個有作爲的君主，但他好大喜功、自私貪婪，封山求神給百姓帶來嚴重的傷害，羅隱此文是給晚唐君主作爲借鑒的。羅隱在《龍之靈》一文中批評君王不愛惜民力，他將君王比作是龍，百姓比作是水，龍離不開水的滋養，「龍之所以能靈者，水也，涓然而取，沛然而神。天之於萬物，必職於下以成功，而龍之職於水也，不取於下，則無以健其用；不神於上，則無以靈其職。」君和民的關係就好比龍和水，龍如果將水吸乾，那麼就會「利未及施，而魚鱉已斃矣，故龍之取也寡。」君王和百姓也是一樣，君王要想治理好國家，必須體恤民力，不能過度的榨取民脂民膏，不然失去人心，必將亡國，這些話正是在告誡晚唐君主，要有君德，要行仁政，當然反過來說，就是因爲晚唐的君主沒有施行仁政，作者才有意寫這篇文章來勸諷的。羅隱的《請追癸巳日詔書》、《子高之讓》，皮日休的《秦穆謚繆論》、《讀司馬法》，陸龜蒙的《象耕鳥耘辯》、《告白蛇文》等文章都對君王的未施仁政提出了嚴厲的批評。

他們不僅對君王的德行提出批評，還對君王的治國方針提出諷諫，善意的提醒君王要注意制定處各種合理有利的政策，表現了皮陸詩派的憂國憂民之心。陸龜蒙在《耒耜經序》和《冶家子言》中對君主的不重農桑提出批評。《耒耜經序》就說：「耒耜者，聖人之所作也。自乃粒以來，至於今，生民賴之，有天下國家者，去此無有也。飽食安坐，曾不求命稱之義，非揚子所謂如禽者耶？」陸龜蒙認爲耒耜乃國之根本，要注重農桑，不要「飽食坐安」，這是對君主的勸勉。《冶家子言》用武王聽人勸誡重農事的故事，含蓄的勸導當朝皇帝也要向武王學習，大興農事，實際上也是對君主不重視農事的委婉諷諭。在《雜說五首》之五中他諷刺君王之重視刑罰而輕視德治，在《禽暴》中對皇帝未能誅罰亂臣導致吏治敗壞也提出了嚴厲的批評。所有這些，說明皮陸詩派的散文創作都是很關心時政的，把文章作爲向統治者勸諷的工具，積極干預政治，努力實行自己的文學主張。

除了上述反映晚唐混暗時政的內容外，皮陸詩派散文創作的另外一個主要內容就是對社會上的各種歪風邪氣醜惡現象予以嚴厲的批判。晚唐時期由於政治腐敗、軍閥混戰導致民不聊生，各種愚昧的思想也隨之而來，刺激著人們的心靈。皮陸詩派用散文對這些醜惡愚昧的思想行爲進行了無情的批判。

晚唐時期迷信思想流行，世人相信宿命相學，皮日休《相解》一文則對這種陋習予以批判。《相解》前部分討論人的相貌和禽獸的關係，「今之相者，言人相者，必曰某相類龍，某相類鳳，某相類牛馬，某至公侯，某至卿相。是其相禽獸，則富貴也。噫！立行於天地，分性於萬物，其貴者不過人乎。」把人的富貴和動物的長相相聯繫是相學的出發點，認爲人的長相和禽獸相似就是祥瑞之命，將來就可以青雲之上，位至公侯卿相，大富大貴，這是一種宿命論。皮氏對此諷刺道：「人有眞人形而賤貧，類禽獸而富貴哉？將今之人，言其貌類禽獸則喜，眞人形則怒；言其形類禽獸則怒，眞人心則喜。」世人去算命，你說他長的像禽獸他就高興，說明他今後能富貴，反之，如果說他長的像個人他就惱火，這眞是愚昧愚蠢之極！之所以世人有這個觀念，主要是受到遠古神話的影響。在古代許多聖人被描繪得像禽獸，而禽獸在遠古又是吉祥的崇拜物。所以當代的人認為自己的長相像禽獸便沾沾自喜，皮氏卻認為即便是長相類似禽獸，但內心的修養不夠，缺乏仁義之心，這樣的長相又有什麼用呢？可見他對這種愚昧的陋習是極力反對和批評的。文章的後部分討論有無相術以及相術的真正含意。他認為在古代相術還是有的，他說：「故舜相於堯而天下平，禹相於舜而大災耳。咎繇相禹，斯謂相。見者見人知其賢愚，見國知其治亂，亦相也。」原來，聖人也是會看相的，堯相中舜，舜相中禹，都是聖人的相術，當然這種相術不是江湖郎中騙人的相術。聖人看相注重被相者的內在修養和品行，不是看外在的容貌是否類似禽獸。這種看相實際上是在為社稷選繼承人，對百姓負責的一種行為，是內在修行的外揚，這才是相術的真正涵義。在文章結尾，作者對江湖術士和熱衷於相面的世人提出批評，認為江湖術士只懂一點皮毛就出來騙人錢財，而世人「言其有位，必翻然自負。坐白屋，有公侯之姿；食藜羹，有卿相之色」，你說他有富貴相啊，他就不知天高地厚飄飄然起來，在破屋裏坐都有公侯的姿態，似乎榮華富貴指日可待。皮日休對之作了無情辛辣的諷刺。對世人這種只重外表不重內心修養的陋習，羅隱在《木偶人》中也進行了批判，劉邦的兩位大臣陳平和張良，一個以木偶之計解了平城之圍，一個以辟穀修煉傳得美名，但後人只繼承木偶的外在精美，因此得以將木偶流傳於世，沒有人將張良的辟穀修煉繼承下來。可見，世人只注重華麗精美的外表，而不注重內在的精神修養，羅隱對此提出了批評。

在《鄙孝議上篇》中皮氏對世人的愚孝思想也作了批評。晚唐時期愚孝觀念很盛行，其中一種就是以為人肉可以治療疾病，所以世人紛紛割肉為雙親治病，並以此博得孝順之美名。皮氏對此提出批評，他說：「夫人之身者，父母之遺體也，剝己之肉，猶父母之肉也。言一不順，色一不怡，情尚以為不孝，況剝父母之肉哉？」

這種思想顯然是孔子「身體髮膚受之父母」的翻版，割自己身上的肉其實就是在割父母的肉，而這些人似乎樂此不彼，不僅自己割肉，還要請人來參觀，以便美名傳揚。「大者邀縣官之賞，小者市鄉黨之譽，訛風習習，扇成厥俗。」割肉的目的原來是爲了博取美名，可見割肉者的虛僞。當局似乎對這種行爲非常讚賞，「通儒不以言，執政不以禁。」皮日休堅決反對這種愚孝的愚蠢行爲，他要求上位者能夠加以禁止，恢復眞正意義上的儒家孝道，「今之有是者，吾猶以爲不可，況無是理哉！或執事者嚴令以禁之，則天下之民保其身，皆父母之身也，欲民爲不孝難矣哉！」不要那種裝模作樣的假孝道，而實行眞正的尊老愛幼的美德。

對於世人的急功近利目光短淺的行爲，他們也提出了批評。羅隱《本農》說：「有覆於上者如天，載於下者如地，而百姓不之知。有恩信及一物，教化及一夫，民則歸之，其猶旱歲與豐年也。豐年之民，不知甘雨柔風之力，不知生育長養之仁，而曰：『我耕作以時，倉廩以實。』旱歲之民，則野枯苗縮，然後決川以溉之，是一川之仁，深於四時也明矣。所以鄭國哭子產三月，而魯人不敬仲尼。」老百姓們對一年四季天地給予的養育之恩視而不見，卻對執政者給予的點滴小仁小義感恩戴德，極爲含蓄地諷刺了市民的鼠目寸光沒有遠見。對於人心的狡詐，陸龜蒙在《書銘》中也作了批判。《書銘》爲四字句，共六十四句，採取銘文的體式，對圖書文字、璽印章號、銘誄碑表等作了另外一種解讀，饒有趣味。本來圖書文字是文明進步的代表，記載歷史傳輸文化，功不可抹，但陸龜蒙偏偏要說他們的壞處，認爲圖書文字的出現使人心狡詐，士風變得敗壞。許多心術不正之徒利用文字圖表巧立名目爲自己誇飾，詆毀對方，「牘檄奏報，立方就圓。傳錄注記，醜仇美憐。銘誄碑表，虛功佞賢。歌詩賦頌，多思諂權。」這些東西使人變得虛僞狡詐，人心變得貪婪。陸氏認爲，在太古的時候就沒有這種現象，「太古之時，何嘗有欺？」因此他要求「宜斥詐僞，焚燒棄絹。復以太古，結繩之前。」當然陸龜蒙的這種想法是不切實際的，文字的進步不像他說的那麼壞，它不過是一個工具，人心的變壞跟文字本身沒有關係，在乎人的內心修養。在《馬當山銘》中，陸龜蒙也對人心的險惡予以批判。文章開頭說：「言天下之險者，在山曰太行，在水曰呂梁，合二險而爲一，吾又聞乎馬當。」指出三險是太行山、呂梁和馬當山，然而這三險還比不過小人內心的陰險狡詐，「合是三險而爲一，未敵小人方寸之包藏也。」你看小人有多陰險！這是針對晚唐特定的政治環境而發論的，晚唐人心敗壞，告密之風又起。陷害他人以便自己青雲之起的卑鄙小人在史料裏就有很多記載，陸龜蒙以此文進行控訴。

此外，羅隱在《雜說》中諷刺世人不能善待良才，皮日休在《鹿門隱書》之二十九中對小人嫉妒賢人表示擔憂，在《鹿門隱書》之三十六諷刺百姓失道亂法，之五十七諷刺百姓酬酢失度，陸龜蒙在《卜肆銘》中譏諷百姓重天命而輕人事，都是對社會上的種種陋習予以了無情的諷刺。

還有一部分關於諷刺修身養性的散文，也較爲重要，略帶提及。羅隱在《道不在人》中批評部分晚唐士人失志逆道妄行，求名求利的功利行爲，它認爲「道所以達天下，亦所以窮天下」，可見道無處不在，不必刻意追求，只要持道修行，內心就有滿足感。在《槎客喻》中羅隱也是告誡人們，在亂世當中，內心堅定依道而行，不要爲外界的事物所迷惑，要加強自己內心的修養。皮日休在著名的《移元徵君書》中一方面稱讚元徵君的品性修養，規勸元徵君接收君王徵召，爲民服務，一方面藉以諷刺那些以歸隱爲名實則想干祿的僞隱士、僞君子，皮日休稱他們爲「小人」。他認爲隱士有三種，道隱、名隱、性隱，並分別作了解釋。「然而道隱者，賢人也；名隱者，小人也；性隱者，野人也。」作者批判的是名隱，這些人「以怪行動俗，以詼言矯物」，自標高雅。企圖以此獲得美名，博取當政者的青睞好青雲直上，名利雙收，即所謂的「終南捷徑」，皮日休痛恨這幫假隱士，在文章中痛快淋漓的揭露他們虛僞的面目和醜行。在《原己》、《獨行》中諷刺世人行不依道，在《口箴》、《耳箴》、《目箴》三文中分別譏諷世人的非禮而言、非禮而聽、非禮而視。陸龜蒙在《漢三高士贊之前漢一人》中諷刺名利之心，在《漢三高人贊之後漢二人》中譏刺無道失節，在《記鳳尾諾》中對那些假聖人之學以欺世盜名的行爲進行批評，等等，都是對人身修養問題的揭露和批判。

第二節　皮陸詩派散文創作的特色

從上面我們的分析可以看出，皮陸詩派的散文創作思想內涵是及其豐富的，筆力犀利，立意深刻，揭露問題大膽，分析透徹，讀來令人擊案叫好。他們的散文之所以有這麼感人的力量，關鍵還是和他們的創作手法有關係，不然，再好的題目如果藝術手段跟不上去，那讀來索然無味，跟八股文沒有什麼區別，本節就對他們的寫作技巧作些探討。

我們在分析皮、陸、羅散文內容的時候就發現，他們喜歡借前朝的史事來說眼前的現象，好比詩人們寫作詩歌，往往喜歡「以漢代唐」，那麼，反映在散文創作中，就是以史論事，這是一個突出的現象，值得關注。以史論事就是借古代的人物和制度來間接說現在的事情，正的反的好的壞的都包括在內。他們散文創作的這個特徵跟晚唐詠史詩發達有一定的關係，而且用古事說今事也減少了顧忌，可以暢所欲言。據不完全統計，皮、陸、羅三人在散文中引用歷史史事的共 85 篇，這個比例是相當大的。包括歷史人物和歷史制度。其中，羅隱 25 篇，全部用的是歷史人物；皮日休 44 篇，歷史人物 38 篇，歷史制度 6 篇；陸龜蒙 16 篇，歷史人物 13 篇，歷史制度 3 篇。引用的歷史人物有堯、舜、禹、湯、伯夷、武丁、伊尹、紂、桀、武王、文王、周公、丹朱、商均、子高、比干、柳下惠、孔子、孟子、荀子、莊子、管仲、齊桓公、春申君、商鞅、屈原、漢武帝、朱買臣、嚴子陵、李斯、張良、陳平、項羽、劉邦、蕭何、韓信、叔孫通、呂不韋、揚雄、石孝忠、梅福、胡建、何武，等等，舉凡歷史上有名的人物，上至帝王將相，下至平民百姓，都在引用之列。

對這些歷史人物的事蹟，作者認爲是正確，對歷史有貢獻的就予以正面肯定，當然也有故意正話反說的，就是故意把歷史人物的貢獻說成是壞事的，這是一種寫作手法。同樣，作者認爲歷史人物的錯誤的言行就予以批判，找出原因，總結規律、吸取教訓，爲當朝執政者所借鑒。他們尤其讚賞歷史上那些忠君愛國品性高潔的人物，給予高度的評價。例如皮日休的《旌王宇》就是讚揚王莽兒子王宇的文章，王莽篡漢爲人所不齒，但他的兒子王宇卻是一個忠厚耿直的良臣，忠心於劉氏王朝，反對王莽的篡位，私下聯絡平帝的母親和舅舅謀求恢復漢朝國祚，後來事發敗露，王莽竟然將自己的兒子殺死，甚至連自己兒媳婦和剛出世的孫子一塊斬盡殺絕。在文中，皮日休盛讚王宇的忠心義舉，他說：「嗚呼！宇之道，大不負天地，幽不慚鬼神，身不愧金石，明不讓日月，於臣子之義備矣。而班氏忘贊，皮子旌之，悲夫！」通過對歷史上正面人物事蹟的表彰，呼喚人間正義，給統治者敲醒警鐘，這種正義的力量很有感染力。羅隱在《解武丁夢》中讚美賢君武丁和賢相傅說，反諷晚唐無聖君和賢相，國祚將忘，同時告誡晚唐君王要學習武丁愛才惜才用才，力求振興之道，避免亡國。羅隱在《梅先生碑》中透過西漢忠臣梅福的忠良反襯晚唐庸臣的無用，希望君王能廣開才路，招納賢士。像這種通過讚美歷史上的聖君忠臣來反襯晚唐政事的文章有很多，寫法大都相似。反之，對那些暴君庸臣的愚蠢行爲，他們給以辛辣的諷刺，如羅隱的《越婦言》借漢代朱買臣發達後嫌棄髮妻與之離異，後來其妻自殺身亡的事實，來諷刺晚唐士子發跡後得意忘形的卑劣行徑。他的《英雄之言》借用劉邦、項羽的兩句所謂的「英雄之言」，揭露了以救民塗炭爲旗號的帝王們「視家國而取」的私心。文章最後警告那些驕奢淫逸的君王，當心別的英雄窺視「峻宇逸游」，這種立意在晚唐尤其具有警示意義。

歷史人物具有眞實性，用他們作爲立論的根據使得文章有說服力和可讀性。借歷史人物來說當今事，也可以作爲借鑒供人們參考。

以歷史制度來立論的也有不少。例如羅隱的《市儺》就以古代的儺禮諷刺晚唐民間那些假借神靈以斂財的非法行爲。文中提到的儺禮是古代禮制的一種，在《周禮·占夢》、《論語·鄉黨》、《後漢書·大儺》等書中都有記載。羅隱文中寫到很多無賴少年假冒儺神來騙取百姓的錢財，如「故都會惡少年，則以是時鳥獸其形容，皮革其面目，乞丐於市肆間，乃有以金帛應之者。」羅隱的《荊巫》借巫祝爲人祁福，講其「牽於心，而不暇爲人」，因而祈禱不靈，用以諷刺統治者因私害公，只求自己衣食廣大不以民困爲意，其中的巫術也是古制。陸龜蒙的《卜肆銘》用古代的蓍、龜二物的占卜古制在歷史上的功用變化，來諷刺民心道德的敗壞。他的《兩觀銘》也是借用占卜古制來立論。皮日休的《請行周典》從題目就可以看出是借用《周禮》中的制度。此外，還有用古代遺跡入文的，例如皮日休的《汴河銘》、《隋鼎銘》，羅隱的《疑鳳臺》就是。隋煬帝開通汴河，耗費巨大財力民力，百姓的艱難困苦可想而知，但汴河的開通是爲了他到洛陽看牡丹花，出於一己之私利，這就是勞民傷財要大力批判的了。鳳臺在今陝西寶雞縣東南，相傳是秦穆公女兒弄玉和善於吹簫的蕭史相識的地方。在文章中引用古代人物、典制、遺跡等史事，可以使文章具有很大程度的眞實感，有利於佐證文章的論述觀點，這種手法是晚唐乃至宋代所常用的。

除了借用歷史人物和典制外，皮陸詩派的散文還大量使用寓言，用寓言故事的形式來加強論證的觀點，這也是一種常用的寫作手法。由寓言再引出大量的對比，兩種相差很大的事物之間進行對比，在對比中見出反差，效果不言而喻，貧與富、美與丑、貴與賤，官與民，等等，不同時間不同場合不同人物不同地位等的對比，使要表達的意思明白顯豁，不用再多說也能夠領會作者的寓意。

用寓言故事來創作散文，在先秦時代就有了，先秦諸子就有不少著作如《孟子》、《墨子》、《莊子》、《韓非子》等就採取了此法，說理效果很好。唐代散文中柳宗元、韓愈、白居易等人也有不少用寓言故事來加強論述的。皮陸詩派創作的散文也離不開此種方法。大致而言，他們採取的寓言形式有兩種，一爲人物寓言，一爲動物寓言。從類型上說有神話寓言和非神話寓言，有發生過的寓言和未發生過的寓言，有單個寓言和多個寓言等等的區別，形式多樣，變化多端，在短小的故事裏面表達豐富的生活、人生哲理，嬉笑怒罵，盎然生動。先看人物寓言，包括神話人物和現實人物兩種。羅隱《蒙叟遺意》:「上帝既剖渾沌氏，以支節爲山嶽，以腸胃爲江河。一旦慮其掀然而興，則下無生類矣。於是孕銅鐵於山嶽，宰魚鹽於江河，俾後人攻取之。且將以苦渾沌之靈，而致其必不起也。嗚呼！渾沌氏則不起矣，而人力殫焉。」這則寓言取上帝對渾沌氏的過度剝削導致「渾沌氏則不起矣，而人力殫焉」，來暗諷晚唐統治者爲專魚、鹽、銅、鐵之利而徭役過甚，耗盡民力，體現了作者主張輕繇薄賦與民休息的思想。寓言中的蒙叟就是莊周，取《莊子・應帝王》中「渾沌開竅」的寓意而作，故名「蒙叟遺意」。羅隱的《說天雞》借神話寓言狙氏父子養雞來說事。父養的雞外表並不雄壯，但見敵則勇，報時很準，謂之天雞。而子不得父術，養雞外表威武，只會飲食，不論報時還是打鬥，都比不過其父所養的雞。這裡，羅隱把狙氏父比作明君，狙氏子比作昏君，狙氏父所養的雞比作賢臣，狙氏子養的雞比作邪臣，它通過狙氏父子養雞來暗喻晚唐君王養賢，是一則政治寓言，其意不言自喻。羅隱的《風雨對》借神話寓言中的鬼神弄權來享用百姓的祭祀物品，暗諷晚唐的貪官污吏對老百姓的敲詐剝削。皮日休的《惑雷刑》用神話寓言中的降雷刑以懲惡的上天比作君王，以逢氏和燕趙無賴少年比作剝削百姓的貪官，以老牛來比作百姓，講述逢氏不顧老牛的勞累一味的壓榨它，最終遭到天遣被雷劈死，諷刺晚唐貪官的壓榨百姓的罪行，並且告誡他們要體恤民力，不然也會遭雷劈。這些文章，都是以寓言中奇特的比喻，因小見大，抨擊社會上較爲普遍的醜惡現象。因爲用的是寓言故事，通俗易懂，因而說理透徹，含意深刻。

以上所舉都是神話寓言中的人物，再看看現實生活中的人物。羅隱的《莊周氏子弟》是一則以歷史眞實人物莊子所寫的寓言，內容是描寫莊子教導學生的過程，從師生之間的對話中看出莊周氏子弟喪盡無常，用來暗諷唐代儒學衰微，社會混亂士風敗壞的現象。陸龜蒙的《告白蛇文》寫的就是農夫和陸龜蒙自己，文中的白蛇暗喻君王，龜蒙自己是百姓的化身，他認爲白蛇雖然有靈性，但是也有諸多的危害，例如「淫巫倚之，彈絲瞋目，歌舞其妖，懼駭其惑，考鼓用弊。」對這些危害，龜蒙很清楚，他希望白蛇能「吾宮居，若野處，各有分齊，故不相害。」如果它膽敢傷害人類，就要「霆擊斷裂首尾焉」，這看似在對白蛇說話，實則是說給統治者聽的，希望統治者能夠愛惜民眾。陸龜蒙講的這段故事蘊含著豐富的旨意，可以當作是寓言故事。

動物寓言也有很多的，依照各種動物不同的習性來作不同的比擬，藉以在文中表達自己的意思。陸龜蒙的《蠹化》寫橘蠹化爲蝴蝶飛上天空爲蝥網所膠住，發出感慨說：「天下，大橘也，名位，大羽化也。封略，大蕙簣也。苟滅德忘公，崇浮飾傲，榮其外而枯其內，害其本而窒其源，得不爲大貌網而膠之乎？觀吾之蠹蠹者，可以惕惕。」把君王比擬爲蠹蟲，他們以仁義道德的文采來美化自己。龜蒙警告他們終究會罹蝥網而受到懲處的。作品情節較爲完整，表達有趣，發展了柳宗元《永州三戒》的傳統。陸龜蒙的《招野之龍》寫兩隻被人家養的龍和一隻野龍的談話來暗示沽名釣譽的士子終將爲名利所束縛，反而不如野龍的消遙自在無拘束，把讀書人愚昧無知只貪圖榮華富貴的醜惡嘴臉，無情的揭露出來。皮日休的《悲摯獸》描述一隻獲得死麋的老虎歡喜的形態，這種形態讓農夫誤以爲老虎是在把自己當作是它的美食，因而侍機以弓箭射殺老虎。這則寓言很有意思，把農夫比作是刑禍，把老虎比作求功名的士子，把死麋比作名利富貴。這個貪婪的老虎得到了一隻死麋就掩飾不住內心的喜悅得意忘形，引得農夫爲了保命而殺死它，這顯然是針對晚唐那些貪求名利的士子而言的，藉以希望讀書人要本身，不要貪婪，不然會引禍上身的。皮氏感歎的說：「噫！古之士，獲一名，受一位，如己不足於名位而已，豈有喜於富貴，俟於權勢哉？然反是者，獲一名，不勝其驕也，受一位不勝其傲也。驕傲未足於心，而刑禍已滅其屬。其不勝任，與夫獲死麋者幾希。悲夫！吾以名位爲死麋，以刑禍爲農夫，庶幾免於今世矣。」此外，陸龜蒙的《記稻鼠》將貪暴的官吏比作偷盜稻米的老鼠，《蟹志》中把螃蟹比作忠義智慧的君子，都是很好的寓言。

由上面的分析可以看出，皮陸詩派的寓言創作，往往都是以比喻的手法出之，在比喻中見出寓意。寓言小品之所以能夠吸引人，關鍵是它的故事性、趣味性和思想性，一篇好的寓言能夠給予讀者無限的遐想，裏面隱藏著生活的哲理，眞正做到趣味和哲理相結合，他們的創作是對中唐韓愈、柳宗元寓言小品的繼承。

在散文中大量運用對比，也是他們使用的一種手法。對比把兩件事情放在一起，作者不說話不議論，讀者一看就可以明確其中的含意，具有鮮明的特色。有些是兩者之間的直接對比，例如：「古之取天下也以民心，今之取天下也以民命。」（皮日休《讀司馬法》）「古之官人也，以天下爲己累，故己憂之；今之官人也，以己爲天下累，故人憂之。」、「古之隱也志在其中，今之隱也爵在其中。」、「古之殺人也，怒；今之殺人也，笑。」、「古之用賢也，爲國；今之用賢也，爲家。」、「古之置吏也，將以逐盜；今之置吏也，將以爲盜。」、「毀人者，自毀之。譽人者，自譽之。夫毀人者，人亦毀之，不曰自毀乎？譽人者，人亦譽之，不曰自譽乎？」、（以上均出自皮日休《鹿門隱書》）前面幾段是古今之間的對比，通過這些對比，說明今不如昔，古風淳樸，反襯現在還沒有古時侯民風端正，暗諷晚唐時政的腐朽衰退。最後一句是將毀人者和譽人者相對比，指出中間所蘊含的人生哲理，通過這些簡單的對比，萬物之間的事理明白易懂。

更多的是間接的對比，例如羅隱的《題神羊圖》中以古代神羊比喻賢臣，以當世俗羊比作邪臣，在兩者之間的對比中諷刺晚唐朝中無正人君子，「是以堯之羊，亦猶今之羊也。貪狠搖其至性，刀幾制其初心，故不能觸阿諛矣。」由此可見晚唐朝中的腐敗。羅隱的《齊叟事》也是把齊叟比作君王，把老嫗比作邪臣，在齊叟和老嫗之間的對比中指出欺上瞞下、挑撥離間、製造矛盾的邪惡勢力危害性以及主張堅決清除的必要性。羅隱的《二工人語》以土工比喻明君，以木工比喻昏君。「立塊而瞪」的土偶要比「通七竅」的木偶清潔一些，但前者默默無聞而後者卻被人供奉起來。作者在土偶和木偶、土工和木工之間的對比中嚴厲的批判社會上只重視表面不講實質的不良風氣。陸龜蒙的《招野龍對》也是在家龍和野龍之間的對比中，譴責那些釣名沽譽之徒的不思進取。此外，羅隱在《英雄之言》在兩種強盜，即基於飢寒交迫不得已盜取玉帛衣食的農民和以救彼塗炭爲名盜竊國家的竊國大盜，之間的對比中，對統治階級功殺劫奪的本質的揭露和批判。似乎羅隱最愛進行對比，他在《敘二狂生》中把禰衡和阮籍對比，在《木偶人》、《婦人之仁》二文中把張良和陳平相比，都是在對比中看出作者的寓意。皮日休在《移元徵君書》中把三種隱士進行對比，指出道隱、名隱、醒隱三者之間的區別，通過對比，對那些以隱居爲名行名利之實的假隱士進行了批判。皮日休的《原祭》將軒轅和蚩尤對比，羅隱的《說天雞》將狙氏父子對比，羅隱《本農》將大恩大惠和小仁小義對比，皮日休《相解》將江湖郎中的看相和聖人明君的相術對比，等等，無不是從對比中見出哲理，見出社會人世之間的世態炎涼。

在散文中大量的人物對話也是一種手段，把想要表達的意思通過人物之口說出來。這在他們的作品中也是常見的。例如陸龜蒙的《送侯道士還太白山序》中的侯道士和自己的大段談話，這位侯道士因爲科場失利更名雲多隱居在太白山。他告訴陸龜蒙生活這個地方，「皆壽而不衰，況養生者耶！」，想到這裡養生。陸龜蒙卻告訴他求長壽應在心中而不是憑藉天候之寒熱，通過兩人之間的談話，表達了長壽必須要靠自身的努力不要指望外界的幫助。推而論之，要想取得成功不能依靠僥倖，要自己辛勤的耕耘才有收穫。他的《丁隱君歌序》通過自己和丁隱君的談話諷刺唐代服食丹藥的風氣。羅隱的《槎客喻》中問者和答者之間的對話正是要告誡人們，當身處亂世時，內心必須要堅定，依道而行，不可爲外物所誘惑。陸龜蒙的《送小雞山樵人序》主要敘述陸龜蒙和小雞山樵人之間的爭吵，透過二人之間的爭吵暗諷官員對百姓的迫害。此外，陸龜蒙的《告白蛇文》、《禽暴》、《送豆盧處士謁宗丞相序》、《招野龍對》、皮日休《酒箴》、《惑雷刑》、《輩摯獸》、《原寶》、羅隱的《莊周氏弟子》、《越婦言》、《英雄之言》等文章，都有大段的對話，一般採取問答體形式，把要講述的事情通過人物之間的對話表達出來。本來像這種問答體的文章，在漢賦中使用的很多，例如東方朔的《答客難》、揚雄的《解嘲》、班固的《答賓戲》等等。當作者在敘述某一件事情的時候，有些意思不好表達，就往往採取人物之間的對話來說。例如皮日休的《原寶》，在一問一答中將統治者是否要棄金玉而重農桑的問題回答出來，而且是借助老百姓的話說出來就更切合實際。人物之間的對話又具有故事性，容易吸取讀者的注意，精彩的對話往往可以起到畫龍點睛的作用，增強文章的說服力，可以說皮、陸、羅三人都對這種手法運用得相當熟練。

詩文合一也是一種寫作手法。所謂詩文合一就是說自己寫的文章還有意猶未盡之處，在文章中又不好展開了，那麼就借助詩歌的形式繼續發揮。其實，詩文合一就是詩序合一的進一步發揮，在《松陵集》中，我們就可以看見很多的詩序體組詩，例如陸龜蒙的《漁具詩並序》、《樵人十詠並序》、《添酒中六詠並序》、《四明山詩並序》，皮日休的《添漁具詩並序》、《酒中十詠並序》、《茶中雜詠並序》、《太湖詩並序》、《七愛詩並序》等就是詩序體。在散文創作中，他們進一步發揮成詩文體，這有不少。例如陸龜蒙的《丁隱君歌並序》，前面的序就是一篇絕好的小品文，有議論，有對話，有人物、有情節，文章完整，高度讚美了丁隱君的品性修養，後面的詩歌採取七古的形式，對丁隱君又加以稱揚，詩文合一得到完美的體現。他的《怪松圖贊並序》也是稱讚怪松，其實是在借物興感，託物喻人，抒發自己無法施展抱負的鬱悶。怪松就是怪人，怪人就是自己。序中融描寫、議論、對話多種藝術手段於一體，抒寫了這麼一個怪人形象，後面的詩歌爲四言古詩，質樸自然。他的《野廟碑並詩》譏諷官吏對老百姓的敲詐和剝削，寫完之後覺得還不過癮，又作古詩一首繼續對那些貪官惡吏予以有力的控訴，這樣在詩文中反覆的表達作者的這個意思，效果是達到了。皮日休的《易商君列傳贊並序》、《新城三老董公贊並序》、《藍田關銘並序》、《補周禮九夏系文並序》、《食箴並序》、《酒箴並序》，陸龜蒙的《迎潮送潮辭並序》、《祭梁鴻墓文並序》、《問吳官辭並序》、《祝牛宮辭並序》、《慶風宅古井行並序》、《紫溪翁歌並序》等都是詩文合一的作品。

皮陸詩派的散文作品在體式上往往短小精悍，寓言簡捷明快，短的區區幾十字，長的不過數百字。皮日休著名的《鹿門隱書六十篇並序》，合起來不過五千餘字，蘊含的思想卻比那些長篇大論高深得多。他們的文章往往開門見山的直接提出問題，然後圍繞這些問題採取各種方法進行論述，就事論事簡潔明瞭，決不拖泥帶水。或用翻案法，或用對話，或用邏輯推理，或採取寓言的形式，取材新穎，論述深刻，耐人尋味。在文字風格上，羅隱的散文要通俗明快些，陸龜蒙和皮日休的則要艱澀一些。他們的散文創作是中唐古文運動的餘波，對宋代散文甚至明代散文創作都有影響，在中國散文發展史上具有不可磨滅的貢獻。

第四章　皮陸詩派創作異同論

在以上的章節中我們分別對皮陸詩派的詩歌、散文創作進行了論述，分析了他們詩文作品的內容、風格以及藝術手法。對於這樣一個詩派，它不是孤立的，它必定要和其他的詩人群體發生關係，和他們既有聯繫又有區別。而且，詩派成員之間由於種種原因，在創作上都有有所異同。本章就打算對皮陸詩派與中晚唐時期的其他詩人群之間的創作異同，詩人群成員之間的創作異同以及成員個人不同時期的創作異同作些分析，以便能更爲準確的把握皮陸詩派的創作成就和特色，對之進行較爲精確的評價。

第一節　皮陸詩派與中晚唐其他詩人群的異同

前面我們在論述晚唐詩壇的時候曾經分析過，在中晚唐時期活躍在詩壇上的有多個詩人群體，皮陸詩派不過是其中較有影響的一家，那麼，皮陸詩派與這些詩群之間有何關係和異同呢？讓我們來看看。中晚唐幾個著名的詩人群，例如元白詩派、韓孟詩派，以及浙東詩人群、浙西詩人群，都對皮陸詩派產生過影響。皮陸詩派對這些詩人群既有繼承也有拓新，他們之間存在著異同關係。無論是詩歌理論還是詩文創作，都存在著這樣一種關係。理清這些關係，對於我們正確地評價皮陸詩派的創作，極有幫助。

在分析皮陸詩派的詩歌理論的時候，我們發現，中唐的元白、韓孟兩個詩派對他們的影響很大，在詩歌主張、內容、風格以及唱和、聯句等方面都有傳承關係。這裡我們打算談談皮陸詩派與元白、韓孟兩大詩派之間的異同，通過這些異同可以大致理清唐詩史在後期的某些走向。在詩歌主張上，皮陸詩派的很多理論都是從元白、韓孟那裡繼承過來的，但又有所不同。元白、韓孟的那些與現實政治緊密相連的實用化功利化的文學主張，在皮陸詩派這裡都有發揚，在儒家詩教觀的看法上，他們具有一致性，都主張用詩歌反映現實干預政治。在對儒家道統的認識上，皮日休繼承和發展了韓愈的道統觀。韓愈在《原道》中宣稱自己的歷史使命就是繼承從堯舜到孟子的傳統，但他排斥荀子和揚雄，皮日休卻把荀子、揚雄、王通都奉爲正統，在《原化》、《文中子碑》等文中對他們予以正面肯定。皮日休對韓愈也推崇不已，在《請韓文公配饗太學書》中讚揚他爲「身行聖人之道，口吐聖人之言」，對韓孟詩派的儒家詩教觀讚賞不已，奉爲圭臬，並且積極身體力行的進行寫作。韓孟詩派主張尚奇的詩歌觀點，也得到了皮陸詩派的回應，成爲「松陵體」的主要特色。但皮陸詩派不僅僅在詩歌中表現奇，而且進一步發展爲逞才尚變，以詩歌作爲自娛自樂自我消遣的工具。而且，韓孟講究詩歌風格的奇險，意象的險怪，甚至恐怖。而皮陸則主張詩歌風格的奇峭，多奇思、奇語、奇意。元白詩派主張的新樂府運動在皮陸詩派那裡得到響應，他們提出的詩歌要尚實、尚俗的觀點，皮陸也多有繼承，並在杜荀鶴、聶夷中、羅隱等身上進一步發揚光大。元白的美刺原則、雅正標準以及詩歌與政治和社會的連接與倡揚，都在皮陸詩派的創作中得到體現。同樣，韓孟、元白詩歌創作中的「以文爲詩」、「以議論爲詩」、「以學問爲詩」等，都無一例外的得到皮陸詩派的呼應。和韓孟、元白不同的是，皮陸特別注重抒寫個人失意不偶的情懷，提倡眞純的文學思想，也強調詩歌風格的多樣化，追求尚變、尚才的藝術風貌。而且，非常注意關照詩歌史觀，提出了一些有創見的觀點。明人許學夷在《詩源辯體》卷首《世次》中直接點名韓愈、孟郊、賈島、姚合、周賀、王建、白居易、元稹等「十三子爲元和體」〔註1〕，可見，韓孟、元白兩大詩派共同構築成「元和體」，當然，這個元和體是一個大的概念，既有聯繫也有區別，代表了中唐詩壇的創作成就。從中唐的「元和體」到晚唐的「松陵體」，甚至所謂的「晚唐格」，詩壇的走向既有同一也有異化，是唐詩史發展的必然規律。元和體的一個特徵是「變」，所謂「制從長慶辭高古，詩到元和體變新。」〔註2〕句下有注云：「眾稱元、白爲千字律詩，或號元和格」，主要是著眼於元和後期元、白二人之間的長篇酬唱詩而言。這個特徵後來爲皮日休、陸龜蒙所傳承，並發揚光大。他們在《松陵集》中以攀比逞才，遊戲文字，運用迴文、離合、次韻、倒韻、組詩等多種形式，把「體變新」發揮得淋漓盡致。「元和詩變」中的兩大詩派，追求俗近的元白派和追求奇險的韓孟派的藝術經驗，都爲皮陸詩派所借鑒，並且開創出多種風貌的藝術風格。

在詩歌創作上，皮陸和韓孟、元白也有異同之處。韓孟詩歌的奇險奧怪的主導風格爲皮日休、陸龜蒙所繼承。元白詩歌的平易明暢的主導風格則爲羅隱、杜荀鶴、聶夷中所繼承，但又各有不同。唐人李肇在《唐國史補》卷下中說：「元和已後，爲文筆則學奇詭於韓愈，學苦澀於樊宗師。歌行則學流蕩於張籍。詩章則學矯激於孟郊，學淺切於白居易，學淫靡於元稹。具名爲『元和體』。大抵天寶之風尚黨，大曆之風尚浮，貞元之風尚蕩，元和之風尚怪也。」〔註3〕李肇本身就是中唐人，主要活動於元和、長慶間，與韓愈、孟郊、元稹、白居易等人同時，他說的話雖然是中唐後期的詩壇狀

〔註1〕許學夷《詩源辯體》卷首，人民文學出版社，1998年，第10頁。

〔註2〕白居易《餘思未盡加爲六韻重寄微之》，朱金城《白居易集箋校》卷二十三，第三冊，上海古籍出版社，2003年，第1532頁。

〔註3〕《唐五代筆記小說大觀》上冊，上海古籍出版社，2000年，第194頁。

況，但對於晚唐詩壇的詩風走向也是同樣具有借鑒的。李肇認爲元和之風尚怪，這對韓孟詩派而言是準確的，但對元白詩派卻有些不妥，因爲眾所周知，元白詩派的特色不是怪而是平易。許總認爲：「元白詩派偏重詩歌的政教功能與通俗表現，著眼點在於文學外部因素的承受，韓孟詩派偏重詩歌的審美功能與奇險表現，著眼點多在文學內部因素的體悟。」〔註4〕道出了這兩個詩派的基本特徵，這個特徵爲皮陸詩派所接受。韓孟派以奇險爲創新的藝術精神表現在重神尚骨追求怪誕意象上，例如韓愈寫大雁「風霜酸苦稻粱微，毛雨摧落身不肥」〔註5〕、寫荷花「遺我明珠九十六，寒光映骨睡驪目」〔註6〕、寫李花「清寒瑩骨肝膽醒，一生思慮無由邪」〔註7〕，可見韓愈對「瘦」、「骨」、「寒」等意象的偏好。又如孟郊的「孤骨夜難臥，吟蟲相唧唧」〔註8〕、「秋草瘦如髮，貞芳綴疏金」〔註9〕、「冷露多瘁索，枯風饒吹噓」〔註10〕、「霜洗水色淨，寒溪見纖鱗」〔註11〕、「長安秋聲乾，木葉相號悲。瘦僧臥冰淩，嘲詠含金痍。」〔註12〕，不僅人是瘦人，連草木也是枯澀，追求一種瘦朗偏硬的風

〔註4〕許總《唐詩史》下册，江蘇教育出版社，1994年，第207頁。

〔註5〕《鳴燕》，錢仲聯《韓昌黎詩繫年集釋》上册，上海古籍出版社，1998年，第108頁。

〔註6〕《奉酬盧給事雲夫曲江荷花行見寄並呈上錢七兄閣老張十八助教》，錢仲聯《韓昌黎詩繫年集釋》下册，上海古籍出版社，1998年，第994頁。

〔註7〕《李花二首》，錢仲聯《韓昌黎詩繫年集釋》下册，上海古籍出版社，1998年，第777頁。

〔註8〕《秋懷十五首》之一，華忱之、喻學才《孟郊詩集校注》卷四，人民文學出版社，1995年，第159頁。

〔註9〕《秋懷十五首》之七，華忱之、喻學才《孟郊詩集校注》卷四，人民文學出版社，1995年，第160頁。

〔註10〕《秋懷十五首》之九，華忱之、喻學才《孟郊詩集校注》卷四，人民文學出版社，1995年，第160頁。

〔註11〕《寒溪九首》之一，華忱之、喻學才《孟郊詩集校注》卷五，人民文學出版社，1995年，第232頁。

〔註12〕《戲贈無本》之一，華忱之、喻學才《孟郊詩集校注》卷六，人民文學出版社，1995年，第300頁。

格。他們的奇險帶有一種險怪突兀的色彩，往往有些恐怖，例如韓愈的《陸渾山火一首和皇甫湜用其韻》：「有聲夜中驚莫原，天跳地踔顛乾坤。赫赫上照窮崖垠，截然高周燒四垣。神焦鬼爛無逃門，三光馳隳不復暾。」〔註 13〕完全是一副鬼哭狼嚎的恐怖場景。李賀的《秋來》：「桐風驚心壯士苦，衰燈絡緯啼寒素。誰看青簡一編書，不遣花蟲粉空蠹。思牽今夜腸應直，雨冷香魂弔書客。秋墳鬼唱鮑家詩，恨血千年土中碧。」〔註 14〕此詩寫自身懷才不遇而抒發盛年難再之惶恐不安的心情，詩中桐風驚心、香魂來弔、鬼唱鮑詩、恨血化碧等意象都是相當恐怖的，構成充滿既淒清幽冷而又瑰麗奇詭的圖景與形象的詩境特色。再如李賀的《南山田中行》：「荒畦九月稻叉牙，蟄螢底飛隴徑斜。石脈水流石泉滴沙，鬼燈如漆點松花。」〔註 15〕將鬼境寫得充滿幽清韻味。孟郊的《京山行》：「眾虻聚病馬，流血不得行。後路起夜色，前山聞虎聲。此時游子心，百尺風中旌。」〔註 16〕，將傳統的山水自然美感受寫成一種恐怖氛圍中的惶恐之感。甚至孟郊死了兒子，韓愈作《孟東野失子並序》爲好友勸慰，也寫得有些恐怖，讀來感到驚恐不安。可以說韓孟詩派險怪的詩風在某些程度上向著險怪奇恐的方向發展，有著變態的美。而皮陸詩派中的主導人物皮日休、陸龜蒙詩風的馳騖新奇，這個新奇卻是主要表現在奇語、奇思、奇境、奇意上，而不像韓孟的那種帶有恐怖意味的奇。關於這點，我們前邊在分析皮陸詩歌馳騖新奇的藝術特色的時候講過了，這裡就不再重複。

元白詩派的通俗化特徵在杜荀鶴、聶夷中、羅隱等人詩中得到

〔註 13〕錢仲聯《韓昌黎詩繫年集釋》上冊，上海古籍出版社，1998 年，第 685 頁。

〔註 14〕王琦等《三家評注李長吉歌詩》卷一，上海古籍出版社，1998 年，第 55 頁。

〔註 15〕王琦等《三家評注李長吉歌詩》卷二，上海古籍出版社，1998 年，第 80 頁。

〔註 16〕畢忱之、喻學才《孟郊詩集校注》卷六，人民文學出版社，1995 年，第 251 頁。

響應。元、白的諷喻詩由於強烈的實用性目的與理念化色彩，使得他們自覺地在表白政治主張中務淺求近，不作含蓄之態，不留餘韻之味，這一點爲杜荀鶴、聶夷中所繼承。元白提倡的新樂府運動，大力寫作樂府詩，這點整個皮陸詩派都相當重視。皮日休的《正樂府十篇》就是白居易《新樂府五十首》的續作，學習他一詩一事，敘事與議論相結合的模式。皮日休在《七愛詩・白太傅》詩中對白居易的爲人和詩歌讚歎不已，表示要向他學習，皮日休早期的詩歌風格就和白居易很相似。皮陸後期在蘇州唱和期間所寫的閒情詩在詩風上也著力模仿白氏的閒情詩，但由於彼此的心態不同，在各自的詩中還是有所區別。他們都把口語、俗語運用到詩歌創作中，並取得了一定的成就，促使詩歌的通俗化。在題材上，元白、韓孟多寫親情、友情，這在皮陸詩派中也是一樣，但除了親情友情外，韓孟、元白還有不少愛情詩，但翻遍皮陸詩派的詩集，幾乎找不出一首愛情題材的詩歌。在體裁上，韓孟、元白多用五古寫作，也多組詩，而除了皮日休、陸龜蒙有些五古外，其他三位詩人基本上沒有創作出這種體裁的詩篇，多的是五七言律絕。

皮陸的唱和與韓孟、元白的唱和既有聯繫也有區別。簡單的說，皮陸繼承韓孟的聯句、元白的唱和，形式各有不同。關於元白唱和的情形，周相錄《元稹唱和詩考述》一文作了詳盡的考述，他把元白的唱和分爲五個時期：兩京時期、江陵時期、通州時期、長安時期、浙東時期。發現有兩點值得注意，「一、元稹的唱和詩創作隨著仕途的升降而有所不同，仕途順利時創作較爲低落，而仕途偃蹇時則出現高潮，但總的趨勢是逐步走上成熟的。二、大曆詩人在元白之前已對唱和詩作了一些探索，但這種探索還比較有限，他們的唱和詩數量少，篇幅短，雖有次韻之作，但只在短詩中試驗，而稍長一點的唱和詩，不但不次韻，而且不和韻。元白繼之，把唱和詩的發展大大地向前推進了一步，並影響了其後的皮日休、陸龜蒙等人的創作。」〔註 17〕周氏此論大致符合元、白唱和詩的實際情況。皮陸在元白的基礎上對唱和詩進行了擴充，在體裁、題材、寫作手法等方面都有開拓。在體裁上，元白的唱和詩主要採取三種形式，分別是五古、五言排律和七律，如《元稹集》卷二的《和樂天贈樊著作》、《和樂天感鶴》、《和樂天折劍頭》等就是五古，卷十三的《酬樂天江樓夜吟稹詩因成三十韻》、《酬樂天待漏入閣見贈》就是五排，卷二十一《酬樂天春寄微之》、《酬樂天舟泊夜讀微之詩》就是七律。一般來說，元白之間的酬唱多以近體律絕爲主，而皮陸之間的唱和詩多爲古詩，《松陵集》卷一到卷四全部是古體詩，有 192 首之多。長篇次韻往往會給人一種逞強鬥勝的嫌疑，正如張謙宜在《𧄼齋詩談》卷二中說：「和韻之法，須用自己意思管領，首尾一氣，勿帶應酬俗套。押韻貴渾成妥確，開闔點綴務與本章機扣相通，又要與和人之情暗暗關會。非熟後不能，非由絢爛歸於平淡者不知。」〔註 18〕。元白的唱和之作多爲短小篇幅，最長者不過爲一百韻，而皮陸的唱和詩動不動就五百韻、一千韻，像《松陵集》卷一陸龜蒙的《讀襄陽耆舊傳因作詩五百言寄皮襲美》、《襲美先輩以龜蒙所獻五百言既蒙見和復示榮唱至於千字提獎之重蔑有稱實再抒鄙懷用伸酬謝》、《奉酬襲美先輩吳中苦雨一百韻見寄》，皮日休的《魯望讀襄陽耆舊傳見贈五百言過褒庸材靡有稱是然襄陽昔事歷歷在目夫耆舊傳所未載者漢陽王則宗社元勳孟浩然則文章大匠予次而贊之因而答亦詩人無言不酬之義也次韻》、《陸魯望昨以五百言見貽過有褒美內揣庸陋彌增愧悚因成一千言上述吾唐文物之盛次敘相得之懽亦迭和之微旨也》、《吳中苦雨因書一百韻寄魯望》，都是長篇五古，大氣磅礴。皮陸在體裁上幾乎無所不用，五古、七古、五排、七律、五律、五絕、七絕、六言，舉凡唐詩的各種體裁

〔註 17〕載《周口師範高等專科學校學報》，2001 年 3 期。
〔註 18〕郭紹虞等編《清詩話續編》上冊，上海古籍出版社，1999 年，第 805 頁。

他們都進行了唱和。還有，他們創作了不少大型的唱和組詩，如《松陵集》卷三皮日休的《太湖詩並序》二十首、陸龜蒙的《奉和太湖詩二十首》，卷四陸龜蒙的《漁具詩並序》十五首、《奉和添漁具詩五篇》、《奉和酒中十詠》、《奉和茶具十詠》，皮日休的《奉和漁具詩十五詠》、《添漁具詩並序》、《奉和樵人十詠》、《酒中十詠並序》、《奉和酒中六詠》等，都是體制巨大的系列組詩。在寫作形式上，元白的唱和詩主要有次韻和依韻，而皮陸唱和詩和韻、依韻、用韻、次韻、和韻不合意、合意不和韻、雙聲疊韻、倒韻、迴文、離合、吳體詩、齊梁體等等形式都使用過，形式多樣。在時間上，元白的唱和詩幾乎伴隨著他們的一生，但皮陸的唱和主要集中在咸通十年到咸通十二年之間，時間較短，但能夠在短時間裏相互進行切磋，而且好多是當面的詩藝切磋。而元白的很多唱和詩在時間和空間上都很遠，往往一首唱和要很長的時間才得到和詩，唱和詩成爲他們聯絡感情的一種手段，在皮陸卻是消遣自娛自樂的一種工具。在詩歌內容上，皮陸的唱和更爲瑣碎，舉凡日常生活，詩友往來，漁樵茶酒，遊山玩水等等，都在唱和詩中反映，在內容和情致上是元白閒適詩的擴展，主要敘寫他們相互交往的生活瑣事，描寫清幽秀美的環境景色，抒發閒情逸致，更爲日常化、細膩化。

韓孟的唱和詩比較少，據錢仲聯《韓昌黎詩繫年集釋》統計，韓愈與人唱和詩一共有二十五首，多爲和詩，並且唱和的對象爲多個人，不像元白、皮陸的唱和詩比較集中。韓孟多的是聯句，在集中有不少聯句，如卷一的《遠遊聯句》、卷四的《會合聯句》、《納涼聯句》、《同宿聯句》、《秋雨聯句》、《城南聯句》、《鬥雞聯句》、《征蜀聯句》、《有所思聯句》、《遣興聯句》、卷六的《莎杉聯句》、卷七的《石鼎聯句詩》，基本上都是和孟郊一起聯句的。韓孟的聯句都是五言體，長篇多，上舉的篇目幾乎都是長篇聯句，例如他們的《城南聯句》長達 306 句，洋洋灑灑，在聯句詩中是最長的一篇。在體式上往往是一韻兩句或者是兩韻四句，格式單一，可以看出韓孟對聯句詩的規範化，風格和他們的其他詩一樣，追求奇崛險怪。韓孟的聯句詩在文學史上被公認為是成就最高的，皮陸也向他們學習。皮日休在《松陵集》卷十的《雜體詩序》中說：「如聯句，則莫若孟東野與韓文公之多，他集罕見，足知為之之難也。陸與予，竊慕其為人。」〔註 19〕《松陵集》卷十為雜體詩，其中就有不少聯句詩，可見皮日休、陸龜蒙是把聯句詩當作是雜體詩的。皮陸的聯句詩和韓孟的聯句詩在詩體上都是五言詩，也往往都是兩人之間的聯句（皮陸有三人聯句），形式上和韓孟一樣，都是一人一韻兩句或兩韻四句。不同之處在於皮陸聯句的篇幅往往比較短小，除了《北禪院避暑聯句》和《開元寺樓看雨聯句》稍長外多為小詩。風格也較為平淡，不似韓孟那樣奇崛。

在成員的組合上，元白、韓孟比較集中，而皮陸比較鬆散。而且元白韓孟都是朝廷官員，和他們在一起的成員也多為官員，那麼反映在詩歌內容上，元白韓孟多談論朝廷時政，舉凡官員之間的應酬，官員的陞遷，朝政時事等等，這是他們的官人身份所決定的。而皮陸成員多為布衣，長年在外邊漂泊干謁，為前途和生計奔走，反映在作品中的自然多身世感歎，寫日常瑣事。這是一個區別。

如果說元白、韓孟兩個詩人群體在地理上屬於北方詩人群，同皮陸這個南方詩人群在區域上有隔閡的話，那麼我們再來看看浙東詩人群和浙西詩人群，他們之間有何異同呢？這兩個詩人群的活動在時間上屬於大曆年間，浙東詩人群主要活動在大曆初年，浙西詩人群主要活動在大曆後期，都是南方的兩個比較著名的詩人群。據賈晉華《〈大曆年浙東聯唱集〉與浙東詩人群》一文〔註 20〕可知，

〔註 19〕《皮子文藪》附錄一，蕭滌非、鄭慶篤點校本，上海古籍出版社，1981 年，第 222 頁。

〔註 20〕《唐代集會總集與詩人群研究》，北京大學出版社，2001 年，第 74 頁。

大曆年間的浙東聯唱，是以浙東觀察使薛兼訓的從事鮑防爲中心，在浙江的會稽（今紹興）聚集五十七位文人進行唱和的詩會，時間從寶應元年到大曆五年，規模巨大，《大曆年浙東聯唱集》二卷便是當時的記錄。這是一個成員眾多的詩人群體，雖然《大曆年浙東聯唱集》已經散失，但從存留下來的一些詩篇中還是可以窺見當時的盛況。皮陸詩派與浙東詩人群有著緊密的關係。首先，在詩歌內容上他們有一致性，會稽的自然風光和蘇州是一樣的迷人，《大曆年浙東聯唱集》和《松陵集》都有大量描寫風光的詩篇，有些還是組詩。例如《狀江南十二詠》就是按照四時十二個月的次序分詠江南的美景佳產風土人情，描寫細微入畫，充滿了清新秀麗的江南水鄉風味，與《松陵集》中的《太湖詩》二十首相似。《徵鏡湖故事》、《嚴氏園林》、《花岩寺松潭》、《經蘭亭故池聯句》等都是寫風光的。其次，在體式上《聯唱集》多用聯句的形式，如《醉語聯句》、《松花壇茶宴聯句》、《尋法華寺西溪聯句》等，《松陵集》裏就有不少的聯句。不過在詩體上浙東詩人群更爲靈活，有一到九字詩，如《入五雲溪寄諸公聯句》就是一首詩從一字起，每一句增加一個字，最後一句是九字句，當然從格式上說這不是詩歌，是文字遊戲，但他們也把這個當詩歌來進行創作。這些詩人之所以聚集到會稽主要是爲了避安史之亂，故詩中多悲痛情緒，如《憶長安十二詠》深情的回憶安史之亂前的長安從一月到十二月的不同景致和遊樂情事，多沉痛之語，而這種情緒在皮陸那裡見不到。浙西詩人群，據賈晉華《〈吳興集〉與大曆浙西詩人群》一文〔註 21〕可知，是顏眞卿於大曆八年到十二年任湖州刺史時召開的盛大詩會，參加者有三十二人，編成《吳興集》十卷，已經散失。浙西聯唱的內容更爲豐富，有宴集、登遊、送別、隱逸、贈答、佛理、遊戲、詠物等，大致和

〔註 21〕賈晉華《唐代集會總集與詩人群研究》，北京大學出版社，2001 年，第 86 頁。

《松陵集》中的內容差不多。他們以詩歌當作是遊戲的工具，創作出了不少的遊戲詩，如《大言》、《小言》、《樂語》、《讒語》、《滑語》、《醉語》、《五雜組》等，都是聯句。皮陸的《松陵集》中也多遊戲詩，如迴文、離合、雙聲疊韻、風人等。

皮陸的唱和和浙東、浙西的聯唱在形式上最大的區別就是，皮陸多用正規詩歌的體式，如五古、七古、五排、五律、七律、五絕、七絕等，而浙東、浙西多用聯唱，這在皮陸看來是屬於雜體詩的，不算是正規的詩歌。而且，浙東、浙西的聯唱句式豐富多彩，像《憶長安十二詠》的句式爲「三三、六、六六、六六」，三字句和六字句結合，更有一自九字句，並且出現了詞這種詩體。任半塘在《唐聲詩》上編中說：「雜言《憶長安》之爲塡詞，完全肯定無疑。」〔註22〕而且在《吳興集》中就有著名詞人張志和的《漁夫詞》五首。可見，在詩體形式上，浙西、浙東要比皮陸的唱和更爲自由和靈活。

晚唐的幾個詩人群，如以姚合賈島爲首的苦吟詩派，以李商隱杜牧、溫庭筠爲首的綺豔詩派，一個注重苦吟，追求冷僻苦澀的意象，一個追求心靈世界和綺豔題材的開拓，與皮陸詩派在內容和風格上都迥異，沒有什麼好比的，就不再論述。

第二節 皮陸詩派成員之間創作的異同

上節我們對皮陸詩派與其他的幾個有聯繫的詩人群進行了簡略的比較，發現他們之間既有聯繫也有區別。其實，就皮陸詩派而言，他們之間無論是在詩歌內容還是在風格上也都是各有異同的。對於他們之間的區別，前人在詩話裏就有過一些論述。例如，對他們七律的評價就有以下諸端：「韋莊、羅隱之務趨條暢，皮日休、陸龜蒙之塡塞古事，鄭都官、杜荀鶴之不避俚俗，變又難可悉紀。」〔註23〕胡應麟也說：「李商隱、杜牧之塡塞故事，皮日休、陸龜蒙馳騖新奇，

〔註22〕任半塘《唐聲詩》上冊，上海古籍出版社，1982年，第502頁。
〔註23〕胡震亨《唐音癸籤》卷十，古典文學出版社，1957年，第83頁。

又一變也。許渾、劉滄角獵俳偶，時作拗體，又一變也。至吳融、韓偓香奩脂粉，杜荀鶴、李山甫委巷叢談，否道斯極，唐亦以亡矣。」〔註 24〕延君壽《老生常談》至皮、陸兩家，多工於琢句，可讀可不讀。司空表聖神韻音節，勝於皮、陸。方干、羅隱、鄭谷、周樸輩，皆有可觀。」〔註 25〕，分別指出了皮日休、陸龜蒙、羅隱、杜荀鶴四人七律的不同之處。胡震亨在《唐音癸籤》卷八中對杜荀鶴、羅隱的整體詩風進行了比較，他說：「杜彥之俚淺，以衰調寫衰代，事情亦自真切。黃文江力孱韻清，娓娓如與人對語。羅昭諫酣情，飽墨出之，幾不可了，未少佳篇，奈爲浮渲所掩。然論筆材，自在僞國諸吟流上。」〔註 26〕像這樣的點評，在古代詩話中還有許多，這說明，皮陸詩派在創作上的確是存在著差異。

在詩歌體裁上，他們的喜好是不同的。皮日休、陸龜蒙擅長五言古詩、七律、五律，他們奇峭的詩風主要由那些長篇的古詩構成。樂府詩也採取長篇的形式，增強了敘事議論的功能。而羅隱、陸龜蒙、杜荀鶴三人主要是近體律絕，幾乎沒有長篇的古詩，聶夷中有多首樂府詩，但均爲短篇，像他的《長安道》、《古別離》、《游子行》等樂府詩短小的才四句，而皮日休的《正樂府十首》都是長篇的樂府詩。這種體裁上的差別導致風格上的差異，因爲在一首短小的五律、五絕裏面是不好展開鋪敘，創作大氣淋漓的奇峭風格的。皮日休、陸龜蒙還喜歡用組詩的形式進行創作，即便是近體律絕也好用組詩，這樣的組詩合起來，效果和長篇的古詩效果差不多，例如陸龜蒙的《風人詩四首》、《懷仙三首》、《大子夜歌二首》、《江南曲五首》，皮日休的《雜古詩十六首》、《正樂府十首》、《三羞詩三首》、《釣侶二章》、《鴛鴦二首》等，這些組詩以描寫的物象爲中心，反覆輾轉，用各種方法修飾詠寫，達到理想的藝術效果。反之，在羅隱、

〔註 24〕胡應麟《詩藪》內編卷五，上海古籍出版社，1979 年，第 85 頁。
〔註 25〕郭紹虞等編《清詩話續編》下冊，上海古籍出版社，1999 年，第 1801 頁。
〔註 26〕胡震亨《唐音癸籤》卷八，古典文學出版社，1957 年，第 68 頁。

杜荀鶴、聶夷中三人的詩集之中幾乎看不到組詩。他們的特長在於五律、五絕、七律、七絕，因爲近體詩的音韻，可以在短篇中創造出輕快明暢的藝術效果，詩歌風貌也趨向於平易。在體式上，皮日休、陸龜蒙從一言、兩言、三言、四言、五言、六言、七言、八言、九言都有運用，甚至創作了五、七言摻雜的詩作，如陸龜蒙的《江湖散人歌》，前後是七言句式，中間是五言句式，排比鋪敘，恣意肆浪，表現出錯綜跌宕的風格。再如陸龜蒙的《戰秋辭》，以四言爲主，雜以一言、二言、三言、五言、六言、七言、八言、九言，句式靈活多變，結構起伏，易於表達詩人波動的情感。羅隱、聶夷中、杜荀鶴三人只是五七言句式，比較簡單。在手法上，皮日休、陸龜蒙運用了依韻、次韻、倒韻、迴文、離合、聯句、問答、風人體、柏梁體、吳歌體、雙聲疊韻、四聲等多種手法，幾乎把能夠用上的手法都運用了。而羅、聶、杜等人幾乎沒有運用這些手法。

在詩歌內容上，他們也有區別。陸龜蒙長年在家鄉蘇州隱居，除了短暫的到睦州做過幕府，出去應考過一次外，大部分時間就在蘇州。他的詩歌主要以描寫自然景觀和日常生活爲主，表現自己幽閒的情懷，如《江南二首》、《石竹花詠》、《溪思雨中》、《春雨即事寄襲美》、《中秋待月》等等。皮日休詩歌的應酬比陸龜蒙的要多些，在《松陵集》中，往往是皮日休迎來送往的詩歌爲唱詩，陸龜蒙的爲和詩，這跟皮日休在崔璞幕府有關。皮日休在崔璞幕中任從事，要代崔璞接待有關人事，所以這方面題材的詩作較多，例如皮日休的《寄潤卿博士》、《寄懷南陽潤卿》、《送圓載上人歸日本國》、《送李明府之任海南》等等。杜荀鶴反映戰亂的作品最多，僅詩題標明爲「亂後」的就有幾十首，如《亂後山中作》、《亂後歸山》、《亂後再逢汪處士》、《亂後送友人歸山中》、《亂後山居》、《亂後出山逢高員外》、《亂後書事寄同志》、《亂後逢李昭象敘別》、《亂後宿南陵廢寺寄沈明府》等，這跟杜荀鶴長期漂泊在外有關，看到各地戰亂後的農村慘狀，用筆墨眞實的記錄當時的狀況。羅隱的詠物、詠史詩最多，他往往借詠物、詠史來揭露政局的混暗，世態的醜惡，人情的澆薄，發洩心中的鬱悶情緒，指桑罵槐、嬉笑怒罵，有著較高的思想性和藝術性。這些詠物詠史詩基本上都是諷刺詩。聶夷中的作品基本上都是古詩，除了一首七律以外，發揚古詩寫實的優良傳統，對社會上的不良現象予以揭露。在藝術實踐中，他們各有特點，即便是寫同一題材的作品，運用的手法各不相同。例如贈人詩，陸龜蒙喜歡用五古、七古的形式，如陸龜蒙的《寄茅山何道士》、《寄懷華陽道士》、《京口與友生話別》、《丹陽道中寄友生》、《江南秋懷寄華陽山人》、《送宣武從事越中按獄》等，洋洋灑灑，長的達數百言，如《江南秋懷寄華陽山人》，這那裡是在贈人，分明是借贈人這個題材抒寫心中的鬱悶。皮日休一般用七律寫送人之作，如《奉送浙東德師侍御罷府西歸》、《送羊振文先輩往桂陽歸覲》、《醉中即席贈潤卿博士》、《送董少卿遊茅山》、《寄懷南陽潤卿》、《訪寂上人不遇》等贈人詩都是七律。羅隱贈人詩愛用五律，僅《甲乙集》卷五的贈人詩，如《寄陸龜蒙》、《題方干詩》、《寄制誥李舍人》、《秋日懷孟夷庚》、《送李右丞分司》、《秋日寄狄補闕》、《寄易定公乘憶侍郎》、《寄大理寺徐郎中》、《寄蘇拾遺》、《寄許融》、《寄禮部鄭員外》等都是五律。杜荀鶴的贈人詩，五律、七律、五絕、七絕都有，他的這些作品喜歡在詩尾向人祈求，希望能夠得到被贈人的提攜，或者是表明自己的心願，希望有朝一日能夠遂願，如「自笑拋麋鹿，長安擬醉春」（《入關歷陽道中卻寄舍弟》）、「相知不相薦，何以自謀身」（《郊居即事投李給事》）、「只此平生願，他人肯信無」（《將歸山逢友人》）、「應憐住山者，頭白未登科」（《長林山中聞賊退寄孟明府》）、「更卜深知意，將來擬薦誰」（《下第出關投鄭拾遺》）、「懷親暫歸去，非是釣滄浪」（《下第東歸別友人》），等等，像這樣不管什麼人都向對方流露出祈求之意的詩作，在《唐風集》中比比皆是。

寫自然景色的作品他們集中都有，但對於景色的描繪，他們各有差異。杜荀鶴喜歡描繪絢麗的圖景，彩色鮮豔，畫面優美，愛用對句，例如：「青春花柳樹臨水，白日綺羅人上船。」（《送蜀客遊維揚》）、「絡岸柳絲懸細雨，繡田花朵弄殘春。」（《維揚春日再遇孫侍御》）、「兩岸雨收鶯語柳，一樓風滿角吹春。」（《春日行次錢塘卻寄台州姚中丞》）、「高下麥苗新雨後，淺深山色晚晴時。半岩雲腳風牽斷，平野花枝鳥踏垂。」（《春日山居寄友人》）、「漁依岸柳眠園影，鳥傍岩花戲暖紅。」（《送友人罷舉赴辟命》）、「雨匀紫菊叢叢色，風弄紅蕉葉葉聲。」（《閩中秋思》）、「牛笛漫吹煙雨裏，稻苗平入水雲間。」（《題汪明府山居》）、「牛畔苗新新雨後，鶴邊松韻晚風時。」（《題汪氏茅亭》）等等，這些詩句描繪的畫面和圖象大都絢麗多姿，呈現出明快清新的風格。杜荀鶴特別擅長描寫農村春雨後煙雨朦朧的美麗景色，往往取一個圖景予以定格，略加點綴，畫面優美，如同一幅山水畫，令人陶醉。他愛用色彩明亮的字眼，如紅、綠、紫、白等，給人視覺鮮豔，甚至是濃豔的感覺。但他沒有著意的創作山水詩，極少以景名篇，而是在各種題材的作品中以山水風光作爲點綴，有名句無名篇。把寫景作爲抒情、敘事、寫人的表現手段，作爲鍊句煉意的表現對象，從而把寫景運用到不同類型的詩題當中。陸龜蒙也是一個寫景高手，但他的寫景和杜荀鶴的不同，他喜歡選擇那些暗淡、色彩不是那麼明快的景物進行描摹，以表現自己那種蕭散閒誕、疏放爽朗的隱逸情調。例如《島樹》一詩：「波濤瀨苦盤根淺，風雨飄多著葉遲。迴出孤煙殘照裏，鷺鷥相對立高枝。」《晚渡》：「半波風雨半波晴，漁曲飄秋野調清。各樣蓮船逗村去，笠簷蓑袂有殘色。」《憶山泉》：「一夜寒聲來夢裏，平明著屐到聲邊。心期盛夏同過此，脫卻荷衣石上眠。」這些景色，都是冷色，像「孤煙」、「殘照」、「風雨」、「秋野」、「殘聲」、「寒聲」等等字眼，給人一種蕭散疏淡之感，這同杜荀鶴寫那種熱烈濃豔的自然景色是迥然不同的。此外，像「抱杖柴門立，江村日易斜。雁寒猶憶侶，人病更離家。」（《村中晚望》）、「暗霜松粒赤，疏雨草堂寒。」（《送人罷官歸茅山》）、「桂冷微停素，峰乾不偏嵐。」（《殘雪》）、「桐露珪初落，蘭風颯欲衰。」（《秋思三首》其一）、「涼漢清泬寥，衰林怨風雨。」（《子夜四時歌》）、「歲月如流邁，春盡秋已至。熒熒條上花，零落何乃駛。」（《子夜變歌》）、「簾斜樹隔恨無限，燭暗香殘坐不辭。」（《中秋待月》）等等，可知陸龜蒙所描寫的景色都是暗淡無光沒有亮色的，這種原因的出現跟他的心態有關係。羅隱的寫景詩和他們的又不同，可以說他的每一首寫景詩都是寫景與議論相結合的產物，都要流露出一種牢騷和不滿。試看《曲江春感》，頭兩句「江頭日暖花又開，江東行客心悠哉」寫曲江春色，接著出現「聖代也知無棄物，侯門未必用非才」，對科舉制度的不滿溢於言表。一般他是前半截寫景，後半截議論，成了他寫景詩的一個固定的套路。如「數枝豔拂文君酒，半裹紅欹宋玉牆。盡日無人疑悵望，有時經雨乍淒涼。」（《桃花》）、「柳攀灞岸狂遮袂，水憶池陽淥滿心。珍重彩衣歸正好，莫將閒事繫升沉。」（《送進士臧濆下第後歸池州》）、「槐梢清蟬煙雨餘，蕭蕭涼葉墮衣裾。噪槎烏散沉蒼嶺，弄杵風高上碧虛。百歲夢生悲蛺蝶，一朝香死泣芙蕖。六宮誰買相如賦，團扇恩情日日疏。」（《閒居早秋》）等等，都是前面寫景，後邊議論，抒發自己心中的感慨。皮日休的寫景詩往往是動態的，截取畫面中的多個圖景分開來寫，給人有親臨其境之感。例如他的《太湖詩》二十首，從開始遊太湖一直寫到遊覽結束，每到一個景點都有詩記敘狀況，二十首詩合起來就是一篇出色的遊覽文。從詩題中我們就可以看出他的遊程：《初入太湖》、《曉次神景宮》、《入林屋洞》、《雨中游包山精舍》、《遊毛公壇》、《三宿神景宮》、《縹緲峰》、《桃花塢》、《明月灣》等等，算是紀實山水詩。他的《奉和魯望四明山九題》也是寫各個景點，如《石窗》、《過雲》、《雲南》、《雲北》、《鹿亭》、《樊榭》等，完全是動態地景物描寫。此外，在《奉和魯望樵人十詠》中就有不少寫景詩，如《樵家》、《樵溪》、《樵徑》等，寫樵夫進山所遇到的自然風光，每經過一個地方，風光各不相同，這樣，景色就呈現出動態的畫面。聶夷中的寫景詩不多，暫不論。

杜荀鶴的詩歌往往表現出一定的哲理性。如杜荀鶴的《感寓》：「大海波濤淺，小人方寸深。海枯終見底，人死不知心。」把大海和小人相比來告誡人們要提防小人。《涇溪》：「涇溪石險人兢慎，終歲不聞傾覆人。卻是平流無石處，時時聞說有沉淪。」涇溪在安徽績溪徽嶺山，原名徽水。涇溪因爲險惡，水流兇險，人們行舟往往留意，不會出事。往往是那些水流平坦的地方由於人們失去警惕，麻痹大意，時常出事。這說明一個道理，決定人事成敗的關鍵在於能否兢慎。兢兢業業，才能辦好事情。《聞子規》：「楚天空闊月成輪，蜀魄聲聲似告人。啼得血流無用處，不如緘口過殘春。」與其苦苦求人不如保持沉默，人生一世有時需要三緘其口。這些小詩看似簡短，卻道出了許多生活的哲理。羅隱的詩歌也有哲理化的傾向，他往往在詠史、詠物詩中表現這種哲理。例如《籌筆驛》、《題蟠溪垂釣圖》、《王睿墓》等詩，講時勢造英雄的道理。時運一到，英雄就有了用武之地，時運不濟，縱有天大的本事都無處發揮。皮日休喜歡在詠史詩中翻案，對歷史人物重新進行評價。例如《館娃宮懷古五絕》、《泰伯廟》等詩對吳越的歷史人物作了翻案，令人耳目一新。

我們在分析皮陸詩派的詩歌風格的時候發現，這個詩派中皮、陸的詩歌風格偏向於馳騖新奇，羅隱、杜荀鶴、聶夷中三位的詩歌風格偏向於淺切明暢。當然這並不代表皮、陸就沒有淺切通俗的詩歌，只是就主要風格而言。那麼，皮、陸奇峭的詩風之間是不是也有區別呢，答案是肯定的，這跟個人的經歷、喜好、修養、性情有關。皮日休在松陵唱和之前就將自己的詩文集整理出來，名曰《皮子文藪》，十卷，詩歌很少，多爲散文。蘇州唱和時期的作品由陸龜蒙整理爲《松陵集》，也是十卷。之後的詩歌，從咸通十三年到乾符三年這十餘年之間的作品，除了《全唐詩》所收皮日休詩有少量外，幾乎是再也見不到，原因是多方面的。但主要的是由於他後期參加黃巢的起義軍，作品不易保留。而杜荀鶴在蘇州唱和之後依然創作了大量的詩歌，這些詩歌都保留在《甫里先生文集》裏，這樣，我們對皮、陸二人的詩風比較就不太好進行，但現存的作品依然是我們分析二人異同的依據。這裡僅依據《皮子文藪》和《甫里先生文集》中所收的詩歌，對他們二人之間詩風的區別作簡單分析。大致說來，除了長篇的五古外，在一些小詩中，皮詩的新奇表現在語意、意境的奇上，往往出人意料又在情理之中。如《傷開元觀顧道士》，不寫顧道士死去，而是說他被上天下旨招他去，「協晨宮上啓金扉，詔使先生坐蛻歸」，就把悲哀的事情寫得生動有趣，化解了人們心中的傷痛，這樣寫很富有人情味。再如《醉中即席贈潤卿博士》:「茅山頂上攜書簏，笠澤心中漾酒船。桐木布溫吟倦後，桃花飯熟醉醒前。」寫這位潤卿博士張賁瀟灑愜意的隱居生活，很有情趣。「酒船」、「桃花飯」、「茅山頂」，都是奇特的語意。陸龜蒙詩歌風格的新奇主要表現在語言的奇峭怪異上，他往往用怪癖的生字、生詞，押險韻，造成一種散淡疏放奇異之美。如他的《江湖散人歌》、《戰秋辭》、《慶豐宅古井行》、《鶴媒歌》、《丁隱君歌》、《五歌》、《紫溪翁歌》、《引泉詩》、《紀夢遊甘露寺》、《怪松圖贊並序》等詩篇，都有一種怪異奇美的風格，表達內心憤鬱的呼聲，激蕩著心靈的迴旋。他往往寫生活中一些不爲人所注意的事物，有些就是醜的事物，在他的筆下寫來虎虎生風，當然就具有怪異的風格了。

皮陸詩派在創作上的確有很多的異同，這些異同的存在並不破壞他們成爲一個詩派的因素，相反，由於這些異同的存在，使得這個詩派具有多樣的藝術風貌，正所謂寸有所長尺有所短，他們在各個方面的努力才使唐音餘緒晚唐詩散發出最後的餘光，並爲唐音向宋調的轉變作出過渡，這是他們在詩史上的貢獻。

第三節　皮陸詩派個人創作分期的異同

皮陸詩派在創作上相互之間存在著異同，這是無可否認的事實。那麼，在個人的創作上是否也存在著異同呢，答案也是肯定的。一個詩人的創作不可能總是以一個面孔一個模樣出現的，隨著閱歷的增長，他的創作必定會出現變化，這是符合文學規律的。文學史上的大詩人，往往多有創作前後的區別，或在題材上或在體裁上或在風格上，這種異同是詩人心靈軌跡變化的見證，像陶淵明、王維、李白、杜甫、白居易等大詩人，都有前後創作不同的現象發生，在皮陸詩派身上，也存在著這種現象。胡震亨在《唐音癸籤》卷八中就指出皮日休考取進士前後創作的差異，他說：「皮襲美未第前詩，尚樸澀無采。第後遊松陵，如太湖諸篇，才筆開橫，富有奇豔句矣。律體刻畫堆垛，諷之無音，病在下筆時先詞後情，無風骨爲之幹也。」〔註27〕實際上，皮陸詩派中的每個成員都存在著創作上前後分期，詩歌內容和風格差異的問題，本節就對這些問題進行初步的探討。

皮日休於咸通八年考取進士，之後到蘇州崔璞幕府任職，其創作以此爲界判然兩分。前期的作品以他咸通七年在肥陵編次的《皮子文藪》十卷爲主，後期的作品以咸通十三年陸龜蒙編集的《松陵集》十卷爲主，前後幾乎判若兩人。前期的皮日休受儒家傳統的思想浸淫太深，飽讀儒家典籍，外出壯遊干謁公侯，積極參加科舉考試，希望能謀取功名，走上仕途。他多次在詩文中流露出對李白、孟浩然等盛唐詩人的欽慕，對歷史上的良臣也仰慕不已，當作自己傚仿的對象。這個時候的皮日休極力鼓吹儒道，作《請孟子爲學科書》和《韓文公配饗太學書》，充滿了政治熱情。早期的創作誠如他在《皮子文藪序》中所說：「其餘碑、銘、贊、頌、論、議、書、序，皆上剝遠非，下補近失，非空言也。」把文學創作當作是自己實踐儒家倫理的工具，積極的用詩文參與社會干預政治。文章在他看來是正道，故此期的創作多以文章爲主，包括各種文體。《皮子文藪》十卷，從卷一到卷九都是文章，只有卷十才是詩歌，數量也不是很多，可見前期皮日休的主要精力還是放在文章的創作上。這

〔註27〕胡震亨《唐音癸籤》卷八，古典文學出版社，1957年，第66頁。

些文章內容豐富，有提出各種主張的，如在《原化》中他提出通過儒學復興來挽救時代危機，實現拯時救弊的政治目的，在《正沈約評詩論》、《咎繇碑》、《原己》、《原用》、《心箴》等文中大力提倡儒家的仁政思想，從而反對佛道。在《原道》、《讀荀》、《春申君碑》、《文中子碑》、《易商君列傳贊》等文中對歷史上聖人的品性和功績予以了讚揚，表示要傚仿他們。通過這些文章，我們可以看出皮日休積極用事的思想和他高漲的政治熱情。在文學思想上，他努力學習儒家詩教觀，尊奉美刺原則，用詩文反映現實社會。他理想中的儒家王道政治與現實社會的無道混暗相衝突，強烈的政治責任感和使命感，使他在復興儒學的同時又對朝政的種種弊端加以無情的揭露。在《憂賦》、《霍山賦》、《河橋賦》等賦作中他對懿宗朝廷的各種弊端加以揭露，並提出了他自己的主張，表達了對國家命運的極度關心。在《讀司馬法》中揭露暴君的罪惡以及皇權政體與人民根本利益的衝突。《鹿門隱書》六十篇更是對整個封建專制政體的本質進行深刻的控訴。在《汴河銘》、《隋鼎銘》中，他以古諷今，譴責隋煬帝驅使民眾開挖汴河，鑄造鐵鼎，勞財傷民，實際上是對唐懿宗野蠻搜刮大興土木的聲討。他繼承漢魏樂府詩的優良傳統，寫作了《正樂府十篇》，反映民生疾苦，積極爲民請命，要求政府輕繇役，眞正把樂府詩的精華發揚光大。同時他也吸取古詩的長處，創作出《三羞詩》、《雜古詩十六首》、《七愛詩》等組詩，讚美良臣歌頌正氣，貶責醜惡現象，實踐了他自己的詩歌主張。這個時期他的詩文作品質樸自然，端莊純正，無華麗詞藻無遊戲文字。十卷《皮子文藪》就是早期皮日休思想和心態的眞實記錄。他之所以把《皮子文藪》編集，就是爲了進士考試，干謁行卷，可見他對早期自己詩文創作的自信。

進士中第後的皮日休在長安參加吏部的銓選，遭到禮部侍郎鄭愚的戲弄，沒有謀取一官半職，世道的艱難險阻使皮日休失望的離開京城，轉到地方謀出路。多年的來回奔走一事無成，好不容易才到蘇州投靠在當時的蘇州刺史崔璞幕下，任蘇州軍事院從事，這是一個從七品的官職，對像皮日休這種才子來講未免是太不如意了，但寄人籬下也無可奈何。在蘇州期間他結婚，完成了人生中的一件大事，生活的暫時安穩，給他的詩歌創作帶來了新的變化。這個時期他結識了本地詩人陸龜蒙，兩人志趣相投，很快成爲好朋友。秀麗的蘇州山水滌蕩著詩人失意的心靈，爲他的詩歌創作帶來了靈氣，隱逸思想在此期佔據了主要地位，白居易的閒適詩成了他創作的榜樣。後期皮日休的創作以詩歌爲主，文章幾乎沒有再寫作。這個時期的詩歌從內容和風格上都發生了重大的改變，描寫民生疾苦關注社會現實的作品急遽減少，相反表現自己閒情逸致生活風貌的篇章多起來。詩風也從以前的樸實自然轉變爲馳鶩新奇，在和陸龜蒙的唱和詩中運用各種技巧逞才鬥勝，把詩歌作爲自己消遣的工具。關於後期皮日休的詩歌創作及其風格藝術，我們在前面已經作了極爲詳細的分析，此處從略。此期的皮日休與前期的他判若兩人，歸根到底還是生活的改變帶來詩歌內容和風格的改變。這個時候的皮日休在思想上已經變得成熟起來，種種經歷讓他在現實面前重新思考，政治熱情已經化爲烏有，詩人琢磨的是如何在詩中表現自己高潔的情趣，在詩歌的藝術技巧上逐漸成熟，進行了多種有益的嘗試，與陸龜蒙一道開創了唱和詩創作的新高潮，並爲宋調風格的形成作出了自己的貢獻。

杜荀鶴和羅隱前後期的變化也是很大的。杜荀鶴以大順二年（公元 891 年）進士登第爲界限，思想和創作分爲前後兩期。這年正月十日杜荀鶴進士及第，這在顧雲《杜荀鶴文集序》〔註 28〕和錢易《南部新書》辛集中有明確記載。也是這年初夏，他遊夷門（今河南開封）時拜識朱溫，從此依靠大軍閥朱溫，仕途青雲直上，反映在詩歌創作上就是歌功頌德阿諛奉承的作品明顯多起來，人格也發生嬗

〔註 28〕胡嗣坤、羅琴《唐風集校注》卷首，《杜荀鶴及其〈唐風集〉研究》上編，巴蜀書社，2005 年，第 11 頁。

變，與前期那個關心民生疾苦、曾經創作出《山中寡婦》、《亂後逢村叟》等名作的詩人杜荀鶴前後判若兩人。可以說前期的杜荀鶴是詩人，後期的杜荀鶴是政客，兩種角色的轉換導致詩歌面貌發生重大的變化。前期的杜荀鶴一直對自己都很自信，總是相信有一天會出人頭地，常常以教化爲己任，以風雅自許。他曾說：「詩旨未能亡救物，世情奈値不容眞」(《自敘》)、「共有人間事，須懷濟物心」(《與友人對酒吟》)、「雅篇三百首，留作後來師」(《維揚逢詩友張喬》)、「言論關時務，篇章見國風」(《秋日山中寄李處士》) 可見他把恢復儒家教化作爲自己的責任和義務，詩歌反映社會現實，具有強烈的時政色彩。顧雲在《杜荀鶴文集序》中也強調他的詩歌的教化作用，其云：「其雅麗清省激越之句，能使貪吏廉、邪臣正、父慈子孝、兄良弟悌，人倫之紀備矣，」顧雲的說法雖然有些誇張的味道，但也道出了杜荀鶴的眞實意思。他爲恢復儒家之道統而呼喊奔走，在詩中時常提及，如「直應吾道在，未覺國風衰」(《維揚逢詩友張喬》)、「吾道天寧喪，人情日可疑」(《錢塘別羅隱》)、「道合和貧守，詩堪與命爭」(《春日閒居即事》)、「閉門非傲世，守道是謀身」(《山中貽同志》)、「用心常合道，出語或傷時」(《自述》)、「吾道在五字，吾身寧陸沉」(《秋日懷九華舊居》) 等等，反覆念叨著自己的儒家之道，其實也就是教化和風雅觀。在這種思想的指導下，杜荀鶴創作了大量反映社會現實民生疾苦的詩篇，如《山中寡婦》、《亂後逢村叟》、《題所居村舍》諷刺苛捐雜稅之重，對百姓危害之深。《蠶婦》、《樵夫》、《再經胡城縣》、《江南逢李先輩》、《亂後逢李昭象敘別》等同情底層老百姓的不幸遭遇，同情亂世中的流浪者，在《旅薄遇郡中叛亂示同志》、《將入關安陸遇兵寇》等詩歌揭露官軍的種種暴行，所有這些，都是他以詩歌干預社會的眞實反映。他將樂府詩反映現實的傳統改爲用七律、五律寫作，風格直切平易，淺近自然，通俗易懂。但是，杜荀鶴也有嚴重的取祿酬志謀身榮家的功利心態，在詩中反覆的表明，如「苦吟風月唯添病，遍識公卿未免貧」(《下第東歸道中作》）、「無祿俸晨昏，閒居幾度春」（《郊居即事》）、「青去寸祿心耕早，明月仙枝分種遲」（《了關投孫侍御》），對沒能踏入仕途耿耿於懷。在這種情況下，他不斷的進行干謁，向達官貴人們寫詩奉承，期盼他們推薦自己，如「自別家來生白髮，爲侵星起謁朱門」（《江上初秋寓泊》）、「此身雖賤道長猶，非謁朱門謁孔門」（《投長沙裴侍御》）、「此生何路出塵埃，猶把中才謁上才」（《投江上崔尚書》）、「干人不得已，非我欲爲之」（《江上與從弟話別》），寫這種主題的作品在他的詩集中占多數。詩人就在這樣的一種心態中來回奔走，爲了科舉考試一次次的行走於豪門貴族，受盡侮辱和折磨，像「應憐住山者，頭白未登科」（《長林山中聞賊退寄孟明府》）、「一枝仙桂如攀得，只此山前是老期」（《閒居即事》）這樣的詩句都是內心深處的呼喊。好不容易在大順二年登科，遇見了朱溫，那有不依附之理。所以，我們對杜荀鶴投靠軍閥朱溫不必致以過多的責怪。這在晚唐士人當中是普遍現象。就以皮陸詩派來說，皮日休先是依附蘇州刺史崔璞，後來是投靠軍閥黃巢，並到黃巢的政府當中任職。羅隱依附錢塘王錢繆，得到很高的賞識。還有韋莊投靠前蜀王王建，都是例證。五代人何光遠在《鑒戒錄》卷九中說：「杜在梁朝，獻朱太祖《時世行》十首，欲令太祖省傜役，薄賦斂。是時方當征伐，不洽上意，遂不見遇，旅寄寺中。敬相公翔謂杜曰：『希先輩稍削古風，即可進身，不然者虛老矣。』杜遂課頌德詩三十章以悅太祖。議者以爲杜雖有玉堂之拜，頓移教化之詞，壯志清名，中道而廢。」〔註 29〕這說明，杜荀鶴開始依附朱溫，還是希望他能夠接受自己那套儒家教化的思想，但這種想法在朱溫那裡行不通，後來在敬翔德開導下，杜荀鶴才來了轉變，轉而給朱溫寫《頌德詩》三十首，才得以高升。不然，還是依照古風詩的精神，只能「虛老矣」，可見任何一個當政者都希望聽歌功頌德的好話。也從另外一面說明，杜荀

〔註 29〕胡嗣坤、羅琴《杜荀鶴及其〈唐風集〉研究》附錄二《杜荀鶴研究資料彙編》，巴蜀書社，2005 年，第 382 頁。

鶴的後期轉變也是身不由己的事情。後來杜荀鶴的作品，如《梁王座上賦無雲雨》等，都是吹噓拍馬之作，思想藝術皆無可言。甚至杜荀鶴由一個優秀的現實主義詩人轉變成一個殘暴的官僚，例如《舊五代史》卷二十四《杜荀鶴傳》就說：「太祖以其才表之，尋授翰林學士、主客員外郎。既而恃太祖之勢，凡搢紳間己所不悅者，日屈指怒數，將謀盡殺之。」〔註 30〕如此看來這就相當驕奢跋扈，性格殘暴，更與前期的杜荀鶴截然判若兩人。

羅隱也是依靠吳越王錢鏐才得以青雲直上的，但他沒有象杜荀鶴後來那樣飛揚跋扈不可一世，還時常以詩歌勸諷錢鏐，好在錢鏐也通人情並不在意。錢鏐出生於唐宣宗大中六年（公元 852 年），比羅隱整整小二十歲，從年歲來講是羅隱的晚輩，但是他對羅隱的知遇之恩卻是羅隱感恩戴德的。羅隱於唐僖宗興啓三年五十五歲的時候依附錢鏐，當時的錢鏐不過是杭州刺史，地位聲譽還不是很大。據沈崧《羅給事墓誌》〔註 31〕可知，就在羅隱依附錢鏐的當年，錢鏐就很器重他，表羅隱爲錢塘令，拜秘書著作郎，辟爲鎮海軍節度掌書記。唐昭宗天服二年，錢鏐進爵越王，地位尊崇，對羅隱也愈加信賴，提升他爲司勳郎中，充鎮海節度軍判官，隨後授羅隱爲吳越給事中。隨著地位的變化，羅隱的思想與詩歌均發生變化，後期的作品跟杜荀鶴一樣，多是圍繞錢鏐寫作，像《獻尚父大王》、《春日投錢塘元帥尚父二首》、《病中上錢尚父》、《感別元帥尚父》等吹捧錢鏐的詩作很多，除了歌功頌德外別無所求，藝術平平，詩歌這個時候成了應酬的工具。但羅隱和皮日休、杜荀鶴不同的是，他雖然依附錢鏐，但是在道統上說的過去，因爲直到羅隱去世，錢鏐都是唐朝的封疆大吏，沒有背叛過唐朝政府，所以他的依附在品性上沒有非議之處。而皮日休依附黃巢，杜荀鶴投靠朱溫，這些在當時

〔註 30〕薛居正等撰《舊五代史》卷二十四，第一冊，中華書局，1997 年，第 326 頁。

〔註 31〕李之亮《羅隱詩集箋注》附錄一，嶽麓書社，2001 年，第 396 頁。

來看都是所謂的賊子亂臣，尤其是朱溫篡唐更爲人所不齒，杜荀鶴、皮日休一再的在詩中宣稱要維護正統恢復儒道，在這個關頭卻什麼都不顧了，可見他們的政治理想好多都是空言明道不切實際的。當然，如同李白入永王李璘幕府一樣，在當時看來，他們認爲是爲國家效忠的一種表現，也就無可非議了。

陸龜蒙的詩歌也分爲前後兩期，不過他的分期不像羅隱、皮日休、杜荀鶴三位這樣的明顯，因爲他自始自終都在家鄉蘇州生活，前後期創作的區別不是很大，這裡就不再作論述了。聶夷中的作品散失嚴重，不好區分，也就不論。

第五章　《松陵集》與皮陸唱和研究

皮陸詩派之所以成為一個群體，關鍵是主要人物皮日休和陸龜蒙的影響，形成「皮陸」這個稱呼，而皮陸稱呼的由來在於咸通年間的蘇州唱和，這是他們得以成名的一個重要標誌。皮日休、陸龜蒙的主要作品在此間產生，馳騖新奇詩風的形成也在此間。所以有必要用專章的形式對《松陵集》以及皮陸唱和進行研究，從中揭示出一些現象。

第一節　蘇州文會與《松陵集》的編撰

唐懿宗咸通十一、二年間，皮日休為蘇州刺史崔璞從事，與本郡詩人陸龜蒙結識從而進行詩歌唱和。在崔璞的主持下，在蘇州幕府展開過多次文會，參加者除了崔璞、皮日休、陸龜蒙外，尚有張賁、李縠、魏樸、司馬都、顏萱、鄭璧、羊昭業、崔璐等人，後由陸龜蒙編為《松陵集》十卷，皮日休為之作序。皮陸吳中唱和可以說是唐代詩歌發展史上的一件大事，對後世很有影響。皮陸之所以成名跟這蘇州唱和以及《松陵集》的編撰流傳有很大關係，而且，皮陸前期的詩歌，無論是體裁、題材，還是藝術風格，都與此期的創作迥異。為了較為全面的瞭解皮陸二人的創作，有必要對松陵唱和現象和《松陵集》進行專題研究，以期瞭解皮陸詩歌創作的全貌，能夠作出較為準確的評價。

關於吳中唱和，皮日休在《松陵集序》中是這樣說的：「咸通七年，今兵部令狐員外在淮南，今中書舍人弘農公守毗陵，日休皆以詞獲幸，悉蒙以所製命之和。各盈編軸，亦有名其首者。十年，大司諫清河公出牧於吳，日休爲郡從事。居一月，有進士陸龜蒙字魯望者，以其業見造，凡數編。其才之變眞天地之氣也。近代稱溫飛卿、李義山爲之最，俾生參之，未知其孰爲之後先也。太玄曰：『稽其門，闢其戶眼其鍵，然後乃應況其不者乎？』余遂以詞誘之，果覆之，不移刻。由是風雨晦冥，蓬蒿翳薈，未嘗不以其應而爲事。苟其詞之來，食則輟之而自飫，寢則聞之而必驚。凡一年，爲往體各九十三首，今體各一百九十三首，雜體各三十八首，聯句問答十有八篇在其外，合之凡六百五十八首。南陽廣文潤卿，隴右侍御德師，或旅泊之際，善其所爲，皆以詞致師。詞之不多，去之速也。大司諫清河公有作，或命之和，亦著焉，其餘則吳中名士，又得三十首。除詩外，有序十九首。總錄之，得十通，載詩六百八十五首。……生既編其詞，請於余曰：『爾有文，當爲我序詩道，兼十通以名之。』日休曰：『諾。』由是爲之序。松江，吳之望也，別名曰松陵。請目之曰《松陵集》。皮日休撰。」〔註 1〕皮日休的這段序言，爲我們瞭解蘇州文會以及松陵唱和提供了最爲原始也是最爲可靠的文字依據。通過這段文字，我們可以得知以下的一些情況。

關於蘇州文會的時間，《松陵集序》明確記載說是咸通十年，也就是皮日休進入崔璞幕府一個月後，與陸龜蒙相識，隨後進行詩歌唱和，前後一年時間。《松陵集》卷九有崔璞《蒙恩除將還京洛偶敘所懷因成六韻呈軍事院諸公郡中一二秀才》一詩及皮日休《諫議以罷郡將歸以六韻賜示因佇酬獻》、陸龜蒙《謹和諫議罷郡敘懷六韻》和詩兩首，可知皮陸唱和的時間基本上與崔璞刺蘇州任期相吻合。

〔註 1〕《松陵集》卷首，《景印文淵閣四庫全書》本，臺灣商務印書館 1983 年，第 1332 冊，第 166 頁，以下所引《松陵集》均出此本，不再另注版次。

又崔璞此詩云：「兩載求人瘼，三春受代歸」，並於「遽蒙交郡印」詩句下注云：「到任十二個月，除替未及二年」（《唐詩紀事》卷六十四和《全唐詩》卷六百三十一均將「二年」作「三年」）可知崔璞離任是在咸通十一年暮春三月。但察《松陵集》卷三有皮日休《太湖詩並序》，序云：「十一年夏六月，會大司諫清河公憂霖雨之爲患，乃擇日休將公命禱於震澤。」據此推知，崔璞刺蘇只能是在咸通十一年春至十二年春間，這明顯與《松陵集序》中的時間「咸通十年」不合，崔璞和皮日休都是蘇州文會的當事人，他們說的卻不一致，那麼到底哪個時間是正確的呢？下面我們先看看學界的一些說法，再作出我們的判斷。梁超然在《唐才子傳校箋》卷八之《皮日休傳箋證》中作出推斷：「疑『到任十二個月』應爲『到任二十二個月』，即十年秋到任，十二年春三月離任，如此方與日休詩不悖，且與璞詩所云『兩載』、『除替未及三年』相合。日休於咸通十年秋至十二年三月在蘇州崔璞幕中。」〔註 2〕馬丕環《皮日休年譜會箋》則認爲「十二月」當係「二十月」之誤，他說：「詩云：『三春受代歸』，指的是春三月離任。日休《諫議以罷郡將歸以六韻賜示因佇酬獻》詩云：『欲下持衡詔，先容解印歸。露濃春後澤，霜薄齊來威。……隔花攀去櫂，穿柳挽行衣。』所寫亦係春景，故崔璞三春解任可無疑。若如注云『到任十二個月』，又於三春離任，則只能是十一年三月，但據《太湖詩序》知，崔璞在十一年夏六月尚在任上，故其離任必不能在十一年三月。疑『十二個月』當爲『二十個月』之誤，即十年秋七月到任，十二年春三月離任，如此方與日休詩不悖，且與崔璞詩所云『兩載』、『除替未及三年』相合。」〔註 3〕沈開生《皮日休繫年考辨》一文〔註 4〕認爲《松陵集序》中的「咸

〔註 2〕傅璇琮主編《唐才子傳校箋》第三冊，中華書局，1990 年，第 501 頁。

〔註 3〕載《寶雞文理學院學報》，1996 年第 1 期。

〔註 4〕載《研究生論文選集》中國古代文學分冊，江蘇人民出版社，1983 年，第 172 頁。

通十年」應作「咸通十一年」，理由是崔璞出爲蘇州刺史，皮日休陸龜蒙結交唱和均在咸通十一年，崔璞罷任在咸通十二年春末夏初，崔璞詩注「到任十二個月，除替未及二年」不誤。尹楚彬在論文《皮日休、陸龜蒙二三事蹟新考》第一節《吳中唱和時間及〈松陵集〉載詩數量考》中認爲上述觀點均爲推測之辭，不足爲據。他從《松陵集》卷七皮日休《寄滑州李副使員外》和陸龜蒙和詩《奉和襲美寄滑州李副使員外》的內容結合史料入手，指出二詩中所反映的是咸通十年八月懿宗詔征諸道兵馬平泗州叛亂事，這樣就確知在咸通十年八月間皮陸二人就已經相識相互有了唱和，可知《松陵集序》中記載的蘇州文會發生在咸通十年不誤，崔璞離任是在咸通十二年春三月，「由咸通十年六、七月至十二年三月，前後二十二個月，崔璞詩注『到任十二個月』，當脫『二』字。這樣皮、陸吳中唱和和實際上接近兩年，《松陵集序》作『凡一年』，『一』字當『二』字之訛。」〔註 5〕吳在慶《皮日休爲蘇州郡從事及初識陸龜蒙之時間》認爲崔璞於咸通十年冬授蘇州刺史職，但抵任在咸通十一年春，離任在咸通十二年暮春，「則其除、罷任雖跨三年，而在任實僅十二個月。故此與其詩『兩載求人瘼，三春受代歸』之句，其注『到任十二個月，除替未及三年』相契合。」〔註 6〕如此，皮陸也只能在咸通十一年春崔璞始抵蘇州任時相識，那麼皮陸唱和的時間在此後。吳先生此論較爲合理，故賈晉華《〈松陵集〉與咸通蘇州詩人群》一文即以吳文考據結論立論。〔註 7〕

我們之所以不厭其煩的將學界有關皮陸蘇州唱和時間的考證成果引證出來，就是想弄清楚這一在文學史上有著重要影響的文學活動的具體起止時間，這對於準確的評價皮陸詩歌是個關鍵的問題。幾家

〔註 5〕載《中國韻文學刊》，1998 年第 1 期。

〔註 6〕吳在慶《唐五代文史叢考》第五章《生平仕歷考》，江西人民出版社，1995 年，第 201 頁。

〔註 7〕賈晉華《唐代集會總集與詩人群研究》，北京大學出版社，2001 年，第 161 頁。

說法均有理由，但也有自相矛盾的地方，例如尹楚彬文通過皮陸詩歌中發生的歷史事件的時間來判斷皮陸唱和不晚於咸通十年八月，也就是說在崔璞刺蘇州當在咸通十年的六、七月間。而吳在慶文引陸龜蒙詩《奉酬襲美先輩吳中苦雨一百韻》中關於他此年赴京趕考的記載，結合《舊唐書・懿宗紀》咸通十年十二月「其禮部貢舉，宜權停一年」的史實，認爲陸龜蒙赴舉聞詔而返回蘇州最早也在咸通十年年底或者十一年年初，如此，則皮陸相識只能在此後，那麼松陵唱和的時間也隨著往後順延。兩位都是從皮陸詩歌內容出發結合史實進行考論，結論卻大相庭徑，其實這也是很正常的事情。這裡有一個關鍵的問題，就是在崔璞來蘇州任職之前，皮陸有無認識從事詩歌唱和的可能？如果這個問題解決則所有的問題迎刃而解。尹楚彬文以皮陸有關泗州解圍的歷史事件推論他們的唱和時間在咸通十年八月，這的確是證據，然而，詩歌不是新聞報導講究及時和準確。有沒有在泗州事件發生之後他們以此作爲詩歌題材而進行創作唱和的可能性呢？文學史上好多這樣的例子，即詩人描寫的歷史內容都是已經發生過的，杜甫、李白、李商隱、杜牧等詩人就有過多首這樣的詩歌。現在看來，崔璞刺蘇州任的時間已經限定在咸通十年到咸通十二年之間，而《松陵集》中能夠編年最早的詩歌是陸龜蒙的《徐方平後聞赦因寄襲美》及皮日休的和作，述咸通十年九月平龐勳亂、十一年正月赦天下事，則詩歌也只能作於此後，可以確定咸通十一年是皮陸蘇州文會唱和的主要時間。傅璇琮主編的《唐五代文學編年史》晚唐卷於咸通十一年三月云：「本年春起，皮日休、陸龜蒙在蘇州唱和往來，說詩論藝，頗多長篇酬和之作。後張賁、羊昭業、李縠、崔璐、魏樸等人亦多與皮、陸往來唱和。」〔註 8〕《松陵集》中的大部分詩歌不是一時創作而成的，但主要是皮陸二人的作品。

蘇州文會的參加者，據《松陵集序》，有崔璞、皮日休、陸龜

〔註 8〕傅璇琮《唐五代文學編年史》晚唐卷，遼海出版社，1998 年，第 561 頁。

蒙、張賁、李縠、魏樸、司馬都、顏萱、鄭璧、羊昭業、崔璐十一人。茲據有關材料將這些參與者的生平行狀大致考證出來。蘇州文會的主持者爲「大司諫清河公」崔璞，河北清河人，生卒年不詳，咸通十年任蘇州刺史，十二年罷任歸京，後任同州刺史。《唐詩紀事》卷六十四有簡略記載。《松陵集》收其詩兩首，爲《奉酬皮先輩霜菊見贈》和《蒙恩除替將還京洛偶敘所懷》。《松陵集序》中的「南陽廣文潤卿」爲詩人張賁，河南南陽人，大中年間登進士第，後爲廣文博士。咸通前期隱居茅山學道，世稱「華陽道士」，後期旅居蘇州，與皮、陸等人交往甚密，多有唱和，在《松陵集》中張賁有詩 16 首，數量上僅次於皮陸二人。《全唐詩》卷六三一錄存其詩 16 首，就是《松陵集》中的這 16 首，《全唐詩補編・續拾》卷三三補錄其詩一首。《松陵集》卷九有皮日休《潤卿、魯望寒夜見訪，各惜其志，遂成一絕》，張賁、陸龜蒙皆有和作。序文中之「隴西侍御德師」爲李縠，甘肅敦煌人，咸通中進士，任浙東觀察推官，兼殿中侍御史。據《舊五代史》卷二十四和卷五十八記載，李縠還曾在晉公王鐸幕府任過都統判官，以功升任右諫議大夫。〔註 9〕在浙東幕時，與皮日休、陸龜蒙諸人友善，多唱和之作，皮日休賞識李縠詩才，在《奉送浙東德師侍御罷府西歸》詩中稱其爲「建安才子」，可見推崇之高。《松陵集》卷九有李縠《醉中襲美先輩先起因成戲贈》，皮日休、陸龜蒙、張賁皆有和作。在同卷中張賁有《奉送浙東德師侍御罷府西歸》，皮日休、陸龜蒙也皆和之。序文中的「吳中名士」，計有功在《唐詩紀事》卷六十四中認爲是指魏樸、司馬都、鄭璧、顏萱。他說：「樸，唐末吳中名士也。……其餘則吳中名士。謂司馬都、鄭璧、樸與顏萱。」〔註 10〕這幾個人都爲江

〔註 9〕薛居正《舊五代史》卷二十四《梁書》二十四，第一冊，中華書局，1997 年，第 321 頁；薛居正《舊五代史》卷五十八《唐書》三十四，第三冊，中華書局，1997 年，第 781 頁。

〔註 10〕王仲鏞《唐詩紀事校箋》下冊，巴蜀書社，1992 年，第 1725 頁。

南人氏，算是本土詩人。魏樸，江蘇常州人，毗陵隱士，字不琢，性情高潔。《松陵集》卷五有皮日休《五貺詩並序》云：「毗陵處士魏君不琢，氣眞而志放，居毗陵凡二紀，閉門窮學。」顏萱，字弘至，江南進士，中書舍人顏蕘之弟。顏氏兄弟從小受知於詩人張祜。《松陵集》卷九有顏萱《過張祜處士丹陽故居並序》一詩，皮日休、陸龜蒙均有和作。同卷皮日休有《送圓載上人歸日本國》及《重送》，陸龜蒙、顏萱均和之。司馬都、鄭璧也均爲江南進士，《松陵集》卷九有陸龜蒙《幽居有白菊一叢，因而成一詠，呈一二知己》，司馬都、鄭璧、皮日休、張賁皆和之。羊昭業，字振文，蘇州人咸通九年登進士第〔註 11〕，《松陵集》卷九有陸龜蒙《送羊振文先輩往桂陽歸覲》，皮日休、顏萱、司馬都皆和之。同卷皮日休有《偶留羊振文先輩及一二文友小飲，日休以眼病初平，不敢飲酒，遣侍密歡，因成四韻》，羊昭業、陸龜蒙和之。崔璐，字大圭，河北清河人，崔綬子，咸通七年登進士第。《松陵集》卷二有崔璐《覽皮先輩盛製，因作十韻以寄，用伸歎仰》，皮日休、陸龜蒙皆和之，這也是《松陵集》中崔璐唯一的一首詩歌。

據皮日休《松陵集序》，知此集爲陸龜蒙所編，皮日休撰寫序言並給詩集命名。詩集編成年代應該在咸通十二年至十三年之間。文淵閣四庫全書本《松陵集》後有明代弘治年間吳都穆的《松陵集跋》一篇。跋曰：「古松陵即今之吳江，予同年濟寧劉君濟民來，爲邑令。謂是集爲其邑故物，而人未之見授。儒士盧雍校勘捐俸刻之。予觀唐詩人多尚次韻，至元白而益盛，其萃而成編，則有《漢上題襟》、《斷金》及是三集。按皮氏自序謂一歲之中詩凡六百五十八首，其富如此，則又《題襟》、《斷金》之所無者，況其遊燕題詠類多吳中之作，後之希賢懷古者，將於是乎？考固吳人所當寶也。劉君爲政不減古人，其

〔註 11〕徐松《登科記考》卷二十三，趙守儼點校本，中冊，中華書局，1984 年，第 855 頁。

刻是集豈直私於一邑？蓋將公之天下者也，弘治壬戌九月二日前進士吳都穆跋。」吳都穆將《松陵集》與其他的兩部集會總集作了比較，指出《松陵集》的優點。關於《松陵集》所收詩歌的數量，皮序稱共收詩六百八十五首，序十九篇。四庫館臣統計爲詩六百九十八首，其曰：「序稱其詩六百八十五首，今考集中，日休、龜蒙各得往體詩九十三首，今體詩一百九十三首，雜體詩三十八首，又聯句及問答十有八首，外顏萱得詩三首，張賁得詩十四首，鄭壁得詩四首，司馬都得詩二首，李縠得詩三首，崔璐、魏樸、羊昭業各得詩一首，崔璞亦得詩二首，其他如清遠道士、顏眞卿、李德裕、幽獨君等五首，皆以追錄舊作，不在數內，尙得詩六百九十八首，與序中所列之數不符，豈序以傳寫誤歟？」〔註 12〕賈晉華《〈松陵集〉與咸通蘇州詩人群》的統計爲「詩六百九十一首，序十八首」〔註 13〕尹楚彬《皮日休、陸龜蒙二三事蹟新考·吳中唱和時間及〈松陵集〉載數量考》認爲《松陵集序》和《四庫全書總目》的統計有誤，他統計《松陵集》所載詩歌總數爲六百九十二首〔註 14〕。按，賈晉華統計的數字沒有將卷二清遠道士（一首）、顏眞卿（一首）、李德裕（一首）、沈恭子（一首，由陸龜蒙補）、幽獨君（兩首）、佚名《答幽獨君》（一首）等七首詩歌計算在內，因爲這些人當時沒有參加唱和，但與松陵唱和有關係，故陸龜蒙編集時將他們的這七首詩歌收進去了。同樣，尹楚彬的統計也沒有將清遠道士（一首）、顏眞卿（一首）、李德裕（一首）、幽獨君（兩首）、佚名《答幽獨君》（一首）等六首計算在內，只是將由陸龜蒙掛名補編的沈恭子詩收進去，故他的統計比賈晉華多出一首。其實，我們在進行統計的時候應該要有一個標準，不然不好作出準確的

〔註 12〕清永瑢等編《四庫全書總目》卷一八六《集部·總集類一》《松陵集》提要，下冊，中華書局，2003 年，第 1689 頁。

〔註 13〕賈晉華《唐代集會總集與詩人群研究》，北京大學出版社，2001 年，第 165 頁。

〔註 14〕載《中國韻文學刊》，1998 年第 1 期，第 98 頁。

計算。應該說，只要是《松陵集》正式收入了的詩歌，都應看作是正式的詩篇而加以計算。孫桂平在《〈松陵集〉中皮陸的生活理想：閒隱雅三位一體》一文中根據武進陶氏涉園影印宋刊本《松陵集》統計爲：「全集共收詩 698 首，集內見載實際參與唱和的詩人有陸龜蒙、皮日休、崔璐、崔璞、顏萱、張賁、鄭璧、司馬都、李縠、魏樸、羊振文等 11 位。此外集內尚收錄顏眞卿、清遠道士等舊詩 6 首。」〔註 15〕孫桂平的統計與四庫館臣的統計相同，而我據文淵閣四庫全書本《松陵集》逐卷統計，得出的結論也與孫文相同，爲 698 首。另外尚有詩序 19 篇沒有計算在內，按規矩，詩與序應該算是一篇。這些詩篇當中，除了張賁 16 首，李縠、鄭璧各 4 首，顏萱 3 首，魏樸、司馬都、崔璞、幽獨君各 2 首，羊昭業、崔璐、沈恭子、李德裕、清遠道士、顏眞卿、佚名各 1 首外，其餘 656 首詩均爲皮日休、陸龜蒙所作，在數量上可以說《松陵集》其實就是皮陸唱和詩集。現根據我的統計，對《松陵集》作如下計量分析，以期能夠準確把握松陵唱和的實質內涵。

《松陵集》十卷，按類分體編排。卷一爲往體詩 12 首，皮陸每人 6 首，一前一後相互唱和。卷二爲往體詩 28 首，其中清遠道士、顏眞卿、李德裕、崔璐、沈恭子、佚名各一首，幽獨君兩首外，其餘 20 首，皮陸每人 10 首，並且在本卷中首次出現以組詩的形式進行唱和，即皮日休的《公齋四詠》和陸龜蒙的《奉和公齋四詠次韻》。卷三爲往體詩 112 首，篇幅較大，在這些詩歌當中出現了大量的組詩，有玩弄文字炫耀學識的遊戲傾向，如陸龜蒙的《漁具詩並序》十五首皮日休的和詩《奉和漁具詩十五詠》，皮日休的《添漁具詩並序》五首陸龜蒙的和詩《奉和添漁具五篇》，陸龜蒙的《樵人十詠並序》十首、《添酒中六詠並序》六首，皮日休的和詩《奉和樵人十詠》、《奉和酒中六詠》等等，使用冷僻的字句和意象，在文字的堆積當

〔註 15〕載《集美大學學報》，2001 年 2 期。

中爭奇鬥勝以呈現詩才。卷五爲今體五言詩 68 首，人均 34 首，也是相互唱和。卷六爲今體七言詩 92 首，人均 46 首，內容多抒寫身邊日常事務，這時皮日休在病中，往往是他先發唱陸龜蒙和之，問候病情贈送物品，關懷之切溢於言表。卷七爲今體七言詩 90 首，依然是一唱一和，每人 45 首。卷八爲今體七言詩 84 首，人均 42 首。卷九爲今體五七言詩 86 首。本卷參與唱和的詩人較多，除了皮陸外，尚有顏萱、張賁、崔璞、鄭璧、司馬都、李縠、羊昭業、魏樸，其中顏萱、張賁、崔璞均發唱，他人隨和，惟鄭璧、李縠、司馬都、魏樸四人處於追和，本卷詩歌明顯帶有應酬意味，首次出現文宴的唱和形式。《松陵集》的作者除了皮陸二人，大部分的作者的詩歌作品都在本卷。卷十爲雜體詩 86 首，包括集句、擬古、迴文、四聲、離合、雙聲、疊韻、聯句等多種詩體形式，是皮陸以詩歌自娛自樂逞強鬥勝詩歌主張的實踐。

《松陵集》的編排，基本上是按詩歌體裁分類。每一卷中，相同甚或相近的詩歌體裁往往又按唱和時間的先後順序羅列，顯得井然有序。例如《松陵集》卷八《早秋吳體寄襲美》、《秋賦有期因寄襲美》、《病中秋懷寄襲美》、《新秋即事三首》、《秋夕文宴》等，便是一組早秋寄懷的詩歌，寫作時間相近就編排在一起。又如接下來的一組詩：《南陽潤卿將歸雷平因而有贈》、《代廣文先生酬次韻》、《訪寂上人不遇》、《顏道士亡弟子乞銘於襲美既而奉以皐帛因賦戲贈》、《南陽廣文欲於荊襄卜居因而有贈》、《寄昆陵魏處士樸》、《初冬偶作寄南陽潤卿》、《寄題鏡巖周尊師所居詩並序》、《庚寅歲十一月新羅弘惠上人與本國同書請日休爲靈鷲山周禪師碑將還以詩送之》、《送潤卿博士還華陽》等，就是一組友人之間迎來送往的酬贈詩篇，也是有意思的排放在一起的。至於卷三的《太湖詩》，皮日休、陸龜蒙各二十篇，可以算是他們的代表作，就將這四十首詩單列一卷，以便不和其他的詩歌弄混，也可以看出陸龜蒙的匠心獨用。此外，在各卷的編排上，陸龜蒙在卷五、卷六、卷七、卷八中專收皮陸二人的唱和，一人一首，唱詩在前和詩在後，涇渭分明，利於讀者閱覽。在時間的編排上也是按春夏秋冬四季的自然次序安排，從中見出皮陸二人的生活規律和習性，這也是很有意思的事情。爲了使讀者們更能瞭解集中所作詩歌的內容，有時候詩人還在唱和詩的前面加個小序，說明寫作詩歌的來龍去脈。據我的統計，《松陵集》中共有各種詩序 20 篇，它們分別是皮日休的《二遊詩序》（卷一）、《追和虎丘清遠道士詩序》（卷二）、《太湖詩序》（卷三）、《添漁具詩序》（卷四）、《酒中十詠並序》（卷四）、《茶中雜詠並序》（卷四）、《五貺詩序》（卷五）、《開元寺佛缽詩並序》（卷七）、《傷進士嚴子重詩並序》（卷八）、《寄題鏡巖周尊師所居詩並序》（卷八）、《雜體詩序》（卷十）；陸龜蒙的《補沈恭子詩並序》（卷二）、《漁具詩並序》（卷四）、《樵人十詠並序》（卷四）、《添酒中六詠並序》（卷四）、《四明山詩並序》（卷五）、《白鷗詩並序》（卷八）、《和張處士詩並序》（卷九）；此外還有顏萱的《過張祜處士丹陽故居並序》（卷九）以及皮日休的《松陵集序》，一共是 20 篇。這些詩序或交代寫詩的原因、背景，或提出自己的詩歌主張，或說明事情的緣由，均對理解集中的唱和詩歌有所幫助。

《松陵集》當中的唱和詩歌，就寫作地點來說，大多是在自己寓所，也有皮陸二人在外地遊玩性情所至而創作的，當然還有在公共場所集體寫作，例如所謂的「文宴」詩，就是主人崔璞召集詩人們赴宴即席而作的。就寫作手法來說，眞可謂是五花八門多姿多彩。運用最多的是次韻，即用唱詩中的原有的韻字，而先後次序相同，它是分韻的一種形式，但比分韻要艱難的多，因爲分韻僅僅是作者對自己所探得的韻字依次而用，一字不亂，而次韻是對唱詩的一一和韻，受到唱詩押韻的限制，實際操作起來比分韻困難得多。在《松陵集》當中，運用形式最多的就是次韻，超過三百首。如陸龜蒙《醉中戲贈襲美》（卷八），皮日休和詩《奉酬次韻》；皮日休《初冬偶作寄南陽潤卿》（卷八），陸龜蒙和詩《奉和次韻》即是。比次韻更爲困難的還有倒來韻，就是以唱詩的最後一個韻腳為和詩的第一個韻腳，逆向依次一一和韻，這需要技巧和急智，難度非常大，例如張賁《酬襲美先輩見寄倒來韻》:「尋疑天意喪斯文，故選茅峰寄白雲。酒後只留滄海客，香前唯見紫陽君。近年已絕詩書癖，今日兼將筆硯焚。為有此身猶苦患，不知何者是玄纁。」（《松陵集》卷九）而皮日休的唱詩《寄潤卿博士》則為:「高眠可為要玄纁，鵲尾金爐一世焚。塵外鄉人為許掾，山中地主是茅君。將收芝菌唯防雪，欲曬圖書不奈雲。若便華陽終臥去，漢家封禪用誰文。」即將皮日休唱詩中的韻腳「文」、「君」、「焚」、「纁」在和詩中一一一次逆向使用，而又要使詩歌意思相似，這個難度的確很大。當然還有和意次韻，和意不次韻，同題唱和和韻，同題唱和不和韻，同題不同體，代人體，即席酬唱，雜體唱和，追和古人，追和詩意等多種形式。就體裁而言，有五古、七古、五絕、七絕、五律、七律、排律、聯句。就唱和對象而言，有兩人唱和，有三人唱和，也有四人唱和。既有單詩唱和，也有組詩唱和。的確是在以詩歌作為工具消遣自娛自樂。還有一點，那就是作為編者，陸龜蒙在不少詩歌中還加注，注明相關情況，以便閱讀，所有這些，都算得上是有意識的行為，必定會在當時的詩壇上留下較大的影響。

第二節　隱逸情趣精神風貌的眞實展現

前面我們說過，《松陵集》是皮、陸二人在蘇州時期的唱和詩集，這個時期他們的思想和心態較前已經發生了很大的變化。皮日休自幼胸懷儒家「兼濟天下」的大志，自稱「騃騃自總角，不甘耕一廛」（《陸魯望昨以五百言見貽過有褒美內揣庸陋彌增愧悚因成一千言上述吾唐文物之盛次敘相得之歡亦迭和之微旨也》）想通過科舉功名來施展自己的政治抱負，他曾說「骨肉煎我心，不是謀生急。如何不力農，功名未成立？」（《秋夜有懷》），不顧家裏人的反對和勸阻，毅然離家棄農從儒，到鹿門山苦讀，努力鑽研儒家經典，期望自己能像儒家先聖們那樣實現兼濟宏志。在襄陽鹿門山隱居期間，他親眼目睹由於政治黑暗社會動亂導致民生凋蔽所帶來的種種後果，寫下了著名的《鹿門隱書》六十篇，抨擊朝政，針砭時弊，初次顯露了批判現實的鬥爭鋒芒。「伊余幼且賤，所稟自以殊。弱歲謬知道，有心匡皇符」（《奉酬崔璐進士見寄次韻》），在儒家積極入世精神的指引下，皮日休於咸通四年初，年近三十的時候開始出山漫遊，以文事造請，廣泛結交當地名流，所謂「干者十數侯，繞者二萬里」（《太湖詩序》），先後到達岳州、壽州、九江、宣城、江州、江夏、許昌、長安等地，並在壽州、洞庭等處短暫隱居，對當時的社會下層有了貼切的體驗。咸通七年應舉不第，次年正月榜末及第，未被授官。咸通九年春應宏詞科不第，輾轉經華陰、登封，浮汴梁而到達揚州，年底因避兵亂往蘇州。十年七月應辟入蘇州刺史崔璞幕，爲蘇州軍事院從事。長年累月在外邊的奔波勞走，使得詩人身心疲憊不堪，蘇州的靈山秀水帶給了他心靈的一絲絲慰藉。咸通十一年春，皮日休在蘇州結婚，總算是有了一個安穩的家。這個時候他的思想已經有了轉變，從早期的激情用事到現在的淡泊明志，詩歌內容和風格也爲之一變，尤其是在蘇州幕府時期，他結識了好朋友陸龜蒙，兩人志趣相投，譜寫下了人生當中難得眞摯友誼的篇章。陸龜蒙早年積極追求用世，苦讀不輟，特別重視儒家「道統」思想下的社會實踐。咸通十年赴京應試，途中聞停貢舉詔，遂返回蘇州，旋憂憤成疾在家養病。理想破滅轉而尋求獨善之道，也曾學道，企求在山水和宗教之間找到一種心理的平衡。這個時候他結交了皮日休，兩人相見恨晚一見如故，相互關心相互扶持，創作了大量閒情雅致的詩篇。皮日休還引薦陸龜蒙到崔璞幕中一同共事，可見情誼之深，非同尋常。

皮、陸在蘇州相識相知共同創作《松陵集》絕不是偶然的事情，是由很多因素促成的。弄清楚這些內在外在的原因，對我們進一步評析《松陵集》大有益處。清代詩評家余成教在《石園詩話》卷二中對皮陸唱和曾作過如下的評論：「晚唐詩人之相得者，以陸魯望龜蒙、皮襲美日休爲最。陸寄皮云：『將生皮夫子，上第可其奏。並包數公才，用以殿厥後。』又云：『鹿門先生才，大小無不怡。就彼六籍內，說詩直解頤。不敢負建鼓，惟憂掉降旗。希君念餘勇，挽袖登文陴。』又云：『鹿門皮夫子，氣調眞俊逸。截海上雲鷹，橫空下霜鶻。文壇如命將，可以持玉鉞。』皮寄陸云：『惟有陸夫子，盡力提克卿。各負出俗才，俱懷超世情。』又云：『相逢似丹漆，相望如朓朒。論業敢並驅，量分合繼躅。』又云：『既見陸夫子，駑心卻伏廄。結彼世外交，遇之於邂逅。兩鶴思競閒，雙松格爭瘦。』玩兩公往復稱述之辭，皆有一種相視莫逆之心。如陸所云：『俱懷出塵想，共有吟詩癖。』皮所云：『我思方沉寥，君詞復淒切。』眞意孚洽，不比後人之退有後言而面相標榜也。」〔註 16〕余氏從皮陸二人詩歌內容出發能作出如此判斷，眞可謂是皮陸知音。他指出皮陸唱和融洽在於二人之間「皆有一種相識莫逆之心」，「眞意孚洽」極爲「相得」的親密關係。清代另一位詩評家喬億在《劍谿詩說》卷下說：「唱和須擇人，作詩須擇題。唱和太頻，令人思敏而格退。與人唱和，固相觀而善，然筆頭塵土易生，無復古人氣味矣。」〔註 17〕的確，詩歌唱和乃文人之間的高情雅事，當然要選擇唱和對象，不然眞是對牛彈琴大煞風景。皮陸二人詩歌唱和算是選對了人，那麼，究竟是什麼原因促成二人有「一種相識莫逆之心」的呢？對此我們要作些探討。

李福標在《皮陸的個性以及他們的友誼》一文中認爲「皮陸二人有相似的人生經歷和相通的傲誕、慵散的個性，所以他們得以相

〔註 16〕郭紹虞編《清詩話續編》下冊，上海古籍出版社，1999 年，第 1775 頁。

〔註 17〕郭紹虞編《清詩話續編》上冊，上海古籍出版社，1999 年，第 1103 頁。

交。作爲沉淪下僚的寒士，他們又有渴求文名的焦慮心態，所以他們的唱和一觸即發。」〔註18〕這樣的分析不無道理，但我們認爲除了這些因素外，還有一些其他的原因也是應該考慮到的。首先，皮陸二人的爲人處世的準則和眞誠待人的人生態度是他們得以交契的基本前提。李福標所說的二人具有相通的傲誕、慵散的個性固然重要，但是，在唐代尤其是在晚唐時期，傲誕和慵散是當時文人士子普遍的性格特徵，並不是皮陸二人所獨有。例如《唐詩紀事》卷六十三高駢條，引其《聞河中王鐸加都統》詩，在詩下計有功注云：「其驕傲不平如此。」〔註19〕又如《唐詩紀事》卷七十王轂條云：「轂未及第時，輕忽，被人毆擊，揚聲曰：『莫無禮，吾便是君臣猶在醉鄉中，一面已無陳日月』。毆者斂衽慚謝而退。」〔註20〕在《唐才子傳》中，有關晚唐人傲誕、慵散的記載也比比皆是。例如《唐才子傳》卷八《鄭巢傳》云：「巢性疏野，兩浙湖山，寺宇幽勝，多名僧，外學高妙，相與往還酬酢。」〔註21〕同卷《趙牧傳》云：「大中、咸通中，累舉進士不第。有俊才，負奇節，遂捨場屋，放浪人間。效李長吉爲歌詩，頗涉狂怪，聳動當時。」〔註22〕再如同卷《李山甫傳》亦云：「爲詩託諷，不得志，每狂歌痛飲，拔劍斫地，少抒郁郁之氣耳。」〔註23〕此外，有關筆記小說記載晚唐人傲誕、慵散性格的也不少，例如《唐摭言》卷十二就有不少生動的描繪，此不具引。皮陸二人在詩文中的確有不少反映自己傲誕慵散性情的詩句，但我覺得相同的個性是他們交契的一個原因，更爲關鍵的還在於他們二人能夠眞誠的相互關心相互支持，對雙方的愛護體貼才是他們之所以能成爲摯友的重要因素。相互無間沒有猜疑在朋友當中是多麼的重

〔註18〕載《湖南大學學報》，2004年第2期。
〔註19〕王仲鏞《唐詩紀事校箋》下冊，巴蜀書社，1992年，第1710頁。
〔註20〕王仲鏞《唐詩紀事校箋》下冊，巴蜀書社，1992年，第1872頁。
〔註21〕孫映逵《唐才子傳校注》，中國社會科學出版社，1991年，第721頁。
〔註22〕孫映逵《唐才子傳校注》，中國社會科學出版社，1991年，第750頁。
〔註23〕孫映逵《唐才子傳校注》，中國社會科學出版社，1991年，第757頁。

要，皮日休和陸龜蒙都需要眞誠的友誼。皮日休初來蘇州，作爲一個外鄉人在生活、語言各個方面難免會有諸多不便，陸龜蒙給了他許多幫助和關照。《初夏即事寄魯望》詩說：「夏景恬且曠，遠人疾初平。黃鳥語方熟，紫桐陰正清。廨宇有幽處，私遊無定程。歸來閉雙關，亦忘枯與榮。土室作深谷，蘚垣爲干城。斂杉突梔架，迸筍支簷楹。片石共坐穩，病鶴同喜晴。癭木四五器，筇杖一兩莖。泉爲葛天味，松作羲皇聲。或看名畫徹，或吟閒詩成。忽枕素琴睡，時把仙書行。自然寡儔侶，莫說更紛爭。具區包地髓，震澤含天英。粵從三讓來，俊造紛然生。顧予客茲地，薄我皆爲傖。唯有陸夫子，盡力提客卿。各負出俗才，俱懷超世情。駐我一棧車，啜君數藜羹。敲門若我訪，倒屣欣逢迎。胡餅蒸甚熟，貊盤舉尤輕。茗脆不禁炙，酒肥或難傾。掃除就藤下，移榻尋虛明。唯共陸夫子，醉與天壤並。」（《松陵集》卷一）這是皮日休初到蘇州時候的眞實寫照，什麼都不適應什麼都還不熟悉，水土不服帶來的疾病剛剛醫治好，想到外面去遊玩卻有沒有什麼熟悉的地方，只好呆在家中與病鶴、枯木相伴，這個時候陸龜蒙來看望他，「各負出俗才，俱懷超世情」，眞可謂是惺惺相惜。陸龜蒙熱情的招待他，用自己善感的心安慰他。在《吳中苦雨因書一百韻寄魯望》詩中，皮日休先述說自己初到吳中因氣候不適應導致的苦悶，又談到自己的貧窮「空廚方欲炊，漬米未離並。薪蒸濕不著，白晝須然燭。污萊既已濘，買魚不獲鱐。竟未成麥饘，安能得粱肉。」（卷一）由自己的貧困，又聯想到陸龜蒙的困窘：「更有陸先生，荒林抱窮蹙。壞宅四五舍，病篠三兩束。蓋簷低礙首，蘚地滑澾足。注欲透承塵，濕難庇廚簏。低摧在圭竇，索漠拋偏裻。手指既已胼，肌膚亦將瘯。一葊勢欲移，將撐乏寸木。盡日欠束薪，經時無寸粟。」最後皮氏願意爲他分憂解難，表示要引薦陸龜蒙到崔璞幕府：「我公大司諫，一切從民欲。梅潤侵束杖，和氣生空獄。而民當斯時，不覺有煩溽。念滂爲之災，拜神再三告。太陰霍然收，天地一澄肅。燔炙既芬芬，威儀乃毣毣。須權元化柄，用拯中夏酷。我願薦先生，左右輔司牧。茲雨何足云，唯思舉顏躅。」在這種困難情況下，皮陸二人能處處替對方考慮，爲對方分憂解難，眞算得上是患難與共的好兄弟。

除了能夠坦誠相待，眞心幫助外，皮陸交契的另外一個重要原因就是他們相互欣賞對方的詩才，而且有著相近的詩歌創作主張，認爲自己找到了知己。皮日休入蘇州幕府之前就已經是進士，聲名遠揚，以這樣的一個進士身份來到崔璞幕中，自然會引起陸龜蒙的注意。崔璐《覽皮先輩盛製因作十韻以寄用伸歎仰》詩說：「襄陽得奇士，俊邁眞龍駒。勇果魯仲由，文賦蜀相如，渾浩江海廣，葩華桃李敷。小言入無間，大言塞空虛。幾人遊赤水，夫子得玄珠。」（《松陵集》卷二）極力讚歎皮日休的不同凡響，說他的文采可與司馬相如比美。陸龜蒙也多次在詩中稱讚皮日休的才華，他在《讀襄陽耆舊傳因作詩五百言寄皮襲美》詩中先敘述皮日休家鄉襄陽一千多年來的著名作家，然後說：「將生皮夫子，上帝可其奏。並包數公才，用以殿厥後。嘗聞兒童歲，嬉戲陳俎豆。積漸開詞源，一派分萬溜。先崇丘旦室，大懼隳結構。次補荀孟垣，所貴亡罅漏。仰瞻三皇道，蟣虱在宇宙。卻視五霸圖，股掌弄孩幼。或能醢髖髀，或與翼雛鷇。或喜掉直舌，或樂斬邪脰。或耨鋤翳薈，或整理錯謬。或如百千騎，合沓原野狩。又如曉江平，風死波不皺。幽埋力須掘，遺落貲必購。乃於文學中，十倍猗頓富。囊乏向咸鎬，馬重遲步驟。專場射策時，縛虎當羿彀。」（《松陵集》卷一），極力稱揚皮日休的詩才，認爲皮氏能和那些著名的襄陽作家相比美。詩的最後表達了自己能和皮氏結交倍感榮幸的心情，也希望能得到皮日休的唱和，「驅爲文翰侶，駑皀參驥廄。有時諧宮商，自喜眞邂逅。道孤情易苦，語直詩還瘦。藻匠如見酬，終身致懷袖。」可見陸龜蒙對皮日休的才華是相當欣賞而且而且還是對他很敬重的。在《奉酬襲美先輩吳中苦雨一百韻見寄》詩中，陸龜蒙再次由衷地讚美了皮日休的詩才，他說：「鹿門皮夫子，氣調眞俊逸。截海上雲鷹，橫空下霜鶻。

文壇如命將，可以持玉鉞。不獨扆羲軒，便當城老佛。顧余爲山者，所得纔簣撮。譬如飾箭材，尚欠鏃與筈。閒將渝兒唱，強倚帝子瑟。」（《松陵集》卷一）在《襲美先輩以龜蒙所獻五百言既蒙見和復示榮唱至於千字提獎之重蔑有稱實再抒鄙懷用伸酬謝》裏他也說：「鹿門先生才，大小無不怡。就彼六籍內，說詩直解頤。顧我迷未遠，開懷潰其疑。初開鑿本源，漸乃疏旁支。」（《松陵集》卷一）像這樣發自內心由衷地讚歎皮日休的詩才，這在《松陵集》中還有許多。皮日休對陸龜蒙也是相當推崇的，多次在詩中予以讚揚。在《松陵集序》中就十分激賞他的詩才：「十年，大司諫清河公出牧於吳，日休爲郡從事。居一月，有進士陸龜蒙字魯望者，以其業見造，凡數編。其才之變眞天地之氣也。近代稱溫飛卿、李義山爲之最，俾生參之，未知其孰爲之後先也。太玄曰：『稽其門，閉其戶，眼其鍵，然後乃應，況其不者乎？』余遂以詞誘之，果覆之，不移刻。由是風雨晦冥，蓬蒿翳薈，未嘗不以其應而爲事。苟其詞之來，食則輟之而自飫，寢則聞之而必驚。」並且把陸龜蒙與溫飛卿、李義山視作鼎足而三的近代作家，可見他對龜蒙詩歌才華的重視和推崇。在《雜體詩序》中，皮日休說：「陸生與予各有是爲，凡八十六首，至於四聲詩、三字離合、全篇雙聲疊韻之作，悉陸生所爲，又足見其多能也。」（《松陵集》卷十）對陸龜蒙在前人的基礎上創作的四聲詩、三字離合、全篇雙聲疊韻等作品大爲讚賞。此外，在《松陵集》皮陸二人的唱和中，皮日休也多次讚賞過陸龜蒙的詩才。像他們這樣相互欣賞對方詩才而成爲至交的詩人，在歷史上還眞不算多。

此外，他們二人的詩學主張也有相近的地方，可謂興趣相投。例如他們對「才」與「變」的主張，對詩歌社會功能和娛樂功能的看法，對詩歌史發展的關照，等等，都有相似之處，這在第二章第一節中我們已經作了比較詳細的論述，此處不再重複。基於上述的一些內在外在的原因，使得皮日休在剛到蘇州不久的短暫時間裏，能夠與蘇州本地詩人陸龜蒙從相識到相知，最後交契共同創作《松陵集》，譜寫了唐代文學史上的一段佳話。

《松陵集》的主要內容就是描寫發生在日常生活中的點滴瑣事，描繪吳中旖旎迷人的山水自然風光，吟詠家居環境當中的各種事物，以及文人雅集和各種社會應酬。其中，皮陸二人作爲朋友之間的眞摯情感貫穿於整部詩集當中，隱逸閒適超世脫俗的情調像濃霧一樣的彌漫其間。文學史家談到皮陸文學成就，總是高談他們反映民生疾苦的現實主義詩歌創作和那些風格明快膾炙人口的小品文，當然，這的確是他們引以爲豪的文學成就。但是，文學現象是絢麗多姿的，作家的情感也是豐富多彩的。評論皮陸的文學成就，如果撇開了《松陵集》，至少說那是極其不完整的。《松陵集》向人們展示了皮陸內心的眞實思想和他們對於生活和人生的熱愛，是皮陸心態和思想轉變的一個眞實的記錄，雖然裏面的唱和作品在思想性上無法和他們前期的作品相比，但是也眞實的展露了他們的心靈軌跡，同樣具有不可抹殺的文學價值。

前面我們說過皮陸之所以成爲至交進行詩歌唱和，一個關鍵的原因就在於他們二人能夠像親兄弟一樣的相互關懷相互鼓勵，這樣，就必定在作品中留下了許多人性關愛友誼見證方面的詩作，事實上，描寫這方面內容的作品在整部《松陵集》當中佔有很大的比例。讓我們來看看皮陸二人的友誼具體表現在哪些方面。

皮日休之所以選擇到蘇州來入幕，並且在蘇州成婚安家，除了時任蘇州刺史崔璞的大度用人外，秀美的蘇州山水風光也是皮日休傾心嚮往的。作爲吳中本地人的陸龜蒙，自然會盡地主之誼帶領皮日休飽覽蘇州的秀山麗水，因而留下了不少他們在名勝古跡留戀往返的詩篇，這些詩篇既是他們友誼的見證，也可以從中窺見皮陸二人隱逸情趣的精神面貌。比較有影響的主要是兩組詩，即《太湖詩》和《四明山詩》，兩組詩都有序言，均爲一時一地所作，是他們兩人縱情山水眞摯友誼的筆墨見證。皮日休青年時代即在襄陽鹿門山隱居，後來也曾到洞庭短暫隱居過，這些地方都是著名的山水勝地，故他對山水情有獨鍾。陸龜蒙本來就是吳中人，吳中歷來都是文人薈萃的風水寶地，可以說皮陸兩人與山水自然有著親密的不可分割的關係。這次兩人在蘇州相識，文人的意氣風發在青山秀水之間不知不覺的煥發出來，用筆墨來描繪秀麗的自然美景。實際上，在此之前，他們二人就寫作了不少有關山水題材的詩文，不過這次的創作更爲集中些，在藝術技巧方面也有了新的表現。山水詩的鼻祖公認爲是南朝的謝靈運和謝朓，皮、陸二人時常效法二謝摹寫山水，並且多次在詩中戲稱對方爲大謝或小謝，雖是戲言，但也道出了他們對自己山水詩創作的自信。例如皮日休在《奉和魯望次韻秋賦有期》（卷八）中就說：「十載江湖盡是閒，客兒詩句滿人間。」在《聞魯望遊顏家林園病中有寄》（卷六）中說：「一夜韶姿著水光，謝家春草滿池塘。」就是以大謝比擬陸龜蒙。同樣，陸龜蒙則以小謝比擬皮日休，例如在《奉和江南書情二十韻寄秘書閣韋校書貽之商洛宋先輩垂文二同年次韻》（卷五）詩中就說：「謝才偏許朓，阮放最憐咸。」又在《奉和醉中偶作呈魯望次韻》（卷七）中說：「憐君醉墨風流甚，幾度題詩小謝齋。」從這些詩句當中可以看出皮陸二人的確是喜歡二謝的，也把二謝的山水詩作爲自己效法的對象。《太湖詩》一組二十首，共兩組，爲五言古詩，篇幅長短不一。在創作形式上爲皮日休首唱，陸龜蒙奉和，據皮日休的《太湖詩序》，知道此組詩寫於咸通十一年夏六月，原因是「會大司諫清河公憂；霖雨之爲患，乃擇日休，將公命，禱於震澤，祀事既畢，神應如饗。於是太湖之中，所謂洞庭山者，得以恣討。」這是一次公務活動之餘的遊山玩水，從皮日休《縹緲峰》中的「頭戴華陽帽，手柱大夏筇。清晨陪道侶，來上縹緲峰」和《入林屋洞》中的「遂招放曠侶，同作幽憂行」這些詩句，可以得知這次遊覽太湖是和陸龜蒙一道的，因爲皮陸二人在蘇州都曾學道，彼此稱呼爲道侶、道友。再從陸龜蒙的《三宿神景宮》詩也可以得知這次的太湖之遊的確是二人共遊的，要不然怎麼這麼巧合，皮日休三宿神景宮，陸龜蒙難道也曾三宿？只能是一同遊覽走同一線路才可能做到同時三宿，不然沒有眞情實景，唱和也就沒有意思了。前面我們也說過，皮日休曾引薦陸龜蒙到崔璞幕中一同共事，從兩人的唱和詩中所寫情景，可知陸龜蒙的確和皮日休共事過。既然有了這些前提，這次的太湖祭祀活動由皮日休主持，陸龜蒙參與也就在情理之中了。

《太湖詩》二十首，基本上是每一首詩描寫一個名勝景點，二十首詩名按順序如下：《初入太湖》、《曉次神景宮》、《入林屋洞》、《雨中遊包山精舍》、《遊毛公壇》、《三宿神景宮》、《以毛公泉一缾獻上諫議因寄》、《縹緲峰》、《桃花塢》、《明月灣》、《練瀆》、《投龍潭》、《孤園寺》、《上眞觀》、《銷夏灣》、《包山祠》、《聖姑廟》、《太湖石》、《崦裏》、《石板》。這組詩基本上是傚仿二謝的寫作方法而成的，不少詩篇當中還可以看到二謝的影子。謝靈運、謝朓的山水詩特別注重對景物狀態的細緻刻畫，以求達到逼眞的藝術效果，《太湖詩》也是這樣的。皮日休在《太湖詩序》中就說過：「凡所歷皆圖籍稱爲靈異者，遂爲詩二十章，以誌其事。」著重強調刻畫描摹自然景物要客觀眞實的詩法規則，這也是皮陸山水詩的主要特徵。從二謝開始，直到晚唐，山水詩的寫作也是遵循這個規則的，藝術實踐證明這是一個非常有效的寫作技法。清代詩評家王士禛在《帶經堂詩話》卷五《序論類》中說：「刻畫山水之詞，務窮幽極渺，抉山穀水泉之情狀，昔人所云『莊老告退，而山水方滋』者也。宋齊以下，率以康樂爲宗。至唐王摩詰、孟浩然、杜子美、韓退之、皮日休、陸龜蒙之流，正變互出，而山水之奇怪靈閟，刻露殆盡；若其濫觴於康樂，則一而已矣。」〔註 24〕王士禛也指出皮陸的山水詩「正變互出，而山水之奇怪靈閟，刻露殆盡」的創作特色。皮陸唱和的《太湖詩》二十首，每一首寫一個景點，採取遊覽紀實的方式，細緻入微的刻畫太湖周邊風景區優美的風光。試看：「樹動爲蜃尾，山浮似鼇脊。落照射鴻溶，清輝蕩抛抱。雲輕似可染，霞爛

〔註 24〕《帶經堂詩話》下冊，人民文學出版社，1998 年，第 115 頁。

如堪摘。」（皮日休《初入太湖》）、「壇靈有芝菌，殿聖無鳥雀。瓊幃自迴旋，錦旌空粲錯。鼎氣爲龍虎，香煙混丹煙。凝看出次雲，默聽語時鶴。綠書不可注，雲笈應無鑰。晴來鳥思喜，崦裏花光弱。」（皮日休《曉次神景宮》）、「次到煉丹井，井干翳宿莽。下有蕊剛丹，勺之百疾愈。凝於白獺髓，湛似桐馬乳。」（皮日休《遊毛公壇》）、「素鶴警微露，白蓮明暗池。窗櫺帶乳蘚，壁縫含雲蕤。聞磬走魍魎，見燭奔羈雌。沆瀣欲滴瀝，芭蕉未離披。」（皮日休《三宿神景宮》、「低冠入雲竇，中深劇苔井。傍坎才藥臼，石角忽支頤。藤根時束肘，初爲大幽怖。漸見微明誘，屹若造靈封。森如達仙藪，嘗聞白芝秀。」（陸龜蒙《入林屋洞》）、「岩開一逕分，柏擁深殿黑。森閒若圖畫，像古非雕刻。海客施明珠，湘蕤料淨食。有魚皆玉尾，有鳥盡金臆。」（陸龜蒙《雨中游包山精舍》）、「左右皆跳岑，孤峰挺然起。因思縹緲稱，乃在虛無裏。清晨躋磴道，便是孱顏始。據石即更歌，遇泉還徒倚。花奇忽如薦，樹曲渾成幾。」（陸龜蒙《縹緲峰》）、「洞庭看最奇，連山忽中斷。遠樹分毫釐，周回二十里。一片澄風漪，見說秋半夜。淨無雲物欺，兼之星斗藏。」（陸龜蒙《明月灣》）這些詩句在描摹太湖風光，注重細節描寫，對描寫對象觀察細緻，因之在詩人筆下往往入木三分，讀之有如身臨其境之感，彷彿置身於太湖，隨著詩人一道遊覽名勝。

詩人的興致是如此之高，但是在詩中往往卻不經意的流露出一絲絲的情愫，以議論的方式表達出來。眼前的美景的確是令人陶醉的，但是時下的境況卻還是讓人不能感到痛快，畢竟還是寄人籬下。例如皮日休在《曉次神景宮》詩的結尾就這樣抱怨過：「每嗟原憲瘼，常苦齊侯瘧。終然合委頓，剛亦慕寥廓。三茅亦常住，竟與圭組薄。欲問包山神，來賒少岩壑。」在《明月灣》中他也有過這樣的感慨：「對此老且死，不知憂與患。好境無處住，好處無境刪。赧然不自適，脈脈當湖山。」面對綺麗的自然風光，詩人暫時可以陶醉其中，在山水中尋找一種心理的平衡，但是，此刻的皮陸正值盛年，卻側身幕中，實在是心有不甘但又無可奈何，在《太湖詩》中，這樣的擔憂無處不在，如「空齋蒸柏葉，野飯調石發。空羨塢中人，終身無履襪。」（皮日休《桃花塢》）、「對彼神仙窟。自厭濁俗形，卻憎造物者。遣我騎文星。」（皮日休《入林屋洞》）、「渴興石榴羹，饑愜胡麻飯。如何事于役，茲遊急於傳。卻將塵土衣，一任瀑絲濺。」（皮日休《雨中游包山精舍》）、「竟死愛未足，當生且歡逢。不然把天爵，自拜太湖公。」（皮日休《縹緲峰》）、「京洛往來客，暍死緣奔馳。此中便可老，焉用名利爲。」（皮日休《銷夏灣》）、「賞玩若稱意，爵祿行斯須。苟有王佐士，崛起於太湖。試問欲西笑，得如茲石無。」（皮日休《太湖石》）、「此時空寂心，可以遺智識。知者戰未勝，尙倚功名力。卻下聽經徒，孤帆有行色，」（陸龜蒙《雨中游包山精舍》）、「豈獨冷衣襟，便堪遺造請。徒深物外趣，未脫塵中病。舉首謝靈運，徜徉事歸榜。」（陸龜蒙《三宿神景宮》）、「我願得一掬，攀天叫重閽。霏霏散爲雨，用以移焦原。」（陸龜蒙《以毛公泉獻大諫清河公》）、「身爲大塊客，自號天隨子。他日向華陽，敲雲問名氏。」（陸龜蒙《縹緲峰》）、「試爲探花士。作此偷桃臣，桃源不我棄。庶可全天眞。」（陸龜蒙《桃花塢》）、「掌職一不行，精靈又何寄。唯貪血食飽，但據驪珠睡。何必費黃金，年年授星使。」（陸龜蒙《投龍潭》）、「我眞魚鳥家，盡室營扁舟。遺名復避世，消夏還消憂。」（陸龜蒙《銷夏灣》）、「將命禮且潔，所祈年不凶。終當以疏聞，特用諸侯封。」（陸龜蒙《包山祠》）、「笑我掉頭去，蘆中聞剌船。余知隱地術，可以齊眞仙。終當從之遊，庶復全於天。」（陸龜蒙《崦裏》）等等，或感慨，或埋怨，或祈求，或自信，各種情愫集中在一起，借著描繪山水風光顯露出來，是詩人心靈軌跡的眞實呈現，將心中的話語想法說出來，這也是皮日休在《太湖詩序》中所說的「爾後聞震澤、包山，其中有靈異，學黃老徒樂之，益於一觀，豁平生之郁郁焉。」將心中的感想、鬱鬱之氣借助詩歌揮發出來，從山水詩中看出作者的眞性情，正如清代詩評家葉燮在《原詩》卷四外篇下中說：「遊覽詩切不可作應酬山水語，如一幅畫圖，名手各各自有筆法，不可錯雜。又名五山嶽，亦各各自有性情氣象，不可移換。作詩者以此二種心法，默契神會；又須步步不可忘我是遊山人，然後山水之性情氣象，種種狀貌變態影響，皆從我目所見所聽足所履而出，是之謂遊覽。且天地之生是山水也，其幽遠奇險，天地亦不能一一自剖其妙，自有此人之耳目手足一歷之，而山水之妙始泄。如此方無愧於遊覽，方無愧乎遊覽之詩。」〔註 25〕葉燮在這裡說創作遊覽詩有兩點要注意，一個是要如實的描摹自然山水，對山水的性情氣象，狀貌變化要寫出來；在一個就是要在山水詩中見出詩人的性情，要有情感，這樣的山水詩才算是佳作。以這個標準來看皮陸的《太湖詩》，確實是如葉燮所說的，屬於佳作。

《太湖詩》二十首屬於皮日休首唱，陸龜蒙奉和，另外一組山水詩《四明山詩》則是陸龜蒙首唱，皮日休奉和。一般來說，首唱的作品要比奉和之作要好，原因就在於首唱者可以隨心所欲的進行寫作，運用什麼詩體，選擇什麼修飾方法都是隨著自己的興趣愛好展開，無所顧忌，性情所致一一道來。而和作則要考慮到唱詩的種種限定，例如題材、體裁、用韻等等，相形之下，和詩就不那麼瀟灑自如，當然也有例外，有些和詩比唱詩好，但是很少。尤其是像這樣規模龐大的組詩，奉和作者要想寫出比原詩好的作品，幾無可能，這是一種才氣的比拼。先看陸龜蒙的唱詩：「石窗何處見，萬仞倚晴虛。積靄迷青瑣，殘霞動綺疏。山應列圓嶠，宮便接方諸。祇有三奔客，時來教隱書。」(《石窗》)、「相訪一程雲，雲深路僅分。嘯臺隨日辨，樵斧帶風聞。曉著衣全濕，寒沖酒不醺。幾回歸思靜，彷彿見蘇君」(《過雲》)、「雲南更有溪，丹礫盡無泥。藥有巴壇賣，枝多越鳥啼。夜清先月午，秋近少嵐迷。若得山顏住，芝差手自攜。」(《雲南》)、「雲北是陽川，人家洞壑連。壇當星斗下，樓拶翠微邊。一半搖峰雨，三條古井煙。金庭如有路，應到左神天。」(《雲北》)、

〔註 25〕載王夫之等撰《清詩話》，上海古籍出版社，1999 年，第 606 頁。

「鹿亭岩下置，時領白鹿過。草細眠應久，泉香飲自多。認聲來月塢，尋跡到煙蘿。早晚呑金液，騎將上絳河。」（《鹿亭》）、「樊榭何年築，人應白日飛。至今山客說，時駕玉鱗歸。乳蒂緣松嫩，芝臺出石微。憑欄虛目斷，不見羽華衣。」（《樊榭》）、「石淺洞門深，潺潺萬古音。似吹雙羽管，如奏落霞琴。倒穴漂龍沫，穿松濺鶴襟。何人乘月弄，應作上清吟。」（《潺湲洞》）、「山實號青欇，環岡次第生。外形堅綠殼，中味敵瓊英。墮石樵兒拾，敲林宿鳥驚。亦應仙吏守，時取薦層城。」（《青欇子》）、「何事鞠侯名，先封在四明。但爲連臂飲，不作斷腸聲。野蔓垂纓細，寒泉佩玉清。滿林遊宦子，誰爲作君卿。」（《鞠侯》）。

再看皮日休的和詩：「窗開自眞宰，四達見蒼涯。苔染渾成綺，雲漫便當紗。欇中空吐月，扉際不扃霞。爲會通何處，應憐玉女家。」（《石窗》）、「粉洞二十里，當中幽客行。片時迷鹿跡，寸步隔人聲。以杖探虛翠，將襟惹薄明。經時未過得，恐是入層城。」（《過雲》）、「雲南背一川，無雁到峰前。墟裏生紅藥，人家發白泉。兒童皆似古，婚嫁盡如仙。共作眞官戶，無由稅石田。」（《雲南》）、「雲北晝冥冥，空疑背壽星。犬能諳藥氣，人解寫芝形。野歇遇松蓋，醉書逢石屏。焚香住此地，應得入金庭。」（《雲北》）、「鹿群多此住，因構白雲楣。待侶傍花久，引鹿穿竹遲。經時掊玉澗，盡日嗅金芝。爲在石窗下，成仙自不知。」（《鹿亭》）、「主人成列仙，故榭獨依然。石洞鬩人笑，松聲驚鹿眠。井香爲大藥，和語是靈篇。欲買重棲隱，雲鋒不售錢。」（《樊榭》）、「陰宮何處淵，到此洞潺湲。敲碎一輪月，熔銷半段天。響高吹谷動，勢急賁雲旋。料得深秋夜，臨流盡古仙。」（《潺湲洞》）、「山風熟異果，應是供眞仙。味似雲腴美，形如玉腦圓。銜來多野鶴，落處半靈泉。必共玄都柰，花開不記年。」（《青欇子》）、「堪羨鞠侯國，碧巖千萬里。煙蘿爲印綬，雲壑是堤封。泉遣狙公護，果教猴子供。爾徒如不死，應得躡玄蹤。」（《鞠侯》）按理講，遊覽詩應該是詩人自己親自觀覽山水後才即興創作的，但這兩組描寫四明山景色物象唱和詩卻不同，兩位作者壓根沒有去光顧過四明山的景致，卻寫出了兩組唱和詩，豈不怪哉？據陸龜蒙在《四明詩序》中說，他這九首詩所描繪的四明山的景象，是根據一位在此隱居的「有道之士」的述說，換言之，他不過是這位隱士說過的話的轉述，當然在轉述中加入了自己的想像成分。這也眞是詩壇奇聞。沒有親自到過的地方，僅僅是根據別人的敘述，居然也能寫得像模像樣的，實在是不容易。

除了這兩組詩外，在《松陵集》中還有不少他們二人尋幽訪景的詩篇。如皮日休《初夏遊楞伽精舍》陸龜蒙《奉和初夏遊楞伽精舍》（卷二）、陸龜蒙《寒夜同皮襲美訪北禪院寂上人》皮日休《奉和魯望寒夜訪寂上人》（卷六）、陸龜蒙《同襲美遊北禪院》皮日休《奉和魯望同遊北禪院》（卷六）、皮日休《冬曉章上人院》陸龜蒙《奉和襲美初冬章上人院》（卷六）等詩即是，這些都是皮陸二人同遊蘇州著名寺院時寫下的唱和詩。甚至當皮日休自己生病不能外出，聽說陸龜蒙去遊玩，也寫詩，如《松陵集》卷六就有一首《聞魯望遊顏家林園病中有寄》:「夜韶姿著水光，謝家春草滿池塘。細挑泉眼尋新脈，輕把花枝嗅宿香。蝶欲試飛猶護粉，鶯初學囀尙羞簧。分明不得同君賞，盡日傾心羨索郎。」對自己有病在身不能和陸龜蒙同賞顏家林園深表遺憾。陸龜蒙當即和詩一首《襲美病中聞余遊顏家園見寄次韻酬》:「日華風蕙正交光，羯末相攜籍草塘。佳酒旋傾醽醁嫩，短船閒弄木蘭香。煙絲鳥拂來縈帶，蕊椿人收去約簧。今日好爲聯句會，不成剛爲欠檀郎。」對日休不能同來遊賞表示安慰。皮日休在病中甚爲無聊，就給龜蒙寫詩聊以打發時間，如《早春病中書事寄魯望》（卷五）、《病中美景頗阻追遊因寄魯望》（卷六）、《病中庭際海石榴花盛發感而有寄》（卷六）、《臥疾感春寄魯望》（卷六）、《病後思春》（卷六），陸龜蒙都一一應和，對老朋友的病情予以了關懷和安慰。

他們之間還相互贈送物品，也是濃濃情誼的一種體現，這在《松陵集》中也有很多詩篇反映。這些以贈送爲內容的詩篇主要集中在卷六，有二十多首。皮日休《早春以橘子寄魯望》:「箇箇和枝葉捧鮮，彩凝猶帶洞庭煙。不爲韓嫣金丸重，直是周王玉果圓。剖似日魂初破後，弄如星髓未銷前。知君多病仍中聖，盡送寒苞向枕邊。」陸龜蒙生病了，皮日休以春橘相贈。別人送給他一些海螃蟹，他卻轉送給龜蒙，《病中有人惠海蟹轉寄魯望》:「紺甲青筐染衣，島夷初寄北人時。離居定有石帆覺，失伴唯應海月知。族類分明連瑣吉，形容好個似蟛蜞。病中無用霜螯處，寄與夫君左手持。」他還送給龜蒙紗巾，《以紗巾寄魯望因而有作》:「周家新樣替三梁，裹髮偏宜白面郎。掩斂乍疑裁黑霧，輕明渾似戴玄霜。今朝定見看花昃，明日應聞漉酒香。更有一般君未識，虎文巾在絳霄房。」當然這種紗巾是用來包頭的，不是婦女使用的那種花巾。皮陸都是文人，送一些文房四寶也許更實用，而且也很雅致，例如皮日休就送給過陸龜蒙硯臺，《以紫石硯寄魯望兼酬見贈》:「樣如金蹙小能輕，微潤將融紫玉英。石墨一研爲鳳尾，寒泉半勺是龍睛。騷人白芷傷心暗，狎客紅筵奪眼明。兩地有期皆好用，不須空把洗溪聲。」對於皮日休贈送的物品，陸龜蒙都有和詩致謝。《松陵集》卷六就有陸龜蒙的和詩：《襲美以紫石硯見贈以詩迎之》、《襲美以春橘見惠兼之雅篇因次韻酬》、《襲美以紗巾見惠繼以雅音因次韻酬》。皮日休還送過魚箋給龜蒙，陸龜蒙作《襲美以魚箋見寄因謝成篇》詩紀之:「擣成霜粒細鱗鱗，知作愁吟喜見分。向日乍驚新繭色，臨風時辨白萍文。好將花下承金粉，堪送天邊詠碧雲。見倚小窗親襞染，盡圖春色寄夫君。」給他送過大魚，見陸龜蒙《襲美以巨魚之半見分因以酬謝》:「誰與春江上信魚，可憐霜刃截來初。鱗隳似撤騷人屋，腹斷疑傷遠客書。避網幾跳山影破，逆風曾蹙浪花虛。今朝最是家童喜，免泥荒畦掇野蔬。」同樣，陸龜蒙也送過皮日休不少物品，做到了禮尚往來。蘇州乃是魚米之鄉，湖泊縱橫，是理想的垂釣之地，《松陵集》卷四就有幾十篇關於釣魚的詩篇。垂釣可以陶冶人的性情，尤其對文人乃雅事，陸龜蒙就送過皮日休釣具，《頃自桐江得一釣車以襲美樂煙波之》：「旋屈金鉤劈翠筠，手中盤作釣魚輪。忘情不效孤醒客，有意閒窺百丈鱗。雨似輕埃時一起，雲如高蓋強相親。任他華轂低頭笑，此地終無覆敗人。曾招漁侶下清潯，獨繭初隨一錘深。細輾煙華無轍跡，靜含風力有車音。相呼野飯依芳草，迭和山歌逗遠林。得失任渠但取樂，不曾生個是非心。病來懸著脆緡絲，獨喜高情為我持。數幅尚凝煙雨態，三篇能賦蕙蘭詞。雲深石靜閒眠穩，月上江平放溜遲。第一莫教諳此境，倚天功業待君為。」皮氏很高興，連忙作詩三首致謝，見《魯望以輪鉤相示緬懷高致因作三篇》。陸氏還采集過野菜，也不忘給好友送去，《偶掇野蔬寄襲美有作》：「野園煙裏自幽尋，嫩甲香蕤引漸深。行歇每依鴉舅影，挑頻時見鼠姑心。淩風藹彩初攜籠，帶露虛疏或貯襟。欲助春盤還愛否，不妨蕭灑似家林。」此外，陸龜蒙還給皮日休送過人參、竹夾膝、花，分別見皮日休的感謝詩：《友人以人參見惠因以詩謝之》、《魯望以花翁之什見招因次韻酬之》、《魯望以竹夾膝見寄因次韻酬謝》。皮日休在《苦雨雜言寄魯望》中說：「鹿門人作州從事，周章似鼠唯知醉。府金廩粟虛請來，憶著先生便知愧。愧多饋少真徒然，相見唯知攜酒錢。豪華滿眼語不信，不如直上天公箋。天公箋，方修次。且榜鳴篷來一醉。」表達了對陸龜蒙贈送物品的感激之情。

相互贈送物品可以表達深情厚誼，那麼相互邀請對方來家中小酌幾杯以詩酒論文，就顯得更富有人情味了。《松陵集》卷六、卷七就有不少關於皮陸二人相互邀約到家中赴宴的詩篇，也是他們情誼的記載。根據詩中的記述，一般是皮日休邀約陸龜蒙到家中的次數多些，請看下面的幾首詩。皮日休《偶成小酌招魯望不至以詩為解因次》：「醉侶相邀愛早陽，小筵催辦不勝忙。沖深柳駐吳娃艓，倚短花排羯鼓床。金鳳欲為鶯引去，鈿蟬疑被蝶勾將。如何共是忘形者，不見漁陽摻一場。」《夏首病癒因招魯望》：「曉入清和尚袷衣，夏陰初合掩雙扉。一聲撥穀桑柘晚，數點舂鋤煙雨微。貧養山禽能箇瘦，病關芳草就中肥。明朝早起非無事，買得蓴絲待陸機。」《夏初訪魯望偶題小齋》：「半里芳陰到陸家，藜床相勸飯胡麻。林間度宿拋棋局，壁上經旬掛釣車。野客病時分竹米，鄰翁齋日乞藤花。」這三首詩都是皮日休在病癒後的初夏，因爲心情愉快邀請陸龜蒙到家中一塊痛飲的，但是從第一首中描寫的情形看，這次陸龜蒙有事沒能赴宴，末聯「如何共是忘形者，不見漁陽摻一場」表達了以後多的是在一起痛飲的機會。對於皮日休的盛情邀請和款待，陸龜蒙寫詩多次表示感謝，《襲美以公齋小宴見招因代書寄之》：「早雲才破漏春陽，野客晨興喜又忙。自與酌量煎藥水，別教安置曬書床。依方釀酒愁遲去，借樣裁巾怕索將。唯待數般幽事了，不妨還入少年場。」《酬襲美夏首病癒見招次韻》：「雨多青合式垣衣，一幅蠻箋夜款扉。蕙帶又聞寬沈約，茅齋猶自憶王微。方靈祗在君臣正，篆古須拋點畫肥。除卻伴談秋水外，野鷗何處更忘機。」《奉和夏初襲美見訪題小齋次韻》：「四鄰多是老農家，百樹雞桑半頃麻。盡趁晴明修網架，每和煙雨掉繰車。啼鸞偶坐身藏葉，餉婦歸來鬢有花。不是對君吟復醉，更將何事送年華。」在詩中盡情的描述了對飲時的情狀，令人不勝嚮往。

以上我們論述的都是皮陸交往當中的一些日常生活的片斷，這些看似平常的事情，卻是詩人眞摯情感的記載，表現了人性的關愛和人情的溫暖，尤其是像皮日休這樣的一個外地人，在蘇州這樣繁華富饒的地方能夠與吳中名士陸龜蒙相知做到相儒以沫，這的確是難得的事情。他們二人組織的松陵唱和，聚集團結了當時旅居在蘇州的一批文士，這種文人之間的相互關懷改寫了文人相輕的陋習，給文壇帶來了一陣清風。文人雅集本來就是令人賞心悅目的事情，是隱逸情趣的一種外現，詩友在一起唱和，成就賞心樂事。可以說閒逸之心與閒暇之情貫穿整部《松陵集》，成爲皮陸唱和的主調。皮日休先後在襄陽、洞庭、蘇州隱居，陸龜蒙把他與風流天下聞的孟浩然相比。陸龜蒙在《新唐書》中歸入《隱逸傳》，在後人眼裏都是一品的隱逸神仙，正如皮日休所說「各負出俗才，俱懷超世情」。他們在縱情山水的時候雖然也不忘功名利祿，但在山水與宗教之間總是在尋求一種心理的平衡，對隱逸生活的切慕之情時時躍然紙上。除了上述我們論述過的遊山玩水尋幽訪勝邀飲寄贈等隱逸生活方面的內容外，在《松陵集》中表現更多的隱逸情趣就是詩人的性情愛好，準確的說就是因性情所致對某種事物的偏好，這是一種個人興趣。皮陸都嗜好漁樵酒茶，而漁、樵可以說就是古代文人隱逸生活最直接的表現方式，在先秦文學裏就有不少漁夫、樵夫形象。漁夫樵夫生活在山林水池，遠離囂鬧的城市，與世無爭，是隱逸生活的直接代表，歷來受到文人和士大夫的青睞。翻開古人詩詞集，有關描寫漁夫樵夫的篇章比比皆是，這在《松陵集》當中也不例外。漁樵作爲隱居的直接方式，在享受山水林壑之美的同時，需要以閒情逸致爲心理前提。松陵唱和時期，皮日休雖然在崔璞幕中，卻心存隱廬之志，正如陸龜蒙《奉和病中書情寄上崔諫議次韻》所說：「或偃虛齋或在公，藹然林下昔賢風。」（《松陵集》卷六）可謂是身在曹營心在漢，追慕的還是古時的隱逸名士。陸龜蒙此時早已是「十載江南盡是閒，客兒詩句滿人間。郡侯聞譽親邀得，鄉老知名不放還。」（皮日休《奉和魯望秋賦有期次韻》，《松陵集》卷八）已經習慣了這種隱居生活，有這樣想法的人聚在一起自然是不拍而和，內心渴望那種消遙自在無拘無束的生活。《松陵集》卷四集中展現了他們的這種關於漁樵酒茶諸物的唱和詩歌，數量相當多，有 112 首，均爲往體詩。計有陸龜蒙《漁具詩》皮日休《奉和漁具十五詠》、皮日休《添漁具詩》陸龜蒙《奉和添漁具詩五篇》、陸龜蒙《樵人十詠》皮日休《奉和樵人十詠》、皮日休《酒中十詠》陸龜蒙《奉和酒中十詠》、陸龜蒙《添酒中六詠》皮日休《奉和酒中六詠》、皮日休《茶中雜詠》陸龜蒙《奉和茶具十詠》。漁樵茶酒都是以組詩的形式來吟唱，集中的表現了皮陸二人的興趣和愛好。

歷來寫漁樵酒茶方面的詩歌已經很多了，那麼，皮陸對這些物象進行唱和，又有什麼新意呢？讓我們先來看看這些作品。《松陵集》卷四按順序以組詩形式分次寫漁樵酒茶，顯然是作者在有意識的大力摹寫，數量之巨用心之專稱得上是前無古人後少來者。陸龜蒙在編集的時候將這些組詩集中編排放在一卷之中，也是有目的的，因爲漁樵酒茶自古以來就是隱逸高士賴以寄託人生懷抱抒發隱逸情趣的物象表徵，在皮陸看來也不例外。陸龜蒙在《奉酬襲美秋晚見題二首》其二中就說：「何事樂漁樵，巾車或倚橈。和詩盈古篋，賒酒半寒瓢。失雨園蔬赤，無風占葉雕。清言一相遺，吾道未全消。」皮日休《寒日書齋即事三首》其三：「方朔家貧未有車，肯從榮利捨樵漁。從公未怪多侵酒，見客唯求轉借書。暫聽松風生意足，偶看溪月世情疏。如鉤得貴非吾事，合向煙波爲玉魚。」（《松陵集》卷八）表達了皮陸二人對於漁樵的嚮往，把漁樵和詩酒情事相連，其樂融融，隱逸之情躍然紙上。在這些組詩的一些詩序中，也可以看出他們對漁樵酒茶與隱逸關係的認識，從而有意識地藉以抒發自己的隱逸之志。陸龜蒙《〈漁具詩〉序》云：「天隨子㪘於海山之顏有年矣。矢魚之具，莫不窮極其趣。」皮日休《〈添漁具詩〉序》云：「天隨子爲漁具詩十五首以遺予，凡有漁以來，術之與器，莫不盡於是也。噫！古之人或有溺於漁者，行其術而不能言，用其器而不能狀，此與澤沮之漁者又有何異哉？如吟魯望之詩，想其致，則江風海雨檝檝生齒牙，眞世外漁者之才也。」陸龜蒙說自己在「海山之顏」隱居多年，「矢魚之具，莫不窮極其趣」，已經對漁事產生了感情。皮日休稱讚陸龜蒙「眞世外漁者之才也」，可見他們把漁事和隱逸的關係是聯繫在一起的。皮日休還在序中說明了他們寫作漁具詩的原因，即在於好多以漁事爲隱逸方式的古人尙不知道這些漁具漁事的名稱，「行其術而不能言，用其器而不能狀」，他們對漁事很熟悉，就寫作了這些組詩，讓人們好瞭解這些事物。陸龜蒙在《樵人十詠序》中說：「環中先生謂天隨子曰：『子與鹿門子應和爲《漁具詩》，信儘其道而美矣。世言樵漁者，必聯其命稱，且常與隱君子事。《詩》之言錯薪，《禮》之言負薪，傳之言積薪，史之言束薪，非樵者之實乎？不可足以寄興詠，獨闕其詞耶？』退作《十樵》以補其闕漏，寄鹿門子。」在序中，陸龜蒙借環中先生的口，說出了寫作《樵人十詠》的原因，在於漁樵相連不可分離，都是「隱君子事」。不僅如此，還引經據典的說明樵事的來歷之早，有錯薪、負薪、積薪、束薪之別，可謂樵事之古雅矣。樵漁是這樣的古雅，酒茶也是一樣的大有來歷，都是古代隱君子的至愛。在《酒中十詠序》中，皮日休說：「鹿門子性介而行獨，於道無所全，於才無所全，於進無所全，於退無所全，豈天民之蠢者耶？然進之與退，天行未覺於余也。則有窮有厄，有病有殆，果安而受耶？未若全於酒也。夫聖人之誡酒禍也大矣，在《書》爲『沉湎』，在《詩》爲『童羖』，在《禮》爲『豢豕』，在史爲『狂藥』。余飲至酣，徒以爲融肌柔神，消沮迷喪。頽然無思，以天地大順爲隄封；傲然不持，以洪荒至化爲爵賞。抑無懷氏之民乎？葛天氏之民乎？苟沉而亂，狂而身，禍而族，眞蚩蚩之爲也。若余者，於物無所斥，於性有所適，眞全於酒者也。噫！天之不全余也多矣！獨以麴蘖全之，抑天猶幸於遺民焉。《太玄》曰：『君子在玄則正，在福則沖，在禍則反；小人在玄則邪，在福則驕，在禍則窮。』余之於酒得其樂，人之於酒得其禍，亦若是而已矣。於是徵其具，悉爲之詠。用繼東皋子酒譜之後。夫酒之始名，天有星，地有泉，人有鄉，今總而詠之者，亦古人初終必全之義也。天隨子深於酒道，寄而請之和。」這篇長序算得上是一篇關於酒論的小品文了，不僅指出酒的歷史悠久，而且還將人生禍福與酒聯繫起來看，眞有點玄言的意蘊。在《茶中雜詠序》中，皮日休也是先述說茶的歷史，他說：「按《周禮》，酒正之職，辨四飲之物。其三曰漿，又漿人之職。共王之六飲，水、漿、醴、涼、醫、酏，入於酒府。鄭司農云：『以水和酒也』。蓋當時人率以酒醴爲飲，謂乎六漿。酒之醨者也，何得姬公製？《爾雅》云：『檟，苦茶』，即不擷而飲之，豈聖人純於用乎？抑草木之濟人，取捨有時也。自周已降，及於國朝茶事，竟陵子陸季疵言之詳矣。然季疵以前，稱茗飲者必渾以烹之，與夫瀹蔬而啜者無異也。季疵之始爲經三卷，由是分其源，制其具，教其造，設其器，命其煮，俾飲之者除痟而去癘，雖疾醫之不若也。其爲利也，於人豈小哉？余始得季疵書，以爲備矣。」同酒一樣，茶的製作和飲用的歷史相當悠久。唐代茶聖陸羽爲天門竟陵人，算得上是皮日休的同鄉，皮氏爲這位同鄉的《茶經》大爲稱讚，而陸羽也是一位隱士，精通茶道，在隱逸志趣方面能引起皮氏的精神共鳴。

從以上引述的皮陸二人關於對漁樵酒茶的論述中可以看出，這些物象均與隱逸情事息息相關，都是隱逸生活的表徵，蘊涵著雅致情意。孫桂平在《〈松陵集〉中皮陸的生活理想：閒隱雅三位一體》〔註 26〕中認爲這些詩序包含著古雅、文雅、風雅三方面的雅意，頗有新意。其實，在理論上的論述不是最重要的，關鍵是要自己親自體驗這種風雅韻致的生活，只有親身體驗才能享受其中的愉悅，才會產生由此帶來的美感，才會覺得隱逸生活的妙處。事實上，皮陸也是這麼做的，對漁樵酒茶具有深刻的體驗，才能寫出如此逼眞動人的詩篇。陸龜蒙《頃自桐江得一釣車以襲美樂煙波之》其一：「旋屈金鉤劈翠筠，手中盤作釣魚輪。忘情不效孤醒客，有意閒窺百丈鱗。雨似輕埃時一起，雲如高蓋強相親。任他華轂低頭笑，此地終無覆敗人。」其二：「曾招漁侶下清潯，獨繭初隨一錘深。細輾煙華無轍跡，靜含風力有車音。相呼野飯依芳草，迭和山歌逗遠林。得失任渠但取樂，不曾生個是非心。」其三：「病來縣著脆緡絲，獨喜高情爲我持。數幅尙凝煙雨態，三篇能賦蕙蘭詞。雲深石靜閒眠穩，月上江平放溜遲。第一莫教譜此境，倚天功業待君爲。」（《松陵集》卷七）三篇詩歌描述陸龜蒙與皮日休一起垂釣的雅事。第一首說寫閒釣之樂，哪怕是遇見大雨也不怕，「任他華轂低頭笑，此地終無覆敗人」，似乎沒有什麼牽掛的。第二首稱皮日休爲「漁侶」，和他一

〔註 26〕載《集美大學學報》，2001 年 2 期。

起垂釣，不但以釣魚自樂，還一同「相呼野飯依芳草，迭和山歌逗遠林」，盡情的享受山林之樂，野釣有無收穫不管，重要的是能夠和朋友一起。第三首就是一幅煙雨垂釣的水墨山水了。濛濛細雨中，一舟一笠，煙波中一杆垂絲，畫面優美，景象深邃，表明自己已經適應了這樣的隱居生活，但是他勸皮日休不必學他這樣，「第一莫教諳此境，倚天功業待君爲」，希望他能有建功立業之心，好建倚天功業，這是在勸勉好友。皮日休則和詩《魯望以輪鉤相示緬懷高致因作三篇》，其一云：「角柄孤輪細膩輕，翠篷十載伴君行。撚時解轉蟾蜍魄，拋處能啼絡緯聲。七里灘波喧一舍，五雲溪月靜三更。牛衣鮒足和蓑睡，誰信人間有利名。」其二云：「一線飄然下碧塘，溪翁無語遠相忘。蓑衣舊去煙披重，箬笠新來雨打香。白鳥白蓮爲夢寐，清風清月是家鄉。明朝有物充君信，櫓酒三瓶寄夜航。」其三云：「盡日悠然舴艋輕，小輪聲細雨溟溟。三尋絲帶桐江爛，一寸鉤含笠澤腥。用近詹何傳釣法，收和范蠡養魚經。孤篷半夜無餘事，應被嚴灘聒酒醒。」皮日休在這三首詩中稱述陸龜蒙的隱逸生涯時，對他的漁樵事詩酒情大加讚歎。對於陸龜蒙的好心勸勉，皮日休作了「誰信人間有利名」的回答，表示自己也要和龜蒙一道以漁樵自樂。

上引的皮陸二人的詩歌可以看出他們的確是有過漁隱的經歷，所以才對漁事熟悉才能寫作出反映樵漁情事的組詩。他們那些反映漁家生活的詩篇，因爲觀察仔細熟悉漁事，細節描寫相當逼眞細膩，富有生活氣息。例如皮日休《釣侶二章》其一云：「趁眠無事避風濤，一斗霜鱗換濁醪（原注：吳中賣魚論斗）。驚怪兒童呼不得，盡沖煙雨漉車螯。」其二云：「嚴陵灘勢似雲崩，釣具歸來放石層。煙浪濺篷寒不睡，更將枯蚌點漁燈。」（《松陵集》卷八）這兩首詩直寫漁家的辛苦漁事，江南水鄉有時風濤洶湧巨浪滔天，捕魚釣魚都不容易。「盡沖煙雨漉車螯」、「嚴陵灘勢似雲崩」、「煙浪濺篷寒不睡」三句都極力描繪氣候的惡劣漁事的艱辛。可見有時候漁事並不是那些書生們想像的那麼具有閒情逸致，這只有親自體驗過漁事的皮日休才能寫出來。再看陸龜蒙的《和襲美釣侶二章》，其一云：「一艇輕撶看曉濤，接𦩍抛下漉春醪。相逢便倚蒹葭泊，更唱菱歌擗蟹螯。」其二云：「雨後沙虛古岸崩，魚梁移入亂雲層。歸時月墮汀洲暗，認得妻兒結網燈。」第一首寫漁人在漁事活動中的相逢，一邊吃著螃蟹痛飲春酒，一邊歡唱吳歌，何其消遙自在。第二首寫漁人收工後踏著星月歸家，歸來時月亮已經落下，四周一片漆黑，惟有家中的妻女在漁燈下結網。龜蒙的和詩將漁家的歡娛細緻的描繪出來，這是他對漁家生活的眞切體驗。

正是因爲皮陸二人對漁樵情事很熟悉，故他們對於漁具樵具非常在行，寫起來輕車熟路。陸龜蒙首唱《漁具詩》十五首，對漁具和捕魚之術極盡描摹之能事。從詩題上我們就可以看出，這十五首詩題按次序分別是：《網》、《罩》、《罠》、《釣筒》、《釣車》、《魚梁》、《叉魚》、《射魚》、《鳴桹》、《滬》、《罧》、《種魚》、《藥魚》、《舴艋》、《笭箵》等，漁具品種，眞可謂是如皮日休在《添漁具詩序》中所說：「凡有漁已來，術之於器，莫不盡於是也。」這十五首詩歌雖標題爲《漁具詩》，不光描寫了漁具，如網、罩、釣筒、鳴桹、笭箵等，也寫了種種捕魚之術，如叉魚、射魚、藥魚。他對於各種漁事非常熟悉，例如叉魚，他這樣寫到：「春溪正含綠，良夜才參半。持矛若羽輕，列燭如星爛。傷鱗跳密藻，碎首沈遙岸。盡族染東流，傍人作佳玩。」叉魚就是漁民用魚叉捕魚，一般在春夏之際，因此時天氣變暖魚浮出水面覓食，且這個時候的魚兒較爲肥大，易於捕獲，陸詩描寫的就是這個時候的叉魚活動。你看，夜晚的春溪旁，一群漁民手拿魚叉正在叉魚。捕獲的魚兒因爲受傷在草地上亂蹦亂跳的，大人在叉魚，小孩在一邊撥弄叉到的魚兒，又是在靜謐的春夜，多麼富有詩情畫意。我們再看看皮日休寫的叉魚，《奉和魯望漁具十五詠叉魚》：「列炬春溪口，平潭如不流。照見游泳魚，一一如清晝。中目碎瓊碧，毀鱗殷組繡。樂此何太荒，居然愧川後。」

也是描繪的春夜的叉魚，漁民們打著火把站在春溪邊，火光將遊魚照見，像白天一樣的清晰可見。這樣優美的景致以至於詩人都不忍心觀看叉魚了，末聯「樂此何太荒，居然愧川後」就表達了這個意思。除了叉魚外，還有射魚和藥魚。射魚就是用弓弩射殺大魚，藥魚就是用製作的藥粉毒魚，等魚兒吃藥藥性發作浮上來時捕獲。皮陸都作了細緻的描繪，《射魚》:「彎弓注碧潯，掉尾行涼沚。青楓下晚照，正在澄明裏。抨弦斷荷扇，濺血殷菱蕊。若使禽荒聞，移之暴煙水。」《奉和魯望漁具十五詠射魚》:「注矢寂不動，澄潭晴轉烘。下窺見魚樂，恍若翔在空。驚羽決凝碧，傷鱗浮殷紅。堪將指杯術，授與太湖公。」《藥魚》:「香餌綴金鉤，日中懸者幾。盈川是毒流，細大同時死。不唯空飼犬，便可將貽蟻。苟負竭澤心，其他盡如此。」《奉和魯望漁具十五詠藥魚》:「我無竭澤心，何用藥魚藥。見說放溪上，點點波光惡。食時競夷猶，死者爭紛泊。何必重傷魚，毒涇猶可作。」讀了這些詩篇，我們對叉魚、藥魚、射魚等漁事活動有了大致的印象。雖然沒有親眼見過，但也有了間接的瞭解。相對而言，皮日休是不主張叉魚、射魚、藥魚這種漁事作業的，因爲這是純粹的捕殺魚類，談不上什麼閒情逸致。在他眼裏，只有垂釣才是眞正具有隱士情懷的漁事。他羨慕的是煙波江上一舟一杆舒卷灑脫的垂釣。魚類資源是有限的，大量的打撈捕捉也會使資源耗盡，因此就有種魚這種補救活動。所謂種魚就是在水域中投放魚苗，讓它成長以便捕撈，皮陸都有《種魚》詩紀之。

皮日休自幼就生活在水鄉襄陽，漢水繞城而過，澗溪、檀溪、魚梁州都是襄陽有名的產魚之地。因爲他親歷過許多的漁事活動，故對陸龜蒙的《漁具詩》一點都不陌生，他不僅奉和了十五首，而且還意猶未盡的作了《添漁具詩》五首，篇名是《漁庵》、《釣磯》、《蓑衣》、《箬笠》、《背蓬》，這五種漁具是陸龜蒙沒有提及的，但他自己很熟悉，就趁著興致添寫了五首。他在《添漁具詩序》中說：「余昔之漁所，在湧上則爲庵以守之；居峴下則占磯以待之。江漢間時候率多雨，唯以箬笠自庇，每侍魚必多俯，箬笠不能庇其上，由是織篷以障之，上抱而下仰，字之曰『背篷』。今觀魯望之十五篇，未有是作，因次而詠之，用以補其遺者。漁家生具，獲足於吾屬之文也。」原來，皮日休之所以補這五首，是因爲襄陽獨特的地理和氣候因素決定，那兒的漁家在漁事活動的時候要具備這幾種漁具，具有特別的地方氣息。

對於樵夫的日常生活，皮日休也是非常熟悉，因爲襄陽多山，而且皮氏早年隱居即在鹿門山，那是襄陽比較有名的大山，與諸葛亮隱居的隆中山遙遙相對。據其詩文，他早期也有過耕讀生活，親身從事過上山砍柴等農事。襄陽水泊縱橫山脈眾多，歷來是名人高士隱居的地方，漁樵二事往往相連，「世言漁樵，必聯其命稱，且常爲隱君子事。」漁樵本來是很平常的農事活動，一旦與隱逸情事和文人趣尚聯繫起來，就是簡單普通的事情具備了濃厚的文化意蘊。《樵人十詠》既寫了樵具也寫了樵事，重點還是寫樵人，篇名如下：《樵溪》、《樵家》、《樵叟》、《樵子》、《樵徑》、《樵斧》、《樵擔》、《樵風》、《樵火》、《樵歌》。讓我們來看看他們是怎麼樣描寫樵人的。先看《樵叟》：「自小即胼胝，至今凋鬢髮。所圖山褐厚，所愛山爐熱。不知冠蓋好，但信煙霞活。富貴如疾顛，吾從老岩穴。」《奉和魯望樵人十詠　樵叟》：「不曾照青鏡，豈解傷華髮。至老未息肩，至今無病骨。家風是林嶺，世祿爲薇蕨。所以兩大夫，天年自爲伐。」皮陸二詩描述的樵叟都有相同之處，那就是健康長壽，這是因爲樵叟長年累月在山中進行體力活動的結果，他們已經深深的紮根山中，「所圖山褐厚，所愛山爐熱。不知冠蓋好，但信煙霞活」、「家風是林嶺，世祿爲薇蕨」，對人生富貴身外之物已經看淡，認爲「富貴如疾顛」，這才是眞隱士的風範。如果說這種境界是幾十年如一日參悟的結果，那麼他們筆下的樵子又是怎麼的面貌呢？《樵子》：「生自蒼崖邊，能諳白雲養。才穿遠林去，已在孤峰上。薪和野花束，步帶山詞唱。日暮不歸來，柴扉有人望。」《奉和魯

望樵人十詠　樵子》:「相約晚樵起，跳踉上山路。將花餌鹿麑，以果投猿父。束薪白雲濕，負擔春日暮。何不壽童烏，果爲玄所誤。」讀了這兩首《樵子》詩，我們感到這裡的樵子也已經習慣了他們的這種樵事生活。樵夫家裏的生活是怎麼的呢？《樵家》:「草木黃落時，比鄰見相喜。門當清澗盡，屋在寒雲裏。山棚日才下，野灶煙初起。所謂順天民，唐堯亦如此。」《奉和魯望樵人十詠　樵家》:「空山最深處，太古兩三家。雲蘿共夙世，猿鳥同生涯。衣服濯春泉，盤餐煮野花。居茲老復老，不解歎年華。」這樣的樵家生活，遠離塵囂，過著儉樸安逸與世無爭的生活，是多麼的閒逸安詳啊。詩人毋寧說是在讚美樵家的生活，倒不如說是對這種隱逸情趣的企慕，這種寧謐安詳的世外生活不正是詩人苦苦追求的麼？

如果說皮陸描寫漁樵的詩篇是在對客體物象的描摹，雖然其間也表達了詩人自己的情感傾向，那麼，下面有關酒茶的敘寫就是詩人自己獨到的感受了，因爲酒茶要靠自己親自品評才能有體會。漁樵強調的是他物，詩人在傍邊觀摩是摹寫，茶酒注重的是自我感悟，詩人親自在品評，這種感受是別人無法代替的。《漁具詩》和《樵人十詠》都是陸龜蒙首唱，皮日休次和，而《酒中十詠》和《茶中雜詠》則是皮日休發唱，陸龜蒙奉和。皮日休《酒中十詠》，篇名分別爲:《酒星》、《酒泉》、《酒篘》、《酒床》、《酒壚》、《酒樓》、《酒旗》、《酒樽》、《酒城》、《酒鄉》。這些詩篇羅列了與酒有關的物品，進行了簡要的描述，就如同它在《酒中十詠序》中說的「於是徵其具，悉爲之詠。用繼東皋子酒譜之後。夫酒之始名，天有星，地有泉，人有鄉，今總而詠之者，亦古人初終必全之義也。」詩人醉翁之意不在酒在於通過酒器酒物的吟詠，想要表達其思想情懷和生活趣尙的意願。陸龜蒙深得酒道，它不僅寫作了《奉和酒中十詠》，而且還寫了《添酒中六詠》，題目分別是《酒池》、《酒龍》、《酒甕》、《酒槍》、《酒杯》。在《添酒中六詠序》中，他說:「鹿門子示余《酒中十詠》，物古而詞麗，旨高而性眞，可謂窮天人之際矣。」

高度的評價了皮日休的詩作，認爲皮詩「物古而詞麗，旨高而性眞」，見出了作者的眞性情，也就是隱逸性情。他接著在序中說：「昔人之於酒，有注爲池而飲之者，象爲龍而吐之者，親盜甕間而臥者，將實舟中而浮者，可爲四荒矣。徐景山有酒槍，嵇叔夜有酒杯，皆傳於後代，可謂二高矣。四荒不得不刺，二高不得不頌，更作六章，附於末云。」四荒因爲酒禍而懲治，二高因爲酒德而讚頌，皮陸把酒事和酒禍聯繫起來，認爲酒禍不符合隱逸風尚應該予以批判，眞正令人欽賞的還是詩酒風流，這才是瀟灑疏放的隱逸情懷。試看陸龜蒙的《添酒中六詠》，這是四組有關酒事描寫的詩歌當中寫得最好的一組，它把酒與歷史興衰相連，具有懲戒勸勉的意味。《酒池》：「萬斛輸曲沼，千鍾未爲多。殘霞入醍齊，遠岸澄白酇。后土亦沉醉，姦臣空浩歌。邇來荒淫君，尙得乘餘波。」《酒龍》：「銅雀羽儀麗，金龍光彩奇。潛傾鄴宮酒，忽作商庭漦。若怒鱗甲赤，如酣頭角垂。君臣坐相滅，安用驕奢爲。」《酒甕》：「候暖曲糵調，覆深苫蓋淨。溢處每淋漓，沈來還濎濙。常聞清涼酎，可養希夷性。盜飲以爲名，得非君子病。」《酒船》：「昔人性何誕，欲載無窮酒。波上任浮身，風來即開口。荒唐意難遂，沉湎名不朽。千古如此肩，問君能繼不。」《酒槍》：「景山實名士，所玩垂清塵。嘗作酒家語，自言中聖人。奇器質含古，挫糟未應醇。唯懷魏公子，即此飛觴頻。」《酒杯》：「叔夜傲天壤，不將琴酒疏。製爲酒中物，恐是琴之餘。一弄廣陵散，又裁絕交書。頽然擲林下，身世俱何如。」這六首詩把酒事和歷史上的人事相連，道出了深沉的感慨，格調沉鬱，有懷古幽思之感。

皮陸的茶事詩比酒事詩寫得要明快清朗，飲酒可以導致酒禍，而喝茶則無能如何是不會導致茶禍的。酒詩裏面帶有深沉的歷史責任感，茶詩只有歡娛，更加見出高潔的情趣。皮日休的《茶中雜詠》十首爲《茶塢》、《茶人》、《茶筍》、《茶籯》、《茶舍》、《茶灶》、《茶焙》、《茶鼎》、《茶甌》、《煮茶》。對茶葉生產、採摘、烘製，烹茶、飲茶等等茶事都進行了生動的刻畫。他在《茶中雜詠序》中極力推崇茶聖陸羽的《茶經》三卷，但是又認為《茶經》只是講茶葉的生產製作過程，沒有敘及茶事的吟詠，「餘缺然於懷者，謂有其具而不形於詩」，於是他寫了這組詩歌以補闕。《煮茶》詩云：「香泉一合乳，煎作連珠沸。時看蟹目濺，乍見魚鱗起。聲疑松帶雨，餑恐生煙翠。尚把瀝中山，必無千日醉。」將煮茶過程繪聲繪色的刻畫出來，彷彿眼前就能看見冒著熱氣的香茶，聞到悠悠茶香。「南山茶事動，灶起岩根傍。水煮石發氣，薪然杉脂香。青瓊蒸後凝，綠髓炊來光。如何重辛苦，一一輸膏粱。」(《茶灶》)「鑿彼碧巖下，恰應深二尺。泥易帶雲根，燒難礙石脈。初能燥金餅，漸見乾瓊液。九里共杉林，相望在山側」(《茶焙》) 這兩首是描繪茶葉加工的情形，似乎滿屋茶香撲面而來。茶和酒都是隱士生活中不可或缺的物品，皮陸對他們進行吟詠，也道出了自己內心的眞實想法，就是渴望能夠眞正的過那種寧靜閒雅的生活，追求內心的閒適。松陵唱和的時候他們已經志存隱逸，流露出悠閒的情致，不過是借助對樵漁茶酒的描繪道出而已。

皮陸二人的思想屬於儒家，但是他們也不排斥其他的思想。他們縱情山水隱逸江湖顯然與崇信釋道有關。佛教的習禪好靜和道教的隱逸思想都對他們產生了較大的影響，這在《松陵集》中也有不少的反映，可以算是他們隱逸生活的一部分。古來的隱士大都會選擇名山大澤作為隱居的地方，而道觀寺院往往修建在名山之中，這樣，隱士就有了機會與道士僧人交往請教的機會。皮陸也不例外，他們的習禪慕道也主要表現在與高僧名道的交往上，算得上是他們隱逸志趣的一種顯現。

陸龜蒙、皮日休對修持道行是很投入的，在自己的居所修建有道室以便打醮修道。陸龜蒙《上元日道室焚修寄襲美》：「三清今日聚靈官，玉刺齊抽謁闕寒。執蓋冒花香寂歷，侍晨交佩響闌珊。將排鳳節分階易，欲校龍書下筆難。唯有世塵中小兆，夜來心拜七星壇。」（卷六）《四月十五日道室書事寄襲美》：「烏飯新炊香，道家齋日以爲常。月苗杯舉存三洞，雲蕊函開叩九章。一掬陽泉堪作雨，數銖秋石欲成霜。可中値著雷平信，爲覓閒眠苦竹床。」（卷七）皮日休《寒日書齋即事三首》其一：「參佐三間似草堂，恬然無事可成忙。移時寂歷燒松子，盡日殷勤拂乳床。將近道齋先衣褐，欲清詩思更焚香。空庭好待中宵月，獨禮星辰學步罡。」其二：「不知何事有生涯，皮褐親裁學道家。深夜數甌唯柏葉，清晨一器是雲華。盆池有鷺窺蘋沫，石版無人掃桂花。江漢欲歸應未得，夜來頻夢赤城霞。」（卷八）陸龜蒙的兩首詩著力描寫他自己於上元日和四月十五日兩次在家中道室行道法時的情景，鋪敘生動。皮日休的兩首則寫他仿傚道教徒的一些宗教儀法，進行齋醮、服食、誦經等道教活動。這些詩皮陸二人都有奉和之作，可見他們對修道的熱忱。他們之所以在家中這麼虔誠的行道法，並不是眞的想成爲道士，而是通過這些道教的活動儀式，從中獲得精神上的愉悅和滿足。家中的道室在他們看來是一方淨土，是自己精神上的依靠和寄託。道教的飄逸瀟灑、風神爽朗的言行舉止和隱士的灑脫疏放是很接近的，是一種對現實社會的精神超越，這種生活方式和態度很容易受到文士們的青睞。在《松陵集》中，皮陸多次表達了他們對道教的傾慕之情。例如皮日休在《寄題玉霄峰葉涵象尊師所居》詩中就說：「青冥向上玉霄峰，元始先生戴紫蓉。曉案瓊文光洞壑，夜壇香氣惹杉松。閒迎仙客來爲鶴，靜謚靈符去是龍。子細捫心無偃骨，欲隨師去肯相容。」（卷八）末句表達了要跟隨元始道士修道的決心。此外，在卷二《追和清遠道士兼次本韻》、卷六《江南道中懷茅山廣文南陽博士三首》唱和、卷七《寄題羅浮山軒轅先生所居》唱和、卷七《送董少卿遊茅山》唱和、卷九《傷開元觀顧道士》唱和等詩中，皮陸也表達了這個意思。甚至皮日休在《奉和魯望四月十五日道室書事》詩的結尾說：「剩欲與君終此志，頑仙唯恐鬢成霜」，可見對道教的仰慕之深。陸龜蒙也在《寄茅山何威儀二首》

其一中說：「大小三峰次九華，靈蹤今盡屬何家。漢時仙上雲巔鶴，蜀地春開洞底花。閒傍積嵐尋瀑眼，便淩殘雪探芝芽。年來已奉黃庭教，夕煉腥魂曉吸霞。」乾脆說他已經信奉了道教。除了仿傚道教法事外，陸龜蒙還頌讀道經，其《讀黃帝陰符經寄鹿門子》開篇就說：「清晨整冠坐，朗詠三百言。備識天地意，獻詞犯乾坤。」（卷二）皮日休《奉和魯望讀陰符經見寄》詩結尾卻說：「如何黃帝機，吾得多坎躓。縱失生前祿，亦多身後利。我欲賊其名，垂之千萬祀。」表示也要入道流。道士仙風道骨的顏貌、瀟灑神朗的舉止對皮陸都具有深深的誘惑，他們多次在詩中以「鶴」、「雲」、「松」、「龍」這些具有格調的事物來比擬道教的生活，讀之使人遐想翩翩。這些物象都與隱士生活密切相關，通過這些描寫，我們可以看出皮陸二人的隱士情懷。

通過我們對《松陵集》的統計，發現陸龜蒙描寫道教的詩篇比皮日休要多，而描寫佛教的詩歌皮日休要超過陸龜蒙，這是一個有趣的現象。似乎陸龜蒙更沉醉於道教，這恐怕是與其經歷有關。一般來說，《松陵集》中反映道教的詩歌，往往都是陸龜蒙首唱皮日休次和，主要內容還是描敘他們和道士的交往，讚美道教的生活情貌。例如陸龜蒙《秋日遺懷十六韻寄道侶》、《寄茅山何道士》、《南秋懷寄華陽山人》、《寄茅山何威儀二首》、《寄懷華陽道士》等等。有關佛教的詩篇主要是皮日休首唱，陸龜蒙次和，這在《松陵集》中有不少，題材和描寫道教的差不多，不外是對寺院的參觀和與僧人的交往。參觀寺院是皮陸二人的一種愛好，寺院的環境幽境可以啓迪詩人的心靈，每到一處寺院，皮陸都忘不了寫詩紀遊。例如皮日休《冬曉章上人院》詩，就描繪了寺院的幽境：「山堂冬曉寂無聞，一句清言憶領軍。琥珀珠黏行處雪，棕櫚帚掃臥來雲。松扉欲啓如鳴鶴，石鼎初煎若聚蚊。不是戀師終去晚，陸機茸內足毛群。」在另外兩首《夏景無事因懷章來二上人二首》中也這種景致，其一：「澹景微陰正送梅，幽人逃暑癭楠杯。水花移得和魚子，山蕨收時帶竹胎。嘯館大都偏見月，醉鄉終竟不聞雷。更無一事唯留客，卻被高僧怕不來。」其二：「佳樹盤珊枕草堂，此中隨分亦閒忙。平鋪風簟尋琴譜，靜掃煙窗著藥方。幽鳥見貧留好語，白蓮知臥送清香。從今有計消閒日，更爲支公置一床。」這樣靜謐的寺院環境的確是令人嚮往。一般的禪院都種植花草，皮日休就有兩首專門寫寺院花草的詩《重玄寺元達年逾八十好種名藥凡所粉糅各指名余奇而訪之因題二章》，我們來看看他都描繪了一些什麼花卉。其一：「雨滌煙鋤傴僂賁，紺牙紅甲兩三畦。藥名卻笑桐君少，年紀翻嫌竹祖低。白石靜敲蒸術火，清泉閒洗花泥。怪來昨日休持缽，一尺雕胡似掌齊。」其二：「香蔓蒙蘢覆昔邪，桂煙杉露濕袈裟。石盆換水撈松葉，竹徑穿床避筍芽。藜杖移時挑細藥，銅瓶盡日灌幽花。支公謾道憐神駿，不及今朝種一麻。」在《重玄寺雙矮檜》中他還寫了重玄寺中的兩棵矮檜樹。

《松陵集》中有關遊覽寺院的詩歌還有很多，僅皮日休寫的就有卷二《初夏遊楞伽精舍》、卷五《武丘寺殿前有古杉一本形狀醜怪圖之不盡況百卉競媚若妒若媢唯此杉死抱奇節嶢然闒然不知雨露之可生也風霜之可瘁也乃造化者方外之材乎遂賦三百言以見志》、卷六《開元寺客省早景即事》、卷六《聞開元寺開筍園寄章上人》、卷六《泰伯廟》、卷七《開元寺佛缽詩並序》、卷七《宿報恩寺水閣》、卷七《虎丘寺西小溪閒凡三絕》、卷八《訪寂上人不見》、卷八《題支山南峰僧》等等，這些詩歌不少也是紀遊詩，描寫的都是寺院風光。陸龜蒙在《松陵集》中有兩首和皮日休探訪寂上人的詩歌，卷六《同襲美遊北禪院》：「連延花蔓映風廊，岸幘披襟到竹房。居士祗今開梵處，先生曾是草玄堂。清尊林下看香印，遠岫窗中掛缽囊。今日有情消未得，欲將名理問思光。」同卷《寒夜同襲美訪北禪院寂上人》：「月樓風殿靜沉沉，披拂霜華訪道林。鳥在寒枝棲影動，人依古堞坐禪深。明時尚阻青雲步，半夜猶追白石吟。自是海邊鷗伴侶，不勞金偈更降心。」可見皮陸二人往往都是一起訪問寺院的。除了與蘇州周邊的寺院長老有交往外，皮、陸還和國外的僧人有過密切的聯繫。《松陵集》中就有兩首詩，皮日休《庚寅歲十一月新羅弘惠上人與本國以詩送之》:「三十麻衣弄渚禽，豈知名字徹雞林。勒銘雖即多遺草，越海還能抵萬金。鯨鬣曉掀峰正燒，鼇睛夜沒島還陰。二千餘字終天別，東望辰韓淚灑襟。」《送圓載上人歸日本國》:「講殿談餘著賜衣，椰帆卻返舊禪扉。貝多紙上經文動，如意瓶中佛爪飛。颶母影邊持戒宿，波神宮裏受齋歸。家山到日將何入，白象新秋十二圍。」(《松陵集》卷九）兩首詩都是送外國僧人歸國，龜蒙也有詩和之。

皮陸在《松陵集》中描寫有關佛道兩家的詩歌雖然多，但是我們發現，這些詩歌多是尋訪道觀寺院和與道士僧人的交往，屬於遊記詩和應酬詩，數量不少，卻總是讓人讀後沒有道蘊禪味，表面上和釋道很親近，感到總有一種隔離的味道。也就是說皮陸沒有將佛道融之入詩造爲化境，達到詩禪道蘊爲一體，例如王維詩歌的佛心鎔鑄化爲一境，做到詩禪人渾然相通，不可分離。皮陸這方面的詩歌雖然有時也用佛道的人物語言來修飾，卻讓人讀後有些生搬硬套，缺乏佛道文化深厚的底蘊。要之，他們的習禪慕道僅僅是一種心理的需求，也就是把它們作爲一個工具，獲得精神上的超越。

《松陵集》中還有大量的社交應酬詩，包括親朋好友的迎來送往，例如光皮日休寫給張賁的詩歌就有《初冬偶作寄南陽潤卿》、《送潤卿博士還華陽》、《南陽廣文博士還雷平後寄》、《寄懷南陽潤卿》、《懷華陽潤卿博士三首》、《南陽廣文欲於荊襄卜居因而有贈》、《南陽潤卿將歸雷平因而有贈》、《醉中即席贈潤卿博士》、《潤卿遺青筍飯兼之一絕聊用答謝》、《潤卿魯望見訪各惜其志遂成一絕》、《寒夜文宴潤卿有期不至》等十餘首，可見皮日休是個重友情的人。當然，更多的還是和陸龜蒙的交往詩，舉凡身邊的日常小事，他們都以詩歌進行唱和，的確是做到了以詩自娛自樂，眞正做到了詩酒唱和自我消遣。

《松陵集》中的懷古詩和詠物詩也有不少。這兩種題材的詩歌借懷古、詠物表現出來的精神風貌依然是其隱逸趣尚，不過是換了一種手法而已。懷古詩如皮日休的《館娃宮懷古》七律和《館娃宮懷古五絕》七絕五首，都是借對歷史上館娃宮人事的敘寫，表達了作者對吳國盛衰興亡的感慨，這種發思古之幽情慨古今之盛衰悲人事之變遷，實際上蘊含著詩人的隱逸情緒。《館娃宮懷古五絕》其一：「綺閣飄香下太湖，亂兵侵曉上姑蘇。越王大有堪羞處，祇把西施賺得吳。」其二：「鄭妲無言下玉墀，夜來飛箭滿罘罳。越王定指高臺笑，卻見當時金鏤楣。」其三：「半夜娃宮作戰場，血腥猶雜宴時香。西施不及燒殘蠟，猶爲君王泣數行。」其四：「素襪雖遮未掩羞，越兵猶怕伍員頭。吳王恨魄今如在，只合西施瀨上游。」其五：「響屧廊中金玉步，采蘋山上綺羅身。不知水葬今何處，溪月彎彎欲效顰。」（《松陵集》卷七）館娃宮以西施得名，是春秋時期吳王夫差建造的宮殿。本來越王臥薪嚐膽用十年的功夫最後滅了吳國，這是史實，豈是一個女子西施所能決定的。詩人卻用故意運用指桑罵槐的曲筆，有意造成錯覺，明嘲句踐，暗刺夫差，採用反諷、暗諷等手法，緊扣發生在館娃宮的歷史事件，敘事和議論相結合，揭示了吳國盛衰興旺的成敗得失，使組詩蕩漾著委婉含蓄的弦外之音，盪氣迴腸發人深思。五首詩一氣呵成敘事議論痛快淋漓，表達了詩人強烈的歷史憂患感。七律《館娃宮懷古》：「豔骨已成蘭麝土，宮牆依舊壓層崖。弩臺雨壞逢金鏃，香徑泥銷露玉釵。硯沼只留溪鳥浴，屧廊空信野花埋。姑蘇麋鹿眞閒事，須爲當時一愴懷。」詩中以館娃宮的今昔對比，形成強烈的對照，從而表達了作者的思古之幽情。

詠物詩則是借對物象的描摹表達詩人高雅脫俗的隱逸情懷，如皮日休的《行次野梅》：「蔦拂蘿捎一樹梅，玉妃無侶獨裴回。好臨王母瑤池發，合傍蕭家粉水開。共月已爲迷眼伴，與春先作斷腸媒。不堪便向多情道，萬片霜華雨損來。」（卷六）以動人的神話傳說來形容野外的梅花，也見出詩人閒雅清逸的韻致。其他的一些詠物詩，例如《五貺詩》唱和（卷五）、《薔薇》唱和（卷六）、《木蘭後池三詠》唱和（卷七）、《白鷗詩》唱和（卷八）等等，都是從對所描繪的事物中表現詩人的隱逸風尚的精神面貌，寫法一致。

當然，詩人也不是一味踏幽訪勝詩酒唱和，他們並沒有遠離現實生活，在《松陵集》中就有一些關注現實關注民生的作品，如陸龜蒙的《徐方平後聞赦因寄襲美》（卷六）、皮日休《奉和魯望徐方平聞赦次韻》、皮日休《寄滑州李副使員外》（卷七）、陸龜蒙的《奉和寄滑州李副使員外》等，都是關注時事的作品。

第三節　《松陵集》的創作特徵

《松陵集》爲皮陸贏來了巨大的聲譽，除了裏面大量表現詩人高雅的隱逸情趣的唱和詩歌博得時人後人的贊許外，一個重要的原因即在於它的創作特徵，主要體現在唱和藝術上。因此，評論《松陵集》要探討其創作特徵，總結成就揭示缺陷，才能予以客觀正確的評價。

對《松陵集》進行藝術成就的評論，首先要弄清一個問題，那就是陸龜蒙編集這部詩歌集子的目的是什麼？孫桂平《〈松陵集〉係爲行卷而編》一文認爲，陸龜蒙編集《松陵集》的目的就是爲了行卷，孫文論證可自圓其說〔註27〕。既然是爲了進士考試而行卷，那麼所選的詩篇應該是具有代表性、能反映舉子水平的作品，一句話，都應該是優秀的代表作，這樣才能贏得考官的注意和青睞，達到行卷的最終目的。實際上，《松陵集》中的作品在藝術形式上無所不能，確實能代表皮陸二人的詩歌水平（當然，松陵唱和的時候皮日休已經是進士了，無須行卷）。那麼，《松陵集》都有哪些方面的創作成就呢？本節擬打算作些探討。

〔註27〕他認爲行卷的理由有四：「1、宋刊本《松陵集》卷首陸詩署名『鄉貢進士』；2、集中詩作提供內證；3、《松陵集序》隱含著濃厚的科舉氣息；4、《松陵集》的編撰方式符合進士行卷的特徵。」孫文載《集美大學學報》，2005年4期。

在前面的章節中我們曾分析過皮陸的文學思想，其中有一點就是他們把詩歌當作自娛自樂的一種工具，通過友朋之間的詩歌唱和逞才取勝追求一種精神的愉悅，這是皮陸松陵唱和的一個重要目的。這種以詩歌自娛自樂首先就表現在詩體和句式方面，呈現全方位發展的趨勢。皮日休《松陵集序》說：「凡一年，爲往體詩各九十三首，今體各一百九十三首，雜體各三十八首，聯句問答十有八篇在其外，合之凡六百五十八首。」這裡皮日休把《松陵集》裏的詩歌分爲四類，即往體、今體、雜體和聯句問答，實際上在卷十中雜體是包含聯句問答的，只不過聯句問答在形式上更爲靈活。往體詩就是古詩，是相對於唐以後的所謂「近體詩」而言的。古詩除了押韻外不受任何格律的限制，句式和字數比較靈活，一般不講究平仄和對仗。在押韻上既可以壓平聲韻也可以壓仄聲韻，在一首詩中可以一韻到底也可以中途轉換幾次韻，而律詩則要求必須壓平聲韻，只能一韻到底不得中途換韻。一般而言，所謂的古體詩只爲五言詩，不包括七言詩，古人往往把七言古詩成爲「歌行」。由於古體詩在詩體具有這樣的優勢，它一直受到詩人們的喜愛。《松陵集》卷一到卷四都是五言古體，爲 192 首。其實《松陵集》裏面也是有七言古詩的，例如卷十皮日休的《苦雨雜言寄魯望》：「苦雨雜言寄魯望，歊蒸痺下豪家苦。可憐臨頓陸先生，獨自悠然守環堵。兒饑僕病漏空廚，無人肯典破衣裾。果贏時時上几案，龜黽往往跳琴書。桃花米斗半百錢，枯荒濕壞炊不然。兩床仙席一素幾，仰臥高聲吟太玄。知君志氣如鐵石，甌冶雖神銷不得。乃知苦雨不復侵，枉費畢星無限力。鹿門人作州從事，周章似鼠唯知醉。府金廩粟虛請來，憶著先生便知愧。愧多饋少眞徒然，相見唯知攜酒錢。豪華滿眼語不信，不如直上天公箋。天公箋，方修次。且榜鳴篷來一醉。」除了最後一聯「天公牋，方修次，且榜鳴篷來一醉」爲三三七句式以外，其他的十二聯二十四句都是標準的七言。再如卷十的《夜會問答十首》，爲皮日休、陸龜蒙、張賁三人相互以問答體創作的組詩，請看：

寒夜清，（日休問龜蒙）簾外迢迢星斗明。況有蕭閒洞中客，吟為紫鳳呼凰聲。

癭木杯，（龜蒙問日休）杉贅楠瘤刳得來。莫怪家人畔邊笑，渠心祗愛黃金罍。

落霞琴，（日休問賁）寥寥山水揚清音。玉皇仙馭碧雲遠，空使松風終日吟。

蓮花燭，（賁問日休）亭亭嫩蕊生紅玉。不知含淚怨何人，欲問無由得心曲。

金火障，（日休問龜蒙）紅獸飛來射羅幌。夜來斜展掩深爐，半睡芙蓉香蕩漾。

憶山月，（龜蒙問賁）前溪後溪清服絕。看看又及桂花時，空寄子規啼處血。

錦鯨薦，（賁問日休）碧香紅膩承君宴。幾度閒眠卻覺來，彩鱗飛出雲濤面。

懷溪雲，（日休問龜蒙）漠漠閒籠鷗鷺群。有時日暮碧將合，還被魚舟來觸分。

霜中笛。（龜蒙問日休）落梅一曲瑤華滴。不知青女是何人，三奏未終頭已白。

月下橋，（日休問龜蒙）風外拂殘衰柳條。倚欄杆處獨自立，青翰何人吹玉簫。

這組詩每首四句，除了第一句為三字外，其他的三句均為七言，整首詩的格式為三七七七句式。其實這些詩歌也可以算作是七言古詩，因為眞正的七言古詩不見得都是整齊劃一的七言句式。陸龜蒙編集的時候把這些詩都歸為雜體詩，集中放在卷十里面，顯然這是當時他們的觀念。我們現在則可以認為《松陵集》裏面的古體包括五言古詩和七言古詩。

《松陵集》卷五到卷九是近體詩，有 470 首之多。近體詩在體式方面有諸多的限制，但正因為有這些限制，才能激起詩人逞才鬥勝的欲望，所以近體詩在《松陵集》中的比例最大。近體詩就是格律詩，分五絕、七絕、五律、七律、五排、七排。在《松陵集》中，除了沒有七言排律這種詩體外，其他的都有創作。尤其是大量的七律，這在唐詩史上還是少見的，因爲七律講究功底，只有少數的詩人如杜甫、李商隱等創作了大量的七律，成就之高史有定論。皮陸二人在松陵唱和中運用七律這種形式進行唱和，多少有些炫耀逞才的意思，也是一種自信的表現。

《松陵集》卷十是雜體詩，數量也很可觀。雜體詩指古典詩歌正式體類以外的各種樣式的詩體，它把字行、句法、聲律和押韻等加以特殊變化，成爲獨出心裁的作品。雜體詩起源於漢魏六朝，歷代沿襲，是文人們常用的一種詩體。《松陵集》中的雜體詩可謂到了登峰造極的地步，句式之巧花樣之多令人目不暇接。皮日休的《雜體詩並序》算得上是一篇雜體詩發展小史，回顧了漢魏六朝雜體詩發展的簡要歷史，結尾他說：「噫！由古至律，由律至雜，詩之道盡乎此也。近代作雜體，唯《劉賓客集》中有迴文、離合、雙聲、疊韻。如聯句則莫若孟東野與韓文公之多，他集罕見。足知爲之之難也。陸與予竊慕其爲人，遂合己作，爲雜體一卷，屬予序雜體之始云。」在這篇序中，他說的很清楚，是因爲唐人作雜體詩的少，而雜體在體式上要求很嚴，不易多作，他們才仿傚劉禹錫、孟郊、韓愈創作了雜體詩，也有希望這種詩體能發揚廣大的意思。雜體詩內容龐雜，皮陸二人敢於沿難而上，創作了各種內容的雜體詩，顯示了自己的詩才。《松陵集》中的雜體詩大致有以下這些。

迴文詩：所謂迴文詩就是指反覆回還均可成誦的詩，這是一種文字遊戲。劉勰《文心雕龍‧明詩》說：「至於三六雜言，則出自篇什；離合之發，則明於圖讖；迴文所興，則道原爲始；聯句共韻，則柏梁餘制。」〔註 28〕現存最早的迴文詩爲十六國時前秦女詩人蘇蕙的《迴文璿璣圖詩》。陸龜蒙《曉起即事因成迴文寄襲美》，皮日

〔註 28〕楊明照《增訂文心雕龍校注》上冊，中華書局，2000 年，第 66 頁。

休則有《奉和魯望曉起迴文》。從詩題上看，是「曉起即事」，早上剛剛起床就隨口作了一首迴文詩，眞是多才多藝。看看皮日休的和詩：「孤煙曉起初原曲，碎樹微分半浪中。湖後釣筒移夜雨，竹傍眠幾側晨風。圖梅帶潤輕沾墨，畫蘚經蒸半失紅。無事有杯持永日，共君惟好隱牆東。」倒過來讀則爲：「東牆隱好惟君共，日永持杯有事無？紅失半蒸經蘚畫，墨沾輕潤帶梅圖。風晨側幾眠傍竹，雨夜移筒釣後湖。中浪半分微樹碎，曲原初起曉煙孤。」反過來讀意思和原詩意境韻味差不多。

離合詩：這是一種隱語詩，即把字行的偏旁或一部分拆離，然後再合成另一字。宋代葉少蘊《石林詩話》卷中說：「古詩有離合體，近人多不解。此體始於孔北海。」〔註 29〕皮陸創作了 24 首離合詩，讓我們看看他們是怎麼離合的。陸龜蒙《藥名離合夏日即事三首》其一：「乘屐著來幽砌滑，石罌煎得遠泉甘。草堂祗待新秋景，天色微涼酒半酣。」其二：「避暑最須從樸野，葛巾筠席更相當。歸來又好乘涼釣，藤蔓陰陰著雨香。」其三：「窗外曉簾還自卷，柏煙蘭露思晴空。青箱有意終須續，斷簡遺編一半通。」三首詩分別將第一句的最後一個字與次句的第一個字離合，合成六味中藥名：滑石、甘草、野葛、當歸、卷柏、空青。皮日休《懷鹿門縣名離合二首》其一：「山瘦更培秋後桂，溪澄閒數晚來魚。臺前過雁盈千百，泉石無情不寄書。」其二：「十里松蘿陰亂石，門前幽事雨來新。野霜濃處憐殘菊，潭上花開不見人。」兩首詩分別離合成桂溪、魚臺、百泉、石門、新野、菊潭等襄陽地區的六個地名。本來雜體詩還有一種叫雜名體的，就是作者故意將某些事物的名稱鑲嵌在詩中，從而構成各種名稱的作品，包括天文類、地理類、人物類、動物類、植物類，等等，名目繁多。皮陸雜名體只有藥名詩和縣名詩，但他們就這些藥名詩和縣名詩與離合詩結合在一起，二者爲一進行創作，是他們的一個創舉。宋人王得臣在《麈史》裏說：「里人史思遠善詩，

〔註 29〕何文煥《歷代詩話》上冊，中華書局，2001 年，第 418 頁。

用藥名則析而用之，如《夜坐》句曰：『坐來夜半天河轉，挑盡寒燈心自知。』此乃魯望離合格也。」〔註 30〕還有一種離合詩，就是在詩中把詩題給離合出來。例如陸龜蒙《閒居雜題五首》其一《鳴蜩早》：「閒來倚杖柴門口，鳥下深枝啄晚蟲。周步一池銷半日，十年聽此鬢如蓬。」第一句末的「口」與第二句首字「鳥」離合成「鳴」，第二句末字「蟲」與第三句首字「周」離合成「蜩」，第三句末字「日」與第四句首字「十」又離合成「早」，這樣合起來就是詩題《鳴蜩早》。這樣的遊戲之作也可以算作是皮陸的發明。

四聲詩：就是全詩都按規定的聲調落筆爲詩，要麼是全詩皆平，要麼是全句皆平、皆仄，無一字犯規，一詩當中全是平聲沒有仄聲，那就缺乏抑揚頓挫的音樂效果，讀起來既繞口也不順，談不上是詩歌純粹是文字遊戲。但皮陸也似乎津津有味的在創作。據皮日休《雜體詩序》，知此詩爲陸龜蒙所創。《松陵集》中，這樣的作品有兩組，一爲是陸龜蒙的《夏日閒居作四聲詩寄襲美》四首和皮日休的《奉酬魯望夏日四聲四首》，皮陸唱和四首分別依次爲平聲、平上聲、平去聲、平入聲。二爲皮日休《苦雨中又作四聲詩寄魯望》四首和陸龜蒙的《奉酬襲美苦雨四聲重寄三十二句》，一次用平聲、平上聲、平去聲、平入聲。對陸龜蒙的這種做法，宋人嚴羽在《滄浪詩話・詩體》中說：「有全篇字皆平聲者。天隨子《夏日詩》四十字皆是平。又有一句全平，一句全仄者。」〔註 31〕指出了陸龜蒙詩作用四聲的事實。

聯句詩：就是兩人或兩人以上共同連綴而創作的詩篇，又叫連句詩。從形式上講，有人各一句、二句、四句的，也有由第一人先出一句，第二人接續一句構成一聯，然後再出一句，由他人接續成聯，如此往復接連成篇的。體式上有五言、七言，有短章也有長篇。要求參與者文思敏捷才力相當，而且在風格方面前後一致，還要押韻，難度

〔註 30〕王得臣《麈史》，上海古籍出版社，1986 年，第 48 頁。
〔註 31〕郭紹虞《滄浪詩話校釋》，人民文學出版社，1983 年，第 73 頁。

也是很大的。宋人高承《事物紀原》卷四經籍藝文部「聯句」條說：「自漢武爲柏梁詩，使群臣作七言，始有聯句體。梁《何遜集》多有其格，唐文士爲之者亦眾。凡聯一句或二句，亦有對一句出一句者。《五子之歌》有其一其二之文，則又聯句之體也。其事見於《夏書·五子之歌》。始於漢武柏梁之作，而成於何遜也。」〔註 32〕聯句詩所以又叫柏梁體。它適合於詩友之間的詩歌酬唱，算是一種高雅的智力遊戲。《松陵集》中就有不少的聯句詩，如皮陸的《寒夜聯句》，一人出一聯；《寂上人院聯句》、《開元寺樓看雨聯句》，一人出兩聯；《北禪院避暑》，一人出三聯；皮日休、張賁、陸龜蒙《藥名聯句》，人各出一聯，將藥名與聯句相結合，對仗整齊。皮日休、張賁、陸龜蒙《寒夜文宴聯句》是在宴會上的聯句。也有一個人先寫完再由另外一人補寫聯句的，如《獨在開元寺避暑，頗懷魯望，因飛筆聯句》。也有先出一句，第二人出兩句，第三人接續的，如《報恩寺南池聯句》。問答詩其實也屬於聯句的一種，如皮日休、張賁、陸龜蒙的《夜會問答十首》即是。由此可見，皮陸二人還是精通此道的。

皮陸雜體詩除了上述這些種類外，他們還嘗試仿傚用齊梁體、吳體、風人體等詩體唱和，例如《松陵集》中就有《寄題天台國清寺齊梁體》唱和、《齊梁怨別》唱和、《早秋吳體寄襲美》唱和、《獨夜有懷因作吳體寄襲美》唱和、《早春雪中作吳體寄襲美》唱和、《風人詩》唱和等等。此外，《松陵集》中還有全篇爲雙聲疊韻的，這是從《詩經》時代就使用的一種詩歌手法，皮陸也不例外，如陸龜蒙《疊韻山中吟》、《雙聲溪上思》、《疊韻吳宮詞二首》等，皮日休全部都奉和，寫了《奉和魯望疊韻雙聲二首》（疊韻山中吟、雙聲溪上思）、《奉和魯望疊韻吳宮詞二首》。在具體創作中，皮陸還玩一些新花樣，將古人名等內容塞進詩中以增添樂趣，如《寒日古人名一絕》唱和，皮日休《奉和魯望寒日古人名一絕》云：「北顧歡遊悲沈宋，

〔註 32〕高承《事物紀原》，中華書局，1989 年，第 190 頁。

南徐陵寢歎齊梁。水邊韶景無窮柳，寒被江淹一半黃。」就在詩中鑲嵌了沈佺期、宋之問、江淹等人名。當然，這樣的詩歌不過是在賣弄作者的學識，沒有什麼意思。明人許學夷就對皮陸雜體詩中的這些做法毫不客氣的予以了批評，他在《詩源辯體》卷三十一中說：「皮、陸集中有全篇字皆平聲者，有上五字皆平聲，下五字或上聲、或去聲、或入聲，有疊韻，有離合，有藥名，有人名，有迴文，有問答，有風人，誇新鬥奇，大壞詩體。」〔註 33〕

在句式的應用與變化上，《松陵集》更是無所不用無所不能，顯得豐富多彩。皮日休《松陵集序》說：「在詩有三言、四言、五言、六言、七言、九言之作……蓋古詩率以四言爲本，而漢氏方以五言、七言爲之也……逮及吾唐開元之世，易其體爲律焉，始切於儷偶，拘於聲勢……由漢及唐，詩之道盡矣。吾又不知千祀之後，詩之道止於斯而已，即後有變，而作者，余不得以知之。」《松陵集》卷一到卷四是古體，既有五言八句的短章，也有十韻、二十韻、三十韻、一百韻的長篇巨製。如《吳中苦雨因書一百韻寄魯望》一詩，開頭二十二韻就極力描繪暴雨之巨：「全吳臨巨溟，百里到滬瀆。海物競駢羅，水怪爭滲漉。狂蜃吐其氣，千尋勃然蹙。一刷半天墨，架爲奇危屋。怒鯨瞪相向，吹浪山轂轂。倏忽腥杳冥，須臾坼崖谷。帝命有嚴程，慈物有潛伏。嘘之爲玄雲，彌亙千萬幅。直拔倚天劍，又建橫海纛。」給人一股大氣磅礴的氣勢，接下來寫天帝、雷公、雨公等神靈，使用一些冷僻怪異的詞彙，襯托出滂沱大雨的景狀，極力模仿韓愈詩歌的寫作手法。再如陸歸蒙的《讀襄陽耆舊傳因作詩五百言寄皮襲》、皮日休的《陸魯望讀襄陽耆舊傳見贈五百言過褒庸材靡有稱是然襄陽昔事歷歷在目夫耆舊傳所未載者漢陽王則宗社元勳孟浩然則文章大匠予次而贊之因而答亦詩人無言不酬之義也次

〔註 33〕許學夷《詩源辯體》，杜維沫校點，人民文學出版社，1998 年，第 298 頁。

韻》、《陸魯望昨以五百言見貽過有褒美內揣庸陋彌增愧悚因成一千言上述吾唐文物之盛次敘相得之懽亦迭和之微旨也》，陸龜蒙的《襲美先輩以龜蒙所獻五百言既蒙見和復示榮唱至於千字提獎之重蔑有稱實再抒鄙懷用伸酬謝》都是巨製，在體式上極盡描摹之能事。《松陵集》卷五到卷九爲近體詩，以五律爲多，但也有不少十韻、十六韻、三十韻的五言排律，如《新秋言懷寄魯望三十韻》唱和、《秋日遣懷》唱和、《江南書情二十韻寄秘書閣韋校書貽之商洛宋先輩垂文二同年》唱和、《虎丘寺殿前有古杉一本行狀醜怪……遂賦三百言以見志》唱和等等，都是五排中的巨製。此外，他們還創作了六言八句詩，如《胥口即事六言二首》唱和。這樣看來，《松陵集》基本上囊括了唐代詩壇上所能見到的各種詩體，是他們求全求變詩歌思想的一次大閱兵。

還有兩點值得注意。《松陵集》中的唱和之作，有不少是以組詩的形式出現的，古體、近體、律詩、絕句各種詩體都有，例如卷三的《太湖詩》唱和 20 首、卷四的《漁具詩》唱和 15 首、《添漁具詩》唱和 5 首、《樵人十詠》唱和 10 首、《酒中十詠》唱和 10 首、《添酒中六詠》唱和 6 首、《茶中雜詠》唱和 10 首、卷五的《四明山詩》唱和 9 首、《五貺詩》唱和 5 首卷九的《館娃宮懷古五絕》唱和 5 首，等等。對於這種情形，著名文學史專家羅庸先生說：「成數詩，即同時作若干首，一直連下，前此之成數詩乃陸續作成，集而題之，與元、白所作不同，如白之《有鳥二十章》，元之《有酒十章》，開晚唐、北宋極壞風氣，以此爲消遣鬥勝之具，注重技巧之花樣，而內容不復問矣，晚唐詩人皮、陸二家，即其代表。」〔註 34〕其實這些組詩不過是皮陸二人逞才鬥勝消遣自適的一種創作形式罷了。另外有一種和組詩相似的做法就是對某一事物反覆唱和，效果和組詩差不多，如《木蘭後池三詠》唱和之後接著又有《重提後池》唱和，《送

〔註 34〕《箛吹弦誦傳薪錄——聞一多、羅庸論中國古典文學》，鄭臨川記錄、徐希平整理，上海古籍出版社，2002 年，第 324 頁。

圓載上人歸日本國》唱和之後的《重送》唱和即是如此，有一唱三歎之效果。此外，在《松陵集》中，不少唱和詩之前都有詩序，這種現象也值得關注。前面我們統計過，《松陵集》中共有詩序 19 篇，如果加上《松陵集序》則有 20 篇，這些詩序對閱讀該詩很有作用。

唱和詩的形式是唱詩在前和詩在後，一般來講它有兩類：一是和詩只就唱詩的詩題旨意奉和，在用韻方面沒有要求；另外一類是有嚴格限韻要求的，和詩要根據唱詩所用的韻來用韻。這兩種情形在《松陵集》中都有。在唱和詩中和詩按照唱詩的詩韻來用韻的叫和韻詩，和韻的風氣起於中唐。宋人張表臣在《珊瑚鉤詩話》卷一中說：「前人作詩，未始和韻。自唐白樂天爲杭州刺史，元微之爲浙東觀察，往來置郵筒唱和，始依韻，而多至千言，少或百數十言，篇章甚富。」〔註 35〕和韻詩又有次韻、用韻、依韻三類。次韻又稱步韻，指和詩不僅要用原詩的韻字，而且前後次序也需要按照原詩韻字的次序。一般來說，次韻詩在題目中就予以表明了，讓人一看就知道是次韻詩，如《奉和魯望寒夜訪寂上人次韻》、《襲美題郊居十首因次韻》等。次韻詩經過元白皮陸的提倡，遂成一體而流傳。嚴羽在《滄浪詩話・詩評》中就說：「和韻最害人詩。古人酬唱不次韻，此風始盛於元白皮陸。而本朝諸賢，乃以此而鬥工，遂至往復有八、九和者。」〔註 36〕許學夷也持批評意見，他在《詩源辯體》卷三十一中就說：「陸龜蒙皮日休唱和，多次韻之作。七言律，《鼓吹》所選，僅得一二可觀，其他多怪惡奇醜矣。」〔註 37〕用韻詩是指用唱詩的韻字寫詩，但不必從原詩韻字的先後次序，與次韻詩稍有不同。依韻詩指既不次韻也不用韻，只是按照對方原詩同一韻部的字來協韻，這是一種相對寬放的唱和詩。以上所說的唱和詩的種

〔註 35〕何文煥《歷代詩話》上冊，中華書局，2001 年，第 456 頁。

〔註 36〕郭紹虞《滄浪詩話校釋》，人民文學出版社，1983 年，第 193 頁。

〔註 37〕許學夷《詩源辯體》卷三十一，杜維沫校點，人民文學出版社，1998 年，第 297 頁。

種形式在《松陵集》中都有，讓我們來看看。

次韻詩是唱和詩中最難的一種，也是《松陵集》中使用最多的一種詩體，可見皮陸迎難而上的勇氣和因難逞才的決心。皮陸共有次韻詩 104 首，其中許多是長篇巨製，如皮日休《魯望讀讀襄陽耆舊傳見贈五百言過褒庸材靡有稱是然襄陽昔事歷歷在目夫耆舊傳所未栽者漢陽王則宗社元勳孟浩然則文章大匠予次而贊之因而答亦詩人無言不酬之義也次韻》多至五十韻，陸龜蒙《奉酬襲美先輩初夏見寄次韻》多至二十三韻，《奉和襲美先輩初夏遊楞伽精舍次韻》多至三十七韻。在《松陵集》中更多的是五律、七律的次韻。如陸龜蒙《春雨即事寄襲美》:「小謝輕埃日日飛，城邊江上阻春暉。雖愁野岸花房凍，還得山家藥筍肥。雙屐著頻看齒折，敗裘批苦見毛稀。比鄰釣叟無塵事，酒笠鳴蓑夜半歸。」皮日休《奉和魯望春雨即事次韻》:「織恨凝愁映鳥飛，辦旬飄灑掩韶暉。山容洗得如煙瘦，地脈流來似乳肥。野客正閒移竹遠，幽人多病探花稀。何年細濕華陽道，兩乘巾車相併歸。」陸詩用「暉」、「肥」、「稀」、「歸」四個韻字，皮詩野依次用「暉」、「肥」、「稀」、「歸」四韻，次序不亂。

依韻詩如陸龜蒙《同襲美遊北禪院》:「連延花蔓映風廊，岸幘披襟到竹房。居士祗今開梵處，先生曾是草玄堂。清尊林下看香印，遠岫窗中掛缽囊。今日有情消未得，欲將名理問思光。」皮日休《奉和魯望同遊北禪院》:「戚歷杉陰入草堂，老僧相見似相忘。吟多幾轉蓮花漏，坐久重焚柏子香。魚慣齋時分淨食，鴿能閒處傍禪床。雲林滿眼空羈滯，欲對彌天卻自傷。」陸詩中用「房」、「堂」、「囊」、「光」爲韻，而皮日休的和詩用「忘」、「香」、「床」、「傷」爲韻，雖然韻字不同，但同屬於詩韻中的下平聲「七陽」韻部，這樣就是依韻詩。

在《松陵集》中還有一種唱和形式，那就是代人作詩用韻，如皮日休《南陽廣文博士欲於荊襄卜居因而有贈》唱詩陸龜蒙的和詩

《代廣文先生酬次韻》。代人次韻名義上是爲別人作詩，其實還是自己的作品。唱和詩一般一唱一和，但也有反覆吟唱的，例如《松陵集》卷五皮日休有《早春病中書事寄魯望》唱詩，陸龜蒙有《奉酬襲美早春病中書事》，接下來皮日休又作《又寄次前韻》對陸歸蒙的《又酬次韻》來說是原唱，但對陸龜蒙的《奉酬襲美早春病中書事》來說就是和詩，這樣連環相扣反覆吟唱，更能體現詩人的急智與才氣。另外，《松陵集》中還有倒來韻，就是將唱詩的韻字反過來一次用韻，例如卷九張賁的《酬襲美先輩見寄倒來韻》。在押韻上，《松陵集》中的長詩如皮日休的《吳中苦雨因書一百韻寄魯望》、陸龜蒙的《奉酬襲美先輩吳中苦雨一百韻見寄》、陸龜蒙的《讀襄陽耆舊傳因作詩五百言寄皮襲》、皮日休的《魯望讀讀襄陽耆舊傳見贈五百言過褒庸材靡有稱是然襄陽昔事歷歷在目夫耆舊傳所未栽者漢陽王則宗社元勳孟浩然則文章大匠予次而贊之因而答亦詩人無言不酬之義也次韻》等長達百韻，幾乎將所押韻部的韻字全部壓遍，用僻字壓險韻，爭奇鬥勝。

在寫作上，皮陸在唱和詩中採取以文爲詩、以學問爲詩、以古文句法爲詩，對宋詩藝術風格的形成有促進作用。當然，在韓孟元白的詩歌創作中也有這種傾向，但皮陸是唐詩向宋詩轉變中的一個重要過渡。皮、陸二人的唱和詩對宋代的影響很大，這在後面的章節中我們要論述的。

第六章　皮陸詩派的影響及其餘波

皮陸詩派及其創作在後世產生了很大的影響，尤其是他們的唱和詩和小品文。後世說起唱和詩和小品文，都離不開皮陸，形成了一股皮陸熱。皮陸詩派的影響在宋、明兩代尤爲重大，包括對他們詩文的評價、隱逸風度的讚賞，做仿他們的作品和詩風，大量寫作唱和詩和小品文，等等，不一而足，都是皮陸詩派的影響。本章打算就皮陸詩派在唐末五代、宋代、明代時期的影響作些探討，其中尤以皮日休、陸龜蒙爲代表，因爲二人在這個詩人群體中佔據主要地位。皮、陸二人的影響足以代表整個詩人群。

第一節　皮陸詩派在唐末五代的影響

皮陸詩派在當時就有較高的聲譽，這從當時人的一些文字記述就可以看出來。最早對皮、陸進行評論的是他們同時代的詩人張賁。張賁字潤卿，南陽人，大中年間的進士，曾爲廣文博士，後寓吳中，與皮陸游，相唱和，《松陵集》卷九收他和皮陸的唱和詩十六首。皮日休在詩中贈、送、憶張賁的有十多篇，陸龜蒙也都予以奉和，可見皮日休、陸龜蒙與張賁的關係不一般，他們之間是好朋友。相互之間比較瞭解，故張賁對他們的評價應該是可信的。《松陵集》卷九中的十六首張賁詩，《全唐詩》卷六百三十一全部收錄，大部分都和皮日休、陸龜蒙有關係。在這些詩歌當中，張賁對皮、陸的人品、詩才予以了肯定，例如《和皮陸酒病偶作》:「白編椰席鏤冰明，應助楊青解宿醒。難繼二賢金玉唱，可憐空作斷猿聲。」〔註 1〕《偶約道流終乖文會答皮陸》:「仙侶無何訪蔡經，兩煩韶濩出彤庭。人間若有登樓望，應怪文星近客星。」〔註 2〕在這兩首詩中，張賁對皮陸的詩才給予了高度的稱讚。在《奉和襲美醉中即席見贈次韻》中，他更是對皮日休的詩才讚賞不已，他說:「桂枝新下月中仙，學海詞鋒譽藹然。文陣已推忠信甲，窮波猶認孝廉船。清標稱住羊車上，俗韻慚居鶴氅前。共許逢蒙快弓箭，再穿楊葉在明年。」〔註 3〕不僅高標皮日休的詩才，也贊許他高尚的品性。張賁的十六首詩，和陸龜蒙的只有一首，即七律《和魯望白菊》，其餘大都是和皮日休的，他對皮氏的稱讚也要高於陸龜蒙。原因在於皮日休爲咸通八年的進士，在蘇州崔璞幕中又是軍事從事，在咸通七年就已經編定了《皮子文藪》十卷，社會地位和詩歌影響要高於陸龜蒙，所以在松陵唱和中，皮日休始終處於主導地位，這從《松陵集》中的作品可以看出來。一般說是皮日休的唱詩多，陸龜蒙的原唱少。基於這個原因，在松陵文會上，眾人對皮日休的讚美和期許要高些。在《全唐詩》卷六百三十一中，除了張賁的詩作外，還收有崔璐、李縠、崔璞、魏樸、羊昭業、顏萱、鄭璧等人的詩作，都是與皮日休、陸龜蒙之間相互唱和的作品，有些也對皮日休、陸龜蒙的詩歌作出了評價，但這種評價往往帶有應酬的味道，如崔璐的《覽皮先輩盛製因作十韻以寄用伸款仰》詩云:「河嶽挺靈英，星辰精氣殊。在人爲英傑，與國作禎符。襄陽得奇士，俊邁眞龍駒。

〔註 1〕《全唐詩》卷六百三十一，第十九冊，中華書局，2003 年，第 7237 頁。

〔註 2〕《全唐詩》卷六百三十一，第十九冊，中華書局，2003 年，第 7236 頁。

〔註 3〕《全唐詩》卷六百三十一，第十九冊，中華書局，2003 年，第 7236 頁。

勇果魯仲由，文賦蜀相如。」〔註 4〕這就有些吹捧奉承的意味了。其他各位的詩作，如李縠的《醉中襲美先月中歸》、崔璞的《奉酬皮先輩霜菊見贈》、《羊昭業的《皮襲美見留小宴次韻》、鄭璧的《奉和陸魯望白菊》、《和襲美索友人酒》等，都不同程度的對他們的詩才作出了評價，可見，在咸通十年到咸通十二年的蘇州文會當中，皮日休、陸龜蒙的名氣就已經很大了。通過這些詩人之間的相互唱和，擴大了皮、陸的知名度，給他們在當時的詩壇上帶來了一定的影響。而且，蘇州文會剛結束，陸龜蒙就將所有的作品編定爲《松陵集》十卷，這與他們先前各自編定的《皮子文藪》和《笠澤叢書》一道在文人當中流傳和擴散，更加增添了知名度。晚唐人殷文圭在《覽陸龜蒙舊集》詩中說：「先生文價沸三吳，白雪千編酒一壺。吟去星辰筆下動，醉來嵩華眼中無。峭如謝檜勘蟠活，清似緱山鳳路孤。身後獨遺封禪草，何人尋得佐鴻圖。」〔註 5〕對陸龜蒙的詩才和隱逸生活進行讚美，他在另外一首《題吳中陸龜蒙山齋》詩中也對陸龜蒙的隱士風範讚賞不已。

羅隱、杜荀鶴、聶夷中三人沒有參加當時的蘇州文會，但是在詩壇上也有一定的影響。羅隱在當時的名氣比較大，原因在於他跟錢鏐的關係以及他後期在杭州任官的經歷，使得文人騷客對他仰慕不已，從而在當時的文人圈子裏有較大的影響。例如杜荀鶴對羅隱受到錢鏐的知遇之恩就豔羨不已，在《獻錢塘縣羅著作判官》詩中說：「還鄉夫子遇賢侯，撫字情知不自由。莫把一名專懊惱，施教雙眼絕冤仇。猩袍懶著辭公宴，鶴氅閒披訪道流。猶有九華知己在，羨君高臥早回頭。」〔註 6〕一方面對羅隱受錢鏐的賞識讚歎不已，另一方面也希望

〔註 4〕《全唐詩》卷六百三十一，第十九冊，中華書局，2003 年，第 7238 頁。

〔註 5〕《全唐詩》卷七百零七，第二十一冊，中華書局，2003 年，第 8135 頁。

〔註 6〕《唐風集校注》卷二，《杜荀鶴及其唐風集研究》上編，巴蜀書社，2005 年，第 175 頁。

羅隱能把自己當作知己，方便的時候予以提攜。杜荀鶴還有《錢塘別羅隱》五律一首。羅隱的好朋友黃滔對他的詩才予以較高的評價，他在《寄羅郎中隱》中說：「休向中興雪至冤，錢塘江上看濤翻。三徵不起時賢議，九轉終成道者言。綠酒千杯腸已爛，新詩數首骨猶存。瑤蟾若使知人事，仙桂應遭斸卻根。」〔註 7〕此外，黃滔還在《與羅隱郎中書》和《穎川陳先生集序》中對羅隱的詩才予以肯定。另外兩位晚唐人徐夤和釋歸仁則對羅隱的文章表示讚賞。徐夤在《寄兩浙羅書記》中說：「進即湮沉退卻升，錢塘風月過金陵。鴻才入貢無人換，白首從軍有詔徵。博簿集成時輩罵，讒書編就薄徒憎。憐君道在名長在，不到慈恩最上層。」〔註 8〕釋歸仁《悼羅隱》：「一著讒書未快心，幾抽胸臆縱狂吟。管中窺豹我猶在，海上釣鼇君也沉。歲月盡能消憤懣，寰區那更有知音。長安冠蓋皆塗地，仍喜先生葬碧岑。」〔註 9〕羅隱的《讒書》爲諷刺小品文，筆鋒銳利，大膽揭露當時的黑暗政局，引起某些官僚的極大不滿，所謂「讒書編就薄徒恨」、「一著讒書未快心」就是對羅隱《讒書》思想性藝術性的高度肯定。

杜荀鶴在當時的名聲沒有皮日休、陸龜蒙、羅隱三人大，但也有一定的影響。例如殷文圭在《次韻九華杜先輩重陽寄投宛陵丞相》一詩就說：「日下飛聲徹不毛，酒醒時得廣離騷。先生鬢爲吟詩白，上相心因治國勞。千乘信回魚榼重，九華秋迥鳳巢高。強酬小謝重陽句，沙恨無金盡日淘。」〔註 10〕在《寄賀杜荀鶴及第》中也說：「一戰平疇五字勞，晝歸鄉去錦爲袍。大鵬出海翎猶濕，駿馬辭天氣正豪。九子舊山增秀絕，二南新格變風騷。由來稽古符公道，平地丹梯甲乙高。」〔註 11〕在這兩首詩歌中，殷文圭都對杜荀鶴詩歌

〔註 7〕《全唐詩》卷七百零五，第二十一冊，中華書局，2003 年，第 8113 頁。
〔註 8〕《全唐詩》卷七百零九，第二十一冊，中華書局，2003 年，第 8167 頁。
〔註 9〕《全唐詩》卷八百二十五，第二十三冊，中華書局，2003 年，第 9294 頁。
〔註 10〕《全唐詩》卷七百零七，第二十一冊，中華書局，2003 年，第 8137 頁。
〔註 11〕《全唐詩》卷七百零七，第二十一頁，中華書局，2003 年，第 8137 頁。

吸取《詩經》、《離騷》的優良傳統表示稱讚，騷雅精神是中國古代詩歌的精華，杜荀鶴努力學習，創作出了大量反映社會關注民生的詩篇，殷文圭正是對他這種努力的贊許和肯定。景福元年（公元 892 年），太常博士顧雲爲《杜荀鶴文集》作序，他在序中首先轉引禮部侍郎裴贄的話說：「聖上嫌文教之未張，思得如高宗朝射洪拾遺陳公子昂，作詩出沒二雅，馳騁建安，削苦澀僻碎，略淫靡淺切，破豔冶之穎陣，擒雕巧之酋帥，皆摧幢折角，崩潰解散，掃蕩詞場，郭清文浸。……以生有陳體，可以潤國風，廣王澤，固擢生以塞詔意，勉爲中興詞宗。」〔註 12〕平心而論，裴贄評價杜荀鶴爲「中興詞宗」有些過頭，但他指出杜荀鶴的詩歌「出沒二雅，馳騁建安」卻是合乎實際的。接著顧雲自己說：「見其雅麗清省激越之句，能使貪吏廉，邪臣正，父慈子孝，兄良弟悌，人倫之紀備矣。其壯語大言，則決起逸發，可以左攬工部袂，右拍翰林肩，呑賈、喻八九於胸中，曾不帶介；或情發乎中，則極思冥搜，神遊希夷，形兀枯木，五聲勞於呼吸，萬象貪於抉剔，信詩家之雄傑者也。」肯定杜荀鶴的諷喻詩有諷刺貪官邪臣，提倡兄良弟悌的教化作用，這是對頭的，但他又把杜荀鶴同李白、杜甫比肩，則有些誇大的成分。

皮陸詩派的各種事蹟還在晚唐五代的一些筆記小說裏面有著詳細的記載，這也可以視爲他們影響的一部分。例如周勳初主編的《唐人佚事彙編》第三冊就收了不少這方面的故事。像王定保《唐摭言》卷五、何光遠《鑒戒錄》卷九、孫光憲《北夢瑣言》卷四、范資《玉堂閒話》等五代人的筆記裏都記錄了杜荀鶴的事蹟，其他像皮日休、陸龜蒙、羅隱、聶夷中等也有不少的記載。大致說來，晚唐五代的人，對皮陸詩派只是心存仰慕之情，在詩文中對他們的品性、隱士風範、詩歌特色等予以簡單的評價，皮陸詩派的詩歌創

〔註 12〕《唐風集》卷首，《景印文淵閣四庫全書》本，第 1083 冊，臺灣商務印書館 1985 年影印，第 585 頁。

作還沒有成爲晚唐五代人學習傚仿的榜樣，而在宋、明兩代，這種現象大爲改觀，學習、模仿皮陸詩派的詩作成爲時尚。可以說，皮陸詩派的影響在宋代才大放異彩的。

第二節　皮陸詩派在宋代的影響

皮陸詩派到了宋代才開始得到文人們的重視，出現了一些仿傚他們作品內容和風格的詩作。並且宋代大量的詩話也對他們的詩歌予以評論，形成了模仿、評論皮陸詩派詩歌的新局面。皮陸詩派作爲一個現實主義詩歌流派，創作了大量反映社會現實的詩篇，尤其是他們繼承中唐白居易、元稹等人倡導的新樂府運動，敘寫廣闊的社會生活，具有鮮明強烈的寫實性。皮日休的「上剝遠非，下補近失」、陸龜蒙的「扶孟荀」「通古聖」，杜荀鶴的「詩皆未能忘救物」、聶夷中詩歌的「合三百篇之旨」等，都是一種有意識的創作。他們廣泛的描寫社會生活，在詩歌中出現兩極分化的現象，一方面是老嫗、寡婦、鰥夫、卒妻等孤苦伶仃的貧農形象，一方面是錦衣玉食、笙歌燕舞、恬不知恥的貪官污吏、王孫子弟。詩人們通過抓住典型環節典型人物的描繪，揭示了人性的醜陋、人生的悲哀、社會的黑暗、國家的衰敗，再現了晚唐光怪陸離的歷史畫卷，展示了晚唐走向衰朽滅亡必然的歷史軌跡。這個詩人群與晚唐的其他描寫歌舞昇平奇豔奢華的詩人群在思想風貌上存在著明顯的不同，許學夷在《詩源辯體》卷三十說：「晚唐諸子體格雖卑，然亦是一種精神所注。」〔註13〕這種揭示社會黑暗、反映民生疾苦的現實主義寫實手法爲宋初一些有良知的詩人所繼承，從而在西崑體彌漫的宋初詩壇出現了一絲曙光。這是皮陸詩派在宋代詩壇上的正面影響。蘇舜欽和梅堯臣就是努力學習皮陸詩歌寫實性精華的兩位詩人。蘇舜欽在《詩僧則暉求詩》中感慨道：「風雅久零落，江山應寂寥。會將趨

〔註13〕許學夷《詩源辯體》卷三十，人民文學出版社，1998年，第284頁。

古淡，先可去浮囂。」〔註 14〕大聲疾呼：「正聲今遁矣，古道此焉存？」〔註 15〕，立志「筆下驅古風，直趨聖所存。」〔註 16〕在蘇舜欽看來，風雅傳統的衰落丟失是令人痛心疾首的事情，所以他把復興風雅傳統作爲自己的首要任務，與穆修、尹洙等人一道反對西崑派「更迭唱和」「雕章麗句」的形式主義風習，他的《蘇學士文集》十三卷存詩二百多首，大都是指陳時弊、抒懷洩憤的詩作，不少作品可以明顯地看出受到皮陸詩派的影響。梅堯臣在《答韓三子華韓五持國韓六玉汝見贈述詩》中說：「詞雖淺陋頗剋苦，未到二雅未忍捐。」〔註 17〕，主張詩歌要「下情上達」、「有所美刺」〔註 18〕在宋初詩壇上，蘇舜欽和梅堯臣的這種主張可謂是對西崑派詩歌的抗議與反撥，他們率風氣之先，繼承騷雅的優良傳統，承續皮陸詩派的詩歌主張，大力描寫社會現實，如蘇舜欽的《城南感懷呈永叔》、《吳越大旱》、《升陽殿故址》、《吾聞》、《有客》、《己卯冬大寒有感》、梅堯臣的《村豪》、《猛虎行》、《小村》、《汝墳貧女》、《田家語》等詩歌，都是反映社會現實民生疾苦的佳作。其後的蘇軾、張俞、范成大、陸游等詩人接踵而來，步梅堯臣、蘇舜欽後塵，也創作了大量此類作品，可以說這些都是在晚唐皮陸詩派的影響之下寫成的，這是皮陸詩派樂府詩、諷喻詩在宋代的影響。

然而，宋代是一個文人氣質相當濃厚的時代，皮、陸作爲隱逸文士的典範，其高標逸致的人格魅力無時無刻不在影響著宋代士大夫。北宋詩人張耒、蘇軾就是皮、陸的崇拜者。張耒有《伏暑日唯

〔註 14〕傅平驤、胡問濤《蘇舜欽集編年校注》卷四，巴蜀書社，1990 年，第 307 頁。

〔註 15〕《懷月來求聽琴詩因作六韻》，傅平驤、胡問濤《蘇舜欽集編年校注》卷四，巴蜀書社，1990 年，第 308 頁。

〔註 16〕《夏熱晝寢感詠》，傅平驤、胡問濤《蘇舜欽集編年校注》卷四，巴蜀書社，1990 年，第 198 頁。

〔註 17〕《全宋詩》卷二百四十六，北京大學出版社，1991 年，第 2865 頁。

〔註 18〕《答裴送序意》，《全宋詩》卷二百四十七，北京大學出版社，1991 年，第 2884 頁。

食粥一甌畫屏人事逍遙效皮陸體》〔註 19〕一詩，標題就把皮陸的詩歌目爲「皮陸體」，但是這種所謂的「皮陸體」只是皮日休和陸龜蒙詩歌的代稱，不包含其他詩人的詩歌。這種皮陸體應該專指松陵唱和期間皮陸二人的詩歌，尤其指他們那種描繪日常生活和細微情思的短小篇章，因爲張耒的這首詩歌也是描寫夏日自己在家悠閒的生活情形，體裁爲七律，風神瀟灑，頗得皮陸詩歌的精髓。蘇軾也深受皮、陸的影響，他的《後杞菊賦》就是受到陸龜蒙《杞菊賦》的影響而作的，他在《後杞菊賦並序》中說：「天隨子自言常食杞菊。及夏五月，枝葉老硬，氣味苦澀，猶食不已。因作賦以自廣。」〔註 20〕蘇軾是一個性格開朗幽默的詩人，善於諧謔調笑，他的集中就有不少雜體詩，這部分雜體詩明顯的受到皮、陸《松陵集》卷十中雜體詩的影響，許學夷就看出了這點，他在《詩源辯體》卷三十一中說：「皮、陸集中有全篇字皆平聲者，有上五字皆平生，下五字或上聲、或去聲、或入聲者，有疊韻，有離合，有藥名，有人名，有迴文，有問答，有風人，誇新鬥奇，大壞詩體，二子復生，吾當投畀豺虎。或問：『東坡亦有疊韻、雙聲、吃語、禽語等何？』曰：『東坡才大，自無不宜，故偶以爲戲，皮、陸長處略無所見，而惟以此鬥奇，未可並論也。』」〔註 21〕這段話可以看出，在雜體詩的創作上，蘇軾是受到皮、陸二人的影響的。

南宋詩人陸游對陸龜蒙是情有獨鍾，他自稱是陸龜蒙的後人，多次在文中署名爲「笠澤陸某務觀」、「吳郡陸某」、「甫里陸某」等。不僅如此，他還在詩中對陸龜蒙的才情品性表示崇敬，例如他在《幽居》詩中說：「松陵甫里舊家風，晚節何妨號放翁衰極睡魔殊有力，愁多酒聖欲無功。一編蠹簡晴窗下，數卷疏籬落木中。退士

〔註 19〕《張耒集》卷十六，上冊，李逸安等校點，中華書局，2005 年，第 267 頁。

〔註 20〕《蘇軾文集》卷一，第一冊，孔凡禮點校，中華書局，1996 年，第 4 頁。

〔註 21〕許學夷《詩源辯體》卷三十一，人民文學出版社，1998 年，第 299 頁。

所圖惟一飽，諸公好爲致年豐。」〔註 22〕在《小築》中寫道：「小築茅茨鏡水濱，天教靜處著閒身。平原不復賦豪士，甫里但思歌散人。翠壁微泉時的皪，衡門疊嶂曉嶙峋。子虛誤辱諸公賞，萬里輕鷗豈易馴！」〔註 23〕在《讀蘇叔黨〈汝州北山雜詩〉次其韻》十首其七中說：「岩石著幼輿，風月思玄度。老子放浪心，常恐白遲暮，安得世外人，握手相與語。吾宗甫里公，奇辭賦漁具。高風邈不嗣，徒有吟諷苦。霜鳳吹短衣，何山不堪住？」〔註 24〕可見，陸龜蒙對陸游的思想、性格和詩歌創作都有一定影響的。

姜夔也很喜愛陸龜蒙的詩歌，他的詩歌從內容到風格可以說是陸龜蒙的翻版，是宋代的陸龜蒙。周密在《姜堯章自敘》一文中說：「待制楊公以爲於文無所不工，甚似陸天隨，於是爲往年友。」〔註 25〕就是說姜夔的詩歌創作在風格上「甚似陸天隨」，指出了兩人的相似之處。其實，姜夔一生沒有從政，這和陸龜蒙很相近，尤其是姜夔遊歷太湖、松江，面對陸龜蒙曾經賞悅過的湖山景色，不免想起了陸龜蒙的隱居生活，更是對他心神嚮往之至。姜夔多次在詩詞中表達了對陸龜蒙的仰慕之情，如在《除夜自石湖歸苕溪》十首其五中說：「三生定是陸天隨，又向吳松作客歸。」〔註 26〕在《三高祠》中寫到：「沉思只羨天隨子，蓑笠寒江過一生。」〔註 27〕在《點絳唇·丁未冬過吳松作》中說：「鷰雁無心，太湖西畔逐雲去。數峰清苦，商略黃昏雨。第四橋邊，擬共天隨住。今何許，憑欄懷古，殘柳參差舞。」〔註 28〕

〔註 22〕錢仲聯《劍南詩稿校注》卷十三，第三冊，上海古籍出版社，1985 年，第 1064 頁。
〔註 23〕錢仲聯《劍南詩稿校注》卷十三，第三冊，上海古籍出版社，1985 年，第 1262 頁。
〔註 24〕錢仲聯《劍南詩稿校注》卷十三，第五冊，上海古籍出版社，1985 年，第 2715 頁。
〔註 25〕周密《齊東野語》卷十二，中華書局，1997 年，第 211 頁。
〔註 26〕孫玄常《姜白石詩集箋注》，山西人民出版社，1986 年，第 176 頁。
〔註 27〕孫玄常《姜白石詩集箋注》，山西人民出版社，1986 年，第 201 頁。
〔註 28〕夏承燾《姜白石詞編年箋校》卷二，上海古籍出版社，1998 年，第姜夔的詩歌多爲律絕，寫自己蕭散悠閒的隱居生活，描繪江左的自然景色，發幽古之思，構思奇巧，在內容和風格上類似陸龜蒙。姜夔在西湖邊隱居，創作了名作《湖上寓居雜詠》十四首，詩中描繪的物象諸如山水、雲天、松竹、梅菊、荷花、楊柳等至清之景，往往不著色相，洗盡鉛華，和陸龜蒙的詩歌很相似，對此，夏承燾在《論姜白石的詞風》一文中有過評論，他說：「《湖上寓居雜詠》十四首，頗近龜蒙的自遣詩三十首，《昔遊詩》裏寫洞庭湖的五古，也像龜蒙和皮日休的三十首太湖詩。」〔註29〕可見姜夔對皮陸詩歌的學習與繼承是毫無爭議的事實了。

楊萬里也是高度讚賞陸龜蒙的南宋詩人，他的《讀笠澤叢書》三絕句云：「笠澤詩名千載香，一回一讀斷人腸。晚唐異味同誰賞，近日詩人輕晚唐。」、「松江縣尹送圖經，中有唐詩喜不勝。看到燈青仍火冷，雙眸如割腳如冰。」、「拈著唐詩廢晚餐，旁人笑我病如癲。世間尤物言西子，西子何曾值一錢。」〔註30〕從這三首絕句中可以看出楊萬里對陸龜蒙詩歌的高度讚賞和喜好，其實，《誠齋集》中的許多描寫風物的詩歌在風格上和陸龜蒙的相似，這有多篇文章談及，此不論。

宋代的一些詩評家，在自己的詩話著作裏對皮陸詩派的詩歌風貌、藝術技巧都發表了自己的看法，可資借鑒。例如計有功的《唐詩紀事》、阮閱的《詩話總龜》、葛立方的《韻語陽秋》、胡仔的《苕溪漁隱叢話》、尤袤的《全唐詩話》等，有些觀點還是很有啓發的，對我們進一步研究皮陸詩歌大有益處。其實，宋人在詩話著作中大量的評點皮陸詩派的詩歌，這本身就是皮陸詩派在宋代影響的一部分。因爲宋代詩話數量巨大，也就不一一舉例了。

26頁。

〔註29〕《姜白石詞編年箋校》卷首，上海古籍出版社，1998年，第5頁。

〔註30〕《誠齋集》卷二十七，四部叢刊初編本。

第三節　皮陸詩派在明代的影響

皮陸詩派在明代也有影響，表現在兩個方面，一個是詩歌的影響，一個是小品文的影響。在詩歌方面，明代許多詩人都曾倣仿過皮陸進行創作，例如許學夷在《詩源辯體》卷三十一中就說：「韓、白古詩，本失之巧，而或以為拙；王、杜、皮、陸律詩，實流於惡，而或以為巧，此千古大謬。蓋韓、白機趣實有可觀，王、杜、皮、陸機趣略無所見也。今人好奇而識淺，故捨韓、白而取皮、陸耳。」〔註 31〕許學夷說的「今人」當然就是明代人，他批評明代的一些詩人好奇而識淺，不識得韓愈、白居易古詩的優點，而學習皮日休、陸龜蒙的古詩。這些學習仿倣皮、陸詩風的詩人就有祝允明、高啓、沈德符等人。錢謙益在《列朝詩集小傳》中就說祝允明「效齊梁月露之體，高者淩徐、庾，下亦不失皮、陸。」〔註 32〕錢謙益還在《列朝詩集小傳》中評論沈德符說：「其論詩宗尚皮、陸及陸放翁，與同時鐘、譚之流，聲氣歙合，而格調迥別，不為苟同。」〔註 33〕由此可見，祝允明和沈德符的詩歌起碼是有一部分向皮、陸學習和模仿的。明初詩人高啓在《姑蘇雜詠序》中說：「吳為古名都，其山水人物之勝，見於劉、白、皮、陸諸公之所賦者眾矣。余為郡人，暇日搜奇訪異，於荒墟邃谷之中獨行。」〔註 34〕他的這組《姑蘇雜詠》受到皮陸松陵唱和時描寫蘇州風物詩歌之影響自是不言而喻。事實上，明代有不少詩人的確在論詩、寫詩方面有崇尚皮陸的傾向，他們把皮陸的詩歌作為學習、借鑒的榜樣，創作出了不少具有馳騖新奇風格的詩作，尤其是五言古詩。例如陸時雍就十分欣賞陸龜蒙的長篇五古，他在自己的著作《唐詩鏡》中就不止一次的評論陸龜蒙的五古。如他評論陸龜蒙的《奉酬襲美先輩吳中苦雨一百韻

〔註 31〕許學夷《詩源辯體》卷三十一，人民文學出版社，1998 年，第 299 頁。
〔註 32〕錢謙益《列朝詩集小傳》上冊，上海古籍出版社，1983 年，第 299 頁。
〔註 33〕錢謙益《列朝詩集小傳》下冊，上海古籍出版社，1983 年，第 656 頁。
〔註 34〕高啓《高青丘集》卷三，上海古籍出版社，1985 年，第 907 頁。

見寄》云：「滾滾汩汩，相注而來，絕無排疊堆垛之病，所以爲難。自少陵以來可稱絕響。」〔註35〕不過他又認爲皮陸的長篇五古缺少韻致，他在《詩鏡總論》中說：「有韻則生，無韻則死；有韻則雅，無韻則俗；有韻則響，無韻則沉；有韻則遠，無韻則局。物色在於點染，意態在於轉折，情事在於猶夷，風致在於綽約，語氣在於吞吐，體勢在於遊行，此則韻之所由生矣。陸龜蒙皮日休知用實而不知運實之妙，所以短也。」〔註36〕陸氏所說的皮日休、陸龜蒙知用實，是指他們的五言古詩排比鋪敘、典故議論相結合而形成的雄渾詩風，缺少一種空靈巧妙的韻味。這種批評是有道理的，它建立在明代崇尚性靈的詩學觀上。

明代詩學理論較爲發達，在很多詩話著作中都對皮陸詩派的詩作風格作了評論，例如在胡震亨的《唐音癸籤》、胡應麟的《詩藪》、許學夷的《詩源辯體》、楊愼的《升菴詩話》、都穆的《南濠詩話》等詩話著作裏都有論述，也可以視爲影響的一部分。

在小品文方面，皮陸詩派中的皮日休、陸龜蒙、羅隱三人的諷刺小品對明代的小品文創作所帶來的巨大影響，在多種著作中都有詳細論述，例如在田啓文《晚唐諷刺小品之風貌》（文津出版社 2004 年）和曹淑娟《晚明性靈小品研究》（文津出版社 1988 年）中都有論述，而且還有不少單篇的論文談及，這裡就不作重複了。

〔註35〕陸時雍《唐詩鏡》卷五十二，文淵閣四庫全書本。
〔註36〕丁福保輯《歷代詩話續編》下冊，中華書局，2001 年，第 1423 頁。

主要參考文獻

一、基本古籍文獻

1. 《十三經注疏》，〔清〕阮元校刻，中華書局，2003 年。
2. 《四庫全書總目》，〔清〕永瑢等撰，中華書局，2003 年。
3. 《史記》，〔漢〕司馬遷撰，中華書局，1998 年。
4. 《漢書》，〔漢〕班固撰，中華書局，2002 年。
5. 《三國志》，〔晉〕陳壽撰，中華書局，1998 年。
6. 《晉書》，〔唐〕房玄齡撰，中華書局，1997 年。
7. 《宋書》，〔梁〕沈約撰，中華書局，2000 年。
8. 《南齊書》，〔梁〕蕭子顯撰，中華書局，1997 年。
9. 《梁書》，〔唐〕姚思廉撰，中華書局，2000 年。
10. 《南史》，〔唐〕李延壽撰，中華書局，1997 年。
11. 《舊唐書》，〔後晉〕劉昫等撰，中華書局，1997 年。
12. 《新唐書》，〔宋〕歐陽修、宋祁等撰，中華書局，1975 年。
13. 《新五代史》，〔宋〕歐陽修撰，中華書局，1995 年。
14. 《舊五代史》，〔宋〕薛居正等撰，中華書局，1997 年。
15. 《資治通鑒》，〔宋〕司馬光撰，中華書局，1982 年。
16. 《唐會要》，〔宋〕王溥撰，中華書局，1990 年。
17. 《元和郡縣圖志》，〔唐〕李吉甫撰，中華書局，1995 年。
18. 《登科記考》，〔清〕徐松撰，中華書局，1984 年。

19. 《文選》，〔梁〕蕭統編，〔唐〕李善注，中華書局，2005 年。
20. 《全漢賦》，費振剛等輯校，北京大學出版社，1997 年。
21. 《先秦漢魏晉南北朝詩》，逯欽立輯校，中華書局，1995 年。
22. 《世說新語校箋》，〔南朝〕劉義慶撰，徐震堮校箋，中華書局，2001 年。
23. 《阮籍集校注》，〔魏〕阮籍撰，陳伯君校注，中華書局，2004 年。
24. 《曹植集校注》，〔魏〕曹植撰，趙幼文校注，人民文學出版社，1983 年。
25. 《賈誼集校注》，〔漢〕賈誼撰，王洲明校注，人民文學出版社，1996 年。
26. 《建安七子集》，俞紹初輯校，中華書局，2005 年。
27. 《全唐詩》，〔清〕彭定求等編，中華書局，2003 年。
28. 《全唐文》，〔清〕董誥等編，中華書局，1983 年。
29. 《全唐詩補編》，陳尚君編撰，中華書局，1994 年。
30. 《唐詩別裁集》，〔清〕沈德潛編，中華書局，1981 年。
31. 《唐詩品匯》，〔明〕高棅編，上海古籍出版社，1982 年。
32. 《唐詩紀事校箋》，〔宋〕計有功撰，王仲鏞校箋，巴蜀書社，1989 年。
33. 《唐才子傳校箋》，〔宋〕辛文房撰，傅璇琮主編，中華書局，2000 年。
34. 《唐才子傳校注》，孫映逵校注，中國社會科學出版社，1991 年。
35. 《唐五代筆記小說大觀》，上海古籍出版社，編，上海古籍出版社，2000 年。
36. 《李白集校注》，瞿蛻園、朱金城校注，上海古籍出版社，1998 年。
37. 《杜詩詳注》，〔唐〕杜甫撰，〔清〕仇兆鼇注，中華書局，1995 年。
38. 《白居易集校箋》，朱金城校箋，上海古籍出版社，2003 年。
39. 《韓愈全集校注》，屈守元等校注，四川大學出版社，1996 年。
40. 《韓昌黎文集校注》，馬其昶校注，上海古籍出版社，1998 年。
41. 《韓昌黎詩繫年集釋》，錢仲聯集釋，上海古籍出版社，1998 年。
42. 《元稹集》，〔唐〕元稹撰，冀勤整理，中華書局，2000 年。
43. 《三家評注李長吉歌詩》，〔清〕王琦等評注，上海古籍出版社，1998 年。
44. 《孟郊詩集校注》，華忱之、喻學才校注，人民文學出版社，1995

年。
45. 《李商隱詩歌集解》，〔唐〕李商隱撰，劉學鍇、余恕誠著，中華書局，1996 年。
46. 《賈島集校注》，齊文榜校注，人民文學出版社，2001 年。
47. 《松陵集文淵閣四庫全書本》，〔唐〕皮日休、陸龜蒙撰，臺灣商務印書館 1983 年。
48. 《皮子文藪，蕭滌非、鄭慶篤整理，上海古籍出版社，1981 年。
49. 《笠澤叢書文淵閣四庫全書本》，〔唐〕陸龜蒙撰，臺灣商務印書館 1983 年。
50. 《唐甫里先生文集》，宋景昌、王立群點校，河南大學出版社，1996 年。
51. 《羅隱集》，〔唐〕羅隱撰，雍文華整理，中華書局，1983 年。
52. 《羅隱詩集箋注》，〔唐〕羅隱撰，李之亮箋注，嶽麓書社，2001 年。
53. 《羅隱集校注》，〔唐〕羅隱撰，潘慧惠校注，浙江古籍出版社，1995 年。
54. 《唐風集文淵閣四庫全書本》，〔唐〕杜荀鶴撰，臺灣商務印書館 1983 年。
55. 《唐風集校注》，〔唐〕杜荀鶴撰，胡嗣坤、羅琴校注，巴蜀書社，2005 年。
56. 《韓偓詩集箋注》，〔唐〕韓偓撰，齊濤箋注，山東教育出版社，2000，年。
57. 《全宋詩》，傅璇琮等主編，北京大學出版社，1998 年。
58. 《事物紀原》，〔宋〕高承撰，中華書局，1989 年。
59. 《歐陽修全集》，〔宋〕歐陽修撰，中華書局，2001 年。
60. 《蘇舜欽集編年校注》，〔宋〕蘇舜欽撰，傅平驤、胡問濤校注，巴蜀書社，1990 年。
61. 《梅堯臣集編年校注》，〔宋〕梅堯臣撰，朱東潤校注，上海古籍出版社，1980 年。
62. 《蘇軾詩集》，〔宋〕蘇軾撰，孔凡禮整理，中華書局，1982 年。
63. 《蘇軾文集》，〔宋〕蘇軾撰，孔凡禮整理，中華書局，1986 年。
64. 《張耒集，〔宋〕張耒撰，李逸安等校點，中華書局，2005 年。
65. 《陳與義集校箋》，〔宋〕陳與義撰，白敦仁校箋，上海古籍出版社，1990 年。

66. 《劍南詩稿校注》,〔宋〕陸游撰，錢仲聯校注，上海古籍出版社，1985 年。
67. 《山谷詩集注》,〔宋〕任淵等注，上海古籍出版社，2003 年。
68. 《姜白石詞編年校箋》,〔宋〕姜夔撰，夏承燾校箋，上海古籍出版社，1998 年。
69. 《姜白石詩集箋注,〔宋〕姜夔撰，孫玄常箋注，山西人民出版社，1986 年。
70. 《中州集》,〔金〕元好問編，中華書局，1959 年。
71. 《元好問全集》,〔金〕元好問撰，姚奠中主編，山西人民出版社，1990 年。
72. 《高青丘集》,〔明〕高啓撰，上海古籍出版社，1985 年。
73. 《增訂文心雕龍校注》,〔梁〕劉勰撰，楊明照校注，中華書局，2000 年。
74. 《詩品集注》,〔梁〕鍾嶸撰，曹旭集注，上海古籍出版社，1996 年。
75. 《詩式校注》,〔唐〕皎然撰，李壯鷹校注，人民文學出版社，2003 年。
76. 《苕溪漁隱叢話》,〔宋〕胡仔編，人民文學出版社，1982 年。
77. 《滄浪詩話校釋》,〔宋〕嚴羽撰，郭紹虞校釋，人民文學出版社，2002 年。
78. 《後村詩話》,〔宋〕劉克莊撰，中華書局，1983 年。
79. 《詩人玉屑》,〔宋〕魏慶之撰，上海古籍出版社，1978 年。
80. 《詩話總龜》,〔宋〕阮閱撰，人民文學出版社，1998 年。
81. 《詩源辯體》,〔明〕許學夷撰，人民文學出版社，1998 年。
82. 《帶經堂詩話》,〔清〕王士禎撰，人民文學出版社，1998 年。
83. 《隨園詩話》,〔清〕袁枚撰，人民文學出版社，1982 年。
84. 《甌北詩話》,〔清〕趙翼撰，人民文學出版社，1998 年。
85. 《歷代詩話》,〔清〕何文煥編，中華書局，2001 年。
86. 《歷代詩話續編》,〔清〕丁福保編，中華書局，1983 年。
87. 《清詩話》,〔清〕王夫之等編，上海古籍出版社，1999 年。
88. 《清詩話續編》，郭紹虞編，上海古籍出版社，1999 年。
89. 《容齋隨筆》,〔宋〕洪邁撰，上海古籍出版社，1998 年。
90. 《唐語林校正》,〔宋〕王讜撰，周勳初校正，中華書局，1997 年。

91. 《北夢瑣言》，〔宋〕孫光憲撰，中華書局，2002 年。
92. 《老學庵筆記》，〔宋〕陸游撰，中華書局，1997 年。
93. 《雲麓漫抄》，〔宋〕趙彥衛撰，中華書局，1996 年。
94. 《齊東野語，〔宋〕周密撰，中華書局，1997 年。
95. 《癸辛雜識》，〔宋〕周密撰，中華書局，1997 年。
96. 《南部新書》，〔宋〕錢易撰，中華書局，2002 年。
97. 《范成大筆記六種》，〔宋〕范成大撰，中華書局，2002 年。
98. 《鶴林玉露》，〔宋〕羅大經撰，中華書局，1997 年。
99. 《少室山房筆叢》，〔明〕胡應麟撰，上海書店出版社，2001 年。
100. 《詩藪》，〔明〕胡應麟撰，上海古籍出版社，1979 年。
101. 《唐音癸籤》，〔明〕胡震亨撰，古典文學出版社，1957 年。
102. 《列朝詩集小傳》，〔清〕錢謙益撰，上海古籍出版社，1983 年。

二、近人研究著作

1. 《中古文學集團》，胡大雷著，廣西師大出版社，1996 年。
2. 《海峽兩岸唐代文學研究史》，陳友冰著，中研院中國文哲所 2001 年。
3. 《唐五代文學編年史》，傅璇琮主編，遼海出版社，1998 年。
4. 《隋唐五代文學批評史》，王運熙著，上海古籍出版社，1996 年。
5. 《隋唐五代文學思想史》，羅宗強著，中華書局，1999 年。
6. 《中國散文史》，郭預衡著，上海古籍出版社，1999 年。
7. 《唐代文學史》，喬象鍾、陳鐵民主編，人民文學出版社，2000 年。
8. 《金明館叢稿初編》，陳寅恪著，上海古籍出版社，1980 年。
9. 《唐詩史》，許總著，江蘇教育出版社，1994 年。
10. 《唐詩體派論》，許總，文津出版社，1994 年。
11. 《全唐詩典故辭典》，范之棱主編，湖北辭書出版社，1989 年。
12. 《唐詩大辭典（修訂本）》，周勳初主編，鳳凰出版社，2003 年。
13. 《唐人佚事彙編》，周勳初主編，上海古籍出版社，1995 年。
14. 《唐集敘錄》，萬曼著，中華書局，1982 年。
15. 《唐詩書錄》，陳伯海著，齊魯書社，1988 年。
16. 《唐詩風貌》，余恕誠著，安徽大學出版社，1997 年。
17. 《政治興變與唐詩演化》，胡可先著，中國社會科學出版社，2003

年。
18. 《中唐政治與文學》，胡可先著，安徽大學出版社，2000 年。
19. 《全唐詩人名考證》，陶敏著，陝西教育出版社，1996 年。
20. 《全唐詩人名考》，吳汝煜著，江蘇教育出版社，1990 年。
21. 《唐詩綜論》，林庚著，人民文學出版社，1987 年。
22. 《古詩考索》，程千帆著，上海古籍出版社，1984 年。
23. 《唐代進士行卷與文學》，程千帆著，上海古籍出版社，1980 年。
24. 《唐代科舉與文學》，傅璇琮著，陝西人民出版社，1995 年。
25. 《唐聲詩》，任半塘著，上海古籍出版社，1982 年。
26. 《唐宋之際詩歌演變研究》，劉寧著，北京師範大學出版社，2002 年。
27. 《唐代使府與文學研究》，戴偉華著，廣西師範大學出版社，1998 年。
28. 《唐代文學叢考》，陳尚君著，中國社會科學出版社，1997 年。
29. 《唐五代文史叢考》，吳在慶著，江西人民出版社，1995 年。
30. 《唐代詩人叢考》，傅璇琮著，中華書局，1996 年。
31. 《唐詩論學叢稿（增訂本）》，傅璇琮著，京華出版社，1999 年。
32. 《唐人選唐詩新編》，傅璇琮選編，陝西人民教育出版社，1996 年。
33. 《唐宋人選唐宋詞》，唐圭璋等校點，上海古籍出版社，2004 年。
34. 《隋唐五代文論選》，周祖撰著，人民文學出版社，1999 年。
35. 《中唐文學思想研究》，唐曉敏著，北京師範大學出版社，2000 年。
36. 《中唐詩歌之開拓與新變》，孟二冬著，北京大學出版社，1998 年。
37. 《元和詩論》，曾廣開著，遼海出版社，1997 年。
38. 《韓孟詩派研究》，畢寶魁著，遼寧大學出版社，2000 年。
39. 《韓孟詩派研究》，蕭占鵬著，南開大學出版社，1999 年。
40. 《大曆詩風》，蔣寅著，上海古籍出版社，1992 年。
41. 《杜荀鶴及其唐風集研究》，胡嗣坤、羅琴著，巴蜀書社，2005 年。
42. 《晚唐詩風》，任海天著，黑龍江教育出版社，1998 年。
43. 《唐代集會總集與詩人群研究》，賈晉華著，北京大學出版社，2001 年。
44. 《五代作家的人格與詩格》，張興武著，人民文學出版社，2000 年。
45. 《晚唐詩的鋒芒與光彩》，曾進風，漢風出版社，2003 年。

46. 《晚唐士風與詩風》，趙榮蔚，上海古籍出版社，2004 年。
47. 《江湖詩派研究》，張宏生著，中華書局，1995 年。
48. 《江西詩派研究》，莫礪鋒著，齊魯書社，1986 年。
49. 《宋南渡詞人群體研究》，王兆鵬著，臺北文津出版社，1992 年。
50. 《宋代詩學中的晚唐觀》，黃奕珍著，文津出版社，1998 年。
51. 《晚明性靈小品研究》，曹淑娟著，文津出版社，1988 年。

後　記

二零零三年九月，我考入四川大學中文系攻讀博士研究生，在羅國威先生指導下，研習唐宋文學。羅國威先生是著名的六朝文學研究專家，以治學嚴謹著稱，出版過《劉孝標集校注》、《文館詞林校證》、《敦煌本昭明文選研究》、《敦煌本文選注箋證》等專著，在學術界享有很高的聲譽。我的碩士階段是在西南民族大學中文系跟隨徐希平先生、祁和暉先生研讀的漢唐文學，初步涉獵了一些唐代文學基礎文獻，對唐詩學一直都有比較濃厚的興趣。完成博士課程學分後，經與導師商量，以《晚唐皮陸詩派研究》爲題作爲我的學位論文。

唐代文學研究素有佔據古典文學研究半壁江山之說，歷代學者與研究論著倍出。但學術界研究唐代文學有一個傾向，那就是重盛唐而輕晚唐。皮陸詩派作爲晚唐詩壇上一個重要的詩歌流派，與以李商隱、杜牧、溫庭筠爲主的綺豔詩派相比，他們在詩歌的題材、體裁、風格等方面都有很大的差異，代表了晚唐詩歌的另外一種創作風貌。但皮陸詩派歷來關注者較少。尤其是咸通年間皮陸二人在蘇州的詩歌唱和，前後持續三年，參與者眾多，在晚唐詩歌史上有著重要影響。皮陸蘇州唱和詩歌編集爲《松陵集》十卷，對後世曾產生過深遠的影響，成爲唐詩史上珍貴的文獻，然而研究者寥寥。有鑒於此，我打算以皮陸詩派作爲研究對象，用力研究這段晚唐詩壇上的文化現象。在通讀皮陸詩派成員的詩集之後，我發現這批晚唐詩人的作品很不好讀懂，尤其是皮日休、陸龜蒙的詩歌，前人尚無箋注本。他們作詩往往追求險怪，纖巧冷僻，在用韻上喜歡押險韻，用偏冷典故從而造語詰屈。形式上講究長篇排律，甚至寫有千餘字的長篇，故常有拼湊對偶、以多爲貴的弊病，在詩歌的通讀與理解上有不少的困難。然而他們的詩歌當中有很大一部分寫閒情逸致，漁隱樵歌山水流韻，頗能契合我心。

在論文的寫作中，時常有一個問題困惑著我，那就是在皮陸詩派成員之間，他們的藝術風格存在著較大的差異，很難形成同一。例如，皮陸詩歌在藝術上偏向於險怪，以逞能鬥才爲志趣，而杜荀鶴、聶夷中、羅隱等人的作品往往又是通俗淺白，明顯跟皮陸二人風格不同，如何解決這個問題一時找不到合理的途徑。後來我讀了幾部詩歌流派研究的專著，才理解到由於種種因素，同一個詩歌流派之間，是允許且存在多種不同藝術風格的，並不是整齊劃一，繁多的同一才是美。即便是同一個詩人，他的創作也是有不同風格的，所謂主導風格，文學史上這樣的例子很多，只不過在皮陸詩派成員身上更顯得尤其特殊。

博士畢業後我進入四川省社會科學院文學研究所，專業研究中國古代文學。因爲工作的原因，主要放在巴蜀文學文獻的研究上，先後寫了十多篇文章。二〇一〇年九月，我進入南京師範大學中國語言文學博士後流動站，隨程傑教授繼續學習唐宋文學。來南京之前，謝桃坊先生建議我利用在南京做博士後的機會，進行唐代詩人陳子昂集的校注工作，並且說陳子昂是唐代四川籍著名詩人，唐代大詩人當中唯獨陳子昂至今還沒有詩文全集校注，不能說不是一個遺憾。於是我在南京的博士後工作中，開始撰寫《陳子昂集校注》。陳子昂集的四種明代刻本，包括弘治楊澄刻本，南京圖書館館藏都有，給我提供了較爲便利的條件。《陳子昂集校注》已經完成，即將由上海古籍出版社列入《中國古典文學叢書》出版。

現在這部《晚唐皮陸詩派研究》在經過修訂後，承蒙花木蘭文化出版社總編輯杜潔祥先生的厚愛得以出版，在此深表謝意。

王永波

二零一四年五月十日於

四川省社會科學院文學研究所